DRACH

D1726867

SZCZEPAN TWARDOCH

DRACH

Wydawnictwo Literackie

CZĘŚĆ I

1.

1906, 1918, 1921, 1934, 1939, 1942, 1945

Spał, ale budzi się bardzo wcześnie rano i jest jeszcze ciemno, i jest październik, wciąż jest ciepło, przed pierwszymi przymrozkami. Josef śpi w jednym łóżku z młodszym bratem i wie, że mamulka byłaby zła, gdyby obudził brata, więc spod pierzyny wymyka się jak najciszej. Wygląda przez okno, na plac.

Plac jest błotnisty, okolony gospodarczymi zabudowaniami z wiśniowej, twardej cegły. Z takiej cegły zbudowane są dom, szopy, chlewiki i hinterhausy. Niedaleko, na wzgórzu, które kiedyś było grodem, wznosi się drewniany kościół.

— Zaś tela marasu... — piętro niżej martwi się mamulka, wyglądając przez okno waszkuchni, bo deszcz wypełnia plac błotem.

— Mamulka już sōm we waszkuchnie — mówi zza pleców Josefa młodszy brat, który jednak się obudził.

Mamulka była tam już wczoraj, razem z ciotką ucierały pieprz i ziele angielskie, i owoce jałowca, i kolendrę, i imbir, ucierały i usypywały na zgrabne kopczyki, obok drobnych rodzynek, woreczków z majerankiem, obok suchych bułek, żymeł, pokrojonych w kostkę — a jak pięknie kroi się sucha bułka, z jakim trzaskiem, i ile zostaje po tym krojeniu okruszków — i wszystko to bardzo pachniało, podniecająco i drażniąco jednocześnie.

Josef Magnor ma osiem lat i wygląda na plac, i w końcu są, doczekał się: na plac wchodzą masŏrz z czelŏdniykiym, obaj w fartuchach, niosą noże i topory.

W chlewiku stoi świnia.

Świnia się rodzi. Świnia żyje. Świnię kupuje ojciec Josefa, Wilhelm, kupuje ją za marki, a są to czasy, kiedy marka wymienia się na złoto, bo później już się nie wymienia, bo wojna jest kosztowna. Wcześniej kupował świnię ojciec Wilhelma, Otto, za talary związkowe, a jeszcze wcześniej ojciec Ottona, Friedmar, za talary pruskie, i wszyscy chowają te kolejne świnki w chlewie, żywiąc je odpadkami z ludzkiego stołu, i świnki, jedząc, rosną i zamieniają się w świnie, i tak świnia żyje. Świnia rośnie. Świnia tyje.

A potem przychodzi jesień, a z jesienią przychodzą masŏrz z czelŏdniykiym, a świnia nie wie, póki jej nie wyciągną na plac, i wtedy już wie, i rozumie swoją świńską mądrością, co się dzieje, i godzi się z tym, chociaż cały jej instynkt się na to nie godzi, nie godzi się na to, że ją będą walić obuchem w łeb, że będą jej podrzynać gardło, opalać szczecinę, podwieszać ją na haku za pęciny i dzielić jej ciało na części, temu instynkt się sprzeciwia, świnia chce walczyć o życie. Ale jest też mądrość świni, utajona mądrość świni, która na to przystaje. W swej głębszej, ukrytej pod instynktem mądrości świnia wie, że musi powrócić do ziemi, z której się narodziła.

Josef wygląda na plac. Na plac wchodzą masŏrz z czelŏdniykiym, niosą noże i topory, witają się z matką i ciotką Trudą, rozkładają warsztat swojego krwawego fachu.

— Strőć mi sie, ty drachu! — krzyczy matka do Josefa. — Raus, do dōm, aber sofort!

Masőrz Erwin Golla trochę się chwieje na nogach, a matka wynosi jeszcze sznapsa i nalewa go masőrzowi, i za jego łaskawym pozwoleniem nalewa czelődniykowi, który nazywa się Hanys Grychtoll i nienawidzi swojego mistrza pijaka, nienawidzi go za wszystkie ciosy w twarz, które zniósł z pokorą, bo musiał, a jeszcze bardziej za te ciosy w twarz, które trzeba będzie znieść w przyszłości, ale pewnego dnia, w maju roku 1921, Hanys Grychtoll przyjdzie do domu Erwina Golli z paroma kamratami i zemści się za te wszystkie ciosy w twarz, i potem będzie patrzeć na skrwawione, chociaż żywe jeszcze ciało masőrza Golli — z wielkim rozczarowaniem będzie na nie patrzeć, bo zrozumie wtedy, że ciosy kijami i kolbą starego karabinu nie starły ani jednego z ciosów w twarz wcześniej otrzymanych, wszystkie ciosy w twarz, jakie Hanys Grychtoll otrzymał od Erwina Golli, są jak w kamieniu wyryte na wieczne pamiętanie, w twarzy Hanysa wypisane, niezacieralne.

Kamraci chcą zabić Gollę, ale Hanys Grychtoll ich powstrzymuje, zniechęca, a im, powstrzymanym, od razu brakuje odwagi i nie zabijają Erwina Golli, z pewną stratą dla siebie, bo Golla ich zapamięta i osiemnaście lat później wskaże dwóch z nich komu trzeba, i przyjadą po nich zdeterminowani mężczyźni czarnym citroënem, i zabiorą ich pociągiem do Mauthausen, i tam obaj umrą, na tyfus i na śmierć. Citroën będzie modelu Traction Avant, z przednim napędem i samonośną karoserią, co jest ważne, ale nie ma żadnego znaczenia.

Bijąc masőrza Gollę kijami i spluwając nań, jeszcze tego nie wiedzą: ani tego, jaki będzie model citroëna, ani jakiej marki będą śmierć, tyfus i kamieniołom. Uspokoiliby się być może, wiedząc, że marka Mauthausen w tej branży zalicza się do najlepszych. Mauthausen-Gusen to bentley wśród obozów koncentracyjnych.

Hanysa Grychtoła nikt nie zabierze do Mauthausen w 1939 roku, bo Hanys Grychtoł — zmieniwszy podwójne „l" w nazwisku na polskie „ł" — zapija się na śmierć kilka lat wcześniej. Zapić się na śmierć nie jest łatwo, jest to nawet bardzo trudne i częściej zdarza się umrzeć od komplikacji, a nie od samego picia, i tak właśnie jest z Hanysem, który upija się do nieprzytomności i zamarza na śmierć na progu swojego skromnego domku w Knurowie; jego zamarznięte ciało znajduje po paru godzinach Klara Grychtoł z domu Lanuszny, żona jego, i wcale nie jest tym znaleziskiem zaskoczona ani zrozpaczona, bo niczego dobrego w życiu od Hanysa Grychtoła nie zaznała, trochę zwięzłej rozkoszy, dużo biedy; ma dzięki staraniom Grychtoła piątkę dzieci, często rozbite wargi i wielkie sińce na plecach, bo Hanys chętnie bije Klarę po pijanemu, co również nie ściera starych ciosów Erwina Golli — mimo to Hanys ciągle próbuje, w nadziei, że sine plecy i pośladki żony coś na jego dawno temu obijaną twarz pomogą.

— Nō, toć i sie to skōńczyło, giździe zatracōny, żeś sam umar i leżysz w marasie, ôżyrŏku — mówi ze spokojem i filozoficzną zadumą Klara Grychtoł styczniowego poranka roku 1934 na progu knurowskiego familoka, nad ciałem swojego męża.

Ale tego nie wie Hanys Grychtoll, kiedy pije siwego sznapsa październikowym porankiem roku 1906, i Golla też nic nie wie — ani o pobiciu, ani o tym, jak w 1921 roku życie zachowa, aby je stracić w roku 1942 w wyniku zatkania tłuszczem żyły blisko serca, szybko, boleśnie, ale szybko, ze strachem i z ulgą jednocześnie odchodząc z tego świata, z iskrą wiary, że odchodzi ku lepszemu, a nie w ciemność.

Jedynym stworzeniem, które już coś wie, jest świnia, bo kiedy wyprowadzają ją z chlewika, to instynkt i mądrość przepowiadają jej, co się będzie działo. Zefliczek w rosnącym podnieceniu przygląda się, jak wiążą świnię do klapy zbiornika na nieczystości, jak Hanys trzyma ją za uszy, Golla wybiera topór, staje nad zwierzęciem i przymierza się kilkakrotnie, aby zdzielić je w łeb obuchem, podczas gdy matka Zefliczka i ciotka Truda stoją już z wiadrami, gotowe zbierać ciepłą krew i mieszać ją, mieszać cały czas, by nie zastygła.

Golla się przymierza, Grychtoll trzyma za uszy, rok jest 1906, co ma pewne znaczenie, lecz nieduże, i świat wydaje się wiecznotrwały, niezmienny: Golli, Grychtollowi, Josefowi, matce i ojcu Josefa, i świni, przy czym to, jak świnia sobie świat przedstawia (forszteluje, mawiają Golla, Grychtoll, Zeflik, matka i ojciec jego), najmniej jest skomplikowane i z tego powodu najbliższe prawdy, bo Golla, Grychtoll, Zeflik — mały Josef — ojciec i matka jego widzą świat w wymiarze ludzkim. Jest więc w wymiarze ludzkim wieś Deutsch Zernitz, w niej jest drewniany stary kościół i jeszcze niezbyt stary farörz Stawinoga (kery je wielgi Niymiec, ale porzōndny, mówią o nim we wsi), jest Gleiwitz, gdzie mieszczą się sąd, landrat, koszary ułanów i koszary piechoty, jest kopalnia, gdzie się pracuje, i Berlin, gdzie mieszka kajzer.

Za dużo wiedzą, aby dobrze rozumieć. Świnia wie mniej, dlatego lepiej rozumie, rozumie prawdę bijącego serca i prawdę topora.

Prawda świni zaś niedługo się dopełni, bo Golla przymierza się po raz siódmy, aż wreszcie bierze wielki zamach i z całą mocą wali, i nie trafia, obuch topora prześlizguje się po boku świńskiej czaszki, raniąc poważnie zwierzę i prawą dłoń czelŏdniyka Grychtolla. Grychtoll pada na ziemię, krzycząc z bólu i ze strachu, przekonany, że Golla odrąbał mu rękę, i świnia też wrzeszczy z bólu i ze strachu, wyrywa się, a ponieważ jest do uchwytu klapy solidnie przywiązana, to wyrywa klapę i ciągnąc ją za sobą, gna po placu, szukając ratunku, jednak ratunku znikąd.

Golla, nieco zamroczony alkoholem, stoi z toporem w ręku.

— Cŏście narobiyli, masŏrzu! — krzyczy matka Josefa, a Josef w oknie na piętrze domu drży z niezwykłego podniecenia i wszystko, co widzi, zapisuje się w chłopięcej pamięci już na zawsze, i dlatego myśli o tym, wracając wojskowym pociągiem spod Lys na Górny Śląsk, z błota okopów pod ziemię, z ziemi w ziemię.

— Jŏ cie zabiyja! — ryczy masŏrz Golla dwanaście lat przed chwilą, w której Josef Magnor wraca wojskowym pociągiem spod Lys na Górny Śląsk, krótkie nogi masŏrza Golli wprawiają potężne cielsko w ruch i masŏrz Golla biegnie w pościgu za świnią, w którym ze względu na tuszę byłby bez szans, gdyby nie potworny balast klapy od dołu z nieczystościami, którą ranna świnia ciągnie za sobą. Czelŏdniyk Grychtoll w wielkiej samotności bólu płacze i ogląda starannie siniejącą prawą dłoń, i już wie, że Golla mu ręki nie odrąbał, tylko stłukł i zranił, i bardzo boli Grychtolla, i świnia również jest bardzo samotna i przerażona w swoim bólu, bo ją również bardzo boli.

— Pŏdź sam yno, pierōnowo, zatracōno…! — ryczy Golla, wznosząc topór nad głowę, i dopada w końcu uciekającą i kwiczącą, i wali toporem, i nie trafia, i przewraca się, a świnia biegnie dalej, aż za powróz, którym przywiązana jest do klapy, chwyta matka i wtedy Golla dopada świni po raz trzeci, i tym razem już trafia, matka Zeflika w ostatnim momencie uskakuje, obuch topora uderza w świńską czaszkę i ogłuszone zwierzę zastyga w marasie, podobnie jak w marasie zastygnie ćwierć wieku później ciało czelŏdniyka Grychtolla, który nigdy nie wyzwolił się na mistrza masarskiego, ale za to w nazwisku zmienił podwójne „l" na „ł".

— Niy rycz jak baba, yno pŏdź sam drapko, giździe jedyn! — krzyczy Golla do Grychtolla i Grychtoll idzie, i świniobicie wraca na swoje tory. Na plac schodzi ciotka Josefa, Truda. Josef widzi, jak Golla, jakby trochę trzeźwiejszy, wielkim nożem przecina świńską szyję, z której pienistą strugą chlusta ciemnoczerwona krew, chlusta do miski, którą trzyma matka, a kiedy się wypełni, podaje ją ciotce, która miesza w niej drewnianą łyżką, aby krew nie zastygła, matka zaś pod strugę podkłada miskę drugą.

Pijany Golla z obolałym Grychtollem pakują świńskie ciało do wielkiego drewnianego koryta, w którym matka Josefa zwykle pierze bieliznę, a teraz razem z ciotką Trudą przynoszą wielki gar wrzątku, którym Golla i Grychtoll świnię parzą i zdzierają z niej szczecinę, po parzeniu podwieszają ją na krzywulcu w drzwiach waszkuchni, Zeflik zaś wybiega już na dwór, już wie, że może, matka go nawet woła, i teraz Zeflik patrzy, jak od krocza zaczynając, pijany, lecz nieco przetrzeźwiały masŏrz Golla ruchami już pewnymi rozcina świnię i z rozciętego brzucha wylewają się niebieskosine wnętrzności, które matka Zeflika pieczołowicie zbiera i rozdziela.

— Jerzina, widziŏł żeś te szczewia? — szepcze zafascynowany Josef do brata.

Golla i Grychtoll przystępują do rozdzielania świńskiego ciała na części. Matka Zeflika i ciotka Truda stawiają na waszkuchni żeliwny gar, do którego trafią świńskie płuca, nerki, łeb, podgardle i kolejne części niezdatne do niczego innego: tak gotuje się welflajsz, i koło dziesiątej zachodzą już pierwsi goście, akurat kiedy welflajsz jest gotowy. Masŏrz Golla już nie pije, pilnie pracują z czelŏdniykiym Grychtollem: porąbawszy świnię, czyszczą jej jelita, z których na początek sporządzą krupnioki i żymlŏki, krwią zalewając krupy pogańskie, czyli kaszę gryczaną z kawałkami sadła i kostki suchych bułek. Z żołądka będzie wielki preswuszt.

Matka Zeflika i ciotka Truda pracują równie pilnie, gotując, częstując gości sznapsem i piwem z browaru Scobela, gotując kartofle i kwaśną ciaperkapustę do świeżej kiełbasy, na którą znowu przyjdą goście inni i ci sami, co byli rano, przyjdą na wuszt tak ćwierć na drugą, zjedzą z kartoflami, popiją, a potem na drogę dostaną gościniec, kawałki świeżego mięsa, kiełbasy, preswuszty i leberwuszty na talerzach do zwrotu, zawiniętych w płócienne serwety.

Zeflik zaś, jedząc wuszty i żymlŏki i popijając wusztzupą, myśli o świni, która umarła i zniknęła zupełnie jej świńska postać, zamieniając się w jedzenie. Myśli o jej sinych wnętrznościach.

Wrócą do niego te smaki: wusztu i żymlŏków, i wusztzupy, i świeżego chleba ze świeżym preswusztem, i gorzki smak piwa, którego daje mu skosztować ojciec i które Josefowi Magnorowi nie smakuje, powracają do niego te smaki, kiedy spoczywa głęboko we mnie, pod ziemią i w ciemności, żywy, z nogami przykrytymi kocem, zagryzając ostatni kawałek zleżałej kiełbasy zeschłym chlebem i popijając wódką, odurzony, osłabiony i chory, i kiedy pogrążony jest we śnie trwałym, i kiedy leży w śniegu na placu domu w Przyszowicach.

2.

1241, 1906, 1918

Drzewo, człowiek, sarna, kamień. To samo.

— Strōm a człek sōm jedno. Piyń je ciało, rdzyń dusza, miazga krew. Liście sōm palce a ôczy — mówi stary Pindur.

Siedzą z Josefem na zwalonym pniu, na mokradłach. Josef ma osiem lat i niektórzy mówią na niego Zeflik. Stary Pindur mówi bardziej w przestrzeń niż do Josefa, Josef jednak słucha i macha nogami w zgrabnych bucikach.

— Zjydz se ta klapsznita, synek. Ze masłym — mówi Pindur, podając Josefowi sklejone cienką warstwą masła dwie kromki kwaśnego, ciężkiego chleba, bo wie, że musi czymś chłopca zająć, jeśli chce mieć słuchacza, a chce mieć słuchacza. — Yno dej se pozōr, byś za drap niy jŏd, ja? Drap jeść niy ma dobrze. Pomału trza jeść, do porzōndku.

Josef potakuje i je chleb z masłem powoli. Nie jest głodny.

— Sōrnik tyż je to samo. Ciało je ciało, a dusza je dusza. Sōrnik tyż mo dusza — mówi stary Pindur. Josef słucha.

Starego Pindura bolą plecy, popija więc gorzką nalewkę z płaskiej flaszki. Na ten ból popija. Plecy od nalewki nie przestają boleć. Ale nalewka jest smaczna.

Pień i mokradła leżą w niewielkim zagajniku między Birawka-Mühle a Nieborowitzer Hammer. Zasila bagnisko wodą rzeka Bierawka, której nazwę nadali kiedyś mieszkający nad jej brzegami Wandalowie, ale teraz Wandalów już nie ma. Na dnie bagniska jest za to gliniany garnek pełen srebrnych ozdób i monet: arabskich dirhemów, brakteatów z Hedeby, denarów nadreńskich i lotaryńskich. Nikt na powierzchni ziemi o nim nie wie i nikt nie pamięta tego, kto go tam złożył. Ten, kto garnek w ziemi złożył, nosił imię Radzim i był bogaczem, i ja tylko o nim pamiętam i pamiętam, jak gorączkowo kopał, i jego słuszne przerażenie i szybko zawiedzioną nadzieję, i las, stary i gęsty wtedy.

Wszystko pamiętam.

Las pełen końskiego rżenia i złowieszczych nawoływań.

Po drugiej stronie moczarów pojawia się nieśmiała leśna sarna, samica.

— Sŏrnik je to samo co strōm a człek. Podziwej se, bajtel: to je sŏrnik. To sōm my. A to je strōm. Blank to samo, pra? Takie jest to nasze żywobyci na tyj ziymie, bajtel. Sŏrnik, strōm, ty, jŏ, to samo.

Strōm a człowiek, a sŏrnik sōm jedno, myśli Josef Magnor dwanaście lat później, w wojskowym pociągu z Lys na Górny Śląsk. Już nie jest Zeflikiem, a jednocześnie dalej jest Zeflikiem. Dalej słyszy głos starego Pindura. Strōm a człowiek, a sŏrnik sōm jedno. Takie je to nasze żywobyci na tyj ziymie.

To samo.

3.

1241, 1813, 1866, 1870, 1906, 1914, 1915, 1918

Josef siedzi w wagonie i wspomina. Z głodu te wspomnienia.

Nie jest pewien, który to był rok, ale ja jestem pewien: był to rok 1906, ten sam, w którym ze starym Pindurem siedział w zagajniku pomiędzy Nieborowitzer Hammer a Birawka--Mühle i włóczył się po lasach i polach nieopodal Deutsch Zernitz, przez Kaziormühle, aż po Neudorf i Barglowkę, a czasem szli jeszcze dalej, przez pańskie lasy dookoła Gross Rauden, należące do człowieka o bardzo długim imieniu i nazwisku: Viktor II Amadeus, 2. Herzog von Ratibor und 2. Fürst von Corvey, Prinz zu Hohenlohe-Schillingsfürst. Z całego tego nazwiska Josef znał tylko część „Herzog von Ratibor" i wiedział, że Herzog von Ratibor posiada te lasy, ale nie wiedział, co dokładnie oznacza posiadać las, i zapytał o to Pindura, Pindur zaś odpowiedział mu, że oznacza to okłamywać samego siebie. Pindur znał się dobrze na lasach i na książętach, ale dużo mniej na posiadaniu.

Ale tego Josef teraz nie wspomina. Nie wspomina spacerów z Pindurem ani mądrości starego Pindura, cichej ewangelii drzew i saren. Josef wspomina coś innego, ponieważ jest głodny. Wspomina dzień, w którym nie musiał iść do szkoły, chociaż dzień był powszedni.

— Rechtōr niy bydōm przezywać, przeca jak sie świnia zabijo, to bajtel w szkole niy bydzie siedziōł — mówi ojciec Josefa do matki Josefa i Josef nie idzie do szkoły. Dnia następnego zaniesie rechtōrowi eleganckie zawiniątko i wystarczy.

Josef Magnor czuje na języku smak wusztzupy, chociaż nie je wusztzupy. Jest maj 1918 roku, jest ciepło, a wagon ma ściany z desek ujętych w stalowy szkielet i z desek ma drzwi, z wielkim trudem przesuwne w stalowych prowadnicach. Cztery lata temu na tych drzwiach kredą wypisano optymistyczne hasło: „Von Gleiwitz über Metz nach Paris", ale teraz nikt na nich niczego nie wypisuje, bo nikt już nie ma do powiedzenia nic, co nadawałoby się do wypisania na drzwiach wagonu.

Geist von 1914 ist weg. Przeminął.

W takim samym wagonie, też już bez haseł, Josef jedzie też trzy lata wcześniej.

Wagon, deski w stalowym szkielecie, Josef, rok 1915. Wiosna. 7. Kompania, 2. Batalion, 22. Pułk Piechoty, zwany też 1. Górnośląskim, Infanterie-Regiment Keith (1. Oberschlesisches) Nr 22, słowa i numery jak koordynaty geograficzne, Musketier Josef Magnor, 7. Kompanie, 2. Bataillon, 22. Infanterie-Regiment Keith, 11. Reserve-Infanterie-Division. Uzupełnienia.

W wagonie obok muszkietera Josefa Magnora: Landsturmmann Leo Beer. Muszkieterowie: Hermann Becker, Anton Alker, Wilhelm Blania. Gefreiter Augustin Broll. Gefreiter Vinzent Cholewa. Gefreiter Franz Danieltschick. Reservist Alois Dembczyk. Franz Golla. Muszkieterowie Boleslaus i Leopold, i ochotnik Wilhelm, wszyscy Holewa, bracia rodzeni i nienawidzą się, jak tylko bracia potrafią się nienawidzić, i życzą sobie nawzajem śmierci, i będzie spełnione ich życzenie. I dalej: Unteroffizier Paul Howanietz. Paul Nießporek. Josef Patuszka. I inni, dziesiątki i setki, i tysiące innych.

A teraz wszyscy w ziemi, z ziemi się narodzili i do ziemi powrócili, z błota powstali, błotem się stali i z błota znowu powstaną, bo życie jest bardzo długie, tyle że nie jedno, lecz jego cykl. Josef już nigdy nie spotka żadnego z nich i tylko ja jeszcze z daleka czuję ich lekkie, rozpuszczone we mnie ciała, ale nie zajmują mnie ich jednostkowe losy, bo wszyscy krążą już we mnie.

Tylko Josef jeszcze nie w błocie, ale w wagonie z powrotem. Verdun, Béthincourt, Malancourt, Haucourt i Termitenhügel. Artois. Wzgórze Loretto. Somma. Arras. Znowu Artois. Lens. Flandria. Armentiéres. Wszystko z ziemi pochodzi i wszystko do ziemi wraca.

Josef jedzie z powrotem, na Śląsk. Pod ziemię, ale nie w ziemię, na kopalnię. Spod Armentiéres na kopalnię. Pułk został: Ypern — La Bassée, Yser i dalej, aż koniec wojny zastanie ich pod Lys i pułk będzie trwał, chociaż nikt z tych, którzy jechali z Josefem wagonem z uzupełnieniami na początku 1915 roku, nie dotrwał do końca wojny, tylko Josef dotrwał, bo w marcu upomniała się o niego kopalnia Delbrück, więc co trwa pod Lys, gdzie zastała ich kapitulacja, a gdzie nie ma już Josefa?

Pułk trwa. Pułki trwają wiecznie. Infanterie-Regiment Keith ma sto pięć lat, kiedy zastaje go pokój, i jako regiment ma swoją małą świadomość, będącą czymś więcej niż tylko sumą świadomości ludzkich, z których się składa. Pułk ma więc dyskretną inteligencję instytucji, a w niej trwa przekonanie równie silne jak fałszywe, przekonanie, że skoro pułk trwa sto lat, to trwać będzie wiecznie, zawsze gdzieś będzie Infanterie-Regiment Keith, pierwszy górnośląski. Był w 1813, był w 1866, był w 1870, był w 1914, nie może więc po prostu przestać być. Pułki są jak małe kościoły. Muszą trwać.

A jednak Infanterie-Regiment Keith zniknie, tak jak znikają wzory z porostów na leśnych kamieniach, znikają, przemieniając się w inne, i pułk też się przemieni, tak jak desenie brzozowej kory i sarnich odchodów na polach. Wszystko tak samo, ludzkie pułki i sarnie odchody, wszystko to samo.

W 1918 roku Josef siedzi w kącie, przy ścianie. Ma na sobie bluzę mundurową o guzikach krytych plisą, zużytą i wyblakłą, lecz czystą dzięki wielu godzinom szczotkowania. Spodnie Josef ma nowe, koloru steingrau, stare się rozleciały. Kiedy przyszło dla Josefa zwolnienie, koledzy z plutonu prosili, żeby oddał dobre spodnie, skoro i tak jedzie do domu, ale Josef nie dał. Ciężkie saperki zzuł, stopy owinięte onucami ukrył pod płaszczem. Jedzie. Od dwudziestu czterech godzin nic nie jadł, nawet kromki komiśniaka. Głodni ludzie markotnieją. Tak samo jak głodne sarny. Jest maj 1918 roku. Wagon ma ściany z desek i z desek ma drzwi. Deski kiedyś były drzewem. Drzewo kiedyś było ziemią. Ziemia kiedyś była ludźmi. Drzewo i człowiek, i deski — to samo.

Jest maj 1918 roku i Josef wysiada z wagonu o ścianach i drzwiach z desek, wysiada na dworcu w Gliwicach. Dworzec jest niezbyt wysoki. Przed dworcem stoją dorożki. W budce pod wiatą sędziwy kolejarz sprzedaje peronówki. Znudzeni woźnice palą papierosy. Jest piątek, tak się wszyscy umówili. I 17 maja, tak również się umówili. Niebo jest bezchmurne.

Josef stoi przed dworcem i ociąga się. Josef się waha. Przygląda się znajomym zabudowaniom: Draht-Industrie, fabryka drutu. Pracowali tu kamraci Josefa. Nic się nie zmienia. Chudy gniadosz przy dorożce bije łbem. Josef dociąga szelki plecaka. W końcu rusza przed siebie, dochodzi do Neudorferstraße, po czym skręca w Wilhelmstraße i idzie, powoli idzie, w stronę rynku, ale skręca zaraz w Kreidelstraße, mija Kasino-Gesellschaft, w którym mieszczanie gromadzą się nad gazetami, potem po drugiej stronie ulicy mija dom z wieżyczkami, w którym tak radykalnie zmieni się jego życie, lecz w tej chwili Josef nie ma pojęcia, że w tym domu właśnie siedzi czternastoletnia dziewczyna, która obecna będzie w chwili, w której życie Josefa wywróci się na nice, teraz jednak Josef wrócił z wojny i idzie do parku, który zawsze bardzo lubił, bo nie spieszy mu się do domu. Siada na ławce, plecak kryty krowią skórą w biało-czarne łaty kładzie obok, rozluźnia mundurową bluzę pod szyją. Grzeje się na słońcu. Prawie o niczym nie myśli. Nie chce tak od razu iść do domu. Chce jeszcze posiedzieć sam. Tylko łyk wody z manierki. Woda jest ciepła.

Gwizdek, drugi, kolejne gwizdki przez całą długość okopu, trzaśnięcia sprężyn przy nasadzaniu bagnetów, drabiny, błoto, cienka struga ciepłych odchodów spływa pod nogawką spodni aż do butów.

A teraz Josef grzeje się w słońcu. Na parkowej ławce. Jest głodny, ma pieniądze, ale nie chce jeść. Nie będzie niczego jadł. Ale może się napije. Teraz wygrzewa się na słońcu. Nad Gleiwitz, O.S., nie ma żadnej chmury, jak w lipcu, chociaż jest maj. Josef grzeje się w tym słońcu. Dobrze grzać się w słońcu, zamiast gnić.

Pomiędzy Deutsch Zernitz, Nieborowitz, Birawka-Mühle i Leboschowitz jest las zwany Jakobswalde. Od podmokłego zagajnika, w którym spoczywa garnek pełen arabskich dirhemów, brakteatów z Hedeby, denarów nadreńskich i lotaryńskich, Jakobswalde oddziela linia kolejki wąskotorowej, po której od 4.35 nad ranem średnio co dwie godziny małe parowozy ciągną powoli otwarte wagony z Gleiwitz nach Plania, bis Trynek, Schönwald, Nieborowitz, Pilchowitz, Stanitz, Rauden, Nendza, Babitz, Markowitz i Lukasine. Po Jakobswalde Josef chodzi kiedyś ze starym Pindurem. Zbierają jagody i grzyby. Nad Jakobswalde również nie ma żadnej chmury, bo to niedaleko od Gleiwitz, na południowy zachód. Od zagajnika, w którym dwanaście lat wcześniej Josef siedzi ze starym Pindurem, Jakobswalde oddziela wąskotorówka i rzeka Bierawka. Kiedyś nad brzegi Bierawki wypuściło mackę imperium narodzone z łona Merkitki o imieniu Höelün, a potem tę mackę imperium cofnęło, ale dla Radzima nie miało to już znaczenia i Radzim wsiąknął w ziemię niedaleko garnka, który wcześniej zakopał, a z ziemi wyssały go drzewa, które potem ścięto, a potem zmurszały, i Radzim wrócił do ziemi, i znowu został wyssany, i znowu wrócił.

Dlatego drzewo i człowiek są tym samym. Stary Pindur tak mówi, bo sądzi, że to piękna metafora, chociaż nie zna słowa „metafora".

Kiedy chodzą razem po lasach, młody Josef i stary Pindur, wtedy Pindur ma siedemdziesiąt sześć lat, na imię ma również Josef, a urodził się w innym świecie. Kiedy matka rodziła małego Pindura, ojciec jego odrabiał jeszcze pańszczyznę w dobrach hrabiego von Wengersky, ale wiedział już, że niedługo odrabiać jej nie będzie. Ojciec Pindura, o imieniu Kazimierz, mówił raczej po śląsku, czytał i pisał po niemiecku, uważał się za Prusaka i był z tego swojego prusactwa dumny. Od kiedy przestał odrabiać pańszczyznę, jeszcze bardziej uważał się za Prusaka i poddanego pruskiego króla. Były to czasy, w których Prusak nie musiał mówić po niemiecku. Wcześniej nawet sam król nie lubił mówić po niemiecku. Dla Pindura ważne było to, że Prusak nie odrabia pańszczyzny. Prusak robi na swoim polu, a co jakiś czas musi dać się zabić za króla, ale warto dać się zabić za króla, jeśli nie odrabia się pańszczyzny. Josef Pindur uczył się na księdza, lecz wyrzucili go z seminarium, potem służył królowi pruskiemu na wojnach z Austriakami i z Francuzami, a potem wrócił i został wiejskim mędrcem i dziwakiem, człowiekiem ubogim we wszystko poza tą dziwną mądrością, która jest głupia i mądra jednocześnie, mądrością, która liznęła z daleka i wybiórczo książek ludzi światłych, ale nie dała się im ogłupić, wybrała z nich, co jej leżało, i nie szukała dalej. To mądrość szamana, mądrość matki i myśliwego, mądrość człowieka, który walczy z drugim człowiekiem albo z dzikim zwierzęciem i dzięki mądrości wygrywa walkę, mądrość niemowlęcia, które zaciska piąstki i ustami łapczywie szuka piersi matczynej.

Pindur mówi o drzewach, sarnach i ludziach, bo dawno temu usłyszał to od kogoś starszego, kto usłyszał to jeszcze dawniej również od kogoś starszego, a jeszcze dawniej był ktoś zupełnie inny, kto naprawdę tak myślał i wszystko rozumiał, i słowa, które powiedział, żyły ukrytym życiem długo po jego śmierci, cicha, tajna ewangelia mędrców ubogich we wszystko poza dziwną mądrością.

Stary Pindur tylko przeczuwa wagę spraw, które się za tym kryją. Dlatego to mówi. Dla siebie bardziej niż dla Zeflika, który niczego nie przeczuwa i nie wie, że drzewo i człowiek są tym samym, i nigdy się nie dowie, chyba że na sam koniec. Stary Pindur zaś medytuje nad tą sprzeciwiającą się zmysłom i doświadczeniu dziwną mądrością.

Razem z nim umrze ta cicha, tajna ewangelia, która narodziła się dawno temu, zanim w zagajniku pomiędzy

Birawka-Mühle a Nieborowitzer Hammer pojawili się pierwsi chrześcijanie, i narodziła się gdzie indziej.

W Jakobswalde żyją sarny. Sarny nie mają imion, ale dwóm z nich nadamy jakieś, aby odróżnić je od innych saren. To takie małe oszustwo, takie samo jak te, które stosujecie, aby przekonać samych siebie, że różnicie się czymkolwiek od swoich bliźnich. Że jesteście osobni.

Sarny nazwiemy więc Pierwszą i Drugą.

Pierwsza właśnie się okociła, ma dwoje koźląt: Pierwszego i Drugiego. Pierwszy i Drugi kryją się w krzakach. Pierwsza przychodzi do nich tylko na karmienie, aby swoim zapachem nie zwabić bezpańskich psów, w które obfituje okolica. Albo lisów, w które okolica nie obfituje.

Druga chodzi jeszcze ciężarna, okoci się jutro lub pojutrze. Zbiera siły na poród, chociaż nie wie wcale, że zbiera.

Josef siedzi na ławce.

Na ławce na laubie domu w Wilczy (zapisywanej często jako Wilchwa) siedzi wdowa po żołnierzu, która ma imię i nazwisko, ale nie są one istotne. Grzeje się na słońcu, jak Josef. Grzeje się na słońcu po raz ostatni, a Josef nie po raz ostatni. Wieczorem do jej domu wejdą woźnica Mucha z Krostoschowitz i inwalida wojenny Kloska z Wilczy.

Woźnicę Muchę do tej wizyty namówił inwalida wojenny Kloska. Wdowa po żołnierzu odmówiła pójścia za mąż za inwalidę wojennego Kloskę. Nie rozważała, z jakiego dokładnie powodu, jednak na jej decyzję wpłynęła zapewne odruchowa analiza stanu posiadania inwalidy wojennego Kloski. Inwalida wojenny Kloska ma bowiem paskudny charakter, rentę inwalidzką, cuchnący oddech, nałóg alkoholowy, nałóg eterowy oraz pół ceglanego domu po rodzicach, którzy odumarli inwalidę wojennego Kloskę, zanim jeszcze został inwalidą wojennym. Inwalida wojenny Kloska pozbawiony jest zaś rodziców, większej części lewej nogi, wdzięku i majątku. Drugie pół domu zajmuje kłótliwa siostra inwalidy wojennego Kloski, nieustannie wypominająca mu, iż wszystkie pieniądze przeznacza na wódkę, co nie jest prawdą, bo sporą część funduszy przeznacza na eter, który pija zmieszany z sokiem malinowym, kradzionym niewinnie z siostrzanej komórki.

Josef w końcu wstaje z ławki i wraca na Wilhelmstraße, idzie w stronę rynku. Siada w ogródku Cafe Kaiserkrone, zamawia u kelnera piwo z browaru Scobela i pije to piwo powoli, bardzo powoli. Przygląda się gościom w restauracji biedującej z powodu wojny, a konkretnie z powodu braków w zaopatrzeniu. Przygląda się innego rodzaju gościom zasiadającym w części kawiarnianej. Dwie dziewczyny siedzące nad dwoma filiżankami kawy uśmiechają się do przystojnego żołnierzyka.

— Bald gibt es auch kein Bier mehr — mówi kelner. — Bald sind wir alle pleite.

Josef dopija, płaci i idzie dalej. Rynek. Uliczkami Starego Miasta dociera na Teuchertstraße. Wszystko znajome. Idzie powoli, mija piękne panie i kobiety ubrane po chłopsku, piękne panie mówią po niemiecku, a chopiōnki nie. Pan w kapeluszu uchyla przed Josefem tegoż kapelusza i mówi smutnym i podniosłym głosem o służbie ojczyźnie, Josef zatrzymuje się przed nim jak przed oficerem i cierpliwie słucha podziękowań, po czym idzie dalej, chociaż tak trochę chciałby eleganckiego pana uderzyć. Mija małe koszary ułanów, urząd landrata, koszary pułku piechoty, w którym służył, mija Proviantamt, przekracza most nad Ostropką i wychodzi w Gillnersdorf, pozostawia za sobą wyniosły komin cegielni i idzie dalej.

Spotyka na ulicy znajomego z Deutsch Zernitz, znajomy nazywa się Russin i zmierza w kierunku Gleiwitz z wielkim pakunkiem na plecach, i nie poznaje Josefa, więc Josef go nie pozdrawia, mijają się jak nieznajomi, którymi właśnie się stali, bo Josef nie wie, kim jest teraz Hanys Russin, a Hanys Russin nie wie, kim jest Josef Magnor.

Jest już późne popołudnie, kiedy Josef skręca w ulicę koło cmentarza i wychodzi na pola, i zielonymi o tej porze roku polami idzie w kierunku Deutsch Zernitz.

Jest już późne popołudnie, kiedy bezpański rosły kundel alfa o cechach owczarka niemieckiego i teriera łapie zapach Pierwszej. Alfa przewodzi stadu, w którym prócz niego znajduje się dwanaście podobnych mu kundli, jednak alfa jest największy i najsilniejszy i najlepiej tropi.

Vierte Flandernschlacht przeszła już do historii, wraz z całą wiosenną ofensywą, nazwaną optymistycznie Kaiserschlacht. Na froncie zachodnim mimo to trwa wzmożona aktywność artylerii i lotnictwa. Brytyjscy lotnicy bombardują Metz. W Metzu w bombardowaniu ginie pan Bernhardt Segalla, lat sześćdziesiąt siedem, który bardzo lubił pijać wieczorami mozelskie wina, i to zupełnie nie ma znaczenia. Niemieckie wojska trudzą się, utrzymując zdobyte w ofensywie tereny, z czego wynika ich dalsze osłabienie. Za trzy miesiące alianci rozpoczną ofensywę stu dni, w której wyniku wiele się wydarzy za pół roku.

Pierwsza biegnie tak szybko, jak tylko może biec jej sarnie ciało, biegnie szybciej niż psy, ale szybciej też traci siłę.

Jest już późne popołudnie, kiedy inwalida wojenny Kloska i woźnica Mucha pukają do drzwi domku wdowy po żołnierzu. Ta otwiera im, bo chociaż jest prostą kobietą, to jest przecież dobrze wychowana.

Josef widzi już pierwsze zabudowania rodzinnej wsi.

Zdziczałe psy osaczają Pierwszą, z wilczą precyzją, nieświadomie, odruchowo, wszystko jak trzeba.

Woźnica Mucha uderza wdowę po żołnierzu w twarz, zaciśniętą pięścią i z całej siły, wdowa po żołnierzu wali się na podłogę bez przytomności. Inwalida wojenny Kloska patrzy, jak woźnica Mucha wciąga wątłe ciało wdowy na łóżko, zrzuciwszy wpierw na podłogę pierzyny, poduszki i narzuty.

Inwalida wojenny Kloska rozpina spodnie, zakasuje kiecki i zopaski wdowy, rozrywa guziki jej czarnej jakli, rozrywa lejbik, odsłaniając przywiędłe piersi kobiety, po czym bije ją po twarzy otwartą dłonią, aby się obudziła. Wdowa wojenna odzyskuje przytomność i szybko zdaje sobie sprawę z położenia, w jakim się znalazła.

Rosły kundel o cechach owczarka niemieckiego i teriera dopada Pierwszej, wbija zęby w jej gardło i zaciska szczęki, i zawisa tak, Pierwsza przebiega jeszcze parę kroków, inne psy czepiają się jej pachwin, zadu i brzucha.

Josef staje przed drzwiami rodzinnego domu.

Penis inwalidy wojennego Kloski nie chce zesztywnieć i inwalida wojenny nie jest w stanie wprowadzić go do pochwy wdowy wojennej, która odzyskała już przytomność. Inwalida wojenny Kloska zadowala się więc wprowadzeniem do pochwy wdowy wojennej palców i poruszeniem nimi kilka razy. Wdowa wojenna nie płacze. Inwalida wojenny Kloska uznaje w końcu, iż dokonało się, zwleka się z łóżka i wspierając się o ścianę, zapina rozporek spodni, których lewa nogawka spięta agrafką powyżej kolana, odjętego inwalidzie wraz z golenią i stopą, bezwzględnie przypomina o kalectwie.

Woźnica Mucha grzebie w nosie ze zdenerwowania, bo chciałby już stamtąd pójść. Inwalida wojenny Kloska bierze kulę i wraz z woźnicą Muchą wychodzi z domu wdowy.

Wdowa wojenna płacze i doprowadza się do porządku. Jutro pójdzie na policję, a parę tygodni później inwalida wojenny Kloska i woźnica Mucha dostają po dwanaście lat, a do tego jeszcze kilka lat twierdzy za wcześniejsze przestępstwa, o których tu nie ma mowy.

Z Pierwszej pozostają plama krwi, głowa z kręgosłupem i żebrami i strzępy skóry. Psy unoszą kończyny i wnętrzności w pyskach, rozbiegają się, aby zjeść Pierwszą w samotności. Koźlęta Pierwszej, bezwonne i dla psów niewidzialne, bo ukryte w krzakach, robią się głodne, bo zbliża się pora ich karmienia.

Josef wchodzi do domu. Jest bardzo głodny.

— Wrōciłech! — krzyczy.

Drzwi otwiera ojciec.

— A wy to niy na grubie, fater? — pyta Josef, ściągając plecak z ramion.

Stary Magnor przewraca oczami, kręci głową.

— Taki wojŏk, a dycki gupi…

Mija Josefa w drzwiach, a Josef wie, że to już całe ojcowskie powitanie. Rzuca plecak w sieni, idzie dalej, matka jest w kuchni. Ciepia rukzak w antryju, a idā dali, skiż tego, co mamulka sōm we kuchnie — tak pomyślałby Josef zapytany, co robi, rzucając plecak. Potrafiłby też pomyśleć, że rzuca rukzakiem, z niezdarną starannością wymawiając końcówki słów. Takim językiem pisane są gazety, które czytał od dziecka. Czy to ma jakieś znaczenie? Żadnego i ogromne, jak wszystko.

Wita się z matką wylewnie.

— A fater czamu tacy znerwowani, mamulko?

— Bo żeś sie pytōł gupie.

— Czamu zaś gupie?

— Jezderkusie, a czamu ôni niy sōm na grubie? Co ty, niy wiysz? Na wojnie żeś zapōmniōł? Roboty przi chałpie a na polu niy ma?

Josef kiwa głową, zrezygnowany, przytłoczony matczynym wywodem tak samo, jak przytłoczony bywał bluzgami feldfebla.

— Skiż tego fater ciepnyli sztajgrowi piyńć marek na łopata a robiōm przi chałpie.

— To yno zjym a pōda ku niym.

— Ja, gynau, idź, synek, idź ku niym, idź.

Mamulka nakłada na talerz kartofli, jajko ugotowane na twardo, wyławia z gara kawał słoniny ze skórą. Na to nalewa Josefowi talerz żuru. Bogato.

— To je zupa, mamulko… — cieszy się Josef.

— Nō toć synek sie mie ze wojny wrōciył — odpowiada dumna ze swej zapobiegliwości matka.

Rosły kundel o cechach owczarka niemieckiego i teriera odpoczywa w cieniu, a Pierwsza powoli rozpływa się w jego psiej krwi. Pierwsze i Drugie piszczą w krzakach, przyzywając matkę. Niedługo przestaną.

Stary Magnor naprawia drzwi od chlewika. Zerwał się haczyk przy drzwiach, bo deska spróchniała. Stary Magnor rozważa, czy wymienić całą deskę, czy tylko przybić haczyk na nowo.

— Pōnbōczku, dopomogej — mówi Josef, jak należy mówić, kiedy spotyka się kogoś podczas pracy, nawet jeśli Boga zostawiło się we flandryjskim błocie, bo to, co należy mówić, silniejsze jest od tego, w co się wierzy lub nie.

— Dej Panie Boże — odpowiada machinalnie ojciec.

— Możno jŏ bych wōm co pōmōg? — pyta Josef i nie wie tego, ale nie słyszy już strasznego szumu rozpoczynającego artyleryjską nawałę, na sekundę przed pierwszymi uderzeniami wybuchających granatów moździerzowych, pocisków z haubic i armat.

— Raus mi stōnd — warczy ojciec, ale nie przegania Josefa.

Josef dziwi się, że ojciec dał pięć marek na łopatę sztajgrowi po to, żeby naprawiać haczyk przy drzwiach od chlewika. Nie śmie pytać. Ojciec wchodzi do chlewika, grzebie w stercie klamorów, w końcu wybiera ułomek deski, który wydaje mu się pasować. Josef przytrzymuje deskę, kiedy ojciec dopiłowuje ją do dobrej długości, potem przytrzymuje i deskę, i drzwi, kiedy ojciec ją przybija.

4.

1870, 1903, 1904, 1914, 1915, 1916, 1917,
1918, 1920, 1921, 1941

Na świecie pojawiacie się znikąd. Nie ma was zupełnie, a potem z nasienia wstrzykniętego w łono w ciele kobiety puchnąć zaczyna coś, co potem staje się wami, i nagle już jesteście, a potem jesteście z każdą chwilą coraz bardziej. Tak pojawił się na świecie Josef, tak pojawili się później jego synowie Ernst i Alfred i córka Elfrieda, i córka Ernsta Natalia i jej syn Nikodem. Tak pojawiacie się wszyscy, a znikacie nagle, i tak samo pojawiła się Caroline Ebersbach, pojawiła się w łonie swojej matki kwadrans po tym, jak biologiczny ojciec Caroline zamknął za sobą drzwi wejścia dla służby i dyskretnie wymknął się z willi przy Kreidelstraße numer 23 w Gleiwitz, O.S.

Dom ma romantyczne wieżyczki i ozdobne kominy, i balkon, i fasadę z czerwonego klinkieru, i białe boniowania, i piękny ogród. W domu mieszka sędzia sądu rejonowego doktor Paul Huth. Mieszka też niejaki Luschowski wraz z synem, który ma tam firmę handlującą drewnem. Mieszkają też państwo Ebersbach. Rok zaś jest 1904 i jest marzec, kajzer właśnie nagrał orędzie do narodu na woskowy

31

walec pomysłu Edisona. W Baltimore niedawno spłonęło tysiąc pięćset domów w wielkim pożarze. W niemieckiej Afryce wybuchła rebelia Herero. Zanim Caroline się urodzi, dzielny generał Lothar von Trotha pokona Murzynów w bitwie pod Waterbergiem, następnie zepchnie ich na pustynię Omaheke, gdzie wymrą z pragnienia, mężczyźni, kobiety, dzieci narodzone i nienarodzone, umrą i wyschną jak mumie na tej pustyni Omaheke, w miejscu, do którego nie zapuszczają się nawet lwy ani sępy, ani żadne inne zwierzęta, które mogłyby rozwlec ich ciała, i tak ich ciała pozostaną nierozwleczone. Wyschnięte dzieci w wyschniętych łonach i wyschnięte niemowlęta przy wyschniętych piersiach, zęby kobiet obnażone przez rozwierające się, cofające wyschnięte wargi. Dzielny generał Lothar von Trotha też umrze, ale dopiero w 1920 roku: umrze na dur brzuszny, wijąc się w łóżku, jakby szarpały go duchy wyschniętych Murzynów, ale to nie duchy będą go szarpać, tylko jego własne ciało będzie się szarpać samo, a to, co zostało z von Trothy, będzie wydawać komendy nieistniejącym już od dawna oddziałom, przyzywać dawno umarłych adiutantów, rugać ordynansów, a w końcu już tylko krzyczeć z przerażenia na każdą myśl o wyschniętych murzyńskich mężczyznach, kobietach, dzieciach, psach i bydle.

W roku 1903 kochanek matki Caroline wymyka się tymczasem dyskretnie wyjściem dla służby. Pani Dolores Ebersbach leży w pościeli, pościel stygnie i schnie. Nasienie, które kochanek złożył w łonie pani Ebersbach, właśnie kiełkuje i zaczyna nabrzmiewać, aż w końcu przybierze kształt ludzki, który ułoży się pośladkami w dół, doktor nie zdoła obrócić bezimiennej jeszcze Caroline przez powłoki brzuszne i Caroline urodzi się pośladkowo, a poród będzie bardzo ciężki i prawie zabije panią Ebersbach. Sarny łatwiej rodzą swoje koźlęta.

Matka znienawidzi Caroline przez ten poród, ale i sarnie matki czasem nienawidzą swoich nowo narodzonych i porzucają je. Matka nie porzuci nowo narodzonej Caroline, bo nie może. Gdyby mogła, zrobiłaby to.

Ale Caroline jest z dobrego domu. Aus gutem Haus. W dobrych domach nie porzuca się dzieci, tylko czasem się ich nienawidzi. Caroline Ebersbach jest z domu na samym końcu Kreidelstraße, zaraz przy parku miejskim, z domu z wieżyczkami.

Caroline nie jest mądra. Caroline nie jest głupia. Caroline jest. Grzecznie siedzi na lekcjach w gimnazjum, ręce na pulpicie. Grzecznie nie słucha, co mówi nauczyciel, i grzecznie otrzymuje złe stopnie.

— Caroline nie jest mądra, ale za to jest dobrze wychowana — mówi jej matka do swojego męża, który nie jest ojcem Caroline. Ojcem Caroline jest mężczyzna, którego matka Caroline kiedyś kochała, ale który szybko porzucił ją dla innej kochanki. Mąż matki Caroline nie wie, że nie jest ojcem Caroline. Ojciec Caroline wie, że jest jej ojcem, ale ma to za nic, bo nigdy nie kochał matki Caroline, tylko z nią kopulował. Za to właśnie pani Ebersbach również nienawidzi swojej córki, za to bycie porzuconą przez kochanka i za to, że kochanka Caroline wcale nie obchodzi, i za to, że tylko jego w życiu kochała, a on jej nie kochał i nie kocha, i nie pokocha, i pani Ebersbach wie o tym bardzo dobrze i nienawidzi za to swojej Caroline.

Caroline sądzi, że jej ojcem jest mąż jej matki, i nigdy się nie dowie, że jej ojcem jest ktoś inny. Caroline nie zdaje sobie sprawy z tego, że matka jej nienawidzi. Oprócz nienawiści pani Ebersbach wypracowała w sobie bowiem również pewien rodzaj miłości do córki, bo tego oczekiwał od niej cały świat — i tę miłość Caroline zauważa.

Drogi ludzkich miłości są zawiłe. Bardziej kręte niż drogi miłości sarnich i miłości drzew. Ale wszystkie prowadzą w to samo miejsce, do ziemi, wszystko do ziemi wraca. Wszystko, co żyje, jest tylko pulsowaniem ziemi.

Caroline grzecznie siedzi przy obiedzie, sukienka z marynarskim kołnierzem, plecy proste, łokcie ciasno. Jest sierpień. W pobliskim kasynie miejskim przy Kreidelstraße 16 euforia: wreszcie jest wojna! Burgfrieden! SPD poparło kredyty wojenne! Bagnety infanterzystów z pierwszego górnośląskiego przystrojone kwiatami. Żydowscy mieszczanie, katoliccy mieszczanie i protestanccy mieszczanie cieszą się pospołu. Wszyscy dziś jesteśmy Niemcami. Nieder mit Frankreich!

Caroline uczy się rysunku. Jest rok 1917. Geist von 1914 dawno przeminął. Pan nauczyciel rysunku chciał być artystą, studiował w Wiedniu, jednak zamiast być artystą, uczy mieszczańskie córki rysunku. Pan nauczyciel rysunku nienawidzi Caroline za to, że nie jest artystą, lecz jedynie panem nauczycielem rysunku. Panu nauczycielowi podobają się kolana Caroline.

Caroline karmi kanarka. Kanarek jest harceński, ale tego nie wie. Caroline wie, że kanarek jest harceński, ale nie wie, co to znaczy, więc wie niewiele więcej niż kanarek.

Caroline nazwała kanarka Wilhelm, na cześć kajzera, ale nie przyznała się do tego papie, papa by tego nie pochwalił. Kanarek wciśnie głowę między pręty klatki, będzie się szarpał, ale nie zdoła głowy wyciągnąć i w końcu umrze.

Caroline pochowa kanarka w ogrodzie, nie uroni ani jednej łzy i za śmierć kanarka znienawidzi swojego papę, chociaż ten niczemu nie zawinił. Caroline umrze kilka lat później, na długo przed kajzerem, umrze śmiercią podobną do kanarkowej. Pochowają ją na cmentarzu przy Kleine Feldstraße, będzie biała, dziewicza trumna, skromny nagrobek, trochę ludzi i powietrze ciężkie od męskiego gniewu, od pragnienia zemsty i tego specjalnego kobiecego żalu, który jest jednocześnie wyrzutem wobec mężczyzn.

— Dlaczego nic z tym nie robicie, czyż nie jesteście mężczyznami? — mówi ten kobiecy żal.

W mężczyznach rośnie gniew.

— Pokażcie, na co was stać. Weźcie broń i coś z tym zróbcie, bo inaczej nie zasłużycie sobie na nasze ciała, nie pozwolimy wam się w nas zanurzyć — mówi kobiecy żal.

Kobiety nigdy nie wypowiadają tych słów, wypowiadają słowa przeciwne. Jednak mężczyźni słyszą te właściwe, te wypowiadane przez kobiecy gniew i kobiece ciała, słyszą je wyraźnie.

Kajzer umrze dwadzieścia cztery lata po kanarku, na zatorowość płucną, i pochowają go w Doorn, w Holandii, pogrzeb będzie wojskowy i skromny, obok siebie kroczyć będą: sędziwy marszałek Mackensen w starym huzarskim mundurze z pierwszej wojny światowej, admirał Canaris w nowym mundurze admiralskim z drugiej wojny światowej i Reichskommissar Seyss-Inquart w mundurze komisarza Rzeszy na Holandię. Nikt nie będzie pałał żądzą zemsty. Mackensen myślał będzie o tym, co razem z cesarzem zabiera ziemia: Prusy, Rzeszę, Niemcy całe? Canaris myślał będzie o kolacji. Seyss-Inquart o kochance.

Caroline grzecznie uczy się gry na fortepianie. *Für Elise*, niezgrabnie, powoli. To są arpedżia. Pan nauczyciel delikatnie dotyka spodu jej przedramion, aby uniosła nadgarstki. Legato, Caroline. Legato. Caroline podoba się dotyk dłoni pana nauczyciela. Jest rok 1918. Pan nauczyciel ma dziewiętnaście lat i jest freibauerskim synem z Lubomii pod Raciborzem, ale wyszedł na ludzi, tak mówi ojciec Caroline, wyszedł na ludzi, chociaż w jego niemczyźnie słychać jeszcze cień twardego słowiańskiego akcentu, da ist noch ein Anflug slawischen Akzents, aber er hat es zu was gebracht, mówi ojciec Caroline do matki Caroline, kiedy wieczorem czytają razem książki w salonie.

Caroline uczy się rysunku. Pan nauczyciel rysunku nienawidzi Caroline za to, że nie jest artystą, lecz jedynie panem nauczycielem rysunku. Pan nauczyciel rysunku chce, aby Caroline wiedziała, co o niej myśli, i uświadamia jej to w sposób wyrafinowany: według pana nauczyciela rysunku Caroline jest bezwartościowym ludzkim zwierzęciem, umiejętność rysowania nigdy do niczego się jej nie przyda, bo jej jedyną powinnością i celem życia jest wyjść za mąż, rozłożyć przed mężem nogi, przyjąć go w siebie, urodzić i odchować dzieci. Szczególnie ostatnią część tego przekazu pan nauczyciel rysunku maskuje nieczytelnymi dla czternastolatki aluzjami, a jednak coś do niej przecieka przez te aluzje.

Caroline rysuje martwą naturę, konstruuje, pilnuje perspektywy, pan nauczyciel rysunku stoi za nią, kładzie jej dłoń na karku i ściska, niezbyt mocno, ale ściska i trzyma. Jakby trzymał rzecz. Caroline sztywnieje, rysuje jednak dalej.

Caroline grzecznie siedzi przy obiedzie, łokcie ciasno, służąca stawia na stole wazę z rosołem, Caroline z głośnym szurnięciem odsuwa krzesło, chwyta wazę i chlusta rosołem na mężczyznę, którego uważa za swojego ojca, następnie zaś siada z powrotem na swoim miejscu i przyciska łokcie do boków, plecy proste. Pan Ebersbach, którego Caroline ma za swojego ojca, krzyczy i zdziera z siebie parzące ubranie.

Caroline ma problemy, mówi matka Caroline do męża, kiedy zostają sami. Pan Ebersbach ma poparzone brzuch, genitalia i uda, skóra jest zaczerwieniona, ale bez pęcherzyków osocza. Szybko się zagoi. Matka Caroline smaruje skórę na udach męża maścią doktora Trommlera. Pan Ebersbach jest podniecony. Pani Ebersbach smaruje genitalia męża maścią doktora Trommlera. W panu Ebersbachu podniecenie wzbiera i penis pana Ebersbacha nagle sztywnieje, co nie zdarza mu się często. Penis pana Ebersbacha nie działa najlepiej. Pani Ebersbach nie cieszy się jednak z napływu krwi do ciał jamistych organu męża. Pani Ebersbach odskakuje wzburzona od pana Ebersbacha. Brzydzi się jego penisa.

Pan Ebersbach myśli o swojej żonie z nienawiścią. Chciałby mieć kochankę, ale nie wie, jak sobie jakąś znaleźć, nie jest ani przystojny, ani bardzo bogaty, nie ma śmiałości, chadza więc czasem do burdelu, lecz rzadko, zbyt rzadko, bo to kosztuje pieniądze i nie cieszy tak, jak pan Ebersbach chciałby się cieszyć. Ale czasem chadza. Dwa razy do roku, i to w Breslau, bo w Gleiwitz nie ma żadnego, są tylko cichodajki po mieszkaniach, jednak to drożej i niebezpiecznie.

Pani Ebersbach tęskni do swojego dawnego kochanka, bo ciągle go kocha, a ponieważ jest silniejsza od swojego męża, to od lat odmawia mu małżeńskich praw, on zaś nie wie, jak by miał się ich domagać skutecznie, więc tego nie robi, i nie sypiają ze sobą w ogóle pan i pani Ebersbach, i co z tego, czy to ma znaczenie?

Pani Ebersbach zabiera Caroline do doktora. Bada ją doktor von Kunowski, psychiatra. Zadaje pytania. Osłuchuje klatkę piersiową. Mierzy tętno. Zagląda do gardła. Do uszu. Do nosa. Każe się położyć i patrząc ostentacyjnie w inną stronę, wsuwa dłoń między uda Caroline i stwierdza, że Caroline jest dziewicą. Matka siedzi obok i przewraca oczami, jest oburzona, kimże miałaby być jej córka, są w końcu z dobrego domu. Doktor von Kunowski nie czuje seksualnego podniecenia, wsuwając dłoń między uda Caroline i głębiej. Caroline czuje seksualne podniecenie, jednak nie wie, czym jest ta przyjemność, przyjemność połączona z pragnieniem, które czuje, lecz nie wie, czego pragnie. Z doktorem von Kunowskim Caroline już więcej się nie spotka, spotka się z nim za to Josef Magnor, ale kiedy indziej, i żaden z nich nie będzie świadom tego, co ich łączy, a nawet gdyby wiedzieli, wzruszyliby tylko ramionami nad tym zbiegiem okoliczności, bo tylko ja wiem, że nie ma zbiegów okoliczności.

Caroline rozmawia z koleżanką ze szkoły. Koleżanka wie lepiej, czym jest przyjemność i czego się pragnie, też wie lepiej, ponieważ jest starsza i wychowywała się na wsi pod Kreuzbergiem, gdzie obyczaje były nieco swobodniejsze niż wśród gliwickiego mieszczaństwa, chociaż wieś była protestancka. Koleżanka ma na imię Anna, na nazwisko zaś Piontek, ale to nie ma znaczenia. I jednocześnie ma znaczenie, jak wszystko inne. Koleżanka objaśnia Caroline naturę przyjemności, którą ta czuła, kiedy badał ją doktor von Kunowski.

Caroline pobiera lekcję gry na fortepianie. Fortepian stoi w bawialni. Ojciec drzemie w swoim gabinecie, wypiwszy dwa piwa po obiedzie, matka czyta romans w salonie. Caroline chwyta dłoń swojego nauczyciela, ten patrzy na nią zaskoczony, ale nie cofa dłoni, ponieważ od dawna kocha Caroline. Caroline lewą ręką zakasuje spódnicę, kładzie rękę nauczyciela gry na fortepianie na swoim kroczu, pokrytym delikatnymi włosami. Caroline nosi staromodną bieliznę z otwartym krokiem, gdyż pani Ebersbach jest konserwatywna i twierdzi, że majtki z zaszytym krokiem noszą wyłącznie prostytutki. Pan nauczyciel gry na fortepianie zrywa się przerażony. Caroline zakrywa spódnicą nagie kolana i po raz pierwszy czuje pcąco bolesne upokorzenie bycia odrzuconą.

Caroline nauczyła się właśnie czegoś bardzo ważnego, ale o tym nie wie.

— Ich bin hässlich — mówi, bo tyle mniej więcej wynika z tego, co zdołała przekazać jej starsza koleżanka Anna, która twierdziła, że każdy mężczyzna zawsze ma ochotę włożyć palce lub prącie w krocze kobiety i żaden nie odmówi, jeśli tylko go zachęcić, no, chyba żeby kobieta była brzydka albo stara. Caroline wie zaś, że nie jest stara.

— Ncin, Fräulein... — szepcze przerażony pan nauczyciel gry na fortepianie, który nigdy nie spółkował z dziewczyną, więc nie wie nawet, co miałby zrobić, poza tym jest ubogi i potrzebuje marek wypłacanych mu dwa razy w tygodniu przez ojca Caroline, nie potrzebuje zaś kuli z pistoletu ani pobicia, ani więzienia, które w zależności od humoru pana domu groziłyby mu, gdyby go na dotykaniu Caroline przyłapano. Pan nauczyciel gry na fortepianie kocha Caroline i mniej więcej rozumie, co to znaczy kochać, albowiem przeczytał kilka romansów, ale nie kocha jej aż tak, aby dać się dla niej zabić, a tym bardziej zrezygnować z tygodniowego przychodu. Przerażony, siada z powrotem na krześle obok Caroline i wracają do ćwiczonej właśnie sonatiny. Caroline gra dobrze, mimo palącego bólu odrzucenia. Legato. A tak gramy arpedżia. O, proszę.

Pan nauczyciel gry na fortepianie ma na imię Jan, w domu mówią na niego Hanys albo Jōnek, ale w domu Caroline przedstawia się jako Hans, Hans Kletschka.

— Legato, die Handgelenk höher halten, Fräulein!

Caroline stoi przed niewielkim lustrem w swojej sypialni. Kiedy cichną wszystkie odgłosy domu, zapala światło, rozbiera się z koszuli nocnej i ogląda swoje ciało w lustrze.

Rozpuszcza płowe, plączące się włosy, bardzo długie. To ciało to nie ja, myśli Caroline, ale nie za pomocą słów, lecz za pomocą oczu. To ciało jest wysokie, przewyższa już matkę Caroline o pół głowy. Jest bardzo chude, tak chude, że w oczywisty sposób brzydkie, uważa Caroline. Biodra ciała Caroline są już kobiece, zaokrąglone, brzuch płaski, piersi bardzo małe, ledwie zarysowane, nad nimi ostra linia obojczyka, uda nie stykają się ze sobą, kiedy ciało Caroline staje jak żołnierz na baczność: kolana i kostki ciała Caroline stykają się ze sobą, a uda nie.

Matka martwi się, że Caroline taka chuda, skóra i kości. Nikt się z taką chudziną nie ożeni. Nakłada córce na talerz podwójne porcje białych klusek, polewa gęstym sosem.

Ciało Caroline już dwa lata temu zaczęło miesiączkować. Nauczyciel rysunku ma na imię Heinrich. Heinrich Lamla. Heinrich urodził się w Peiskretscham. Miał wiele kobiet w Wiedniu i kilka w Gliwicach. Caroline przy świetle elektrycznym rysuje martwą naturę: dzbanek i jabłko, najtrudniejsze zaś są draperie materiału, którym przykryty jest stolik.

Jest 1918 rok i jest maj, i jest dwunasty dzień tego maja, i jest to niedziela, i zbliża się wieczór.

Caroline myśli ze złością o nauczycielu fortepianu o imieniu Hans i ciepło o nauczycielu rysunku o imieniu Heinrich.

Josef Magnor siedzi na laubie w starym cywilnym ubraniu, pali i rozmyśla nad swoim życiem. Mamulka ryczōm ze kuchnie:

— Zefel, najduchu, drap do łoża, o trzeciyj mōsz stanynć, cobyś na szychta bōł.

Wszyscy bracia Josefa są już w łóżkach, poza tymi, którzy są na wojnie albo w grobie. Siostry Josefa powychodziły już za mąż, więc nie są jeszcze w łóżkach: jedna gotuje obiad na jutro, druga karmi dziecko, kołysząc jednocześnie stopą kołyskę z innym dzieckiem, trzecia z rezygnacją spółkuje z mężem w antryju, oparta o framugę drzwi, w łóżku nie mogą, bo dzieci.

I Josef jeszcze nie jest w łóżku, chociaż musi wstać o trzeciej w nocy, aby zdążyć do pracy. To dobre piętnaście kilometrów, a całą drogę przebyć musi pieszo: trochę gościńcem, trochę polnymi ścieżkami, najpierw Schönwald, potem Preiswitz, czyli Przyszowice, i dalej do Makoschau, gdzie znajduje się szyb kopalni Delbrück. Po szychcie i powrocie do domu zwykle nie ma siły na nic poza myciem, wieczerzą i łóżkiem, a dzisiaj jest niedziela, cały dzień wypoczywał i teraz chce jeszcze posiedzieć trochę na laubie, paląc papierosa i myśląc.

Josef myśli o porannym marszu na gruba i myśli o swoim starziku, Ottonie Magnorze, który był z Schönwaldu, czyli był szywŏłdziŏnym, mówił średniowiecznym niemieckim dialektem, którego Niemcy z Rzeszy nie rozumieją, hochdeutscha liznął dopiero pod Sedanem, gdzie Francuzi zrobili w nim dziurę, a po wasserpolsku ŏpa Otto nauczył się dopiero od żony, Ślązaczki z Nieborowic. Z powodu tej żony ojciec — więc pradziadek Josefa — wyparł się go i wygnał, bo szywŏłdziŏny od wieków brali sobie tylko szywŏłdziŏnki — stąd, jak głosi popularna w okolicznych wsiach opinia, we wsi rodziło się tylu idiotów. Bracia Ottona dalej mieszkają w Schönwaldzie, mówią po szywŏłdzku, ani słowa pŏ naszymu, po polsku, ani słowa po niemiecku, tak się mówi, że ani słowa, ale tak naprawdę i w wasserpolnisch, i po niemiecku parę słów powiedzą. Więc w Schönwaldzie Josef ma licznych kuzynów, ale nawet nie wie, którzy to dokładnie, i żadnych kontaktów z rodziną szywŏłdzką jego rodzina nie utrzymuje, bo ŏpa Otto obiecał, że jego noga więcej w tej przeklętej wsi nie postanie, i słowa dotrzymał, nie poszedł nawet na pogrzeb ojca. We wsi mówili, że matce Ottona serce pękło na pogrzebie męża, kiedy okazało się, że jej pierworodny Otto na pogrzeb nie przyszedł, i umarła tydzień później, i na jej pogrzeb Otto też nie przyszedł, poszedł za to do szynku i pił przez trzy dni, i podobno przepił tam majątek, stawiając każdemu, kto chciał. Dlatego Josef już nie jest szywŏłdziŏnym, a u nich dōma gŏdŏ się pō naszymu. Po ślōnsku. Po wasserpolsku. Po polsku. Jak kto woli, w gazetach różnie ten rozmyty język nazywają, zależnie od politycznych potrzeb i kontekstu.

— Zefel, do łoża! — krzyczy mamulka pō naszymu. — Jeruchu, na co ty tak durś yno siedzisz na tyj laubie? Yno byś te cigarety kurził! Przeca to marki kosztuje!

— A se tak myśla nad swoim żywobyciym, mamulko. Niy przezywejcie pō mie, już ida.

Koźlęta Pierwszej zdechły z głodu i kiedy ich truchła zaczęły śmierdzieć, zajęły się nimi lisy, psy i kruki i niewiele z nich już zostało.

Koźlęta Drugiej mają się dobrze.

Pan nauczyciel rysunku ponownie chwyta Caroline za szyję, mocno i drapieżnie, tak samo jak ostatnio, drugą ręką zaś przez ubranie dotyka jej niedojrzałych piersi. Pani Ebersbach w tym czasie sztorcuje w kuchni służącą, gdyż ta wczoraj nie wyczyściła pieca, tak jak należało. Pan Ebersbach przebywa we Wrocławiu, gdzie wybrał się w podróż służbową, jest bowiem radcą prawnym, a że nie znosi swojej żony, chętnie wybiera się w podróże służbowe. Specjalnie wyjechał w niedzielę rano, żeby spędzić niedzielę nie w domu, lecz w pociągu, a potem w pokoju hotelowym.

Biologiczny ojciec Caroline — ten, który ją spłodził i wymknął się drzwiami dla służby — przebywa aktualnie w błocie, ponieważ dwa lata temu zmełła go maszyna zachodniego frontu: był w tym samym pułku co Josef Magnor, nie znali się jednak, bo służyli w innych kompaniach, co oczywiście nie ma znaczenia, tak samo jak znaczenia nie ma to, że ciało ojca Caroline stało się belgijskim błotem. Maszyna frontu zachodniego zmełła go bowiem w sensie dosłownym, nie metaforycznym, i nie doczekał się nawet grobu na żadnym z tych schludnych, skromnych cmentarzy wojennych, gdzie leżą sobie w ziemi ciała żołnierzy z całej Europy. Gdyby front zachodni go tylko zabił, a nie zabił i zmełł, to ojciec Caroline mógłby leżeć na niemieckim cmentarzu wojskowym w małej miejscowości Troyon w departamencie Moza w Lotaryngii, gdzie między wieloma innymi pod jednym z licznych czarnych krzyży leży sobie na przykład Dominik Twardoch, na krzyżu zaś jest plakietka z jego nazwiskiem, a ojciec Caroline nie leży pod żadnym krzyżem i nigdzie nie ma plakietki z jego nazwiskiem, i Caroline tego nazwiska również nigdy nie pozna.

Pan nauczyciel rysunku o imieniu Heinrich dotyka piersi Caroline. Nie zabiera ręki, ponieważ nienawidzi Caroline i jej rodziców. Caroline nie odpycha jego dłoni, ponieważ sądzi, że skoro pan nauczyciel rysunku dotyka jej niedojrzałych piersi, to znaczy, że może jednak nie jest brzydka. Może jednak jej ciało podoba się panu Heinrichowi Lamli. A nauczycielowi fortepianu, którego Caroline trochę pokochała, ciało Caroline się nie podobało.

Pan nauczyciel rysunku o imieniu Heinrich słyszy cały czas, jak matka Caroline sztorcuje służącą. Caroline nie przestaje rysować, pan nauczyciel rysunku puszcza więc szyję Caroline i sięga pod jej spódnicę. Pan nauczyciel rysunku, chociaż nienawidzi Caroline, pieści ją i sprawia jej tym przyjemność. Caroline oddycha coraz szybciej i nie przestaje rysować. Nie jest w stanie kreślić prostych linii, więc krótkimi ruchami nakłada walor. Koźlęta Drugiej ssą swoją matkę. Pan nauczyciel rysunku delikatnie wsuwa palec do środka Caroline, wycofując się zaraz, kiedy czuje opór. Zamierza ten opór pokonać, ale nie palcem i nie teraz. Pan nauczyciel rysunku bierze lewą rękę Caroline. Prawą ręką Caroline dalej nakłada walor na rysunek. Pan nauczyciel rysunku rozpina guziki rozporka i wkłada lewą dłoń Caroline w swoje spodnie. Caroline z ciekawością konfrontuje opowieści Anny z rzeczywistością. Nie ośmiela się jednak wyjąć penisa Heinricha Lamli na zewnątrz.

— Ich schleiche mich heute Nacht in dein Zimmer. Ich werde ans Fenster klopfen, mach mir dann auf — mówi pan nauczyciel rysunku, który jest spostrzegawczy i na podstawie dawno zaobserwowanych faktów od razu obmyślił plan tego, jak dostać się między nogi Caroline nie tylko dłonią, ale tak, jak należy, czy raczej tak, jak uważa, że należy. Pokój Caroline odległy jest od sypialni pana i pani domu, oddzielony salonem, bawialnią, jadalnią i kuchnią. Pokój Caroline ma balkonik, okna jego zaś wychodzą na park. Na balkonik sprawny mężczyzna łatwo może się wspiąć, a Heinrich Lamla ma się za sprawnego mężczyznę, chociaż komisja wojskowa była innego zdania, z powodu lewej nogi o dwa centymetry krótszej niż prawa, co uratowało Heinricha przed frontem i zmusiło do seryjnego uwodzenia kobiet, aby dowieść sobie i światu, iż nie jest mężczyzną bezwartościowym.

5.

1870, 1914, 1915–1918, 1921, 1939,
1945, 1979, 2013, 2014

Dziewczyna wymyka się Nikodemowi. Jest jak zwierzątko, jak samiczka rodzaju ludzkiego, myśli Nikodem i wydaje mu się, że to piękna metafora, a ja wiem, że to nie jest metafora, bo i ona, i Nikodem są jak zwierzątka i jak kamienie, i jak trawa, i jak woda.

Dziewczyna jest piękna i niezgrabna. Ma chude ciało, którego nie umie nosić, niewielkie piersi, jakie mógłby namalować Cranach, gdyby pozowała nago Cranachowi, a nie współczesnym jej fotografom, ma długie kończyny, jakby namalował ją El Greco, gdyby pozowała jemu, a nie współczesnym jej fotografom, jednak bardziej niż z białym ciałem Chrystusa ze *Zmartwychwstania* kojarzą się Nikodemowi te długie białe chude ramiona i nogi z kończynami źrebięcia. Dziewczyna zaplata ramiona i nogi, kiedy siada. Chodzi zgarbiona, nie wie, co zrobić z rękami. Nie kołysze biodrami, nie stawia nogi przed nogą w jednej linii, nie siada w uwodzicielskich pozach. Nikodem kocha się w tych długich nogach i rękach, i zgarbionych plecach, i długich palcach, zakochuje się w tej niezgrabności tak szybko, że nawet nie wie, kiedy to się dzieje, i Nikodem traci swoją męską siłę i staje się wewnętrznie wiotki.

Dzikie źrebię na antydepresantach, myśli wewnętrznie wiotki Nikodem Gemander. Nikodem Gemander jest prawnukiem Josefa Magnora, ale to nie ma znaczenia.

Siedzą nad hotelowym basenem, Nikodem i dziewczyna. Nad basenem rosną palmy. Nikodem siedzi na leżaku, dziewczyna nieopodal z nogami w wodzie. Jej smukłe, piękne ciało w drogim, skąpym bikini. Małe piersi. Mokre włosy. Pływała. Podoba się Nikodemowi w tym bikini, długonoga. Nikodem uważa, że inni mężczyźni mu jej zazdroszczą.

Nikodem zamawia butelkę wina. Na iPadzie kreśli koncepcyjny zarys niskiego, neomodernistycznego domu, który za dwa lata wyrośnie niemal z niczego na stoku jednej z gór Beskidu Śląskiego. Dom będzie kosztował prawie sześć milionów złotych, chociaż miał kosztować cztery i pół. Nikodem za projekt otrzyma dwieście tysięcy złotych i okładkę „Architektury-Muratora". A teraz utrwala na rysunkach na iPadzie pierwsze koncepcje, myśląc o tych umówionych dwustu tysiącach. Najpierw rysuje na białym ekranie. Potem na zdjęciach działki, które zrobił przed wyjazdem. Potem znowu na bieli.

Dziewczyna bawi się nad basenem z pięcioletnią Francuzką. Matka małej Francuzki, zadowolona z chwili spokoju, czyta błyszczący magazyn. Dziewczyna, która wymknie się Nikodemowi, kładzie się na ręczniku. Mała Francuzka kładzie się naprzeciwko niej, w tej samej pozycji. Powtarza jej gesty. Rozmawiają ze sobą w języku, którego nie ma. Nikodem podnosi wzrok znad iPada. Patrzy na dziewczynę i na małą Francuzkę. Dziewczyna daje dziewczynce swoją bransoletkę. Mała Francuzka biegnie zapytać matkę, czy może przyjąć prezent. Matka się zgadza.

— Mogłabym mieć taką córeczkę — mówi dziewczyna do Nikodema, siadając na leżaku obok niego.

Nikodem nie odpowiada.

Ludzie podzieleni są na typy, uważa Nikodem, ale nie wie, że dziewczyna, która mu się wymyka, jest w typie Caroline Ebersbach, ta zaś okazała się ważną osobą w życiu Josefa Magnora, pradziadka Nikodema. Ludzie zwykle źle oceniają stopień swojej ważności w życiu bliźnich, ale w przypadku Josefa Magnora i Caroline Ebersbach ich wzajemna ważność była dla nich tak samo dobrze widoczna jak dla mnie.

Dzikie źrebię na antydepresantach jest daleko spokrewnione z Caroline Ebersbach, chociaż to nie ma żadnego znaczenia: siostra cioteczna Caroline, Anna-Marie Ochmann, była jedną z szesnastu osób, których sperma i komórki jajowe w czwartym pokoleniu miały wydać dziewczynę dziś wymykającą się Nikodemowi, a nieznającą nawet nazwisk panieńskich swoich babć i niemającą pojęcia o tym, że Anna-Marie Ochmann kiedykolwiek istniała, i jest w tej niewiedzy pewna szlachetność.

Nikt już nie ma pojęcia, że istniał ktoś taki jak Anna-Marie Ochmann. Pamiętają o niej księgi spoczywające w katowickich i gliwickich archiwach, ale nikt nie czyta jej nazwiska w tych księgach. A kiedy ktoś czyta, bo czasem ktoś czyta, chociaż nikt nie czyta, to wtedy jest po prostu tylko nazwiskiem, nic nie łączy nazwiska z ciałem, które kiedyś pod tym nazwiskiem występowało, a które już dawno jest we mnie.

I tylko ja pamiętam, że Anna-Marie Ochmann istniała, była i robiła to wszystko, co robicie, żyjąc, bo ja jestem tym, który widzi wyraźnie. Istniała więc po to tylko, aby do mnie wrócić.

Nikodem wchodzi do kawiarni w Gliwicach, kawiarnia jest przy ulicy Wieczorka, która kiedyś nazywała się Klosterstraße, ulicą Klasztorną, ponieważ prowadziła z Rzeźniczego Rynku do klasztoru Franciszkanów, i po Klosterstraße wiele razy chodzili do sądu, który na początku nazywał się Königliches Landsgericht, a później Sądem Rejonowym, co oczywiście nie ma żadnego znaczenia. Chodzili też do kościoła, na spacer — wszyscy: Otto Magnor rodem z Schönwaldu, Wilhelm Magnor rodem z Deutsch Zernitz, Josef Magnor rodem z Deutsch Zernitz, Ernst Magnor rodem trochę z Nieborowitz, a trochę z Preiswitz, Stanisław Gemander rodem z Przyszowic i Nikodem Gemander rodem z Gliwic, i Caroline Ebersbach, i na przykład siostra Nikodema, Ewa, która mieszka nieopodal, na Freundstraße, teraz Sobieskiego, i dziewczyna, która wymyka się Nikodemowi, wszyscy chodzili po tej ulicy tam i z powrotem, wcierali podeszwy w bruk i bruk w podeszwy, zlepiali się z ulicą Wieczorka, kiedyś Klasztorną.

Nikodem kiedyś prawie kupił mieszkanie przy ulicy Wieczorka, ale tylko prawie, bo bank uprzejmie odmówił mu kredytu, gdyż Nikodem nie był wtedy jeszcze człowiekiem sukcesu, a teraz Nikodem stoi przy barze w kawiarni w Gliwicach, a ja czuję mrówczy ciężar jego rosłego ciała. Ciało Nikodema jest rosłe według standardów ludzkich, rosłe i ociężałe, waży tyle, co dwie źrebięce dziewczyny, ale przecież są też ciała większe niż Nikodemowe, nawet ludzkie, a jeszcze większe są ciała zwierząt, jeszcze większe są drzewa i skorupy, w jakie ludzie chowają się niczym kraby pustelniki. Szczególnie mężczyźni upodobali sobie skorupy samochodów, które zrastają się z ich ciałami jak druga, potężniejsza skóra, jak pancerz, i jak pancerz ich wzmacniają, chronią przed światem — dzięki czterem kołom mężczyźni stają się z powrotem jakby czworonożni, są niczym dalecy przodkowie, myślą o swoich ciałach nie w kategoriach wertykalnych, lecz horyzontalnie, tak jak swoje ciało odczuwa odyniec albo buhaj.

Nikodem też lubi swoje pancerze, ale teraz jest rozpancerzony; kiedy przestępuje z nogi na nogę, stawia na mnie stopy w zamszowych wiedenkach i myśli o dziewczynie słowami, które sobie specjalnie dla niej wymyślił, moje zwierzątko, myśli, moje dzikie źrebię na antydepresantach, dorosłe dziecko alkoholika, moja kobietka borderline, samiczka, w której mężczyźni zakochują się równie szybko, jak odkochują, chociaż on się nie odkochał, a jej nie ma poza mężczyznami, bo to przez nich definiuje samą siebie.

Jest podobno dziennikarką w katowickim dodatku do „Gazety Wyborczej", tak mówi Nikodemowi, bo świat wymaga od niej, żeby była kimś, więc jest podobno dziennikarką i przychodzi jej to z naturalną łatwością, bo w ogóle jej na tym nie zależy. Nic nie wie o świecie i nic jej nie interesuje poza nią samą, bycie dziennikarką też jej nie interesuje ani praca jej nie interesuje, ani gazety o modzie, które leniwie czytuje, ani mądre książki, które czytuje tak samo leniwie i bezpretensjonalnie jak gazety o modzie, nie interesują jej drogie torebki, którymi się pozornie ekscytuje, ani drogie ubrania, które niedbale nosi, a które kupowali jej kolejni mężczyźni — nimi też się zresztą niezbyt interesowała. Mija kolejnych mężczyzn swojego życia tak, jak rzeka mija kamienie.

— Jesteś miłością mojego życia — mówi Nikodemowi, kiedy siada obok niego na leżaku pod palmami, a Nikodem myśli, że to nieprawda, ale jest to prawda w tym sensie, że dziewczyna wierzy w to, co mówi, więc nie kłamie, chociaż Nikodem jest przekonany, że kłamie.

Jest bardzo mądra, niewyuczoną mądrością buddyjskiego bodhi, myśli Nikodem i nie wie, głupiec, że to jest moja mądrość, a nie żadnego mędrca, żaden mędrzec tej mądrości mieć nie może. To moja mądrość. Obojętna mądrość migrujących ptaków. Mądrość węgorzy płynących do Morza Sargassowego. Mądrość pstrągów i czajek. Mądrość nieuświadomiona, mądrość biało-zielonego boga lodowców, zwierzęca mądrość dziewczyny, która spokojnie przyjęła samą siebie za granice swojego świata. Nie jest próżna, po prostu żyje; niewielu potrafi tak żyć, czystym życiem, czystą kobiecością, bez celu, nie szukając sensu, po prostu żyjąc, a ona potrafi, chociaż często i bardzo cierpi. Mimo podłużnych tabletek, które połyka co rano, a które powoli uwalniają substancje mające to cierpienie zmniejszyć, tak jak dezodorant pod pachami ma stłumić naturalny zapach ludzkich zwierząt.

Więc cierpi i nic mnie to nie obchodzi, oni wszyscy cierpią, tylko ja nie cierpię. Czuję ich cierpienie, tak jak czuję ich zapach, ciężar i delikatny dotyk ich stóp.

Czuję stopy Josefa Magnora. Czuję stopy i dłonie syna Josefa Magnora, jak mnie drapią i drażnią, i jak puchną, dorastając, czuję stopy wnuka Josefa Magnora i prawnuka Josefa Magnora, stopy prawnuka Josefa Magnora obute w skórzane buciki, rozpancerzonego, przy barze w kawiarni w Gliwicach.

Coś ich łączy, nić, która przebiega przeze mnie, we mnie, jest mną.

Josef naciska na pedały roweru marki Wanderer, jadąc po szutrowej drodze z Preiswitz przez Schönwald do Gliwic. Nie czuje zmęczenia w udach, nie czuje potu na plecach, nie czuje marznącej od wiatru czaszki, czuje tylko, jak coś rozsadza mu klatkę piersiową od wewnątrz. W głowie żadnych myśli, tylko biała wściekłość, jakby spojrzeć w słońce. Josef nauczony jest zabijać, nie tylko z daleka, nie tylko naciskać spust, kiedy przed ostrym obrazem muszki majaczy ledwie widoczny burozielony punkt, który podobno — tak twierdzi feldfebel — jest żołnierzem z Nowej Zelandii. Josef nauczony jest zabijać również z bliska i bagnetem zabił z bliska czarnoskórego żołnierza we francuskim, szaroniebieskim mundurze.

Syn Josefa, Ernst, oddaje bezwiednie mocz. Boi się tak bardzo, że nie czuje nawet, jak nogawki wełnianych spodni robią się ciepłe i wilgotne. Syn Josefa Ernst w piątym roku wojny pierwszy raz zobaczył trupa i od razu nie był to trup samotny, lecz w towarzystwie innych trupów. Ernst wymigał się od poboru do Wehrmachtu, tak cenna dla Rzeszy była jego praca w gazowni. Ernst wymigał się od poboru do Volkssturmu, chowając się po domach krewnych, lecz do czasu...!

Nie chciał Ernst pójść na wojnę, więc wojna sama przyszła do Ernsta, przyjechała czołgami i Ernst zobaczył dużo trupów. Nie zapanował nad fizjologią, tak dużo hormonów oddał właściwy gruczoł do krwi, że aż rozluźniły się właściwe mięśnie gładkie i Ernst się zsikał, ze strachu się zsikał, patrząc, jak radzieccy żołnierze w niebieskich spodniach i w baranich kożuszkach rozstrzeliwują mieszkańców Przyszowic pod murem cmentarza. Twarze, które Ernst zna. Potem Ernst ucieka. Wsiada na rower, ten sam rower marki Wanderer, na którym dwadzieścia cztery lata wcześniej po szutrowej drodze z Gierałtowic przez Schönwald do Gleiwitz jechali Josef Magnor i biała wściekłość Josefa Magnora.

Przy drodze trupy niemieckich wojóków i trupy ruskich wojóków zupełnie pojednane, spalony niemiecki czołg i spalona ciężarówka. Czołg to PzKpfW IV Ausführung E, o czym

Ernst nie ma pojęcia; nie wie, jaki czołg PzKpfW IV Aus. E wywiera nacisk na centymetr kwadratowy gruntu, jaki ma kaliber jego armata i ilu litrów oleju napędowego mu potrzeba, żeby przejechać sto kilometrów, a czy to wszystko ma znaczenie, czy nie ma, nie wiadomo, poza tym, że wszystko ma znaczenie, wszystko, co z tego świata, mówi samo za siebie i mówi coś jeszcze, przez ptaki, drzewa, spalone czołgi, ludzi i kamienie przemawia coś i ja te słowa słyszę, i są to moje słowa.

Koła pomarańczowego fiata 126p tracą przyczepność i samochodzik sunie bokiem po oblodzonej jezdni drogi numer 44. Stanisław Gemander myśli o swoim synu Nikodemie, którego na tylnym siedzeniu w ramionach trzyma Natalia z domu Magnor, córka Ernsta Magnora, i Stanisław myśli o swojej młodej żonie Natalii i o tym, czy dodając gazu dychawicznemu, chłodzonemu powietrzem silniczkowi o pojemności zero przecinek sześć litra i skręcając koła w lewo, zdoła wyjść z poślizgu, czy jednak dane mu będzie spotkać się z topolami przydrożnymi. Stanisław myśli bardzo szybko, sprzęgło, redukcja na trójkę, blaszany pedał gazu w podłogę, gaźnik się otwiera, anemiczny dwucylindrowy silniczek daje więcej mocy na tylne koła, kierownica w lewo, jednak droga jest zbyt śliska i samochodzik, sunąc bokiem, omija topole, lecz w końcu i tak zwala się do wypełnionego śniegiem rowu. Wyciągają go potem życzliwi żołnierze za pomocą stalowych lin i transportera opancerzonego. Na plecach żołnierzy ciasno przytroczone lufami w dół karabinki o składanych kolbach, na głowach futrzane czapki, na transporterze wieżyczka z ciężkim karabinem maszynowym. Karabinki na plecach żołnierzy nazywają się AKMS. Transporter opancerzony nazywa się SKOT. Karabin maszynowy nazywa się KPWT, co oznacza pokładową wersję karabinu maszynowego o nazwie KPW. Żołnierze też się nazywają, ale ich nazwiska ukryte są przed wzrokiem Stanisława Gemandera. Nazwy karabinków, transportera i kaemu pamięta, bo podczas studiów sam był w wojsku, uzyskał stopień podporucznika i przydział do szpitala wojskowego jako oficer odpowiedzialny za zaopatrzenie.

Nikodem Gemander nie był w wojsku. Ernst Magnor na polskie wojsko był za młody, licząc w 1939 roku dziewiętnaście lat, od niemieckiego się z trudnością wykręcił, przed Volkssturmem uciekł, a po wojnie już było za późno. Ernst widział jednak wojnę z bliska, Ernst nie musiał iść na wojnę, to wojna przyszła do Ernsta. Prapradziad Nikodema, Wilhelm, odbył służbę wojskową, jak należało, ale zdarzyło mu się żyć w czasach czterdziestoczteroletniego pokoju między Sedanem a Marną. Wojna zabrała za to dwóch z jego pięciu synów. Otto Magnor przedziurawiony został pod Sedanem.

Nikodem Gemander nad lewym uchem ma bliznę, skaleczyła go pękająca szyba, skaleczenie nie było poważne, ale rodzice się przerazili, bo krew płynęła obficie.

— Tata miał wypadek, kiedy wiózł mnie ze szpitala do domu, wyobrażasz sobie? — mówi trzydzieści cztery lata później Nikodem, mówi dziewczynie, która mu się wymyka. Dziewczyna dotyka blizny Nikodema, po raz pierwszy leżą oboje nadzy w pościeli, nadzy i zmęczeni, a jeszcze trochę obcy, jeszcze więcej mają przed sobą tajemnic niż wiedzy o sobie i tak leżą oboje, zmęczeni, z wilgotną skórą — dziewczyna dotyka blizny Nikodema, a on opowiada jej o wypadku.

Nikodem jest smutny, jak każde zwierzę post coitum. W spokojnym, bo zaspokojonym smutku Nikodema pojawia się myśl o tym, jak ta historia się skończy, i strach przed śmiercią miłości, której żadne z nich nawet jeszcze nie nazwało, ale strach już jest i Nikodem nawet trochę zdaje sobie z niego sprawę.

Wszyscy się tego boją.

Jest biologiczne okrucieństwo w tym, jak w ludziach umiera miłość. Nikodem obserwuje to zawsze z oddalenia, nawet kiedy sam jest tego okrucieństwa ofiarą. Nawet kiedy płacze, kiedy jest na kolanach, zawsze obserwuje z oddalenia. Jak teraz.

Dziewczyna wymyka się Nikodemowi. Wsiada do autobusu, staje przy oknie, ale nie patrzy na Nikodema.

Nikodem chciałby pobiec za autobusem albo zrobić cokolwiek, jednak nie robi nic.

Myśli o swojej córce. Myśli o swoim ojcu. To nie ma znaczenia.

Weronika Gemander ma pięć lat i myśli o czymś zupełnie innym. Josef Magnor jest jej prapradziadkiem. Jednym z ośmiu. To nie ma znaczenia, ale tak jest.

6.

1904–1914, 1918, 1919, 1930, 1945,
1951, 1987, 1997, 1998, 2013

Heinrich Lamla wspina się po rynnie i cieszy, że ciało ma jeszcze sprawne. Jest pełen niepokoju, obawia się zmarnować wieczór. Boi się też o inną sprawność ciała. Heinrich Lamla jest doświadczony, lecz perspektywa defloracji nawet jego odrobinę onieśmiela.

Jest maj. Noc z piątku na sobotę. Godzina po północy. Godzinę temu zaczął się 18 maja 1918 roku. Słońce wstanie za trzy godziny.

Zdziczałe psy węszą w Jakobswalde, szukają saren, aby je osaczyć i pożreć.

Skarb Radzima leży zatopiony w mokradłach w zagajniku między Birawka-Mühle a Nieborowitzer Hammer.

W domu rodzinnym Josefa w Deutsch Zernitz jest izba, którą Josef dzielił z braćmi, Maximilianem i Friedrichem, zwanymi Maks i Frycek. W izbie są trzy łóżka. Dwa pozostają puste. W trzecim, należącym od zawsze do Josefa, leży Josef. Nie może spać. Nie prześladują go wojenne horrory. Nie dręczą go zabici przezeń ludzie. Po prostu nie może spać. Patrzy w jaśniejszy od pokoju prostokąt okna, ręce złożone pod głową, pierzyna odgarnięta, bo ciepło, chociaż w piecach już nie palą.

Heinrich Lamla puka w szybę, głodny kobiety. Caroline otwiera balkonowe drzwi. Ma na sobie tylko koszulę nocną. Nie boi się. Nie wie dokładnie, czego się spodziewać, ale czegoś się spodziewa.

W pokoju nie pali się światło, jest jednak pełnia i dużo widać. Caroline ma czternaście lat. Przypomina dziewczynę, którą dziewięćdziesiąt pięć lat później pokocha Nikodem, prawnuk Valeski, i taka będzie między nimi długa i cienka linia, przebiegająca przez Josefa, jego syna Ernsta, córkę Ernsta Natalię i jej syna Nikodema, do dziewczyny, która mu się wymknie.

Caroline jeszcze nie spotkała Josefa. Przyszedł za to do niej pan nauczyciel rysunku i pan nauczyciel rysunku dotyka jej policzka i szyi.

— Zieh dich aus.

Caroline ściąga koszulę nocną. Porusza kończynami, ściągając koszulę, a jednak czuje się jak sparaliżowana. Nie boi się, ale coś ją paraliżuje. Nie wstydzi się swojego ciała. Nie wie, dlaczego. Nie uważa się za piękną, lecz nie czuje wstydu. Wie, co to wstyd, i wie, że powinna go odczuwać, obnaża jednak swoje czternastoletnie piersi, łono i pośladki przed tym mężczyzną i nie czuje wstydu. Caroline chce, żeby pan nauczyciel rysunku ją widział. Taką sztywną, poruszającą się, a jednak jakoś sparaliżowaną.

Pan nauczyciel rysunku ściąga spodnie i kalesony. Caroline chciałaby zobaczyć jego penis, ale kryją go poły koszuli. Kieruje nią bardziej ciekawość niż pożądanie.

— Würden Sie Ihr Hemd ausziehen? — pyta grzecznie Caroline.

Heinrich Lamla zastanawia się chwilę i ściąga koszulę, pozostając w skarpetach przypiętych do podwiązek zaraz pod kolanami. Caroline przygląda się ciemnej sylwetce jego szczupłego ciała. Obchodzi pana nauczyciela rysunku dookoła i prosi, aby odwrócił się do okna. Caroline chce zobaczyć go w świetle pełni i widzi go.

Caroline nie wie, czy pan nauczyciel rysunku się jej podoba. Ciało ma szczupłe, ramiona i nogi dość muskularne, brzuch niezbyt wydatny, ale już zarysowany, na piersiach gęsty i czarny zarost, podobny w kroczu, z którego zwisa niewzwiedziony jeszcze penis. Kładą się, oboje nadzy. Żadnej przyjemności Caroline nie odczuwa, ale podoba jej się, że ręce pana nauczyciela rysunku są tak zachłanne, że jego usta tak chciwie całują jej piersi, właśnie tak myśli, oddziela w myślach poszczególne części ciała Heinricha Lamli i chciałaby, żeby usta Heinricha Lamli pocałowały ją w usta, i w końcu udaje jej się usta pana nauczyciela rysunku w ciemnościach odnaleźć, jednak wargi Heinricha Lamli pozostają ściśnięte. Heinrich Lamla nie chce całować Caroline Ebersbach.

Heinrich Lamla kieruje dłonią Caroline Ebersbach i Caroline bierze w dłoń jego penis. Tak o nim myśli. Zna słowo „penis", znalazła je w encyklopedii. Dziwi się, że kiedy ostatni raz go dotykała, penis nauczyciela rysunku był twardy, a teraz jest miękki. Jednak w jej dłoni szybko twardnieje. Caroline zastanawia się, jak to możliwe, że pan nauczyciel rysunku włoży w nią ten penis. Miękkiego, jak na początku, nie dałby rady w nią wsunąć. Sztywny wydaje się zbyt duży, przecież to niemożliwe, by się zmieścił.

Okazuje się to jednak możliwe. Krwi nie ma wiele, ból jest mniejszy, niż się spodziewała. W całym ciele czuje mrowienie, jakby przeciągły, bardzo mocny dreszcz, i jest to niezwykle przyjemne uczucie. Nie jest to rozkosz natury erotycznej, ale jest to rozkosz. Jak mijające odrętwienie.

Nie jest to orgazm; Caroline ani nie zna tego słowa, ani nie zdaje sobie sprawy ze złożonej natury aktu seksualnego, z podziału tegoż na proces: podniecenie, plateau i moment orgazmu, i nawet jej uświadomiona koleżanka spod Kreuzberga mówiła tylko, że owszem, czasem rzecz ta bywa przyjemną. Orgazm pozna Caroline już niedługo, będzie to odczucie przyjemne, ale nieporównywalne do tego, co czuła, gdy po raz pierwszy oddała się mężczyźnie, gdy oddała się nauczycielowi rysunku Heinrichowi Lamli.

Kiedy Heinrich Lamla zbliża się do końca, natychmiast i pospiesznie wycofuje się z łona Caroline i kończy na zewnątrz, czego Caroline w ciemnościach nie zauważa, dziwi się tylko plamie wilgoci na prześcieradle, po chwili jednak domyśla się jej pochodzenia, wspomniawszy znowu na słowa swojej przyjaciółki. Następnie przypomina sobie, co wie z romansów, i niezdarnie próbuje pocałować Heinricha Lamlę. Ten nie odwraca twarzy, ale też nie otwiera ust. Caroline całuje więc jego zaciśnięte wargi.

Josef śpi już od półgodziny: w swoim łóżku, w swojej izbie, w swoim domu, w swojej wsi Deutsch Zernitz. W Provinz Oberschlesien. Landkreis Tost-Gleiwitz. W swoim kraju. Pod rządami swojego cesarza.

I pod rządami tego cesarza Josef śni nagie kobiety o obfitych pośladkach i biustach i przez sen brudzi sobie kalesony, w których sypia, rano odkryje to z irytacją.

Heinrich Lamla wyciera penis o poszwę pierzyny z łóżka Caroline Ebersbach. Caroline Ebersbach leży naga w pościeli. Heinrich Lamla wkłada kalesony, koszulę, przypina kołnierzyk do koszuli, wiąże krawat, zakłada kamizelkę, sprawdza, czy zegarek i pugilares są na swoim miejscu — to przyzwyczajenie z domów publicznych, nie obchodzi go, że Caroline mogłaby się poczuć obrażona, ona zresztą nie czuje się obrażona, bo nie rozumie znaczenia tego gestu.

Heinrich Lamla wkłada marynarkę: luźną, myśliwskiego kroju, z angielskiego kamgarnu, oczywiście przedwojenną.

Caroline ze zdumieniem zauważa, że cieszy się, iż Heinrich zbiera się do wyjścia. Czy to ze strachu, że mogliby zostać przyłapani razem? Nie.

Po prostu cieszy się, że on już sobie idzie.

Heinrich wychodzi przez okno, bez pożegnania, za to starannie podciągając nogawki spodni, musi uważać, by nie pękły w kroku. Czuje się nieco niezręcznie, nie żegnając się, nie wie jednak, jak by miał się pożegnać z dziewczynką, która ma dopiero czternaście lat. Więc po prostu wychodzi.

Caroline zakłada koszulę nocną. Ściąga zakrwawione prześcieradło z łóżka, zmienia zabrudzoną pościel na nową, którą zawczasu przygotowała. Czuje, że coś się stało, ale nie wie dokładnie co i nigdy się tego nie dowie, nie będzie jej dane się tego dowiedzieć, ponieważ już wkrótce pozna Josefa Magnora, już bardzo niedługo.

Osiemdziesiąt lat, dwa miesiące i pięć dni później prawnuk Josefa Magnora Nikodem Gemander stoi niecałe sto metrów od miejsca, gdzie Heinrich Lamla przerwał błonę dziewiczą Caroline Ebersbach. Nikodem ma dziewiętnaście lat, niedawno zdał maturę i czeka na dziewczynę. Jest rok 1998.

Dziewczyna nie przychodzi, po dwóch godzinach upokorzony i wściekły Nikodem opuszcza miejsce umówionej schadzki i zrezygnowany wlecze się na przystanek pekaesu, ostatni autobus z Gliwic do Rybnika odchodzi o godzinie 22.35, Nikodem wysiada na Górce, czyli na skrzyżowaniu drogi krajowej numer 78 z ulicą Karola Miarki w Wilczy, skąd do pilchowickiego domu, w którym mieszka, czekają go jeszcze trzy kilometry marszu ulicami Dolna Wieś i Leboszowską. Idzie w ciemnościach, w walkmanie muzyka z kasety z przegraną płytą Voo Voo. Płyta nazywa się *Sno-powiązałka*, kaseta jest marki BASF, to prezent od koleżanki, wkładka do kasety została przez nią własnoręcznie wyrysowana ołówkiem. Nikodem idzie i pali papierosa, który mu w ogóle nie smakuje.

Josef Magnor stoi w szoli, ciasno upakowany wraz z innymi górnikami. Szola ma trzy piętra, na każdym piętrze ośmiu górników. Szczynść Boże! Glück auf! Skórzane kaski, zapach karbidu, oleju i stali, trzask zasuwanej bramy do szybu Delbrückschacht, kiedyś zwanego szybem Zero. Dzwonki, najpierw pojedynczy, potem trzy, ruszają elektryczne silniki, jadymy, mruczą kamraci i szola wali się w dół, w ciemność, we mnie, trzęsie się z hukiem i zgrzytem stali, a obok równie pełna szola sunie w górę; trzy piętra po ośmiu górników suną we mnie, spadają w moje ciało, trzy piętra po ośmiu górników opuszczają moje ciało, jedni zaczynają szychtę, drudzy kończą, czterysta, pięćset metrów we mnie, drążą we mnie korytarze, lancami robią w moim ciele otwory, gęsimi piórami oczyszczają je z resztek mojego ciała startych na pył, ładują we mnie dynamit, wysadzają, ładują urobek do wagoników, zwalają do skipu, wyciągają moje pokruszone ciało na górę i palą mną w piecach domowych i hutniczych. Palą mną, który widzę przejrzyście, dzieckiem słońca.

We mnie ich małe, wątłe ciała zgięte, we mnie drgające płomyki karbidek i psujące się od tych płomyków oczy, we mnie ciemność, której nie potrafią rozproszyć, we mnie, w dziecku słońca.

Światło w ciemności świeci i ciemność je ogarnia.

W marcu 1919 roku matka wchodzi do pokoju Caroline i oznajmia, że idą do kina, pewne towarzystwo katolickie organizuje pokaz dla dzieci.

— Ich bin kein Kind mehr — mówi Caroline zgodnie z prawdą. — Und gehe nirgendwohin.

Nie zamierza pójść na dziecięce pokazy, dlatego odmawia. Wie dokładnie, jak zareaguje matka. Zagrozi konfrontacją z ojcem.

— Sonst rufe ich den Vater... — grozi matka, zgodnie z przewidywaniami Caroline

— Das bringt nichts, ich bleibe.

— Also gut, du wirst es noch bereuen. — Dolores Ebersbach kapituluje, grożąc jednocześnie.

Caroline Ebersbach zostaje w swoim pokoju w domu przy Kreidelstraße 23.

Dzieci gliwickiego mieszczaństwa gromadzą się w małej sali kinowej budynku Stadtgarten przy Klosterstraße 1. Oprócz małej sali są jeszcze duża sala kinowa na pięciuset siedemdziesięciu widzów, Städtische Lichtspiele, restauracja z ogródkiem piwnym. W ogródku piwnym restauracji lubi siadywać Josef Magnor i w ogóle wielu ludzi lubi tam siadywać latem, ale w marcu ogródek jest jeszcze zamknięty.

W roku 1930 kino przejmuje spółka Union-Grundstück GmbH, udźwiękowia je i nazywa Capitolem, w roku 1945 przychodzą sowieccy żołnierze i podpalają budynek, i już nie ma kina Capitol. W miejscu kina radzieckie władze wojskowe chowają ciała wszystkich sowieckich żołnierzy poległych przy zdobywaniu miasta, wcześniej pochowanych w prowizorycznych rozrzuconych po mieście grobach. W roku 1951 ciała ponownie zostaną przeniesione, niezbyt daleko, na cmentarz przy ulicy Sobieskiego.

W roku 1996 w miejscu dawnego kina, teatru, restauracji, ogródka Stadtgarten i sowieckiego cmentarza siedzi Nikodem Gemander. Miejsce nazywa się teraz plac Adama Mickiewicza, rosną na nim drzewa, a między drzewami na wysokim cokole stoi brzydki pomnik rzeczonego Adama Mickiewicza. Nikodem nie wie o tym, że kiedyś znajdował się tutaj budynek Stadtgarten i cmentarz żołnierzy sowieckich, bo w ogóle go to nie interesuje, i nie wie też, że jego pradziad Josef Magnor pijał piwo Scobel nieopodal miejsca, w którym Nikodem siedzi z pewną szczupłą dziewczyną o jasnych włosach i długich nogach i piją razem obrzydliwie słodkie tak zwane wino owocowe marki Biały Patyk, i trochę się całują, i jest noc i sierpień, Nikodem ma długie włosy, a dziewczyna krótkie, Nikodem ma erekcję, a dziewczyna jest już wilgotna, ale nic z tym nie robią, bo nie mają gdzie.

W roku 1919 dzieci gliwickiego mieszczaństwa już zajęły miejsca, gasną światła, poza dwoma żarówkami przy wejściu, dyskretnie skrytymi za grubą aksamitną kotarą.

Rozpoczyna się seans, właściwy epoce.

Aksamitna kotara dotyka gorącej żarówki, rozgrzewa się i w końcu zajmuje się ogniem.

Na widowni wybucha panika.

Co to znaczy, że wybucha panika? Siedemdziesięcioro sześcioro dzieci urodzonych pomiędzy 1909 a 1914 rokiem nagle zaczyna się bardzo bać, ponieważ od płonącej kotary bardzo szybko zajęła się modrzewiowa boazeria, pokrywająca ściany sali kinowej. Ze strachu chcą uciekać, rzucają się więc do wyjścia, tratując się nawzajem, napierają na drzwi, jednak drzwi otwierają się do wewnątrz.

Ani jednemu dziecku nie udaje się uciec, wszystkie giną. Feuerwehr przyjeżdża za późno. Większość dzieci umiera z uduszenia i zaczadzenia, niektóre płoną żywcem, inne, najmniejsze, zostają zadeptane przez większych kolegów i koleżanki.

Na wieść o pożarze Dolores Ebersbach biegnie do pokoju córki, aby ją uściskać. Przed drzwiami zdaje sobie jednak sprawę, iż byłoby to nieodpowiednie. Powściąga więc emocje, puka do drzwi i kiedy słyszy „bitte", wchodzi. Komunikuje córce wieści, które przyniosła służąca, z okien też było widać dym. Dolores Ebersbach nie odnosi się przy tym w żaden sposób do tego, że chciała wysłać Caroline do kina na ten tragiczny seans, aby nie wytworzyć w córce wrażenia, iż nieposłuszeństwo popłaca. W końcu to zwykły zbieg okoliczności.

Zbiorowy pogrzeb odbywa się cztery dni później na międzywyznaniowym cmentarzu przy Friedhofstraße, po drugiej stronie torów. Kondukt pogrzebowy jest bardzo długi. W pogrzebie uczestniczą miejscy oficjele, jest oberburmistrz Miethe, landrat von Stumpfeldt, w kondukcie daleko za oficjalną delegacją idzie Josef Magnor, idzie również Caroline Ebersbach z rodzicami. Białe trumienki z dziećmi i czarne stroje żałobników.

Wśród ciał schowanych w trumnach jest kilka należących przed pożarem do dzieci, które Caroline Ebersbach znała. Szuka więc w sobie jakiegokolwiek smutku i go nie znajduje. Matka zerka ukradkiem na córkę, spodziewając się szlochów i łez, bo też szlocha cały kondukt, kobiety i mężczyźni, jednak Dolores Ebersbach wolałaby, aby Caroline nie szlochała. Dolores Ebersbach uważa, że nie przystoi okazywać publicznie afektów w sposób tak intensywny, i jest zgorszona tym, iż płacze się tutaj bezwstydnie.

Ale Caroline nie tylko nie szlocha, po jej policzkach nie płyną nawet łzy. Jest poważna i spokojna. To jednak niepokoi matkę.

Caroline, idąc w czarnej sukni w kondukcie pogrzebowym, myśli o tym, czym jest jej ciało, i o tym, co z jej ciałem działo się pod wpływem poruszającego się w nim przyrodzenia Heinricha Lamli (który także jest na pogrzebie, ale nie zauważył Caroline ani ona jego).

Josef Magnor również nie szlocha, ale łez kilka uronił. Zastanawia się, co czułby, gdyby sam miał dzieci, i nie potrafi sobie odpowiedzieć na to pytanie.

7.

1906, 1918, 1919

Josef Magnor po raz pierwszy spotyka Caroline Ebersbach na odpuście w parafii Świętych Apostołów Piotra i Pawła w Gleiwitz, przy pięknym nowym neogotyckim kościele. Jest niedziela 30 czerwca 1918 roku i jest to spotkanie pozbawione konsekwencji, jeśli cokolwiek może być pozbawione konsekwencji. Wieża kościoła celuje w niebo ostrą iglicą, ale nie sięga tego nieba. Ani żadnego innego.

Josef zadziera głowę, czapka, którą nosi, nie ma daszka pod czerwonym otokiem, więc Josef nie musi zadzierać głowy, jednak zadziera. Patrzy na wieżę, ale chce widzieć więcej nieba, więc zadziera głowę. Josef nie myśli o tym za pomocą słów, lecz gdzieś tuż pod powierzchnią, na której układają się myśli ze słów, pojawia się zrozumienie: Josef nie potrafiłby tego powiedzieć, ale rozumie sens wertykalnej wyniosłości wieży z czerwonej cegły. Rozumie, dlaczego wieża celuje w niebo ostrym, gotyckim hełmem, jakby miała wbić się Bogu w brzuch. Josef, nie układając tego ani w zdania, ani w słowa, postrzega niebo jako brzuch Boga. Słońce jest głową Boga, a może Bogiem samym.

— Pōnbōczek to je słōńce, a słōńce to je Pōnbōczek. Pōnbōczek wszisko stworziył i słōńce wszisko stworziyło. Jak twōj fater fedrujōm wōngel na grubie, to co fedrujōm? — mówi stary Pindur do machającego nogami małego Josefa, na którego wszyscy wołają Zefliczek, mówi to do niego w niewielkim zagajniku między Birawka-Mühle a Nieborowitzer Hammer.

— Niy wiym — odpowiada mały Josef, pogryzając chleb z masłem, odpowiada, że nie wie, bo jest już na tyle mądry, by wiedzieć, że odpowiedź: „no toć tyn istny wōngel fedrujōm", byłaby za prosta, bo już wie, że chodzi o to, czym węgiel jest, jeśli nie jest węglem.

— Słōńce fedrujōm. Słōńce zrobiyło strōmy, strōmy zwaliyły sie do ziymie, zgniyły, wyschły i tak sie zrobiył wōngel. Trōwa tyż je ze słōńca. Jak krowa żere trōwa, to krowa je ze słōńca. Jak my jymy chlyb, co je z trōwy, a miynso krowie, to my tyż sōm ze słōńca.

Josef, który już nie jest małym Josefem, bo jest żołnierzem, wystawia twarz ku słońcu. Ściąga czapkę z szarego sukna, z czerwonym otokiem, bez daszka, z czarno-biało--czerwoną baretką. Josef sześć dni w tygodniu spędza pod ziemią, Josef jest podziemnym cieślą. Teraz oddaje cześć słońcu, słonecznemu Bogu. Josef nie układa tego w słowa, nie wie tego, gdyby ktoś go zapytał, gdzie się Bogu cześć oddaje, zdziwiony powiedziałby, że w kościele, a kaj indziyj? Lecz poniżej powierzchni, na której układają się myśli ze słów, Josef wie, że oddaje cześć Bogu Słońcu i jest ono Bogiem Prawdziwym.

Durch yno na tyj grubie, myśli Josef słowami, myśli to do słońca. To prawda. Kiedy nie jest pod ziemią, robi tylko trzy rzeczy: maszeruje z kopalni do domu i z domu do kopalni, je i śpi. Dwa razy w tygodniu w wychodku grzeszy sam ze sobą, z czego nie spowiada się księdzu, bo mu się nie chce, tak samo jak nie spowiada się z tego, że często bierze niedzielną szychtę i nie idzie do kościoła. W konfesjonale u kapelōnka — bo farŏrza się boi — wyznaje grzechy według listy, którą wypracowuje sobie jeszcze długo przed wojną: „Przebŏcz mi, ôjcze, bo zgrzeszyłech. Pychōm, gniewym, a ôjcōw żech niy szanowŏł”. Kiedyś dodawał jeszcze „niyskrōmne myśli”, to jednak powodowało zwykle potok pytań kapłana, zawsze zainteresowanego tą sferą życia, a jakie to myśli, synu, a jak często, a czyny jakieś nieskromne, i tak dalej, i na to wszystko Josef kiedyś sumiennie odpowiadał, ale od kiedy wrócił z wojny, to już mu się nie chce. A kiedy czasem ksiądz zapyta, czy aby nieczystością Josef nie grzeszy, ten odpowiada krótkim: „Niy, proszã ksiyndza”. Nie odchodzi od konfesjonału ani lżejszy, ani cięższy, niż był wcześniej.

Na odpust do Gliwic Josef idzie, bo na odpuście są kolorowe kramy, piękne panie, szisbuda z lufbiksami albo flowerami, można wypić piwo i spotkać kogoś znajomego. Nawet podczas biednego wojennego odpustu.

Caroline na odpust przychodzi z matką, ale kiedy ta zagadała się z doktorową Jablonski, Caroline się wymyka i sama przechadza między barwnymi straganami. Caroline czuje się już kobietą. Heinrich Lamla odwiedził ją kilkakrotnie, ostatni raz wczoraj, i więcej jej nie odwiedzi.

Wczorajszej nocy Heinrich Lamla mówi, że kolejnego razu nie będzie. Że więcej nie przyjdzie.

Caroline płacze, bo rozumie, że po raz pierwszy mężczyzna ją porzuca, a w romansach porzucone kobiety zawsze płaczą.

— Weine nicht — mówi Lamla. — Ich bin zu alt für dich.

Caroline przestaje płakać natychmiast, kiedy słyszy to wątłe pocieszenie, ale przestaje płakać nie dlatego, że została pocieszona, lecz dlatego że wcale nie martwi jej to, iż Lamla więcej do niej nie przyjdzie. Nie wyraziłaby tego słowami, ale tak właśnie jest. Caroline nie kocha Heinricha Lamli.

Heinrichowi Lamli jest trochę przykro, że Caroline tak szybko przestała płakać, ponieważ jak do tej pory każda kobieta, z którą dopuszczał się grzechu porubstwa, zakochiwała się w nim już po pierwszym razie. Z tych, z którymi cudzołożył, zakochiwały się niektóre, a jeśli nawet Lamla uczuć ich nie odwzajemniał i w żaden sposób czynić tego nie zamierzał, to jednak oczekiwał tego zakochania, gdyż był pyszny i próżny i lubił groźby samobójcze dziewcząt, które porzucał. Potwierdzały tylko jego wewnętrzne przekonanie, że jest najlepszym mężczyzną w Rzeszy zaraz po cesarzu. Cesarz, podobnie jak Heinrich Lamla, ma niewielki fizyczny defekt, w postaci niesprawnego ramienia, ale jednak został cesarzem.

Caroline przestała płakać natychmiast, jak tylko jej kazał. Lamla uważa to za niestosowne. Smarkula, z której zrobił kobietę, nie zechciała się zakochać w drugim najlepszym mężczyźnie w Rzeszy. Zaraz po cesarzu.

— Liebst du mich nicht? — pyta najgłupiej jak można.

— Ich liebe dich — mówi nieprawdę Caroline, ale nie kłamie, bo wydaje jej się, że kocha, skoro oddała mu ciało. Tak w końcu zawsze było w romansach: kobieta oddaje się, kiedy kocha. Oddała się, więc kocha. Tylko tyle wie o kochaniu.

Heinrich Lamla namyśla się chwilę, czy nie powinien rozkochać w sobie tej bezczelnej gówniary. Tchórzostwo wygrywa jednak z miłością własną. Ryzyko jest zbyt duże. Przyjemność cielesna zbyt mała, dziewczyna po prostu leży, Lamla woli, kiedy dziewczęta bardziej się starają. Zdobyć można tylko raz.

Josef stoi przy jednym z wielu straganów pełnych kolorowych maszketów. Piękny żołnierzyk w szarym mundurze i w wysokich butach, z bagnetem przy pasie i z wstążką Eisernes Kreuz na piersi. Josef specjalnie włożył mundur na odpust. Jeszcze może go nosić. Uważa, że w mundurze wygląda szykownie. Caroline mundur się podoba. Caroline nie podziela klasowych przesądów matki. Podobają się jej zarówno żołnierzyki, jak i oficerowie, byle młodzi. Za majorami już nie przepada, acz raczej ze względu na wiek, nie na stopień.

Żołnierzyk jest słusznego wzrostu i dobrze zbudowany, mundur nie wisi na nim jak worek ściśnięty pasem, ma czym ten mundur wypełnić. Żołnierzyk kupuje cukrowe kulki.

— Guten Tag, der Herr, Sie sind in Urlaub? — pyta Caroline i sięgając po makaronik, muska dłonią dłoń żołnierzyka.

— Guten Tag, Fräulein — odpowiada zmieszany Josef Magnor niemczyzną przyzwoitą, acz wyraźnie śląską, z wibrującym „r" i niewyraźnym „äu". — Nein, ich habe schon ausgedient.

— Ach so — odpowiada Caroline. — Dann auf Wiedersehen, in einem Jahr um die gleiche Zeit.

Potem odchodzi. Tak sobie powiedziała. Mimo obietnicy, że za rok się zobaczą, Josef myśli, że to szkoda, że już pewnie nigdy nie spotka tej ładnej młodej panienki w białym kapeluszu, i szybko o niej zapomina.

„Bacz na spełnienie czynów, nigdy na ich owoce; nie działaj dla owoców, które czyny przynoszą, ale nie staraj się unikać czynów" — słyszę, jak mówi ktoś inny do kogoś podobnego do Josefa Magnora.

A na to żołnierz, który nie chce walczyć, odpowiada, pytając: „Jakież są, o długowłosy książę, oznaki człowieka mocnego w mądrości i mocnego w rozmyślaniu? Jak może on być nieruchomym w myślach, kiedy mówi, kiedy odpoczywa, kiedy działa?".

Długowłosy książę mu odpowiada, bo to się dzieje gdzie indziej i kiedy indziej i zupełnie inaczej, ale się dzieje, bo wszystko się dzieje naraz. Josef Magnor nie zna jeszcze tej odpowiedzi, jeszcze jej nie usłyszał, chociaż słowo raz wypowiedziane zostaje na zawsze — i słowa powiedziane tysiąc lat i pięć tysięcy lat temu, i teraz kiedy Josef Magnor kupuje maszkety na odpuście, i za tysiąc lat. Zostają na zawsze. A Josef myśli trochę o tym, czym różnią się takie frelki jak ta w białym kapelusiku od dziouszkōw, z kerymi żyniōm sie chopcy takie jak ōn.

Josef nie zna kobiet. W ogóle nie zna kobiet. Nie będzie znał kobiet, kiedy pozna Valeskę, i nie będzie znał kobiet, kiedy pozna Caroline.

A czym się różnią takie frelki jak ta w białym kapelusiku od takich, z jakimi żenią się chłopcy tacy jak Josef, z czarnymi obwódkami dookoła oczu, których wymyć się nie da w żadnej łaźni? Różnią się tym, że mówią ładnie po niemiecku, to na pewno. Po tym się je poznaje, dlatego dziewczęta, które służyły na dworze, gdzie nauczyły się ładnie mówić po niemiecku i dostały suknie po paniach, czasem wyglądają prawie jak takie frelki, zdradza je dopiero to, jak chodzą, jak siadają, jak trzymają widelec. Różnią się też kolorem skóry. Miejskie frelki mają jaśniejszą skórę. Ale czy między nogami się różnią?

Potem, kiedy już przyrzekli sobie w żernickim kościele, wtedy Josefowi podoba się to, co Valeska ma między nogami, podoba mu się, kiedy jej ciało, gorące i wilgotne, ciasno go obejmuje, a on się w tym ciele porusza. Nie myśli o tym słowami, myśli o tym za pomocą ciała i jego własnego języka.

Często myśli o tym na szychcie i potem w pośpiechu maszeruje albo naciska na pedały, wpada do domu, podchodzi do krzątającej się Valeski, przytula ją od tyłu, dotyka jej piersi przez jaklę i mówi cicho, miękko: „Pōdź, Valeska, pōdź, jŏ ci tak przajã, pōdź", a ona zwykle idzie, z niechęcią, która i jej, i Josefowi wydaje się całkowicie naturalna i konieczna. Inaczej sobie tego nie wyobrażają.

Niechętnie, ale idzie. Niechętnie, bo tak ją wychowano.

A rok wcześniej Caroline wraca do domu i nie myśli o spotkanym przy straganie z maszketami żołnierzu. Myśli o ogniu, który w niej płonie, o ogniu, który czuje w podbrzuszu, i myśli o tym, kto mógłby ten ogień ugasić. Nie myśli o Josefie. Skoro Lamla ją porzucił, to nikt nie przychodzi jej do głowy.

Josef wraca do domu i myśli o kolacji.

8.

1902, 1912, 1919, 1920, 1924,
1970, 1980, 1989, 2014

Carl Volkmann jest zażywnym mężczyzną niewielkiego wzrostu. Zażywny: to słowo pasuje najlepiej, nie jest gruby ani otyły, ani opasły, jest zażywny. Ma okrągły brzuszek opięty kamizelką, przy której zwieszają się dwa łańcuszki z dewizkami, od zegarka i klucza do nakręcania tegoż. Rękawy koszuli ma przybrudzone, tylko kołnierzyk raczej świeży, acz krzywo zapięty. Nosi do tego coraz bardziej już niemodne wąsy. Kajzer też nosił wąsy, ale kajzer i król pruski w jednej osobie (nie wspominając reszty długiej tytulatury) stchórzył i opuścił swoich poddanych i żołnierzy, tak uważa Carl Volkmann. A powiedziano przecież, że w razie klęski król pruski ginie, prowadząc swoich żołnierzy do boju. Wielki Friedrich nigdy nie uciekłby do Holandii.

— Do przodka kōnsek, bitte — mówi Volkmann po śląsku, z bardzo wyraźnym niemieckim akcentem.

Josef Magnor robi krok do przodu. Valeska Magnorowo, a jeszcze niedawno Biela, również robi krok do przodu.

— Ja, gut, gut. Dopsze — mówi Volkmann i przymierza się do aparatu.

Na kliszy wypalają się Josef i Valeska Magnorowie. Valeska sięga Josefowi do ramienia. Ubrana jest po miejsku. Jej matka, z domu Biela, nosi się po chłopsku, ale Valeska przez rok była na służbie na dworze Franza von Raczecka w Preiswitz. Von Raczeck to stara śląska szlachta, trochę morawska albo czeska, a w herbie mają raka. Herb po polsku nazywa się Warnia. Na tym dworze pod herbem starej śląskiej szlachty Valeska Biela uczy się nosić pańskie rzeczy po starszych od niej o parę lat i bardzo smutnych córkach Franza — Marie, Verze zwanej Maggie i Dolores.

Vera i Maria lubią Valeskę, bo lubią każdą kobietę, która okazuje im trochę serca. Wychowuje je guwernantka, Elisabeth Thamm. Matka, wrocławska aktorka, porzuciła męża i córki w 1902 roku. Jeszcze po dziesięciu latach od tych wydarzeń kucharki i pokojówki w przyszowickim zamku opowiadają po cichu historię odejścia Emmy: dziewczynki czepiały się jej sukien, gdy w powozie czekał gach, nieudany malarz, którego poznała, gdy złocił sztukaterie w zamku.

Vera i Maria uwieszone matczynych sukien. „Geh nicht, Mutter". Emma odpycha je, krzyczy: „Lasst los, lasst los!", i wie, że już nigdy ich nie zobaczy. Co czuje Emma? Nic. Wszystko. Emma kocha córki. Jak to się mówi — całym sercem, chociaż przecież nie kocha się sercem, tylko przeponą, która ściska z miłości wszystko to, co człowiek ma w środku, wszystkie te sine, czerwone i lśniące od krwi i limfy wewnętrzne ludzkie struktury.

Emma kocha malarza. Ciałem. Całym. Malarz lubi Emmę. Emma wsiada do powozu. Dziesięcioletnie bliźniaczki Maggie i May (tak nazywają Marię) pytają, kiedy mama wróci, kiedy mama wróci, pyta Dolores von Raczeck, a ich ojciec nie oszczędza ich: „Nigdy. Nigdy już nie zobaczycie mamy. Mama was nie chce. Mama woli swojego gacha. Mama odeszła".

Siedemnaście lat później Valeska ze spuszczonym skromnie wzrokiem oznajmia panienkom, że wychodzi za mąż i z tego powodu opuszcza zamek. Maggie i May, obie już zamężne — odpowiednio z dziedzicem dóbr przyszowickich Justinem von Kornem i amerykańskim lekarzem Johnem Spearmanem — cieszą się i zaraz znoszą suknie, w które chciałyby Valeskę wystroić. Dolores von Raczeck płacze. „Bleib, Valeska". Ma dwadzieścia dwa lata i kocha się w swoim kuzynie, hrabim Bolku von Raczecku z Czekanowa, i kocha również Valeskę. Hrabiego Bolka kocha bardziej, jednak hrabia Bolko nie kocha Dolores.

Valeska kocha Dolores von Raczeck. Powie matce tego samego dnia:

— Mamulko, dyć jŏ tak przaja naszyj paniynce Dolores. Można jŏ sie za niego niy wydōm, yno zostanã przi zōmku.

Mamulka wpada w gniew.

— Tyś je chyba gupiŏ, dzioucha! Ty se swoje dziecka bydziesz chowała, a niy pańskie frelki! Ani mi wiyncyj o tym niy gŏdej!

Potem Valeska żegna się z panienkami. „Bleib doch". „Ich muß, gnädige Frau". Panienki May i Maggie znalazły dla Valeski suknię do ślubu, ale Valeska odmówiła. Dolores von Raczeck płacze.

Valeska na ślub suknię ma własną. Uszytą u gliwickiego krawca. Suknia jest ciemnogranatowa, z błyszczącego atłasu, spięta w pasie i sięga do kostek. Na piersiach jest raczej luźna, Carl Volkmann nie byłby w stanie domyślić się wielkości biustu szczęśliwej pani młodej, nawet gdyby go jeszcze takie rzeczy interesowały. Ale nie interesują. Josef

Magnor zna już wielkość i kształt piersi swojej młodej żony, lecz zna je od niedawna.

Suknia ma szeroki kołnierz i dekolt wypełniony czarnym aksamitem.

Valeska włosy ma ciasno spięte, twarz bardzo poważną. W uszach kolczyki: zwykłe złote kółeczka. Valeska nie jest piękna. Nie jest też brzydka, jest zwyczajna. Na palcu prawej dłoni obrączka.

Pół roku wcześniej, 19 stycznia, po mszy Josef stoi z ojcem przed starym drewnianym kościołem w Deutsch Zernitz.

Ludzie mówią, gniewnie dosyć, o kazaniu farŏrza Stawinogi, który piękną polszczyzną gromił „wielkich Polaków", przestrzegał przed polskimi wichrzycielami, przypominał o chrześcijańskim obowiązku posłuszeństwa władzy państwowej.

Ludzie mówią też o tym, że Hörsig ogłosił stan oblężenia i co wyczyniają grynszuce, a co planuje Zgrzebniok, mówią o radach ludowych, chłopy wyciągają fajki, chuchają w dłonie, zziębnięte, jeśli nie mają rękawiczek, a Josef trochę myśli o kopalniach i Polsce, a trochę patrzy na wychodzące z kościoła dziewczyny i myśli o czymś innym, i w końcu pyta ojca:

— A kerŏ tak by sie za mie wydała, tatulku?

Tatulek zastanawia się chwilę. Porzuca myśli o radach ludowych i ośmiogodzinnym dniu pracy. Pytanie syna jest mądre, Josef ma już dwadzieścia lat, ma porządną pracę, więc na co czekać?

— A Valeska od Kōnopkōw? Podobŏ ci sie?

Josef myśli o Valesce.

— Ja, to je szwarnŏ dzioucha… — mówi bez przekonania.

— Ja synek, żadnŏ ôna niy je, ale tak richitik szwarnŏ to je ta sam, Kaśka ôd Pawlasōw.

Wilhelm wskazuje dziewczynę spojrzeniem. Kaśka od Pawlasów, ubrana po pańsku, stoi z trzema innymi dziewczętami. Ma nawet futrzany kołnierz przy paltociku, jak wielka dama. Opowiada coś i śmieje się tak głośno, że patrzą na nią wszyscy: kobiety starsze z przyganą (zaś ta szcziga! — myślą), młodsze z zazdrością, mężczyźni łakomie i tylko młodsza siostra i matka patrzą na Kaśkę od Pawlasów z miłością. Patrzyłby na nią z miłością jeszcze stary Pawlas, ale nie żyje, a więc i nie patrzy.

— Valeska jest tako, do porzōndku. I mŏ ôd ojcōw trzi jutrziny pola. Lepi mieć baba do porzōndku a trzi jutrziny pola, a niy takŏ szwarnŏ. Ze szwarnymi to je potym yno ôstuda. A na trzech jutrzinach kartofli urośnie, sōm ôbrobisz.

Do porzōndku, myśli Josef o tej skromnej, cichej, niedużej dziewczynie. Patrzy też na Kaśkę od Pawlasōw. Myśli o trzech jutrzynach pola w Nieborowitz. Zna Valeskę od zawsze. Myśli też trochę o tym, że jeśli się z nią ożeni, to będzie mógł jej zdjąć ciemną sukienkę i zobaczyć, co ma pod nią, a to go bardzo ciekawi, bo nigdy jeszcze nie widział, co dziewczyna ma pod sukienką.

A teraz, w środę 18 czerwca 1919 roku, stoi obok tej dziewczyny. Jej lewa dłoń w zgięciu jego prawego łokcia. Obrączka. Pobrali się w ubiegłą sobotę. Josef lewą dłoń opiera o stolik przykryty narzutą w kwiaty i już wie, co Valeska ma pod sukienką, i bardzo mu się to podoba. Jest wysoki, ma kanciastą szczękę, jest przystojniejszy niż na przykład Harry Liedtke, tak sądzi wiele dziewcząt. Josef Magnor przypomina Clarka Gable'a, chociaż nie ma wąsika — tak jednak dziewczęta nie sądzą, bo w 1919 roku Clark Gable nie jest jeszcze aktorem, lecz przebywa na farmie w Ravennie, jednak nie tej włoskiej, tylko w hrabstwie Portage w stanie Ohio, niedaleko Akronu. Harry Liedtke gra zaś już od lat w niemych filmach i dlatego to z nim kojarzy się dziewczętom Josef Magnor.

Piękny chłopiec, myśli sobie Carl Volkmann. Schöner Knabe. I tak elegancko ubrany. Taki wypala się na kliszy. Ma surdut do kolan, bardzo przyzwoite trzewiki, białą koszulę, na niej białą kamizelkę z piki, sztywny kołnierzyk ze stójką, której rogi spotykają się pod brodą Josefa, związane białą jedwabną muszką. Przedziałek nad lewym okiem. Ciemne włosy błyszczące od brylantyny. Ładnie wykrojone oczy, bardzo ciemne, a spojrzenie ich tęskne, przymglone, raczej jak u aktorki niż aktora. Zmysłowe usta jak stworzone do pocałunków — tak Nietzsche pisał o ustach Holbeina i takie właśnie zmysłowe usta ma Josef Magnor. Wojna nie odcisnęła na jego twarzy zwykłych dla niej śladów. Spojrzenie Josefa nie jest puste. Tak jakby wcale nie był tam, gdzie był przez trzy lata.

Nikt nie wie, dlaczego w niektórych wojna zostawia swoje ślady, a w innych nie, i nawet ja tego nie wiem, bo ja nie jestem kimś, kto rozumie, ja tylko widzę. Ja tylko wiem, co jest od początku do końca, więc nie potrzebuję odpowiadać na pytania, dlaczego coś jest. „Dlaczego?" to ludzkie pytanie.

Piękny chłopiec, myśli więc Carl Volkmann, patrząc na Josefa, i naciska spust migawki. Josef i Valeska wypalają się na kliszy i tak już pozostaną. Nie na wieki wieków, ale na długo.

Valeska wiele razy trzymać będzie w dłoniach kartonik z naklejoną fotografią i odciśniętą na niej wypukłą pieczęcią zakładu Volkmanna.

Po raz ostatni trzyma go w roku 1989, w dniu swojej śmierci. Valeska ma dziewięćdziesiąt dwa lata. Jest maleńką, pomarszczoną staruszką. W dniu śmierci Valeski Vera von Korn, née von Raczeck, nie żyje od dziewięciu lat.

May von Raczeck nigdy nie została staruszką: nie żyje od lat sześćdziesięciu pięciu, zabija się w roku 1924 w Ameryce, po nieszczęśliwym małżeństwie z amerykańskim doktorem.

Dolores von Raczeck nie żyje od dziewiętnastu lat. Nigdy nie przestała kochać Bolka, ale wychodzi w końcu za innego kuzyna, Kurta von Raczecka. Wcześniej opala się nago, tratuje uprawy podczas konnych galopad i pływa na transatlantykach do Hawany i Nowego Jorku. A potem bieduje, po wojnie. Wszystkie opuszczone przez matkę siostry von Raczeck wiodą życie nieszczęśliwe i smutne.

Valeski matka nigdy nie opuściła, ale Valeska również wiedzie życie nieszczęśliwe i smutne.

Jej dziesięcioletni prawnuk Nikodem trochę już przewyższa ją wzrostem. Nigdy nie widział, żeby ōma się uśmiechnęła. Ōma nie ma powodu, aby się uśmiechać. Siedzi na placu przed dużym domem w Gierałtowicach, dwanaście kilometrów od Deutsch Zernitz, w której to wsi zamieszkała po ślubie z Josefem, a która teraz nazywa się Żernicą, wcześniej zaś nazywała się jeszcze Haselgrund, gdyż nazwa Deutsch Zernitz pewnym specjalistom od niemieckości nie wydała się dość niemiecka. Od zakładu Volkmanna na Bahnhofstraße 26 do placu przy domu w Gierałtowicach jest dziesięć i pół kilometra, z tym że ulica jest teraz Dworcowa, Gleiwitz to Gliwice, Volkmann dawno nie żyje, nie żyją jego spadkobiercy i pamiętają o nim tylko kolekcjonerzy starych fotografii, nie żyją państwo von Raczeck, nie żyje Franz von Raczeck, porzucony przez żonę gruby arystokrata, który przez resztę życia robił dzieci pannom dworskim, i Valesce też by pewnie zrobił, gdyby mu tylko pozwoliła, ale nie pozwoliła. Nie żyje ksiądz proboszcz, z którym Franz von Raczeck pozostawał w cichej zmowie: wszystkim, którzy kradli na pańskim, farŏrz za pokutę kazywał zmówić modlitwę pod figurą świętego Jōna, którą pan bacznie obserwował z zamku. Winnym kradzieży do proboszczowskiej pokuty dokładał własne batogi. Ksiądz proboszcz pozostawał głęboko przekonany, że nie narusza tajemnicy spowiedzi. Franz pozostawał głęboko przekonany, iż jest człowiekiem prawym. Obaj mieli rację i jej nie mieli, ale to bez znaczenia.

Valeska rankiem dnia swojej śmierci siedzi na placu i w wysuszonych palcach, przypominających szpony drapieżnego ptaka, trzyma kartonik z fotografią, na której jest ona właśnie, Valeska Magnor, w wieku lat dwudziestu jeden. Obok jej mąż w wieku lat dwudziestu jeden. Czego nie widać na tym zdjęciu, to tego, że w jej łonie pęcznieje już grudka ciała, która kiedyś stanie się Ernstem Magnorem, a potem stanie się tym białowłosym starszym panem, co siedzi naprzeciwko niej i je kołŏcz, który upiekła jego dobra żona Gela.

Valeska Magnor też je kołŏcz.

Z Ernstem wymienia parę uwag o pogodzie, wygłasza je po niemiecku, gdyż po ukończeniu osiemdziesiątego roku życia uznała, że jest już tak stara, iż więcej nie musi mówić po polsku. Po wasserpolsku mówi, kiedy się zapomni. Ale kiedy pamięta, to tylko po niemiecku.

Valeska ma jasny i czysty umysł i widzi, jak bardzo boi się jej mały Nikodem, wnuk Ernsta. Jej prawnuk. Jak to jest mieć prawnuka? Valeska nie wie. Bawi ją nawet ten strach małego Nikodema. Co to za imię…? Dziwne teraz te imiona. Myśli o Ernście ukrytym na fotografii pod sukienką i pod jej skórą, tłuszczem na brzuchu, mięśniami brzucha i pod elastycznym workiem macicy. Ukryty wtedy malutki Ernst teraz siedzi tutaj z nią białowłosy i siedemdziesięcioletni.

Wygłosiwszy parę uwag o pogodzie, przypomina sobie nagle o czymś strasznym: mąż jej wnuczki, imieniem Gerhard, podkrada jej wódkę i cukier — Valeska nabyła je na swoją stypę i przechowuje we własnej trumnie, którą również kupiła, stojącej na strychu ceglanego domu przy ulicy Powstańców Śląskich w Gierałtowicach.

— Tyn pierōn zaś mi gorzōła wyżar, ta co żech jōm do truły schroniyła! — unosi się, zapominając na chwilę o tym, że jest już tak stara, że może sobie mówić po niemiecku.

Ernst kiwa głową, ja, ja, mamulko. Ja, ja. Ernst wie, że Gerhard nie podkrada żadnej wódki ani cukru, i wie również, że nie ma potrzeby ani sensu usprawiedliwiać go przed starką.

Valeska Magnor nagle uznaje, że już czas.

— Bydā umiyrać — mówi, podaje fotografię Ernstowi, wstaje z krzesła i wspierając się na lasce, kołysząc się na krzywych nogach, bardzo powoli idzie do domu, rozbiera się niezdarnie, ale sama, wkłada koszulę nocną i kładzie się do swojego łóżka, przykrywa się pierzyną, na której składa pomarszczone dłonie. Na prawej obrączka, werżnięta w ciało, jak stary płot wrzyna się w pień przerastającego go drzewa.

Ernst nie przejmuje się zapowiedzią matki: o tym, że będzie umierać, Valeska zawiadamia coraz częściej, ostatnio nawet kilka razy w tygodniu.

Jednak po dwóch godzinach wnuczka Valeski, a żona Gerharda słyszy z pokoju starki rzężenie, jakiego jeszcze nie słyszała. Zapytana, co się dzieje, Valeska odgania wnuczkę niecierpliwym gestem. Ola wzywa jednak rodzinę. Przybiega więc Ernst mieszkający w domu obok, samochodami po godzinie czy dwóch przyjeżdżają bliźniaki Alfred i Elfrieda zwana Fridą. Samochodem ze szpitala w Zabrzu-Biskupicach przyjeżdża mąż wnuczki, Alojz, który jest chirurgiem i pełni również ważną funkcję rodzinnego lekarza. Ostatnia przychodzi najmłodsza córka Valeski, Marysia, o dwadzieścia parę lat młodsza od reszty rodzeństwa.

Valeska nie pozwala się zbadać.

Valeska Magnor jest bardzo zła, że cała zasrana rodzina zebrała się przy jej łóżku, bo też po co?

Valeska Magnor chciałaby umrzeć tak, jak się narodziła: samotnie, bo jaką kompanią dla przychodzącego na świat niemowlęcia jest jego matka czy też położna?

Niestety, cała zasrana rodzina nie chce dać Valesce spokoju, a po całym długim, za długim i zasranym życiu tego Valeska chciałaby najbardziej.

Przez całe życie pobożna, protestuje, kiedy słyszy, że rodzina chce wzywać księdza.

— Dejcie pokōj farŏrzowi — sapie cicho, ale słychać w tym sapaniu zdecydowanie i gniew i nawet pobożna Frida nie odważa się pobiec po księdza.

Proponuje za to odmawianie *Różańca* nad umierającą. Valeska burczy gniewnie.

— Dyć matka majŏm trzi a dziewiyndziesiŏnt lŏt, dejcie jei umrzyć, na co bydymy do szpitala jechać, dejcie jei umrzyć — szepcze Ernst.

Elfrieda Pistula z domu Magnor nie odpuszcza, próbuje wcisnąć brązowe paciorki różańca w pomarszczone dłonie matki.

— A dejcie mie wszyscy pokōj... — odgania swoich bliskich Valeska Magnor, odwraca się ku ścianie i ledwo widzącymi oczami wpatruje się we wzory na przybitym do ściany kilimie, po czym zamyka oczy. Przypomina sobie.

Zaraz po Wielkiejnocy, we wtorek 22 kwietnia 1919 roku, Josef Magnor po raz pierwszy idzie do Valeski Bielówny na zŏlyty. Josef Magnor ma na sobie porządny ancug z westą z ciemnoszarego tenisu w jasne prążki, w kieszeni westy ma zegarek (pożyczony od ojca) i zamiast zwykłej mycki na głowie ma sztywny hut, przez miastowych zwany homburgiem.

W styczniu pod kościołem Josef powiedział do ojca:

— Jak bydzie geltak, to pŏdŏ dō Kōnopkōw na zŏlyty.

Tak zadecydował, bo jest poważnym człowiekiem, chociaż ma dopiero dwadzieścia jeden lat.

Wilhelm jednak jest mądry, dlatego na zŏlyty Josef idzie dopiero po Wielkiejnocy.

— Pomału jedziesz, dali zajedziesz, synek. Pogŏdej najpierw. Kajś na placu, do dōm im niy lyź. Możno ôna ci sie tak blank niy spodobŏ, wiysz...

Josef słucha ojca, bo zawsze słucha ojca. Spotyka się parę razy z Valeską na placu. Na ulicy. Przy sklepie. Wracając z szychty. Valeska pyta o wojnę. Josef nie odpowiada.

— Przeżyłech — mówi po prostu.

— Czy ci sie ta Valeska podobŏ? — pyta Josefa mamulka. Idą do kościoła w Wielki Piątek, Valeska ich minęła i ukłoniła się nisko.

Czy ona mi się podoba? — pyta sam siebie Josef. Na pewno nie jest tak, żeby mu się nie podobała. A więc chyba mu się podoba. Czy chce się z nią ożenić? Tak, Josef chce się z nią ożenić. Ale bardziej po prostu chce się ożenić niż z nią akurat ożenić. A Valeska nie jest brzydka. Jest miła. Ładnie się uśmiecha i mówi przyjemnym, cichym głosem. Na przyszowickim zōmku nauczyli ją manier, a Josef widział trochę świata i chciałby, żeby jego żona miała maniery, żeby była bardziej jak panienki z miasta. Valeska mówi po niemiecku i dość ładnie po polsku, chociaż po polsku to tyle, co z gazet. Napisała do Josefa dwa listy i listy te były po niemiecku.

— Idź już dō niyj na zŏlyty, dom ci trochā piynindzy, co mi mamulka niy wziyni — mówi ojciec przy śniadaniu w niedzielę wielkanocną, bo ojciec też jest poważnym człowiekiem.

— Niy chcā od wŏs piynindzy, tatulku — odpowiada Josef.

Ojciec kiwa głową, że zgoda. Josef dawno już wszystko zaplanował. Za pieniądze odłożone z żołdu obstalował sobie ancug, w Gliwicach. Surdut do ślubu pożyczy, nie będzie na jedną okazję obstalowywał, ale ancug do porzōndku trzeba mieć. Dzisiaj, we wtorek 22 kwietnia 1919 roku, włożył go po raz pierwszy.

Oprócz ancuga kupił sobie pistolet — pistōla, jak sam mówi i jak wszyscy na Śląsku mówią. Od pijanego oficera, któremu w szynku Widucha zabrakło pieniędzy na sznapsa. Josef, który w szynku siedział, niewiele pijąc, zaproponował, że odkupi pistolet. Pieniądze miał, zapłacił bardzo tanio. Null-achta, czyli parabellum, w dobrym stanie, do tego szesnaście nabojów w tekturowej paczce. Po co Josefowi pistolet? Josef nie zadaje sobie tego pytania. Nie przyznał się też ojcu ani mamulce.

Josef woli mieć pistolet, niż go nie mieć. Josef nie lubi broni, ale czuje się bez broni nieswojo.

Są czasy, w których broń nie jest ważna. Są czasy, w których broń jest ważna. Dziewięćdziesiąt pięć lat później Nikodem ma broń, karabiny i pistolety w szafie pancernej z szyfrowym zamkiem, ale w jego czasach broń nie jest ważna. Broń Nikodema jest kosztowną zabawką, jedną z wielu, którą Nikodem bawi się chętnie na leśnej strzelnicy na Paruszowcu, dzielnicy Rybnika, coś przeczuwając, jednak co? Ponieważ to przeczucie, Nikodem nie wie, co przeczuwa, na tym polega przeczucie, ale ja wiem. Ja wiem. Myli się jak zwykle, ale jakoś się nie myli. Przeczucia są ważne. Ciemne linie poniżej rzeczywistości widzialnej, ciemne struny. We mnie. Nikodem wie, że jego broń, zarejestrowana, skatalogowana i kontrolowana, nie jest ważna. W 1919 roku broń jest ważna. Broń Josefa nie figuruje w żadnym katalogu. Tym lepiej dla Josefa. Za rok broń będzie jeszcze ważniejsza i Josef to przeczuwa.

Dlatego Josef kupił pistolet od oberleutnanta w stanie upojenia, oczekującego redukcji sił zbrojnych do kadłubowej Reichswehry, w której dlań miejsca bez wątpienia nie będzie.

Kupił też dziś butelkę reńskiego, słodkiego wina, kupił bukiet i tytka bōmbōnōw i z wszystkimi tymi darami, ale bez pistoletu, idzie do domu Bielów.

Po chwili siedzi już w izbie Bielów, przy stole, obok Valeski. Valeska i jej matka, i dwie siostry piją słodkie wino, które Josef przyniósł, kwiaty piją wodę, Josef i stary Biela piją wódkę, mały Achimek Biela je bōmbōny i nikt nic specjalnego nie mówi.

Matka Valeski jest chora, ale jeszcze tego nie wie. W jej płucach rozwija się pięknie nowotwór.

Teraz matka Valeski kroi chleb i kiełbasę, ojciec Valeski testuje Josefa, namawiając go na kolejny i kolejny kieliszek, i Josef odmawia w dobrym momencie, ani za wcześnie, ani za późno.

Po chwili Josef i Valeska siedzą sami w izbie, ale przy otwartych drzwiach, reszta Bielów siedzi w kuchni i symuluje swobodną rozmowę, lecz symuluje nieudolnie. Josef trzyma dłonie Valeski w swoich i zastanawia się, czy to już. Czy to właśnie się dzieje, czy to miłość.

Całuje ją na pożegnanie na laubie. Rodzice taktownie nie patrzą, podgląda tylko bracik, przeklęty Achimek, którego Josef potem przekupuje za pomocą pięćdziesięciu fenigów. Pocałunek jest podniecający i przyjemny. Josef Magnor wraca do domu krokiem dziarskim i pewnym. Cieszy się, że będzie miał żonę.

Matka Valeski trzy tygodnie po ślubie najstarszej córki zaczyna kaszleć. Miesiąc po ślubie najstarszej córki kaszle już krwią. Dwa miesiące później umiera, dusząc się we własnym łóżku.

Na jej pogrzebie Valeska jest już w ciąży. Ojciec Valeski szybko znajduje sobie nową żonę i niedługo po narodzinach pierworodnego Josefa i Valeski, Ernsta Magnora, rodzi się brat Valeski, Richat Biela.

Valeska Magnor nie otwiera już oczu. Myśli o tym, jak krótko miała męża i jak bardzo go za to nienawidzi. Dwa lata, a potem całe życie sama, całe sześćdziesiąt osiem zasranych lat sama. Potem myśli jeszcze o Dolores von Raczeck. Potem umiera.

Jej trumnę na cmentarz wiezie zdezelowany żuk, pomalowany matową, niebieskoszarą farbą. Cała rodzina jest oburzona na przedsiębiorcę pogrzebowego, że nie podstawił przyzwoitego samochodu. Nikodem idzie za trumną i jest mu smutno z tego powodu, że wcale nie jest mu smutno, a wydaje mu się, że powinno mu być smutno. Nikodem idzie zaraz za niebieskoszarym żukiem, razem z siostrą. Chichoczą ukradkiem. Wiedzą, że powinni być smutni, ale ten żuk… Śmieszny. Kopią z siostrą w zderzak wlokącego się i pierdzącego z rury wydechowej samochodu.

9.

1886, 1870, 1914, 1918, 1919

Josef jedzie na rowerze. Rower jest marki Wanderer. Josef jedzie na odpust do Gliwic. Do Piotra i Pawła. Valeska została
w domu. Josef nie pamięta Caroline, nie ma czego pamiętać.
Na odpust nie zabrał młodej żony.

— A fto ôbiŏd uwarzy, babeczko? — pyta retorycznie Josef. Lubi swoją młodą żonę. „Moc ci przaja", mówi często.
Valeska z rezygnacją kiwa głową i zabiera się do obierania
kartofli na gumiklyjzy i kontempluje kawałek taniej wołowi-
ny: oczyma wyobraźni rozważa płaszczyzny cięcia, jak po-
kroić kawałek na plastry, aby mięsa starczyło przynajmniej
na cztery rolady.

Wynajmują parter domu w Nieborowitz. Josef nie chciał
mieszkać u rodziców, chociaż proponowali. Dlatego wynajmują ten parter w Nieborowitz, w trzecim domu po lewej,
licząc od szosy gliwickiej, kiedy skręcić w główną ulicę nie-
borowicką. Za domem na placu chlywiki, szopa, hinterhaus.
Miejsce na węgiel. Mogliby świnię trzymać, ale nie trzymają.
Dwa kilometry dalej leżą mokradła w niewielkim zagajniku między Birawka-Mühle a Nieborowitzer Hammer. Minął

rok, od kiedy Josef wrócił z wojny, i nie zaszedł ani razu do lasu; ani do tego, w którym siadywał ze starym Pindurem nad mokradłami, ani dalej, do Jakobswalde. Parę razy wspomniał starego Pindura.

— A kaj teroski miyszkŏ stary Pindur? — pyta Josef ojca, jeszcze przed ślubem. Zrzucają razem węgiel do piwnicy przez małe, zielone okienko.

— Toć niy wiysz? Do Rybnika go wziyni. Do gupielŏkŏw.

— A czamu? — pyta Josef, chociaż wie, jak na takie pytanie może zareagować ojciec.

— A czamu, a czamu, niy srej sie sam! — denerwuje się Wilhelm Magnor i Josef milknie.

Wielkie łopaty w kształcie blaszanych serc śmigają w powietrzu w równym, niespiesznym rytmie. Łopaty nazywają się hercōwy, od sercowatej formy. Kiedy spod grud węgla widać ubitą ziemię podwórka, Wilhelm opiera się o łopatę i mówi, dlaczego starego Pindura zabrali do szpitala dla psychicznie chorych w Rybniku. Który to szpital król pruski i cesarz niemiecki w jednej osobie wybudował jakby specjalnie dla starego Pindura w 1886 roku, za dwa miliony marek pochodzące z kontrybucji nałożonej na Francję po wojnie 1870 roku, którą dla króla stary Pindur wygrał i dzięki której król zamienił się w cesarza. Więc teraz ma się gdzie stary Pindur podziać. Wcześniej zresztą załatwił Bismarckowi fotel kanclerza, dzielnie bijąc się pod Sadową, i żadnej wojny nigdy stary Pindur nie przegrał.

— Fater, ale za co go wziyni? — pyta Josef.

— Za szaket, jeruchu, tyś to je gupi, synek…

Ale Josef dopytuje się dalej. Więc ojciec w końcu odpowiada.

Kiedy cesarz uciekł do Holandii, stary Pindur rozebrał się do naga, złożył swoje zużyte ubranie starannie, opakował w gazetę i włożył do pieca, tak jakby wkładał doń swoje stare, chude ciało, po czym odział się w jutowy worek po kartoflach, wyciąwszy w nim uprzednio otwory na głowę i ramiona. Worek przepasał sznurkiem, po czym boso ruszył, mimo listopada roku 1918, głosić nadejście Królestwa Bożego. Doszedł na gliwicki rynek, wdrapał się na murek fontanny z Neptunem i krzyczał na zmianę po wasserpolsku i niemiecku:

— Strōm a człek, a kamiyń sōm jedno. Der Baum und der Mensch sind ein und dasselbe. Pōnbōczek je słōńce, a słōńce je Pōnboczkiym. Jego ôblicze ku nōm sie ôbrŏco, ôn nōm błogosławi, ludźmi nŏs czyni.

Przechodnie śmiali się i pukali w głowę.

— Jo niy ma gupi! — warczy stary Pindur. — Jo żech świynty Jōn!

I mówi dalej o wszystkim: o królach, co upadają i powstają, o Rzeszy, która upadła i powstanie, o Polsce, która upadła i powstanie; i nie wie tego, ale przemawia słowami długowłosego Księcia, a jednak wie.

— Ōn je duszōm, kerŏ przebywŏo we wsziskim, co żyje, ōn je począntkiym, środkiym a kōńcym istot żywobydōncych! Mächtig durch seine unendliche Macht, in seiner Macht umfasst er das Weltall. Er ist allgegenwärtig!

Potem zaś mówi wiele jeszcze po wasserpolsku i po niemiecku o tym, że istnienie jest wieczne i wszyscy jesteśmy wieczni, i że cesarz uciekł z pola walki i popełnił tym straszny grzech, bo powinien stawać jak długowłosy książę i albo zwyciężyć na ziemi, albo zginąć i osiągnąć niebo. Wtedy przychodzi policjant i aresztuje świętego Jōna Pindura, a dwa dni później zamykają świętego Jōna Pindura w murach z czerwonej cegły licówki, wzniesionych w stylu Preußischer Bahnhofstiel za dwa miliony marek z francuskiej kontrybucji, którą stary Pindur osobiście wywalczył za pomocą karabinu iglicowego marki Dreyse. Karabin ten miał jedną trzecią zasięgu francuskich karabinów marki Chassepot, więc niby zwycięstwo wywalczyły raczej niemieckie stalowe armaty, ale tak naprawdę Pindur.

O iglicówkach marki Dreyse dawno zapomniano, tym bardziej o armatach, cesarz uciekł, Hasse został premierem i wszystko się skończyło. Josef Magnor jedzie na odpust do kościoła pod wezwaniem Świętych Piotra i Pawła. Ma na sobie ancug, który obstalował jeszcze przed ślubem, za pieniądze odłożone z żołdu otrzymanego od cesarza za dzielną służbę. Ancug jest ciemnoszary, z prawie niewidocznym prążkiem, który Anglicy nazywają pinstripe, Niemcy zaś Nadelstreifen. Nogawki spodni Josef spiął klamerkami od bielizny, aby przypadkiem nie dostały się między łańcuch a zębatkę wanderera.

W zeszłą niedzielę prawie wybuchło powstanie. Josef od niedawna jest zaprzysiężonym członkiem Polskiej Organizacji Wojskowej Górnego Śląska. Nie uczestniczy w jej działaniach, bo nie ma czasu — robota, młoda żona, obejście. Ale o planowanym na 22 czerwca wybuchu powstania słyszał.

Do POW wstąpił w maju. Wcześniej jest na polskiej manifestacji w Chorzowie i w Gliwicach i nagle czuje się częścią czegoś większego. Nigdy wcześniej nie czuł się częścią czegoś większego. Nawet kiedy oficerowie dęli w gwizdki, a mannszaft wspinał się po drabinach, nawet wtedy nie. Robił, co do niego należało.

A tutaj, na manifestacji, Josef czuje się częścią czegoś większego. Nie jest pewien czego.

Josef nie czuje się Polakiem, bo nie czuje się niczym. Josef nie zadaje sobie pytania „kim jestem?", bo od dawna zna na nie odpowiedź.

Wcześniej dawniejszy kamrat Josefa, Kazek Widuch, przekonuje go, aby wstąpił do Verband Heimattreuer Oberschle-
sier, w końcu walczył za ojczyznę i cesarza.

— Dyć żeś wojowoł, pra? Za kajzera i za Rajch, chopie!
Muszymy być przi Niymcach! Wir müssen im Deutschen
Reich bleiben! — wykrzykuje Widuch w szynku Widucha.
Widuch, do którego należy szynk, jest ojcem Widucha, który
wykrzykuje. Widuch, który wykrzykuje, niemieckiego jako
tako nauczył się dopiero w wojsku, a walczył całe cztery
lata i widział na własne oczy więcej śmierci niż ktokolwiek
z jego przodków i jakikolwiek z jego potomków. Widuch,
wykrzykując za Niemcami, broni sensu tych śmierci, które
widział i które zadał.

— Cicho już bydź, wielgi Niymiec... — buczą inni
w szynku, ale niezbyt agresywnie, w końcu to syn szynka-
rza. Na polskich agitatorów buczą tak samo. Josef nie lubi
wielkich Niemców i nie lubi wielkich Polaków.

Inni mówią inne rzeczy. Josef lubi Widucha i nie przestaje się z nim kamracić, ale wielgiym Niymcem nie chce
zostać.

— Coś ty taki wielgi Polŏk sia zrobiył? — pyta go ojciec.
Przybijają razem do płotu nowe sztachety, bo stare uznał
Wilhelm Magnor za przegnite. W obejściu zawsze w końcu
jest coś do zrobienia. A najważniejsze, żeby nie oddawać się
gnuśności, więc jeśli nie ma nic do zrobienia, to trzeba coś
do zrobienia znaleźć i zawsze znaleźć się udaje.

— Jŏ mŏm w rzici Polska, fater. Mie yno ô to idzie, aże
my fedrujymy, a Niymec z tego je bogŏczym. A my dycki
yno biydŏki.

— Toć tyś niy ma wielgi Polok, yno kōmunista — kwituje
ojciec.

— Ja, co jŏ się byda z fatrym wadziył... — wzrusza ramionami Josef.

Resztę roboty robią w milczeniu i Josef, wspinając się rowerem na przewyższenie Mysiej Góry, myśli o tym właśnie, jak przybijał z ojcem te sztachety. O powstaniu, które miało wybuchnąć 22 czerwca, ale nie wybuchło. Josef boi się wybuchu powstania. Widział żołnierzy Grenzschutz-Division, zwanych grynszucami — niedawno przemianowano ich na Kleine Reichswehrbrigade Nr 32 — widział tych żołnierzy, rozmawiał z nimi jak weteran z weteranami i wie, że to są dobrzy żołnierze.

Josef nie rozumie, jakim cudem przegrał wojnę. Jakim cudem on i jego Kameraden przegrali wojnę. Ta przegrana budzi w nim gniew. Wielu dobrych Kameraden zginęło, na początku 1918 roku ruszyli do przodu, z całą siłą ruszyli i należała się im wygrana, należało im się zwycięstwo, takie jakie odnieśli pod Sedanem stary Pindur i starzik Otto Magnor. Należało im się.

Nie lubi teraz Niemców bogaczy, ale wściekłość z powodu tego zwycięstwa należnego im, a nieodniesionego, została.

Dojeżdża pod kościół od strony Schröterstraße, przypina rower łańcuchem i kłódką do ławki, zdejmuje klamerki z nogawek. Zamierza przejść się między straganami, kupić maszketów Valesce, wypić piwo, spotkać kogoś, może jakiegoś kamrata pod szisbudą, pogadać.

Przy pierwszym straganie stoi Caroline. Przyszła z matką, tak jak ostatnio. Urosła. Nie myślała przez rok o spotkanym na poprzednim odpuście żołnierzyku więcej niż parę razy. Nie rozpoznaje Josefa w ancugu. Rozpoznałaby go, gdyby był w mundurze.

Za to Josef rozpoznaje Caroline. Nie myślał o niej wcale przez cały rok. Teraz jednak przypomina ją sobie. Wysoka, chuda, takŏ frelka.

Marynarskie ubranko. Spódniczka do kolan. Josef myśli o obrączce na swoim palcu, ale nie myśli o niej słowami, po prostu nagle ją czuje. Nie zastanawia się nad tym, dlaczego myśli o obrączce na palcu na widok frelki z Gliwic.

Ale podchodzi.

— Guten Tag Fräulein, wir haben uns vor einem Jahr getroffen.

Caroline przygląda się Josefowi. Już poznaje.

— Ja, in der Tat, wir sind hier aufeinander getroffen. Wie geht es Ihnen?

Josef kiwa głową i wpatruje się w Caroline.

Matka Caroline odwraca się od straganu. Orientuje się w sytuacji. Mierzy Josefa wzrokiem. Mimo przyzwoitego garnituru bez wątpienia nie jest to człowiek z towarzystwa, a Caroline ma piętnaście lat.

— Was ist denn hier los? — unosi się. — Sie schämen sich gar nicht, Mädchen auf der Straße anzumachen!

Przed wojną Josef po takiej burze umknąłby jak niepyszny, uszy płonęłyby mu ze wstydu, a uda drżały od adrenaliny. Jak śmiał zaczepić dziewczynę na ulicy?

Ale teraz jest po wojnie i Josef był na tej wojnie. Josef potykał się o wystające z błota żebra dawnych towarzyszy albo wrogów, którzy się błotem stali i tylko żebra zostały. Josef dwa razy wepchnął człowiekowi bagnet w brzuch. Josef widział sterty trupów. Josef deptał po gnijących trupach i czasem zapadał się po kostki w gnijące ciało, a nad Josefem walczyli wszyscy bogowie: Asowie z olbrzymami, olimpijczycy z Tytanami przemierzali niebo.

— Maul halten, verdammtes Weib, ich rede gar nicht mit dir — mówi i nie wierzy, że to mówi, i nie wie, dlaczego to mówi. Nie wie, skąd wzięły mu się te słowa. Ale wzięły się. Wrzeszczeć na Josefa może feldfebel, wrzeszczeć może Herr Leutnant, który w osiemnastym roku siedzi z mannszaftem w jednej ziemiance, je to samo co mannszaft i nie oddziela go od mannszaftu ten widzialny prawie mur, jakby pochodził z innej planety, bariera, która oddzielała oficerów od żołnierzy w 1914. W roku 1918 Herr Leutnant jest z tej samej planety co mannszaft i z tego samego błota.

Dolores Ebersbach zastyga z otwartymi ustami. Dolores Ebersbach dopiero teraz rozumie, że ci wszyscy martwi chłopcy, w tym jej kochanek i ojciec Caroline, te wszystkie trupy coś zmieniły, coś się zmieniło. W niedzielę 29 czerwca 1919 roku Dolores Ebersbach rozumie, że świat się zmienił nieodwołalnie i całkowicie, że jej świat zniknął, a narodził się inny świat. Wczoraj, w sobotę, podpisano traktat wersalski, o czym Dolores nie wie, ale to nie zrobiłoby na niej wrażenia, to są męskie sprawy, które jej nie dotyczą ani nie interesują. Ale teraz rozumie: skoro byle gnojek może na nią warknąć w taki sposób i nikt go za to nie ukarze, to znaczy, że jej świat się skończył. Po tym nie zdziwi jej już nic: nie zdziwią jej powstania, plebiscyt, na który nie pójdzie, pucz Kappa, Hitler, wojna, nic jej nie zdziwi, nie zdziwi jej nawet śmierć córki.

Caroline Ebersbach patrzy na Josefa z niemym zachwytem. Pierwszy raz widzi, jak ktoś przeciwstawił się jej matce. Caroline teraz rozumie, że to możliwe. Uśmiecha się szeroko do Josefa.

Josefowi podoba się uśmiech Caroline.

Dolores Ebersbach, gliwicka patrycjuszka, nie wie, jak mogłaby zareagować na bezczelną odpowiedź młodzieńca w szarym garniturze. Chwyta córkę za nadgarstek i ciągnie za sobą, byle dalej, najlepiej od razu do domu, z dala od tych dzikusów, którzy nagle zdobyli władzę nad światem Dolores Ebersbach.

Caroline daje się ciągnąć matce. Idzie za nią, nie patrząc przed siebie, bo patrzy na Josefa. Josef stoi przy straganie i patrzy na Caroline.

Nagle Caroline wyrywa się matce, wyrywa się jej bez trudu, podbiega do Josefa, chwyta go za klapy marynarki i szepcze:

— Kreidelstraße 23. Komm morgen, in der Nacht. Das Balkonfenster, jenes mit Blick auf den Park.

— Sind Sie, Fräulein, verrückt geworden? — odpowiada Josef, śmiejąc się.

Wie, że przyjdzie, chociaż zdziwienie jest szczere i gdyby go ktoś zapytał, to szczerze odpowiedziałby, że na pewno nie, jeszcze przecież nie zwariował.

Ale wie, że przyjdzie.

CZĘŚĆ II

1.

1906, 1919, 1921, 1943, 1945, 1946,
1948, 1950, 1954, 2014

Josef powoli zapomina o wojnie. Wojna była dawno temu. Rok to długo. Są też rzeczy, których nie da się zapomnieć, z tymi Josef nauczył się żyć.

Jest znój, ale ze znoju co tydzień jest geltak. Parter domu w Deutsch Zernitz.

Josef wraca na rowerze, po szychcie. Szorował się bardzo starannie w kopalnianej łaźni.

Sarna, której nadałem imię Druga, ma się dobrze. Z dwójki jej zeszłorocznych koźląt przeżyło jedno, zdrowy, ładny koziołek. Nazwijmy go Drugi. Ma już rok, niedługo opuści matkę, a kiedy ich potomstwo odchodzi, sarnie matki nie rozpaczają jak ludzkie.

Co odchodzi od ludzkich matek razem z ludzkimi koźlętami?

Młodość już dawno odeszła, więc nie o młodość chodzi.

Ważniejsze jest to, co zostaje, nie to, co odchodzi, a zostają puste łóżka, puste domy, obcy już zwykle samczyk, który te młode spłodził. Tyle zostaje.

Od Valeski w 1946 roku pierwszy odchodzi Ernst, jego żona Gela z domu Czoik jest brzemienna, urodzi Natalię, która zostanie żoną Stanisława Gemandera, a czy to ma znaczenie? Jak wszystko. Dwa lata później odchodzi Elfrieda, której imię spolszczono przymusowo na Elżbietę, ale i tak wszyscy mówią na nią Frida. Odchodzi z pięknym mężem, Valeska jest dumna. Alfred odchodzi najpóźniej, w roku 1950, Alfred jest młody i głupi i nie odchodzi, aby pracować, płodzić dzieci, starzeć się i powoli umierać, Alfred odchodzi inaczej.

Alfred idzie ulicą Powstańców w Gierałtowicach, wraca z wykładów. Alfred studiuje budowę maszyn na Politechnice Śląskiej, niedawno założonej w Katowicach i przeniesionej do Gliwic. W Katowicach nie było miejsca, w Gliwicach zaś zrobiło się pustawo, bo Niemców wsadzono do wagonów i wywieziono.

— Jo bydã robiył, a ty pōdziesz na studia — powiedział Ernst, a Alfred na wojnie raz a dobrze nauczył się, że starszy brat wie, co mówi, więc zrobił maturę i poszedł studiować budowę maszyn, teraz zaś wraca sobie spokojnie z wykładów do domu z czerwonej cegły przy ulicy Powstańców w Gierałtowicach i myśli o kolacji. Zauważa zaparkowany przy ulicy citroën traction avant. Alfred interesuje się samochodami. Zastanawia się, jaki silnik może się kryć pod maską czarnej cytryny. Czterocylindrowy? Sześciocylindrowy? Jeśli czterocylindrowy, to jaka pojemność?

Z citroëna wysiadają dwaj mężczyźni, dziwnie ubrani, i Alfred nagle rozumie, że przepadł, i już nie może z tym nic zrobić.

Alfred odchodzi od matki wbrew swej woli, Alfreda dwaj mężczyźni wciągają do czarnego citroëna i odchodzi do Wojewódzkiego Urzędu Bezpieczeństwa Publicznego, do ciasnej celi w budynku przy ulicy Powstańców 31. Ulica Powstańców kiedyś nazywała się Bernhardstraße, potem Powstańców, potem Straße des S.A., a potem znowu Powstańców.

Pod numerem 31 pięć lat temu mieściła się siedziba Geheime Staatspolizei, a teraz mieści się Wojewódzki Urząd Bezpieczeństwa Publicznego — w jego trzewiach jest Alfred i jego cień w dokumentach podróżujących z biurka na biurko; Alfred również podróżuje, z celi do pokoju przesłuchań i z pokoju przesłuchań z powrotem do celi, a potem do pokoju z biurkiem i lampą, i owszem, wraca do Valeski, ale dopiero w roku 1954, wraca zmięty, bez kilku zębów, ze źle zrośniętym żebrem i z wielką czarną kulą strachu w gardle i brzuchu, która nie opuszcza go przez kilkadziesiąt lat po to tylko, by pod koniec życia zamienić się w szaleństwo bezsennych nocy i ścian pełnych ludzkich uszu i oczu, i Alfred sam jest sobie winien, że taki wróci w roku 1954, tylko tak umie o sobie, złamany, myśleć, bo w taki właśnie sposób go całego złamano i taki się cały krzywo zrósł.

Widzę tę czarną kulę strachu, jak naciska na przeponę Alfreda, jak rozpycha mu żebra, naciska na pęcherz, aby pod koniec życia przepchnąć się w górę, przez szyję aż do głowy, i zatruć mózg.

Gdybym tylko w 1943 nie poszedł na ochotnika do niemieckiego wojska, myśli sobie później Alfred, przez całe czterdzieści lat od 1954 roku tak sobie myśli, gdybym tylko w czterdziestym trzecim nie poszedł do wojska... Mogłem nie pójść, ale poszedłem i zniszczyłem sobie życie, zniszczyłem. A potem, jako przedwczesny starzec o białych włosach, myślał tylko o tym, że wszystkim jego nieszczęściom winni są Żydzi. Często mówił o tym Nikodemowi, który kiedyś próbował się z ujkiem sprzeczać, ale później, już w XXI wieku, machał na te opowieści ręką i nie słuchał, nikt ich nie słuchał.

— Fto idzie na ochotnika na wojna, czyś ty blank zgłupiöł? — krzyczy w 1943 roku przerażony Ernst, przerażony, że Alfred nie wróci, ale Alfred wrócił. Alfred idzie do wojska, bo się brzydzi starszym bratem, którego ma za tchórza, więc idzie, bo chce żyć innym życiem, niż zginając grzbiet w kopalni; Alfred chce być lotnikiem, chce być pilotem myśliwca, bo ogląda piękne zdjęcia w „Das Reich" i nie wyobraża sobie piękniejszego życia niż życie pilota myśliwca, i zgłasza się na ochotnika do Luftwaffe, i w końcu go biorą, ale nigdy nie siada za sterami samolotu. Pracuje jednak przy samolotach, smaruje specjalnym smarem zamki karabinów maszynowych i działek przy messerschmittach i focke-wulfach, układa taśmy z nabojami o różnokolorowych pociskach, zadręczając dowódców prośbami o skierowanie na kurs pilotażu, i gdyby wojna potrwała jeszcze trochę, toby w końcu pewnie na ten kurs pilotażu trafił, lecz wojna nie potrwała ani chwili dłużej, niż potrwała, i Alfred zamiast na kurs pilotażu trafia do amerykańskiego obozu jenieckiego, a z obozu wraca w 1945 roku do Przyszowic i już wie, że brat miał rację: to było bardzo głupie — zgłosić się na ochotnika na wojnę.

A kiedy wraca, to za bardzo chce mówić o tym, co mu się w ciągu ostatnich lat wydarzyło, chce mówić z tymi, którzy pływali na U-Bootach, i z tymi, którzy prowadzili czołgi, i z tymi, którzy gnili w okopach, chce opowiadać im o lśniących myśliwcach, których doglądał, jak stajenny dogląda swoich koni, bo nie widział w życiu nic piękniejszego niż myśliwiec zaraz po starcie przewalający się na skrzydło, i za bardzo pragnie towarzystwa podobnych do siebie, i znajduje towarzystwo podobnych do siebie, i niewiele czasu minęło, a całe towarzystwo znalazło się na Powstańców 31 w osobnych celach, i dużo płynów fizjologicznych wsiąkło w betonowe podłogi, dużo krwi, śliny, moczu, gówna zostawili po sobie na Powstańców 31, pęki włosów, wtartą w chropowaty beton skórę, paznokcie, zęby.

Tego wszystkiego Josef już nie zobaczy na własne oczy, ale ja to widzę, bo widzę wszystko i widzę wszystko równocześnie.

Widzę Josefa, jak siedzi ze starym Pindurem nad mokradłem w lesie między Nieborowitzer Hammer a Birawka--Mühle. Widzę Nikodema, jak patrzy na autobus uwożący dziewczynę, która mu się wymknęła.

Widzę Josefa, jak wściekle pedałuje na rowerze z Deutsch Zernitz do Gleiwitz i razem z nim jedzie jego biała wściekłość.

Widzę Josefa, jak leży głęboko pod ziemią, w trumnie już zmurszałej, w trumnie, która się zapadła, i czuję Josefa, jego soki, jak płyną we mnie, jak przeciekł Josef przez ubranie i stał się moim ciałem.

Widzę Nikodema Gemandera. Widzę Stanisława Gemandera. Widzę Ernsta Magnora. Widzę Josefa Magnora. Wszyscy ze mnie i we mnie.

Widzę Josefa, jak wraca na rowerze do domu po szychcie, i jest poniedziałek 30 czerwca, i jest rok 1919, i Josef jedzie do domu, do Nieborowitz.

Tymczasem ludzki świat na Śląsku pęcznieje od wściekłości.

A sarni świat odnosi się do tego z całkowitą sarnią obojętnością. Roczny koziołek, syn Drugiej, pasie się na łąkach między targowym miasteczkiem Pilchowitz a przysiółkiem Wielepole, gdzie za matką przeszedł z Jakobswalde. Ojciec roczniaka zginął od kuli myśliwego i został zjedzony na dworze księcia von Wengerskiego, głowa zaś i piękne parostki zawisły na ścianie domku myśliwskiego w lesie rudzkim, nad potokiem Groß-Raudener, po uprzednim wypreparowaniu. Ale i czaszka tego, który spłodził syna Drugiej, w końcu trafia do mnie. Wszystko kończy we mnie. Nie ma wyjątków, wystarczy, że poczekam, a ja mam całą wieczność na czekanie.

W ludziach zaś wściekłość odkłada się cienkimi warstwami — w głowach i sercach tych, którzy zdecydowali, że będą Polakami, i tych, którzy zdecydowali, że będą Niemcami, i tych, którzy po prostu byli tymi albo tymi, wcale nie decydując, i nawet w głowach tych, jak Josef, którzy nie zastanawiali się, kim są, tylko nie chcieli już dłużej przyglądać się pańskim dziewczętom, tak różnym od ich własnych dziewcząt, we wszystkich odkłada się wściekłość.

Josef mija Schönwald i dociera do szosy z Gleiwitz do Rybnika. Stoi teraz na poboczu, na skrzyżowaniu szos gliwickiej i szywŏłdzkiej, i widzi przed sobą dwie drogi, jedną w lewo, do domu w Nieborowitz, i drugą w prawo. Medytuje nad tymi drogami, nie medytując, bo nie zna nawet tego słowa, rozważa bez słów, nie myśli słowami, czeka, stoi przy drodze i czeka, bo sądzi, że ma przed sobą dwie drogi, a ja wiem, że ma tylko jedną, i coś w nim też już to wie, ale jeszcze stoi przy drodze i czeka.

W tym samym czasie, ale dziewięćdziesiąt pięć lat później, i w tym miejscu nadal jest skrzyżowanie, rozkwitłe wszakże w skomplikowany system ślimakowatych zjazdów i rozjazdów, przy skrzyżowaniu stoi supermarket Auchan, a przez skrzyżowanie wali nieprzerwany potok samochodów, i też jest na przykład czerwiec, i auta jadą jedno za drugim, fiaty, mercedesy, škody, citroëny, fordy i ople, i alfy romeo, z zamkniętymi oknami, jeśli jest klimatyzacja, z otwartymi oknami, jeśli nie ma klimatyzacji, w upale, z pracy i do pracy, jeden za drugim.

Josef stoi, pozioma rurka ramy roweru opiera się o jego prawe udo. Szosą Gliwice–Rybnik jedzie jeden samochód, kabriolet marki Alfa Romeo 20-30 ES Sport. Najpierw resory, na których opiera się przednia oś, nad nimi reflektory, szerokie błotniki nad wąskimi oponami, dalej szara kratka chłodnicy w chromowanej obejmie, dalej ciemnozielona maska nadwozia typu torpedo, pod nią czterolitrowy, rzędowy, czterocylindrowy silnik oddający na tylną oś moc sześćdziesięciu siedmiu koni mechanicznych, dalej skrzynia biegów, nad nią deska rozdzielcza, kierownica i w rękawiczkach z jeleniej skóry dłonie hrabiego Bolka von Raczecka, paznokcie krótkie i wypielęgnowane, na małym palcu lewej dłoni sygnet z herbem Warnia, niżej stopy hrabiego von Raczecka w angielskich bucikach na pedałach przepustnicy i sprzęgła, skarpetki wełniane szkockie w kratkę argylle, wielokrotnie, lecz wprawnie cerowane, dalej ramiona i nogi hrabiego von Raczecka w angielskim tweedzie, dalej skórzany fotel, na nim tyłek i korpus hrabiego von Raczecka również w tweedzie (przedwojennym), w kieszeniach marynarki i spodni pugilares, lniane chusteczki sztuk dwie, scyzoryk, wieczne pióro marki Pelikan, niewielki pistolet Mauser m1914 kaliber 7,65 mm, w pistolecie osiem nabojów, wyżej głowa hrabiego von Raczecka w skórzanej pilotce i goglach, a w głowie wszystko, kim hrabia Bolko jest: człowiekiem gotowym użyć pistoletu, który ma w kieszeni, szczególnie przeciwko polskim agitatorom, którzy chcieliby oderwać Oberschlesien od Rzeszy; w głowie hrabiego von Raczecka znajduje się również świadomość bycia panem na Czekanowie, weteranem obu frontów wielkiej wojny, pięknym mężczyzną lat trzydzieści i trzy, w którym nieprzytomnie zakochane są jego kuzynka, kilka panien z lokalnego towarzystwa, trzy służące, w tym jedna szalona z miłości do tego stopnia, że próbowała się truć aspiryną. I oczywiście jest też świadomość bycia oficerem pułku śląskich huzarów z Raciborza nr 6 (2. Schlesisches), który za kilka dni przestanie istnieć, bo nie tylko pani Ebersbach świat się właśnie wali, bo świat hrabiego Bolka von Raczecka wali się również, jednak Bolko nie rozpacza, Bolko światem gardzi.

Plecy hrabiego oparte są o fotel, dalej drugi rząd foteli, rama samochodu, wał napędzający tylną oś, wreszcie tylna oś, kłąb pyłu i spaliny i koniec, nie ma już samochodu, droga przed Josefem znowu jest pusta i Josef może pojechać albo w lewo, albo w prawo.

Ktoś mógłby pomyśleć, iż to przelotne spotkanie Josefa Magnora, podziemnego cieśli z kopalni Delbrück, i hrabiego Bolka von Raczecka, pana na Czekanowie, ma wymiar symboliczny. Że to spotykają się dwa światy. Hrabia i górnik. Oficer i gefreiter. Huzar i żołnierz piechoty. Człowiek w samochodzie marki Alfa Romeo i człowiek na rowerze marki Wanderer.

W istocie zaś nie ma w tym spotkaniu żadnej symboliki. Po prostu minęli się i zarazem coś ich łączy, jako że żona Josefa była służącą dziewczyny, która kocha hrabiego Bolka miłością nieodwzajemnioną, czyli zwykłą, bo miłości nigdy nie są odwzajemnione do końca, bo kochankowie nigdy nie kochają się po równo. A tutaj kuzynka Dolores kocha, lecz nie jest kochaną. Drogi Josefa i hrabiego Bolka przetną się raz jeszcze i żaden z nich nie będzie zdawał sobie z tego sprawy, ani wtedy, ani teraz, ani nigdy, więc czy coś ich łączy? Ile to znaczy? Czy pod powierzchnią rzeczywistości są jakieś tajemne, ciemne pasma łączące to, że Bolko jechał,

Dolores kochała, Valeska odeszła, Josef stał z rowerem opartym o udo, czy jakieś są?

Są, ale niewidzialne i niewytłumaczalne, więc cóż z tego, że są?

Ale są.

Są, chociaż Bolko von Raczeck nie zwraca uwagi na młodego mężczyznę z rowerem i w kaszkiecie. Są, chociaż Josef nie zwraca uwagi na samochód, który go mija, bo zbyt zajęty jest swoją rozterką — w prawo jechać czy w lewo — chociaż przejazd samochodu w roku 1919 jest jeszcze wydarzeniem, o którym warto by wspomnieć sąsiadom.

— Zaś żech dzisiej widziała gröfa automobilym rajzować — mówi jedna nieborowicka starka drugiej starce i obie kiwają głowami w wielkiej mądrości swojej, dając sobie nawzajem jej dowód: obie znają się dobrze na dziwnych i tajemniczych obyczajach hrabiów, którzy w połowie ubiegłego stulecia wykazywali duże zainteresowanie jedną ze starek, bo jest wtedy piękna i bujna i daje się zaciągnąć na siano, jednak nie za łatwo. Ale daje, a teraz starka jest starką i nie wie, kiedy się to stało, że została starką i niedługo umrze, wnukowie tamtych hrabiów jeżdżą automobilami, a potem umierają i wymierają, bezpotomnie i bezpowrotnie; tyle zostaje ze śląskich hrabiów von Raczecków, że już ich nie ma, tak jak was wszystkich kiedyś nie było, nie ma i nie będzie, i zostaną sarny, jeże, szczury, polne myszy, drzewa i kamienie, i ludzkiego głosu nie usłyszą żadne uszy ani strzału, ani szumu silników, ani chrzęstu gąsienic, ani kwilenia niemowlęcia, ani westchnień kochanków, ani krzyków umierającego, nic i nic.

Dziewięćdziesiąt pięć lat później w nieprzerwanym sznurze samochodów również jest wielu takich, którzy muszą zdecydować: w prawo czy w lewo? Na Gliwice czy na Rybnik? Do domu czy na zakupy? Na cmentarz czy do kina? Do kochanki czy do starej matki? Żyć czy już nie żyć? Zrobić w Auchanie zakupy na obiad czy zjeść jakieś resztki zalegające w lodówce?

W prawo czy w lewo?

Josef Magnor kładzie prawą stopę na pedale, już się nie waha, odbija się i jedzie w kierunku Gleiwitz.

Nikodem Gemander siedzi przy kuchennym stole. Naprzeciwko siedzi jego żona. Weronika śpi.

— Odchodzę — bełkocze Gemander. Jest pijany, ale rzeczywiście odchodzi od niej.

Żona Nikodema właśnie tego się spodziewała.

2.

1903, 1904, 1919, 1954, 2014

Reinhold Ebersbach siedzi w swoim gabinecie w domu przy Kreidelstraße 23 w Gliwicach. Jest piątek 12 sierpnia, wieczór. Drzwi zamknął na klucz. Okno wychodzące na park pozostaje uchylone. Powietrze pachnie kwiatami, upałem i niedawnym deszczem. Zasłona i firana poruszają się trochę. Zza okna słychać cichą rozmowę po wasserpolsku, rozmawiają chłopak z dziewczyną, Ebersbach coś by może zrozumiał, ale nie słucha, bo go to wcale nie interesuje. Odbija mu się sandaczem, którego zjadł na kolację. Siedzi przy biurku.

Na biurku znajdują się: kałamarz, bibuła, pióra w klasycznym biurkowym zestawie prawie nigdy nie używanym, wczorajszy „Oberschlesischer Wanderer", kartka czystego papieru listowego, butelka koniaku Otard XO w jednej trzeciej już opróżniona, kieliszek z tymże koniakiem, rewolwer marki Mauser model Zig-zag z czterema nabojami kalibru sześć milimetrów w bębnie, stare wydanie *Wilhelma Tella* Schillera ozdobione rycinami, w nim zakładka z biletu wizytowego pani Stanisławy Nakoniecznej, która na odwrocie tegoż nienaganną niemczyzną i wdzięcznym charakterem pisma zapewnia o swojej pamięci i wyraża nadzieję na rychłe spotkanie, w Poznaniu, dnia 4 maja roku 1889. Dalej na biurku pugilares. Papierośnica, srebrna. Zegarek kieszonkowy w złotej kopercie, sawonetka, marki Vacheron Constantin. Łańcuszek do zegarka. Łańcuszek do kluczyka. W zegarku powoli rozpręża się sprężyna główna, koło balansu, w zwykły zegarkom sposób sprzężone z kotwicowym wychwytem szwajcarskim bocznym, drga, obracają się tryby i ich osadzone w rubinach osie. Wychwyt tyka. Głośno. Spod podwójnej koperty. Reinhold Ebersbach opróżnił kieszenie.

Niemieccy żołnierze w mundurach koloru piaskowego opróżniają kolejne ładownice, wpychając naboje z łódek w magazynki karabinów, z których następnie strzelają w stronę wojowników Herero. Wojownicy Herero uciekają przed wąsatymi niemieckimi żołnierzami w mundurach koloru piaskowego. Lothar von Trotha zwyciężył, ale nie rozbił sił przeciwnika w decydującej bitwie, więc teraz musi zepchnąć wojowników Herero na pustynię Omaheke.

Josef Magnor ma sześć lat, leży już w swoim łóżku i myśli o zielonych mundurach raciborskich huzarów, którzy bardzo mu się podobają. W izbie w łóżkach śpią już jego bracia, Friedrich i Maximilian Magnorowie.

Reinhold Ebersbach siedzi przy biurku i trzyma pióro w dłoni, wcale nie myśli o wojownikach Herero ani o żołnierzach w mundurach koloru piaskowego, jest już dość pijany, nie ma mocnej głowy. Pióro pozostaje zawieszone nad papierem. Reinhold Ebersbach uważa, że nie chce już dłużej żyć. Myli się, w rzeczywistości Reinhold Ebersbach chce dalej żyć, tyle że pragnąłby żyć zupełnie inaczej. Albo przynajmniej trochę inaczej. Gdzieś indziej. Z kimś innym.

Reinhold Ebersbach nienawidzi swojej żony, z którą w ogóle nie sypia. Spółkował z nią łącznie trzy razy w ciągu dwóch lat małżeństwa. Ostatni raz dopuściła go do siebie dziewięć miesięcy temu, jeszcze w 1903, jednak to, co wziął za objaw rodzącej się małżeńskiej miłości, okazało się aktem zimnym, odstręczającym w swej mechaniczności. Po wszystkim dostrzegł wyraźnie, jaki wstręt czuje doń Dolores Ebersbach, i sam jął również czuć wstręt do siebie.

Caroline Ebersbach z wielkim trudem opuszcza łono matki.

Reinhold Ebersbach jest człowiekiem inteligentnym, ale wpojone za pomocą pasa i linijki zasady dobrego współżycia społecznego górują nad jego inteligencją. Inteligencja Reinholda Ebersbacha wskazuje mu jasno, że dziecię nie jest jego. Zasady dobrego współżycia społecznego podpowiadają, że to niemożliwe, ponieważ Dolores Ebersbach jest damą i nie dopuściłaby do takiej hańby.

Reinhold Ebersbach siedzi przy biurku. Pije.

Ktoś puka do drzwi.

— Herr Ebersbach? — pyta służąca.

Reinhold Ebersbach wzdycha, odkłada pióro, chowa rewolwer i butelkę do szuflady. Dopija koniak z kieliszka.

— Herr Ebersbach... — powtarza służąca.

Reinhold Ebersbach nienawidzi tego twardego słowiańskiego „r", kiedy służąca wymawia je w jego nazwisku, aż grzechocze. EbeRRRsbach. Jednak otwiera drzwi.

— Was ist? — pyta głupio, jakby nie wiedział, o co chodzi.

— Sie haben eine gesunde, schöne Tochter, Herr Ebersbach. Wollen Sie sie sehen?

Córka. I cóż z tego, że córka? Nie, Reinhold wcale nie chce jej zobaczyć.

— Nein.

— Frau Ebersbach ist sehr schwach, weiß Gott, ob sie überlebt.

— Alles klar.

Reinhold Ebersbach wychodzi z domu, musi wyjść z domu. Nie wkłada nawet marynarki, wychodzi na ulicę jak stoi, w samej koszuli, zapala papierosa.

Niecałe piętnaście lat później Caroline Ebersbach udaje, że śpi, nasłuchując tego, co dzieje się w głębi domu. Czeka. Przez okno widziała Josefa, jak przechodzi przez park, prowadząc rower, ubrany nie tak elegancko jak ostatnio, na odpuście. Wie już, że Josef przyjdzie. Mógłby przychodzić tutaj w innym celu i każda z koleżanek rówieśniczek Caroline miałaby w takiej sytuacji tysiąc wątpliwości, ale Caroline wie, wie na pewno, że Josef przyjdzie do niej. Czeka.

Ojciec Caroline Ebersbach staje się trawą na flandryjskim polu. Trawa wyrasta na ziemi, która kiedyś była ciałem ojca Caroline Ebersbach.

Josef Magnor siedzi na ławce w parku, popija piwo z butelki, przegryza kiełbasą i czeka, opierając stopy o ramę roweru. Cieszy się ciepłą nocą. Czeka już czwartą godzinę. Nie wrócił do domu. Nie myśli o tym, co powie Valesce. Myśli o wojnie.

Brat Josefa, Friedrich Magnor, gnije w grobie w belgijskim Roeselare-de Ruyter, gdzie gnić będzie sobie aż do 1954 roku, kiedy to Frank Sinatra wyda album *Songs for Young Lovers*, doczesne szczątki Friedricha Magnora zaś przeniesione zostaną do zbiorczego grobu cmentarza wojennego Langemarcks-Nord, za sprawą Volksbund Deutsche Kriegsgräberfürsorge.

Reinhold Ebersbach zupełnie pijany idzie przez Breslau nocą z poniedziałku na wtorek. Ulica jest zupełnie pusta, sklepy, szyldy, latarnie. Ebersbach wspiera się na ramieniu płatnej dziewczyny, do której pod wpływem dużej ilości alkoholu żywi wyjątkowo ciepłe uczucia. Wspinają się po schodach do pokoju Reinholda. Wkłada rękę pod spódnicę, po czym zasypia, zanim zdąży chociażby rozpiąć rozporek. Dziewczyna opróżnia portfel Reinholda i jest raczej zawiedziona jego zawartością.

Dolores Ebersbach zażywa krople walerianowe, trzykrotnie przekraczając dawkę przepisaną przez lekarza, kładzie się do łóżka i zasypia natychmiast czarnym, matowym snem bez marzeń sennych; leży bez ruchu, ledwie oddycha.

Podobnym snem spać będzie kiedyś Gela, żona Ernsta Magnora, ale jeszcze nie teraz i nie po walerianie. Teraz jeszcze się nie urodziła, a by zasnąć, używać będzie benzodiazepin różnego rodzaju.

Josef już wie, które to okno. Widział w nim Caroline, gdy wyglądała. Czeka, aż zgasną wszystkie inne światła w domu, a potem czeka jeszcze godzinę. Nie ma zegarka, nasłuchuje więc bicia dzwonów kościoła Alles Heiliges.

Valeska niepokoi się o męża. Wygląda przez okno. Idzie o niego zapytać do Gorgoniów, Gorgoń robi razem z Josefem na Delbrück i uspokaja Valeskę, że nic się mu na grubie nie stało, wyjechał w szoli z wszystkimi. Może pojechał do ojców albo kamrata z wojska spotkał i poszli wypić. Valeska kiwa głową. Prawie wcale nie zna swojego męża. Ledwie dwa tygodnie od ślubu minęły. Może tak być, że poszli wypić. Valeska niepokoi się już mniej.

Josef po północy wstaje z ławki, dopija resztę piwa i wspina się po rynnie, sprawnie i szybko. Rower ukrył w parkowych krzakach. Caroline już czeka przy oknie, otwiera, Josef wchodzi. Nie rozmawiają. Całują się, zamiast rozmawiać.

111

Rozbierają się nawzajem, najszybciej jak potrafią. Caroline, która ma na sobie tylko koszulę nocną, jest naga zaraz, Josef dopiero po chwili, więcej ma do zdjęcia.

Kiedy się kochają, Caroline jest szczęśliwa.

Kiedy się kochają, Josef jest szczęśliwy i nie myśli o wojnie. Caroline czuje rozkosz po raz pierwszy w życiu. Josef nie nazywa tego słowami, bo skończył tylko szkołę powszechną w Deutsch Zernitz, a potem poszedł do wojska, gdyby jednak przeczytał w życiu więcej książek, to może wiedziałby, że jest zakochany, ale pewnie nawet w takiej sytuacji by nie wiedział, bo to się zwykle wie dużo później, niż kiedy się to dzieje i już jest.

Potem leżą obok siebie na łóżku, nadzy, na pościeli, nieprzykryci. Caroline ma piętnaście lat. Josef ma dwadzieścia jeden lat. Josef był na wojnie. Caroline nie była nigdzie, tylko raz z matką w Wiedniu, co bardzo źle wspomina.

Leżą obok siebie i milczą. Włosy Caroline rozrzucone na poduszce. Biała skóra w żółtym świetle lampy naftowej. Ciemniejsza skóra Josefa. Jego dłonie na jej szczupłej piersi. Caroline dotyka obrączki na palcu Josefa. Nie martwi jej wcale ta obrączka. Caroline wie, że nie chce mieć męża, Caroline nie chce mieć nikogo. Chce tylko, żeby ten smukły chłopak robił jej to, co jej zrobił.

Josef sięga do marynarki po papierosy. Caroline go powstrzymuje, więc nie pali.

Całują się, kochają ponownie i znowu leżą w milczeniu.

W lampie kończy się nafta, ale za oknem robi się już jasno i wtorek. W parku zaczynają śpiewać ptaki.

Josef całuje Caroline: usta, szyja, piersi, brzuch, łono, prawe udo, lewe udo, kolana, stopy. Josef zakłada ubranie, otwiera okno, rozgląda się: nikogo. Wychodzi. Nie powiedzieli do siebie ani słowa. Biegnie do roweru: nikt nie ukradł.

Wskakuje na ten rower, naciska na pedały, unosi się nad siodełkiem i jedzie, jedzie Wilhelmstraße, jedzie jak kolarz na wyścigach, jedzie najszybciej jak może, jedzie, jakby uciekał spod ostrzału, spod pocisków moździerzowych, armatnich i haubicznych. Serce przyspiesza.

Przelatuje przez rynek, wanderer na balonowych oponach uderza mocno o wystające kostki brukowe, Bank Straße, Oberwall Straße, ostro skręca w Roßmarkt, gdzie wpada pod dorożkę, spada z roweru, koziołkuje, tłucze sobie kolana, łokcie, czaszkę i żebra, ale unika stratowania.

— Jeröński gizd! — wrzeszczy dorożkarz i chlasta Josefa batem po plecach. Mocno.

Josef wstaje, zbiera się, półprzytomny.

— Tasza, kaj je moja tasza… Kaj moje koło… — mamrocze pod nosem, zamroczony.

Torba się znajduje, rower też. Szczęśliwie rower wyszedł bez szwanku. Josef dotyka czoła. Spod włosów powoli płynie krew. Dzwoni mu w uszach. Jedzie już wolniej, mija kościół Świętych Piotra i Pawła i pedałuje prosto przed siebie, do domu.

Musi coś zjeść, przebrać się może i do roboty, z powrotem.

— Zjysz coś, przeblycz sia i musisz nazôd na gruba jechać — mówi Valeska, ocierając Josefowi czoło z krwi.

Josef kiwa głową, gryzie klapsznita z masłem i leberwusztem.

— Gorgoń pedziôł, co żeś jakigoś kamrata trefiył i żeście wypić poszli, ja? — usprawiedliwia Josefa Valeska, a Josef skwapliwie potakuje.

Sam nie wymyślił żadnej wymówki. Valeska podała mu wymówkę na tacy.

— A kajżeś sia tak poôbijôł?

— Sleciôłech z koła. Rajzowôłech za drap.

Valeska kiwa głową. Jechał za szybko. Nie śmierdzi alkoholem.

Josef wychodzi do roboty, nie powiedziawszy ani jednego kłamstwa.

Reinhold Ebersbach budzi się z potwornym kacem. Szuka portfela, znajduje pusty i zdaje sobie sprawę, że kurwa go okradła, i teraz Reinhold Ebersbach nie ma na bilet powrotny do Gliwic. Co oznacza, że aby do Gliwic dojechać, będzie musiał się bardzo upokorzyć. Życie Reinholda Ebersbacha jest serią upokorzeń różnego rodzaju i o różnym natężeniu, więc Reinhold Ebersbach nie jest zdziwiony tym, że będzie się musiał upokorzyć, żeby w przedstawicielstwie firmy, do której przyjechał, wyżebrać pieniądze na bilet, opowiadając o kradzieży portfela. Ktoś inny potrafiłby o kradzieży portfela opowiedzieć tak, iż pracownicy goszczącej Reinholda firmy poczuliby się tej kradzieży nieomalże winni i natychmiast pospieszyliby z przeprosinami, kupili Reinholdowi bilet i wręczyli dwadzieścia marek na kawę na dworcu w sposób, który upokarzałby raczej ich, odpowiedzialnych za to, że ich gościa okradziono, a nie samego okradzionego, ale Reinhold nie umie w taki sposób o kradzieży portfela opowiedzieć. Nie jest zaskoczony czekającym go upokorzeniem, nie zmniejsza to jednak w niczym dotkliwości upokorzenia. Reinhold Ebersbach myśli o tym, że nie chce żyć, ale to nieprawda.

Caroline Ebersbach nie zasnęła ani na chwilę. Leży na łóżku naga, czuje, jak wypływa z niej nasienie kochanka, czuje na sobie ostry zapach jego potu, czuje na sobie jego zaschniętą ślinę i jest szczęśliwa.

Josef Magnor jedzie na rowerze przez Schönwald. Nie czuje zmęczenia.

Valeska Magnor nie spała, czekała na męża i jest zmęczona, więc teraz się kładzie, w ubraniu, trochę przestraszona, że ktoś mógłby ją przyłapać na drzemce w środku dnia i uznać za leniwą. Rozważa, czy przaje Josefowi, czy mu niy przaje, i nie jest pewna. Leży w pościeli w domowej jakli i zopasce, na parterze domu w Nieborowicach.

Brat Josefa, Friedrich Magnor, w przegnitym mundurze leży w grobie na cmentarzu w Roeselare-de Ruyter.

3.

1902, 1920, 1921, 1944, 1945,
1946, 1947, 1963, 2013

Ernst się rodzi. Valeska się boi. Ciemna główka dziecka rozrywa jej krocze. Położna krzyczy, Valeska nie słyszy krzyków położnej, bo sama krzyczy. Krzyczy, bo ją boli, i krzyczy, bo się boi. Bólu, rany, szkody na ciele, boi się tego, czego nie rozumie, boi się o dziecko. Nie wie jeszcze, czy dziecko jest chłopcem, czy dziewczynką.

Ja wiem. Moje ja znaczy coś zupełnie innego niż wasze ja, ale ja wiem. Wiem nawet, że dziecko przepychające się przez krocze Valeski jest Ernstem, wszystko inne też wiem. Znam ciężar ciała Valeski i ciężar domu, w którym Ernst się rodzi, i delikatną pieszczotę jego stóp, kiedy po mnie chodzi, i ciężar jego ciała, gdy pozostanie złożone do grobu na cmentarzu w Przyszowicach, tym samym, na którym leżą dawni hrabiowie von Raczeck, i Valeska na nim leży, i wielu innych, a obok biegnie szosa numer 44, bardzo ruchliwa, i kiedy ciało Ernsta kładą do ziemi w błyszczącej trumnie, to na czerwonych światłach stoją samochody, a w nich ludzie tacy sami jak wszyscy inni, jak ci, co do ziemi, i ci, co na świat, i ci, co do pracy albo w czarną melancholię bezsennych nocy i naznaczonych bezradnością dni.

Wiem, jak dwudziestopięcioletni Ernst patrzy na ciała kładące się na śniegu, pod murem cmentarza, na którym sam za wiele dziesiątków lat spocznie — wiem. Wiem, jak zgrzyta klucz w prowizorycznym areszcie — wiem. Areszt mieści się w koszarach dawnego Infanterie-Regiment Keith. Ernst nigdy w nim nie służył. Josef w nim służył. A teraz Ernst siedzi w tym areszcie i czeka na rozstrzelanie. Ale stary feldfebel, starszy nawet od Josefa Magnora, otwiera drzwi celi, w której siedzi Ernst. Otwiera drzwi do celi dezertera.

— Hau ab, Junge, in einer Stunde sind hier die Sowjets.

Ernst Magnor jest nieufny. Ernst uciekł z pierwszej zbiórki lokalnego Volkssturmu, bo nie bardzo wierzył, by batalion starców, gówniarzy i dekowników, z pięcioma emerytowanymi podoficerami, kapitanem z tikiem nerwowym i otyłym majorem w składzie, mógł zatrzymać ruskie czołgi za pomocą kilkudziesięciu starych judenflinte, jednego spandaua i siedmiu pancerfaustów. Więc uciekł, ale go złapali i postanowili rozstrzelać, jutro. A teraz ufa feldfeblowi, który otworzył drzwi do celi. Ufa, bo musi. Wybiega z koszar. Biegnie przez miasto, które ucieka. Przed Sowietami, nie przed Ernstem. Ernst jednak nie biegnie na dworzec, tylko do domu. Musi powiedzieć mamulce, że żyje.

Feldfebel nazywa się Gröhling. Dożyje do końca wojny i pożyje jeszcze trochę, a umrze na marskość wątroby w Wiedniu w roku 1947, bo po wojnie zacznie pić za dużo sznapsa, gdyż nie będzie miał nic lepszego do roboty. Śmierć jak każda inna, bez znaczenia.

Ernst Magnor nazywa się Ernst Magnor. Pożyje o wiele dłużej niż Gröhling, bo Gröhling otworzył drzwi do celi, w której Ernst siedział, i dlatego Ernst żyć może.

Ernst biegnie. Ernst umiera.

Ernst się rodzi.

Ernst ma dziewięćdziesiąt trzy lata i żyje. Ernst jest zmęczony. Ernst wszystko pamięta i nic go już nie obchodzi. Ernst jest obojętny, spokojny, znużony.

Ernst wie, że nic nie ma znaczenia i że wszystko jest ważne. Ernst wie, że życie jest, a potem go nie ma. Ernst wie, że w życiu nie trzeba być szczęśliwym ani nie trzeba cierpieć, jedyne, co trzeba, to żyć to życie, nic więcej nie trzeba. Ernst czeka na śmierć z nadzieją i ochotą, bez rozpaczy, bez smutku za tym, co utracone, bo Ernst wie, że nigdy nic nie macie, więc niczego nie możecie utracić, ale to nie ma znaczenia.

Nie ma znaczenia.

Ernst się rodzi. Valesce pęka krocze. Josef jest na kopalni, na dole. Pracuje nad drewnianą obudową, która nie pozwoli się zawalić wykutemu we mnie chodnikowi. Chodnik prowadzi ku ścianie, w której inni górnicy długimi lancami ręcznie wiercą otwory na dynamit.

Ernst się urodził. Ernsta kąpią. Wiążą pępowinę. Położna opatruje rany jego matki. Ernst nie jest jeszcze Ernstem, jest tylko synem Valeski i Josefa Magnorów, Ernstem będzie za kilka dni, kiedy ochrzczony zostanie przez farǒrza Stawinogę w żernickim kościele pod wezwaniem Świętego Michała Archanioła. W akcie chrztu wpiszą Ernstowi imiona: Ernst Georg. Potem w innych papierach zostanie Ernestem Jerzym. A potem znowu inaczej.

Ernst się rodzi.

Adolf Hitler przygotowuje swoje kolejne publiczne wystąpienie, dopracowuje tekst tłumaczący, dlaczego on i jego towarzysze partyjni są antysemitami, po raz pierwszy wygłosił go w sierpniu w wielkiej sali Hofbräuhaus w Monachium. Meine lieben Volksgenossen und -genossinnen! — mówi w duchu.

Nad Niemnem toczy się wielka bitwa między Polakami a Rosjanami, nazywanymi chwilowo Sowietami, w odróżnieniu od Rosjan, jakimi byli wcześniej. Dywizja Ochotnicza pod dowództwem podpułkownika Adama Koca toczy krwawy bój pod Rohaczewem i Nowym Dworem. Już dwa dni temu w Rydze Sowieci złożyli pierwszą propozycję rozejmu, a nad Niemnem dudnią maximy i spandały, szczękają zamki mosinów, mauzerów i mannlicherów, poszczekują sarny, wyją wilki, krzyczą zabijani ludzie. Rozpoczyna się zasadnicze natarcie 2. Armii w kierunku na Grodno.

W Jakobswalde dorosły już Drugi — koziołek, syn sarny Drugiej — pasie się bardzo spokojnie, nie zdając sobie sprawy, że na muszkę bierze go Hans Rzymełka, gajowy w dobrach księcia von Ratibora.

Ernst ma parę minut życia za sobą i wiele lat przed sobą. Jego ojciec Josef siedzi na spągu, opiera się o ocios, je podziemne drugie śniadanie, kraiczki chleba, ser. Valeska pije wodę. Rodzi łożysko, które łączyło ciało Ernsta z jej ciałem. Co jeszcze łączy ciało Ernsta z ciałem Valeski? Nic czy coś? Co łączy Ernsta i Valeskę? Nic i wiele.

Gajowy waha się. Odkłada sztucer, sięga po lornetkę i przygląda się Drugiemu.

Drugi ma dobre poroże, jak na dwulatka: widłaki, czyli tyczki z widoczną wypustką na każdej, pięknie wytarte do nagiej kości i ściemniałe, bo Drugi żyje głównie w lesie. Gdyby żył na polach, poroże miałby jaśniejsze, jego parostki ściemniały od ocierania się o krzewy i drzewa.

Gajowy Rzymełka nie strzela do Drugiego. Niech Drugi dorośnie. Za parę lat będzie miał piękne parostki. Pokryje parę saren. Wtedy się go strzeli, myśli gajowy Rzymełka. To koziołek nie do selekcji. Będzie z niego łowna sztuka, myśli gajowy.

Ernst się urodził. Ma kwadrans życia za sobą i cieszy się dobrym zdrowiem.

Drugi ma dwa lata, żyje i cieszy się dobrym zdrowiem.

Rok później August Lomania ma osiemnaście lat i również cieszy się dobrym zdrowiem. Pochodzi z Nieborowitzer Hammer, gdzie urodził się w roku 1902, na tyle późno, by nie zamienić się w wojenne błoto. Ma doskonałą kondycję i dużo mniej niż dziewięć dekad przed sobą. Potrafi biec z niemałą prędkością nawet przez dwie godziny. Dzięki temu ciągle żyje. Gdyby urodził się sto lat później, niż się urodził, miałby zadatki na wielkiego biegacza, ponieważ oprócz niezwykłej fizycznej wydolności ma cechy charakteru dobrego sportowca: jest zacięty, zdeterminowany, spokojny i ambitny. Urodził się jednak wtedy, kiedy się urodził, dlatego nie został wielkim biegaczem, ale żyje. W każdym razie żyje 23 września 1921 roku.

Myśli sobie, że pomysł, by po pół roku wracać do Schönwaldu, był bardzo zły. Bardzo głupi. Coś go podkusiło. Co go podkusiło? Ostatni raz był w Schönwaldzie na samym początku maja bieżącego roku, w zupełnie innej sytuacji. Służył w batalionie podporucznika Sojki, najpierw zdobyli węzeł kolejowy w Łabędach, potem Schönwald, atakując z kierunku Deutsch Zernitz, potem walczyli o Sośnicowice, ale wielką siłą przybyli Anglicy z Gliwic i plany zdobycia miasta spełzły na niczym. Trochę jednak w Schönwaldzie byli. Jak to wojsko.

Teraz wie, że jeśli będzie biegł szosą, to go dopadną prędzej czy później, wybiera więc na chybił trafił jedno z podwórek między domami stojącymi przy szosie z Knurowa do Nieborowitzer Hammer, mija szopy, chlewiki i hinterhausy, przesadza płot i wbiega w las. Za miesiąc dokładnie w miejscu, które właśnie minął, wytyczona zostanie granica między Rzecząpospolitą Polską naczelnika państwa Józefa Piłsudskiego a Deutsches Reich prezydenta Friedricha Eberta. Nie od razu, ale systematycznie pojawią się domy celne i szlabany, grynszuce, przemytnicy i podróżni. Na razie jednak granicy jeszcze nie ma. Ale wiadomo już, że będzie. Nie wiadomo jeszcze gdzie. O to, gdzie będzie granica, spierają się za pomocą argumentów, walki zbrojnej, nacisków politycznych i płomiennych przemówień Polacy i Niemcy, jednak to nie oni podejmą decyzję — decyzję o przebiegu granicy podejmą spierający się ze sobą również Anglicy i Francuzi.

W pościgu za Augustem Lomanią uczestniczą Heinz Gillner, lat trzydzieści dwa, Helmut Bielke, lat dwadzieścia cztery, i Leo Grois, lat dwadzieścia. Żaden z nich nie został wojennym błotem: Helmut Bielke, bo wada wzroku uchroniła go od służby, Heinzowi Gillnerowi akurat tak wypadło, że trajektoria jego ciała nie przecięła się z trajektorią żadnego z przeszywających powietrze pocisków i odłamków oraz bagnetów i saperek, a Leo Grois na wojnę nie zdążył, chociaż został zmobilizowany. Wszyscy trzej są od pokoleń mieszkańcami Schönwaldu. Chodzi konkretnie o dwadzieścia trzy pokolenia w przypadku Gillnera i Groisa i dwadzieścia jeden pokoleń w przypadku Bielkego. Heinz Gillner uzbrojony jest w karabin model 1888, znany powszechnie jako judenflinte, efekt żydowskiego spisku przeciwko narodowi niemieckiemu. W karabinie, który w dłoniach ściska Heinz Gillner, domowym sposobem obcięto lufę i łoże, tworząc broń poręczniejszą, niecelną i powodującą przy strzale wielki huk i płomień, bo karabinowy proch bezdymny nie dopala się w krótkim przewodzie lufy. Leo Grois ma pałkę z urżniętego trzonka od łopaty. Helmut Bielke również jest uzbrojony, w siekierę. August Lomania ma tylko swoje sprawne młode nogi i serce zdolne pompować natlenioną krew szybciej niż serca tych, którzy go ścigają.

Leo Grois zginie w 1944 roku podczas ofensywy w Ardenach. Helmut Bielke umrze na raka krtani w roku 1963 w szpitalu w Fürth, niedaleko od miejsca, w którym zatrważająco duża liczba przodków Bielkego zamieszkiwała dwadzieścia jeden pokoleń wcześniej. Heinz Gillner umrze na tyfus w 1946 roku, w wagonie przejeżdżającym właśnie przez Wrocław. Teraz jednak wszyscy biegną, ścigają Augusta Lomanię.

Mija ich patrol francuskich żołnierzy z 46. Dywizji Strzelców Alpejskich, stacjonującej w Gliwicach. Widząc uzbrojonych cywilów, dowodzący patrolem kapral stara się ich nie zauważać, bo nie ma ochoty wdawać się w żadne procedury, a już nie daj Bóg strzelaniny. Przeżył front w Belgii i wolałby nie dać się zabić na jakimś Śląsku. Powodów swojej obecności tutaj nie rozumie ani nawet nie próbuje zrozumieć.

Grois, Gillner i Bielke zwalniają, widząc patrol. Bielke chowa siekierę pod długą kapotę. Patrzą w innym kierunku. Wiadomo, że Francuzi są za Polakami. Die Franzosen sind auf deren Seite, myśli Gillner, jedyny politycznie zorientowany z całej trójki. Za sprawą patrolu nie zauważyli, że Lomania skręcił w podwórka, za domy. Idą dalej. Na skrzyżowaniu z drogą z Kriewald do Nieborowitz wahają się. W końcu decydują, że się rozdzielą: Gillner pójdzie prosto, na Pilchowitz, przez Nieborowitzer Hammer, Bielke i Grois zaś skręcą w prawo, w kierunku Nieborowitz.

Gillner rezygnuje po godzinie, pod kościołem w Pilchowitz. Ludzie zerkają nań podejrzliwie, gdy tak stoi z oberżniętym karabinem na ramieniu i się rozgląda, więc szybko zabiera się z powrotem. Bielke i Grois dochodzą do szosy Gleiwitz–Rybnik, chwilę kręcą się tam i z powrotem, zaglądają w jakieś krzaki i kiedy nabierają już przekonania o dobrze spełnionym obowiązku, odpuszczają. Wracają do Schönwaldu.

Druga urodziła w maju jedno koźlę, płci żeńskiej. W czerwcu, już po zawieszeniu broni, znalazły je dzieci z Pilchowic i zabrały do domu, ojciec się zlitował i pozwolił dzieciom chować sarnie koźlę w oborze, gdzie karmione krowim mlekiem szybko zdechło. Druga nie zaszła w ciążę podczas letniej rui, ale zapłodni ją stary kozioł w rui listopadowej.

Valeska Magnor jeszcze karmi Ernsta piersią. Odprawili już skromny roczek, najpierw w kościele, potem goście na obiedzie w domu.

Na początku, zaraz po porodzie, Valeska nie wie, jak to się robi, i nawet boi się tej niewiedzy, boi się, że zagłodzi dziecko, nie umiejąc go karmić, i jednocześnie godność matki nie pozwala jej o to zapytać nikogo, ale Ernst ledwie narodzony wie; wie mądrością biało-zielonego boga lodowców, mądrością wracających z Morza Sargassowego węgorzy, ta mądrość otwiera małemu Ernstowi usta i każe ssać sutek Valeski, i z sutka płynie mleko.

Valeska jest już w drugiej ciąży, w trzecim miesiącu. Matka mówiła, że póki karmi, to może spać z mężem ile chce, a brzemienną się nie stanie — okazało się, że matka się myliła i Valeska nosi nie jedno nawet, ale dwoje dzieci.

Josef wraca do domu po szychcie. Myśli o tym, że jeszcze dziewięć dni, zanim po robocie pójdzie do Caroline. To ona wyznacza daty schadzek.

W ciągu dwóch lat od pierwszego spotkania Josef u Caroline był szesnaście razy i spłodził z nią dziecko płci żeńskiej, które jednak ciało Caroline wyrzuciło z siebie w trzy tygodnie po stosunku, nie informując właścicielki o tym, że przez chwilę była matką.

Z Valeską Josef Magnor spółkował łącznie dwadzieścia trzy razy i spłodził bliźnięta, w kościele był dwanaście razy, u spowiedzi raz, u komunii świętej trzy razy, dwadzieścia dni strajkował, dwieście dziewięćdziesiąt razy był na szychcie w kopalni Delbrück, dwanaście dni zajmował się powstaniami, wyłącznie lokalnie, w straży powstańczej w Deutsch Zernitz, nie brał udziału w ciężkich walkach pod Anabergiem i dalej, bo robotę przede wszystkim, lecz również żonę, dziecko i Caroline uważał zawsze za ważniejsze od spraw politycznych.

W drodze na kopalnię i z powrotem przejechał dwanaście tysięcy czterysta dwadzieścia trzy kilometry, na rowerze marki Wanderer, wypił trzy litry wódki, sto sześć butelek piwa, z czego pięćdziesiąt siedem z browaru Scobela, trzy razy pił eter z sokiem malinowym, ani razu nie upił się alkoholem, onanizował się sto osiem razy, uderzył człowieka trzy razy, żony nie uderzył ani razu, bo nie było potrzeby, wystrzelił dwanaście razy z karabinu, w tym dwa razy w walce, czasem śpiewał wesołe piosenki, czasem unosił się gniewem, żył.

Jeszcze dziewięć dni, myśli Josef, jadąc przez Przyszowice, w których kiedyś zamieszka jego żona. Dziewięć dni. Dawno nie odwiedzał Caroline. Potrzebuje jej. Potrzebuje jej ciała, jej obecności. Nie myśli o tym, ale czuje i wie jakoś, cichą, niewypowiadaną słowami wiedzą, że bardziej nawet niż spółkowania potrzebuje tego, co robią później. Potrzebuje tych chwil, w których leżą nadzy, zmęczeni miłością w jej pościeli, leżą w milczeniu.

Idzie do niej nawet wtedy, kiedy dookoła Gliwic strzelają do siebie insurgenci z zelbszucami — w samym mieście jest spokojnie, powstanie sobie, życie sobie, więc jest u niej, a potem, prosto z jej łóżka rusza na krótki patrol straży powstańczej, potem wraca do domu, wiesza karabin na gwoździu i je to, co poda mu na swaczynę Valeska, kładzie się spać, a rano jedzie na szychtę. Zawsze zabiera ze sobą pistolet. Marki Parabellum. Zwany null-achtą.

A teraz z szychty wraca. Akurat nie ma żadnego powstania, więc z planu dnia Josefa odpadły patrole powstańczej straży, pistolet jednak Josef dalej nosi przy sobie. Do powstańczej retoryki i praktyki jest coraz bardziej rozczarowany, ale nie myśli o tym, mijając drewniany kościół przyszowicki, myśli o posiłku, który nań czeka w domu.

W tym samym czasie, tylko kilkanaście kilometrów dalej, do drzwi domu Josefa i Valeski puka August Lomania. Drzwi uchyla Valeska.

— Puście mie, je żech kamratym Josefa. Byli my razym przi powstaniu — mówi Lomania, rozglądając się, czy go kto nie widzi.

Valeska nie lubi kamratów Josefa. Nie podobało jej się, kiedy mąż biegał po Nieborowitz i Deutsch Zernitz z karabinem. Valeska boi się, że w końcu zastrzelą go Niemcy albo Anglicy, albo sam się zastrzeli ze swojej pistōli, więc nie lubi. Boi się, tym bardziej że jest ciężarna. Ale wie też, że Josef byłby bardzo zły, gdyby nie wpuściła tego karlusa, przedstawiającego się jako kamrat Josefa. Więc wpuszcza go.

Augusta Lomani stojącego przed drzwiami nieborowickiego domu Josefa Magnora nie widzi nikt poza starym Pindurem, który podczas powstania zbiegł z rybnickiego szpitala i teraz błąka się po okolicznych lasach, wsiach i polach, żywiąc się wyżebraną strawą. I właśnie teraz siedzi na laubie domu po drugiej stronie ulicy i widzi, jak pod drzwiami domu Josefa Magnora stoi zziajany August Lomania. Młody Lomania.

Stary Pindur zna Lomanię. Starego i młodego. I wszystkich innych Lomaniów. Stary Pindur zna wszystkich.

Nikt tak jak stary Pindur nie potrafi przeprowadzić wywodu genealogiczno-anegdotycznego, w którym lubują się śląscy staroszkowie i starki.

— Ôna bōła cerōm od tyj Gisele, kerŏ sie wydała za Heinza z tych inkszych Magnorōw, kere miyszkały wele banhofu w Gliwicach, ja, tych, co tyn ich drugi synek, Frycek, pojechŏł za robotōm do Rajchu, a ôni sie tam do Gliwic zaś skludziyli ze Smolnice, kaj ta Gisela sie z Heinzym trefiyli, pra, no i ôni mieli ta cera, o keryj godōm, i jeszcze trzi dziecka, yno dwa im pōmarły zarŏzki po urodzyniu, a żyje ta cera i jeszcze synek, co sie nazywŏł Willym, ale potym se zmiynił na Wiesław, bo ôn bōł wielgi Polŏk, ale i tak go wziyni do wojska i go zabiyło na froncie, ale tyn Heinz od Magnorōw to ôn przeżił, wrócił do tyj cery ôd Gisele, yno niy majōm dzieckōw, a durch ôżartym żech go widziŏł chodzić, bo ôna chyba je jałowo, ta cera ôd Gisele, a jei zaś bōło można Yjdeltrauta abo zaś inakszyj — tłumaczy komuś stary Pindur dzień wcześniej, zanim zobaczy młodego Lomanię na ganku domu Josefa Magnora.

Valeska nie lubi kamratów Josefa z powstania. Valeska nie lubi powstań.

— Toć niy byda szczylŏł, dzioucho — mówi Josef, kiedy 2 maja idzie na zbiórkę. Nie kłamie, bo Josef w ogóle nie kłamie.

— To na pierōna tam idziesz, do tych chacharōw zgniyłych? Ôni yno szczylaniŏ a złodziejstwa sie chytajōm, co by yno niy robić — gdera Wilhelm Magnor.

Siedzą w trójkę w kuchni. Stary Magnor zaszedł w odwiedziny przy niedzieli. Jedzą kołŏcz. Ernst Magnor śpi

126

w kolebce. Zgniyłymi określa Valeska mężczyzn, którzy nie lubią pracować. Gdyby znała język polski, nazwałaby ich leniwymi, ale wtedy słowo to nie oddałoby tego, że Valeska, nie ubierając tego w słowa, odmawia człowieczeństwa ludziom, którzy nie lubią pracować.

Josef nie odpowiada, ale zastanawia się nad tym, na pierōna tam idzie?

— Idã ku powstaniu, bo żech nigdy niy widziōł, coby jakiś pōn po naszymu godōł. Pōny yno po niymiecku gōdajōm. Niymce majōm gruby, my yno mogymy robić na grubach, jak robota je — mówi.

Wilhelm kiwa głową.

— Zaś godōsz jak kōmunista, synek — frasuje się. — Porzykōłbyś lepi.

Josef wzrusza ramionami. Ojciec bardzo mu zmalał po wojnie. Nie od razu. Zaczął maleć pierwszego dnia, którego Josef wrócił. I tak malał, każdego dnia troszeczkę.

— Jak kery je głodny, ôbdarty, zmaraszōny, to gōdō pō naszymu, pra? — pyta ojca, ignorując uwagi o modlitwie.

— Jak kery sie robot poradzi do porzōndku chycić, to mo co jeść i jak sie ôblyc — odpowiada Wilhelm.

Valeska milczy. To męskie sprawy, takie rozmowy.

— Kōmunisty gupie godajōm na Pōnbōczka, ale majōm recht, jak idzie o robota — mówi Josef.

— Ja? A jo żech cie dōwno na msza niy widziōł iść — odpowiada triumfująco ojciec.

— Juzaś yno to politykerowanie! — przewraca oczami Valeska.

Wilhelm i Josef milkną. Josef jednak ciągle myśli o tym, że wszyscy bogaci ludzie, jakich zna, mówią po niemiecku. A wszyscy biedni po wasserpolsku. Nie licząc żydowskich handlarzy, tych ze wschodu, bo tutejszych bogatych Żydów Josef od Niemców odróżnia tylko, jeśli siedzą akurat w synagodze. Na ulicy nie. Ale ci ze wschodu są inni.

I jeszcze szywŏłdziōny. Z których w końcu jakoś tam odlegle pochodzi. Oni też nie są bogaczami, uprawiają ziemię i pracują na grubach, a mówią po swojemu. Ale nie tak zwyczajnie po niemiecku. Inaczej.

Czasem myśli o tym, że przecież Magnory w sumie są z Schönwaldu. Ale potem myśli o tym, jakimi pięknymi samochodami jeżdżą dyrektorowie kopalni Delbrück. I po jakiemu mówią. Więc jednak idzie i strzela, w ofensywie batalionu podporucznika Sojki na Schönwald, ale potem nie podoba mu się to, co się wśród insurgentów dzieje, rabunki mu się nie podobają i samosądy, więc wraca do straży powstańczej w Deutsch Zernitz.

Przy powstaniu nie zabił nikogo, bo nie ma ochoty zabijać, ale czuje, że walczy. Zanim wróci na stałe, dwa razy wraca do domu na noc i pierwszej, podniecony walką, ściąga z Valeski nocną koszulę i po raz pierwszy widzi ją zupełnie nagą; bierze ją wtedy z mocą, z jaką nie brał jej jeszcze nigdy, a ona oddaje mu się, jak się nigdy nie oddawała, i nagle rozumie, że pragnie i kocha tego szczupłego chłopca, którego Bóg zechciał uczynić jej mężem. Poczynają się wtedy bliźnięta, Alfred i Elfrieda. Dwa dni później, znowu podniecony walką, Josef jedzie jednak do Caroline. A potem wraca do straży powstańczej i do roboty na Delbrück. A potem powstanie się kończy.

— Wlyźcie do dom, siednijcie se w antryju a poczekejcie — mówi Valeska Augustowi Lomani.

Kiedy Josef Magnor wchodzi do domu, August Lomania siedzi na ryczce w antryju i czyści paznokcie małym scyzorykiem w rogowej oprawie.

— Muszã sie sam skryć. Szywŏłdziōny za mnōm sznupiōm — mówi.

— A mogā sie piyrwy seblyc a sebuć? — pyta bezczelnego młodzieńca Josef, ale pyta retorycznie, i ściąga marynarkę i trzewiki. Oczywiście, że pozwoli chłopakowi zostać.

— Richtik fajnego synka mŏcie — mówi Lomania.

Josef idzie do izby, do Valeski. Ernst bawi się grzechotką.

Josef przypomina sobie, jak rok temu zobaczył go po raz pierwszy.

Noc, w której Ernst się rodzi, Josef spędza u Caroline. Wraca do domu rano.

— To synek. Bydzie se nazywŏł Ernst — mówi Valeska. Podaje Josefowi zawiniątko. Ernst ciasno obwiązany powijŏkiym.

Josef patrzy w maleńką czerwoną twarzyczkę Ernsta Magnora.

Josef rzadko zastanawia się nad tym, co czuje, teraz jednak się nad tym zastanawia.

Nie czuje nic.

Oddaje dziecko Valesce, całuje ją w czoło, wypytuje, czy czegoś jej nie trzeba. Nie trzeba.

— Tyju bych se napiyła yno.

Zaparza więc herbatę dla żony. Rok później wyciąga ze szranku butelkę wódki, woła Lomanię, który, niezaproszony, ciągle siedzi na ryczce w antryju, bierze dwie szklanki, chleb, tuste, ogórki kiszone i kiełbasę.

— Siadej. Synek miŏł gyburstak. Gorzŏłki se napijymy.

Siadają razem. Piją wódkę, na dwa razy po dwa palce. Jedzą chleb, tuste, ogórki i wuszt.

Josef zastanawia się nad tym, co czuje dziś na myśl o swoim synu. Znajduje w sobie ślad radości i dumy, cieszy się więc z tego śladu.

4.

1921, 1945–1947, 1976, 1996, 2013

Heinz Gillner oberżnięty karabin zostawia w domu. Od funkcjonariusza likwidowanej właśnie Sipo dostał wczoraj stary rewolwer i teraz włóczy się w poszukiwaniu Augusta Lomani, uzbrojony w ten sprezentowany rewolwer, bo rewolwer łatwiej ukryć pod marynarką. Rewolwer to model 1879 i ma zepsutą, zbitą iglicę, przez co nie bardzo da się zeń strzelać, bo iglica nie nakłuwa spłonek wystarczająco, i trzeba czasem kilka razy odciągnąć kurek, i nacisnąć spust, żeby nabój w końcu odpalił, ale Heinz Gillner o tym nie wie, bo rewolweru nie wypróbował, sprawdził tylko, czy w komorach bębna są naboje, i są, i tyle. Ubrał się więc mniej więcej po miejsku, schönwaldzki tracht zbyt przyciągałby uwagę, wielki kawaleryjski rewolwer zatknął jakoś za pasek i szuka Augusta Lomani.

Nie znajduje jednak Augusta Lomani i wraca do Schönwaldu z pustymi rękami.

Heinz Gillner bardzo chce znaleźć Augusta Lomanię. Więc dzień później znowu wychodzi na poszukiwania.

Heinz Gillner rozpytuje po ludziach, ale ludzie nie chcą mu powiedzieć, gdzie jest August Lomania. Nie wiedzą. Nie powiedzieliby, nawet gdyby wiedzieli, ale nie wiedzą.

A potem Heinz Gillner pod kościołem w Żernicy spotyka starego Pindura.

Caroline Ebersbach czesze przed lustrem włosy, a potem zamyka drzwi na zasuwkę, którą na jej prośbę kazała założyć w jej sypialni matka.

Reinhold Ebersbach zgodził się na to z obojętnością, machinalnie, jak na wszystko, i dwa dni później przy drzwiach pokoju Caroline pojawia się zasuwka.

Caroline zamyka drzwi na zasuwkę, rozbiera się i ogląda swoje nagie ciało, dotyka piersi i przesuwa dłonią przez gęstniejące włosy w kroczu. Wygląda przez okno. Jeszcze wcześnie, jeszcze za wcześnie.

— Hast du vielleicht August Lomania gesehen?

Stary Pindur podnosi wzrok i milczy. Czy widział Lomanię? Wiele widział.

— Sag's um Gottes Willen!

— Jakigo Boga? — odpowiada Pindur, specjalnie nie po niemiecku.

— Szlag soll dich treffen! Zum Teufel mit dir! — klnie wściekły Gillner.

— Je Pōnbōczek, yno niy taki, jak farőrz godajőm. Pōnbōczek je słonko. Pōnbōczek je drzewo, człek, sōrnik, szczur i żyto a kartofle na polu. Rozumisz? Godej łagodnie, suchej uważnie! Pōnbōczek niy ma podany na człowieka, ani trocha, ani my niy sōm podani na Pōnbōczka, rozumisz? Pōnbōczek to je coś ganc inkszego.

Gillner rozumie słowa, ale nie ma pojęcia, o czym odziany w łachmany starzec wariat mówi.

— Pōnbōczek je słōńce. Nie idzie go uźrzeć. Jakbyś go uźrzōł, tobyś sie zaroz spoliył.

Gillner traci cierpliwość.

— Weißt du, wo Lomania ist oder nicht?

— Wiym. Niy yno słōńce żyje.

Gillner usłyszał tylko „wiym". Postanowił wysilić się na wasserpolski.

— Gōdejcie, kaj Lomania — mówi z trudem.

— Kaj je teroski, niy wiym. Kłamstwo wielgi grzych. Ale wczorej widziōł żech go do Magnorōw właziyć. To możno dalyj tam je.

Gillner już wie. Stary Pindur nie przestaje mówić.

— Yno suchej dalyj: ziymia tyż żyje. Ziymia dychō, tak jak my dychōmy. Ziymia mō krew, to je woda, i ziymia mō skóra, po keryj my łażymy bez cōłkie nasze żywobyci, jak błechy łażōm po psie, rozumisz?

Gillner nie rozumie i już nie słucha. Nie wie, że stary Pindur mówi o mnie. Stary Pindur też tego nie wie, powtarza tylko to, co usłyszał dawno temu na odczycie poświęconym ezoterycznej literaturze jakości tak kiepskiej, że sam Pindur z tej słabości zdaje sobie sprawę. Stary Pindur mówi o mnie przez przypadek. Ale mówi prawdę.

Gillner wraca biegiem do Schönwaldu, a trzy godziny później, 26 września 1921 roku, Gillner, Grois i Bielke najpierw idą, potem biegną do Nieborowitz, a kiedy brakuje im tchu, znowu idą i wreszcie znowu biegną.

Nikodem Gemander ma szesnaście lat i siedzi na poddaszu domku letniskowego typu Brda, w maleńkiej sypialni o pochyłym suficie. W sypialni oprócz niego jest dziewczyna, która właśnie ściąga bluzkę, i Nikodem Gemander po raz pierwszy w życiu widzi dziewczęce piersi, nie zaś ich reprodukcję w albumie z malarstwem czy w pornograficznym pisemku „Cats", którego dwa lepkie egzemplarze posiada i chowa pod materacem.

— Dzisiaj nie będziemy się pieprzyć — mówi dziewczyna.

Nikodem Gemander jest zawiedziony. Z magnetofonu leci Rage Against the Machine.

— Pieprzyć będziemy się jutro. Dzisiaj zrobimy wszystkie inne rzeczy, jakie dorośli ludzie robią w łóżku.

Nikodem Gemander uważa się za dorosłego człowieka, ale nie wie jeszcze, jakie dokładnie rzeczy dorośli ludzie robią w łóżku, jednak rozumie już, że właśnie zaraz się dowie, i przestaje czuć się zawiedziony.

Siedemnaście lat później Nikodem Gemander siedzi w mieszkaniu Pyjtra Gemandera, starszego brata Stanisława, a więc siedzi w mieszkaniu swojego stryja, chociaż w rodzinie Gemanderów nie używa się słowa „stryj", tylko „ujek".

Nikodem Gemander ma życzenie, aby na białych ścianach swojego mieszkania powiesić reprodukcje fotografii przodków. Więc teraz ogląda fotografie z ujkiem Pyjtrem.

Josef i Valeska Magnorowie na zdjęciu z zakładu Volkmanna. Ernst Magnor na ślubie kuzyna Richata Bieli, który jest w istocie jego wujem, albowiem jest dużo młodszym bratem przyrodnim Valeski.

Richat Biela w wyjściowym mundurze, z żoną, odznaczeniami na waffenrocku i z widmem wojny na twarzy, Ernst w prawym górnym rogu, w ciemnym garniturze i w muszce zawiązanej na koszuli od smokingu, szeroki uśmiech. Ernst, Gela, mała Natalia. Natalia ze Staśkiem Gemanderem, zdjęcie ślubne, brat Staśka, Piotr, zwany Pyjtrem.

Nikodem wskazuje postacie, ujek Pyjter mówi, kto zacz.

— To są bracia twojego staroszka Josefa, to jest Frycek, to jest Max, to są siostry ôd Valeski, Gizela i Anna-Marie. To jest twój prapradziadek Wilhelm Magnor, tu na zdjęciu z Ottonem Magnorem, swoim ojcem, to już są najstarsze, starszych nie ma.

Nikodem ogląda każde zdjęcie bardzo starannie, wpatruje się w twarze, jakby chciał w nich coś wypatrzeć, ale sam nie wie, czego w nich szuka. Czegokolwiek by szukał — nie znajduje.

— Otto był z Szywołdu, wiesz o tym?

— Wiem, ujek, przecież wiem, wiem — odpowiada Nikodem.

Szywołdu już nie ma. Większość szywołdzian ewakuują Niemcy jeszcze przed wejściem Sowietów. Spośród pozostałych stu dwudziestu mordują Sowieci. Resztę dręczą nowi mieszkańcy, przesiedleńcy z Ukrainy i spod Olkusza, i w końcu polskie władze wywożą wszystkich przed końcem 1947. Od sześćdziesięciu siedmiu lat Schönwald nazywa się Bojków. A jednak wśród Gemanderów ciągle często używa się jego starej nazwy. Przez Bojków można jechać do Gliwic. Ale Otto był z Szywołdu.

I tylko tak żyje jeszcze wieś, która żyła siedemset lat, a potem przestała żyć. I to zupełnie normalne, bo wszystko jest normalne. Noszę w sobie ślady osad azjanickich, celtyckich i wandalskich i ślady po Schönwaldzie i po Magnorach, i Gemanderach, noszę ślady coraz głębiej się zapadające, jak wszystkie.

Nikodem ogląda fotografie.

Z albumu wypada czarno-białe zdjęcie dwudziestoletniej dziewczyny, w ubraniu sugerującym połowę lat siedemdziesiątych ubiegłego wieku. Dziewczyna jest bardzo ładna, ciemnowłosa, trochę pucołowata. Ma miękkie, leniwe spojrzenie piękności, która wie, że jest pięknością. Nikodem nie wie, kto to.

— A to kto jest...? — pyta.

Ujek Pyjter przygląda się fotografii.

— O cholera... Jeröna. Zapomnioł żech te zdjęcie. — Pyjter z zamyślenia automatycznie przerzuca się na język dzieciństwa. Na co dzień mówi po polsku, ze słyszalnym śląskim akcentem i wznoszącą intonacją w pytaniach. — To ja to zdjęcie zrobiłem, sam. W Krakowie, jak byłem u twojego ojca, tydzień jakoś...

— Ale kto to jest?

— Niech ci ojciec powie, kto to jest. Masz, pokaż mu to zdjęcie. Niech ci powie.

Nikodem jedzie do rodziców, do Pilchowic. Ojciec pracuje w ogrodzie. Zbija coś młotkiem i gwoździami na krótkiej, wczoraj przyciętej trawie. Nikodem ma nowy samochód, rodzice wiedzą, że ma nowy samochód, ale jeszcze go nie widzieli.

— Rany, po co ci takie wielkie auto? — dziwi się Stanisław, zwany zwykle Staśkiem mimo sześćdziesięciu siedmiu lat na karku. A przez kuzynów Stanikiem.

— Bo lubię duże samochody, tato.

Nikodem kupił niedawno land-rovera discovery, z potężnym, ośmiocylindrowym silnikiem. Silnik pochodzi z jaguara. Ma pięć litrów pojemności i moc trzystu siedemdziesięciu koni mechanicznych. Świadomość mocy silnika sprawia Nikodemowi przyjemność za każdym razem, kiedy wsiada do samochodu. Nikodem ma za nic, że w środowisku, w którym się obraca, na takie auta patrzy się raczej krzywo, bo ekologia, transport publiczny, ścieżki rowerowe, nowy urbanizm i tym podobne. Nikodem wie, że może mieć to za nic. Wie, że mu wolno. Jest sławnym architektem i może robić, co mu się podoba. Jego młodszym kolegom niekoniecznie byłoby wolno, ale jemu wolno. I tak go nienawidzą, dlaczegóż by nie dać im kolejnego powodu do tej nienawiści.

Ojciec kręci głową. Nikodem wchodzi do ogrodu.

— Ujek Pyjter kazał ci to dać — mówi i podaje ojcu fotografię.

— Czekej, przytrzymej mi tu — mówi ojciec.

Nikodem wzdycha. Chowa zdjęcie do kieszeni marynarki, klęka przy ojcu, przytrzymuje. Ojciec Nikodema z pomalowanych czekoladowego koloru drewnochronem listew zbija kratownicę — wspinać się po niej będzie winorośl, którą Stanisław Gemander zaraz posadzi; i dom w Pilchowicach zniesie czas, i nie będzie już Pilchowici, Pilchowitze, Pilchowitz, Bilchengrundu, Pilchowic, i nikt nie będzie nawet pamiętał, że przez tysiąc lat miejsce to nazywało się właśnie jakoś tak, a przy fundamentach domu winorośl ciągle będzie rosła, płożyć się będzie po ziemi, a potem wspinać na brzozy, które swoje wiotkie pnie wywiodą z ziaren zabłąkanych w pęknięcia obnażonych betonowych fundamentów tego, co kiedyś było domem Stanisława Gemandera i Natalii Gemanderowej z domu Magnor, w którym wychowali się Nikodem Gemander i dwie jego siostry, i potem dzieci jednej z sióstr, a potem już nikt i zostały tylko obnażone betonowe fundamenty.

— Dobra, teraz to postawimy — mówi Stanisław Gemander do Nikodema Gemandera, a przedtem mówił tak Ernst Magnor do Stanisława Gemandera, do którego ojciec tak nie mówił, bo nie mógł, bo ojca Stanisława Gemandera zabrała kopalnia Makoszowy, która wcześniej nazywała się Delbrück, do Ernsta Magnora nie mówił tak Josef Magnor, ale do Josefa Magnora mówił tak Wilhelm Magnor, a do niego Otto, a do Ottona Friedmar, a do Friedmara kolejny Wilhelm, i od kiedy tylko na Górnym Śląsku pojawiła się pierwsza huta i pierwsza gruba, ojciec prosił syna, aby przytrzymał to, co ojciec za pomocą piły, młotka, obcęgów, gwoździ i innych stosownych utensyliów wytwarzał w tym industrialnym pragnieniu czynienia sobie nie tylko ziemi, ale przestrzeni poddaną, przez wytyczanie w niej kątów prostych, odcinków, proporcji i symetrii: czegoś, czego nie znają rolnicy. Moje ciało inaczej nosi rolników z ich miękkimi liniami i stopniowymi, gradientowymi przejściami, a inaczej ludzi kopalni i huty z ich kątami prostymi, precyzyjnie wykopanymi szybami i chodnikami, i pochylniami, i sztolniami w moim ciele wydrążonymi jak korytarze pasożytów mnie toczących, z ich systemem metrycznym i dynamitem. Pole kończy się stopniowo, nawet jeśli odcina je rzeka lub miedza. Szyb kończy się geometrycznie, linią, tak jak każda część maszyny.

Kratownica na winorośl już stoi, opiera się o pozbawiony konstrukcyjnej roli mur z cegły silikatowej.

— Tato, ujek Pyjter mówił, zdjęcie... — przypomina sobie Nikodem i ponownie podaje ojcu zdjęcie.

Stanisław Gemander nie widzi, wyciąga okulary, patrzy, i znika nagle ostatnich czterdzieści lat.

Znika Nikodem. Znika siostra Nikodema. Znika dom w Pilchowicach. Znikają matka Nikodema, Natalia z domu Magnor, wnuczka Josefa Magnora. Stanisław kocha Natalię z domu Magnor. Ciągle, trzydzieści pięć lat po ślubie, Stanisław Gemander kocha Natalię Gemander z domu Magnor, a teraz Natalia znika. Znika mieszkanie w gliwickim bloku, ich pierwsze mieszkanie, kiedy już było jasne, po kilku miesiącach po ślubie, że mieszkania u Ernsta nie wytrzymają, nie da się po prostu mieszkać w domu z teściem, i Stasiek załatwił mieszkanie w bloku w Gliwicach przy ulicy Junaków; potem znika dom w Pilchowicach, to wszystko znika, kiedy Stanisław Gemander patrzy na zdjęcie dwudziestoletniej dziewczyny, którą sfotografował Pyjter w 1976 roku w Krakowie.

Stanisław myśli o niej po raz pierwszy od wielu lat. Może dziesięciu? Justyna. Justyna Zielińska, tak się nazywała. Stanisław Gemander zastanawia się, czy żyje.

Nie żyje. Ja to wiem. Stanisław Gemander nie wie.

Jak to się stało? — próbuje sobie przypomnieć. Ona chyba powiedziała, że nie będzie mieszkać w jakichś Gliwicach. Ale już wcześniej się chyba nie układało. Stanisław Gemander nie pamięta. Ja pamiętam.

Stanisław czuje się ciężki. Chwieje się. Nikodem chwyta ojca pod ramię.

— Tato...?

— Muszę usiąść... — odpowiada starszy Gemander, siada na murku nieopodal. Cały czas patrzy na zdjęcie.

Kiedy ostatni raz ją widziałem? — zastanawia się Stanisław Gemander. Na dworcu w Krakowie. Odprowadziła go, to pamięta, ale nie czekała, aż pociąg odjedzie. Czy się całowali, nie pamięta, chyba tak.

Tak, całowali się. Miała na sobie tę bluzkę ze zdjęcia. Stasiek ubrany był w dżinsy, pomarańczowy anorak, górskie buty, wełnianą czapkę, miał brodę i gitarę. Justyna nie czekała. Kiedy Stanisław wsiadł do pociągu do Gliwic, odwróciła się i poszła, a on patrzył przez szybę na jej plecy. Wymknęła mu się. Pozwolił jej się wymknąć.

— Do zobaczenia, Stasiek — powiedziała, zanim wsiadł. — Bo przecież się zobaczymy, prawda?

— Justyna, no proszę... Oczywiście, że się zobaczymy. Jak możesz pytać? Przecież to tylko tydzień — odpowiedział Stasiek Gemander, z całą szczerością świata. Nie wyobrażał sobie wtedy życia bez niej. Pokłócili się, ale to przecież nie znaczy, że się rozstają.

Nie zobaczyli się już nigdy. Rozmawiali jeszcze dwa razy przez telefon, potem ona napisała list, który Stasiek podarł i na który nie odpisał, i więcej do niej nie zadzwonił. Miała telefon w domu, profesorska córka, Stasiek chodził telefonować do automatu. I więcej nie poszedł. Trochę pił, ale nie za dużo, bo u matki nie było jak, krzywo patrzyła. Pół roku później na weselu kuzyna w Żernicy poznał koleżankę panny młodej, Natalię Magnor, córkę Ernsta Magnora, którego ciemna, włochata główka rozerwała krocze Valeski Magnor, w czasie kiedy jego ojciec, Josef Magnor, był u Caroline.

Nie zobaczyli się już nigdy, Stanisław Gemander i Justyna Zielińska.

— Tato, kto to jest?

— Nikt — odpowiada starszy Gemander.

Nikodem kiwa głową, jakby rozumiał, i rzeczywiście rozumie, nie wszystko, ale niemało.

Gillner, Grois i Bielke wbiegają na plac nieborowickiego domu Josefa Magnora. Gillner ma w ręce rewolwer, Grois oberżnięty karabin, Bielke ma pałkę. Valeska widzi ich przez kuchenne okno.

— Josef! Josef! Pōdź sam, drap! — krzyczy tym niepowtarzalnym głosem, który sprawia, że Josef rozumie wszystko od razu. August Lomania wygląda przez okno i blednie.

— Chopie, niy dōsz mie, pra? — pyta szeptem, ale Josef nie słyszy. Jest wściekły, bo cały dzień czekał na kolację, wiedząc, że będą karminadle, które teraz je z chlebem, i nie znosi, kiedy musi przerwać posiłek. Wściekły, wstaje od stołu, sięga za piec, odwija parabellum ze szmat, odciąga do góry kolanko zamka, nabój wskakuje do komory. Josef idzie do drzwi, otwiera na oścież.

Gillner odchrząkuje, mocniej ściska rewolwer i chce zacząć pełną gróźb przemowę, ale nie może, gdyż Josef unosi broń i bez ostrzeżenia zaczyna strzelać. Trzask. Gillner był w okopach, więc gnie się odruchowo i szuka osłony, chce strzelić na oślep z rewolweru, kurek opada, lecz broń nie strzela. Pistolet Josefa strzelać nie przestaje. Trzask. Trzask. Grois ucieka, biegnie przed siebie, jak najszybciej, do domu, spodnie ma mokre. Kula gwizdnęła mu koło ucha i uderzyła z trzaskiem w ceglany mur hinterhausu. Bielke biegnie za Groisem. Trzask.

Gillner kryje się za studnią. Rewolwer nie wypalił, dlaczego rewolwer nie wypalił? Łuski dzwonią na ceglanych schodach.

Po czterech strzałach Josef wstrzymuje ogień, ale nie opuszcza broni.

— Raus! — krzyczy.

Josef nie wie, kto przyszedł z bronią na jego plac. Mogą to być jacyś Niemcy w poszukiwaniu Lomani, zelbszuce mogą też szukać jego, Josefa. Mogą to być Polacy mający zastrzeżenia do Josefa, może jakiś dowódca uznał go za dezertera, może chcą go na siłę ściągnąć z powrotem do oddziału, może zabrać broń, albo ktoś uznał go za zdrajcę, to wszystko możliwe. A może to komunistyczna bojówka, na przykład Błyskawica? Może to być ktokolwiek, a nawet wszyscy naraz, w różnych konfiguracjach. To jednak nie ma znaczenia.

Znaczenie ma to, że na plac Josefa przyszli ludzie z bronią. I Josef wie, że wpadający na jego plac uzbrojeni ludzie muszą napotkać zdecydowany opór. Wtedy pójdą gdzie indziej. Jak zdziczałe psy, które osaczając stado saren, nie wybierają najroślejszego kozła, lecz zwierzę słabsze, chore albo młode.

Teraz jednak będzie inaczej. Ja to wiem. Josef nie wie.

Gillner rzuca się do ucieczki, biegnie. Josef zamyka drzwi.

Ernst bardzo głośno płacze w ramionach Valeski.

— Ciuu, ciuu, ciuu — uspokaja go Valeska, wzrokiem wygania z izby Lomanię i kiedy ten wychodzi, podaje dziecku pierś. Josef wygląda przez okna, kryjąc się za firankami. Ernst przestaje płakać.

— Zmazane już trochã te gardiny — gdera Josef. Jego uda i ramiona drżą od adrenaliny. Josef lubi to drżenie.

— Ty durch mõsz tyn rewolwer? — pyta Valeska głosem zwiastującym awanturę, ignorując uwagi o brudnych firankach.

Josef obiecał, że pozbędzie się z domu broni po tym, jak skończyło się powstanie. Nie chciało mu się spierać z żoną. Obiecał więc, że się pozbędzie, i pozbył się, chowając za piec.

— A jak go bajtel wyciõngnie? Czamu durch mõsz tyn rewolwer? — irytuje się Valeska.

— To niy ma rewolwer. To je null-achta — odpowiada Josef. Sięga za piec, wyciąga pudełko z amunicją, uzupełnia naboje w magazynku.

— Niy chcã, coby to u nõs dõma bõło. Niyszczyńście gotowe.

Josef wzrusza ramionami. Odciąga kolanko zamka, wyciągając nabój z komory pistoletu, wsuwa pełny magazynek do rękojeści, owija broń w szmaty i wkłada za piec. Wychodzi do antryju, potem do drugiej izby. Lomania, bardzo blady, siedzi pod ścianą. Josef zmienia zdanie, wraca do kuchni, ponownie wyciąga broń zza pieca i wciska za pasek spodni.

— Słyszysz mie, co godõm, Josef? Niy chcã, coby sam rewolwer bõł! — krzyczy Valeska.

— To niy ma rewolwer — odpowiada cicho Josef. — To je null-achta.

Ernst zasypia z ustami pełnymi mleka.

5.

1914, 1921, 1922, 1923, 1944–1947,
1960, 2001, 2013, 2014

Nikodem wraca do swojego pustego, brzydkiego mieszkania na katowickim Tauzenie. Nalewa sobie kieliszek wina, wypija duszkiem, nalewa drugi. Na kuchennym stole rozkłada gazety. Idzie do sypialni i ustawia kod pokrętłem zamka szyfrowego sejfu na broń. Cztery obroty w lewo, cyfra, trzy obroty w prawo, cyfra, dwa w lewo, cyfra, jeden w prawo do oporu, otwarte. Wyciąga pistolet marki Taurus PT45, zestaw wyciorów i szmatek, olej do broni w spreju. Siada przy kuchennym stole, rozkłada broń, czyści ją starannie, chociaż jest czysta. Pije wino. Chowa broń do szafy, zamyka. Pije. Dawno nie był na strzelnicy.

Nie uważa tego mieszkania za swój dom. To nie jest dom Nikodema. Za daleko. Za daleko do nieregularnego wielokąta pod Gliwicami, w którym mieszczą się Przyszowice, Gierałtowice, Knurów, Nieborowice, Kuźnia Nieborowicka, Żernica, Pilchowice, Stanica, Wilcza i ich stare, byłe nazwy: Preiswitz, Gieraltowic, Nieborowitz i Neubersdorf, Nieborowitzer Hammer i Neubersteich, Deutsch Zernitz i Haselgrund, Stanitz i Stanndorf, i Wiltscha. W środku Schönwald, czyli Szywőłd, teraz znany jako Bojków, Jakobswalde, który nie ma nazwy, kiedy Nikodem wraca do pustego mieszkania na katowickim Tauzenie, bo kiedyś nazywany, teraz jest lasem bezimiennym i w tym bezimiennym teraz Jakobswalde żyją współczesne Nikodemowi sarny, które również nie mają imion.

Tauzen i Katowice za daleko. Warszawa za daleko. Ale katowicki Tauzen tak samo daleko jak Warszawa. Nikodem nie zastanawia się nad tym, po prostu to wie, chociaż nie ubiera tego wcale w słowa.

Na białych ścianach mieszkania nie wiszą zdjęcia przodków. Jakoś ciągle ich nie zawiesił, chociaż w ten sposób planował oswoić tę przestrzeń. Nie oswoił. Deska kreślarska: stary, nieprzydatny już symbol zawodu. Nie umie się z nią rozstać, pracował na tej desce jeszcze na studiach — stoi obok wielkiego roboczego biurka, na którym spoczywa iMac z dodatkowym monitorem, właściwe narzędzie pracy. Pusty pokój, który miał być pokojem dla Weroniki, a w którym Weronika nie spała ani razu.

Myje ręce tłuste od oleju do broni marki Brunox. Podłącza telefon do ładowarki, zagląda do lodówki, otwiera drugie wino. Włącza serial. Po dziesięciu minutach wyłącza serial. W mieszkaniu nie zostały żadne rzeczy po dziewczynie, która mu się wymknęła, po dziewczynie, dla której odszedł od Kaśki. I od Weroniki. Drugi odcinek trzeciego sezonu *Breaking Bad*. Nikodem nie bardzo rozumie, co ogląda. Odszedłem od Weroniki? — pyta sam siebie. Naprawdę odszedłem od mojej córki?

A teraz będę wracał?

Zadaje sobie te pytania i płacze.

Żaden Gemander po osiągnięciu dorosłości nie płakał przy świadkach. Stanisław Gemander płacze czasem bez świadków, kiedy nikt nie patrzy, tak jak Nikodem teraz. Na pogrzebie matki łzy ciekły mu po twarzy, Nikodem pamięta to dokładnie, łzy ciekły ojcu po twarzy i całym ojcowskim ciałem wstrząsał szloch, a obok stał Pyjter Gemander, starszy brat Stanisława, i jego ciałem również wstrząsał szloch, ale na pogrzebie to się nie liczy, to Nikodem wiedział, a jednak do dziś pamięta, pierwszy raz widział, jak ojciec stoi i płacze, a obok ujek Pyjter też stoi i płacze, i Natalia, mama Nikodema, też stoi i płacze po śmierci teściowej, ale to co innego, kiedy kobieta płacze, myśli Nikodem.

Przed Nikodemem i Stanisławem Gemanderami żaden Gemander po osiągnięciu dorosłości nie płakał w ogóle. Nawet bez świadków. Kiedy Joachima Gemandera biorą na beznadziejną wojnę, przyszli i biorą, chociaż ma w domu młodą żonę, w której łonie począł się już Pyjter Gemander, chociaż Joachim Gemander boi się wojny, bo widział, co wojna zrobiła z jego kolegami z pracy, to mimo to Joachim Gemander nie płacze, kiedy go biorą. Nie płacze, pisząc do swojej młodej żony listy z Wału Atlantyckiego, z 88. Armee-
-Korps, idą listy, a Joachim Gemander nie płacze; i nie płacze w amerykańskim obozie jenieckim ani nie płacze, kiedy w 1947 roku wraca piechotą do domu w resztkach munduru i dziurawych butach i po raz pierwszy widzi swojego syna, a Pyjter Gemander ma już wtedy prawie trzy lata. I wtedy Joachim Gemander też nie płacze.

Sarny w ogóle nie płaczą. Ranne przeraźliwie skowyczą, ale nie jest to płacz.

Drugi powoli szykuje się do spoczynku. Gryzie jeszcze trochę trawy. Podnosi głowę. Gałąź czeremchy ociera się o rudą, letnią sierść dokładnie w tym miejscu, w które kiedyś uderzy półpłaszczowy pocisk, na trawę spadnie wtedy wyraźna ścinka, na liście tryśnie farba, ale wszystko niepotrzebnie, bo Drugi padnie, natychmiast, smukły pocisk w jego ciele rozwinie się i przewierci opłucną, zniszczy płuco, serce i zatrzyma się na łopatce.

Ale jeszcze nie teraz. Teraz Drugi skubie trawę. O rudą, letnią sierść ociera się gałąź czeremchy. Czeremcha rośnie nad mokradłami w lesie między Nieborowitzer Hammer a Birawka-Mühle. W pniach czeremchy płyną w górę soki, a w sokach rozpuszczone sarny i ludzie, i jeże, i szczury, i lisy.

Kasimir Widuch siedzi w szynku, który należy do jego ojca. Czyta „Głos Górnośląski" zamiast „Wanderera", bo mimo wszystko w zasadzie woli czytać po polsku niż po niemiecku. Kasimir Widuch nie czyta gazet, żeby się czegoś dowiedzieć, ani dla rozrywki ich nie czyta, Kasimir Widuch gazety czyta, aby znaleźć zewnętrzne potwierdzenie swojego Weltanschauung.

Dlatego nie sięgnie po zabawnego przecież „Kocyndra", bo tylko by się pieklił na jerōńskich Polŏków. Czyta więc „Głos Górnośląski". Czytuje też socjalistyczny „Arbeiterpost" i ilustrowane pisma sportowe, woli jednak po polsku, byle bez agitacji wielko-polskiej, więc właśnie „Głos..." albo na przykład wyważony „Poradnik Domowy", o których wiadomo, że są za Niemcami, chociaż redagowane po polsku.

Do szynku wchodzi Heinz Gillner. Zamawia piwo, przysiada się do młodego Widucha. Kasimir Widuch nie lubi Gillnera, bo Gillner jest szywŏłdziōnym, a nikt nie lubi szywŏłdziōnōw. Mimo że teraz są jakby po tej samej stronie.

Gillner szepcze coś Widuchowi do ucha swoją niezdarną niemczyzną. Widuch markotnieje. Gillner pod stołem podaje Widuchowi gruby plik pieniędzy. Są to co prawda notgeldy, nie marki, ale plik jest bardzo gruby. Stykanie. Widuch obraca pieniądze w dłoni, nie jest zdecydowany.

Gillner szepcze Widuchowi do ucha coś jeszcze i jest to groźba. Gillner grozi Widuchowi przemocą. Uchyla połę marynarki, pokazuje wystającą zza paska rękojeść rewolweru. Widuch rozumie groźby i zna wartość pieniądza.

Na kopalni Delbrück jest strajk. Postulaty strajkujących są takie jak zawsze. Trochę narodowego, polskiego gadania, ale przede wszystkim chodzi o płace i godziny pracy. Niemiecki chrześcijański związek zawodowy nie przyłącza się do strajku. Niemiecki socjalistyczny związek zawodowy deklaruje ostrożną przychylność. Polskie związki strajkują. Komuniści czekają na instrukcje. Dyrekcja pomstuje na czasy, w jakich przyszło im żyć. Gdzie jest policja?

Josef nie strajkuje, Josef siedzi w domu.

— Czamu do roboty niy idziesz? — pyta trzeciego dnia Valeska.

Josef wzrusza ramionami. Dużo siedzi przy oknie. Pistolet trzyma w kieszeni. Pilnuje domu i Lomani.

Francuscy żołnierze w Gliwicach nudzą się, grają w karty, piją piwo i biją się na pięści z żołnierzami angielskimi, tęsknią do żon i narzeczonych, uwodzą gliwiczanki, ale nawet kiedy im się powiedzie, to rano budzą się smutniejsi, niż byli wieczorem, kiedy do łóżek kładli się z tymi uwiedzionymi gliwickimi dziewczynami.

Ernst śpi, robi kupy do nocnika, bawi się grzechotką i konikiem, pije matczyne mleko, je przecierane jabłka i budzi się nad ranem. Patrzy, jakby wszystko wiedział, jakby dopiero musiał wszystko zapomnieć. Uczy się chodzić.

Caroline chodzi do szkoły, odrabia lekcje, uczy się gry na pianinie i rysunku. Wieczorami zamyka drzwi swej sypialni na zasuwkę i uważa, że wtedy jest już władczynią samej siebie.

Reinhold Ebersbach oddaje się codziennym zajęciom, marząc o delegacji do Breslau.

Niemiecki kapitan policji Luschni jedzie samochodem wraz z niemieckim kontrolerem powiatowym, żoną tegoż, oficerem francuskim oraz oficerem angielskim i jeszcze z kierowcą nazwiskiem O'Connor. Jadą odkrytym mercedesem przez las paruszowiecki i kiedy tak jadą, to ich trajektorie przecina umyślna trajektoria pocisków z dwóch karabinów i dziurawią ich te pociski z dwóch karabinów, samochód uderza w drzewo, ale uderza lekko, bo nie jechał szybko — kierowca wali zębami w kierownicę i traci obie górne jedynki, przedziurawiony kapitan policji umiera z godnością, kontroler powiatowy ma przedziurawione ramię i krzyczy, wykrzykuje brzydkie francuskie słowa, oficer francuski pozostaje bez urazów na ciele, nie krzyczy żona kontrolera powiatowego, bowiem ma przestrzeloną głowę, nie krzyczy oficer angielski, bo już przywykł.

Jutro napiszą o tym dziennikarze rozmaitych gazet w bardzo różnym tonie i w dwóch językach, a Kazek Widuch przeczyta o tym w „Głosie Górnośląskim" i oburzy się na barbarzyństwo polskich insurgentów.

Dolores Ebersbach u kupca bławatnego przegląda próbki materiałów na zasłony, które chciałaby wymienić w swoim salonie.

Wdowa wojenna zapomniała już o gwałcie. Świat nie pozwala jej rozczulać się nad sobą. Nie znaczy to, że znikły rany, które zostawili w niej gwałciciele. Wdowa wojenna nigdy już nie położy się z mężczyzną, a ma dopiero trzydzieści osiem lat. Już nigdy. Ale wydaje jej się, że zapomniała już o gwałcie. Zajmuje się raczej swoim pięknie rozwijającym się ubóstwem. Niezadługo, za miesiąc po ustaleniu granic, przestraszona Polską, sprzedaje swoje pół domu w Wilczy i najmuje pokój trzy kilometry dalej, ale już po niemieckiej stronie, w Pilchowitz, w nadziei na niemiecki porządek, resztę pieniędzy ze sprzedaży ukrywszy pod materacem. Po roku, w listopadzie 1923, za ukryte pieniądze nie może kupić nawet paczki zapałek. Wdowa wojenna wierzy jednak, że skoro pieniądze straciły na wartości, to kiedyś na wartości mogą znowu zyskać, zbiera więc papierowe marki, które ludzie zaczynają już wyrzucać, posiada ich miliardy, setki miliardów, ukrywa je pod materacem, w szafach, w skrzyniach. Sprzedaje swoją złotą obrączkę, mimo że gliwicki jubiler naprawdę stara się ją przed tym powstrzymać, tłumaczy, że to bardzo zły pomysł sprzedawać złoto; kiedy wdowa kłamie, że sprzedaje, bo głoduje, jubiler częstuje ją ajntopfem, który stoi na ogniu na zapleczu, wdowa je z wdzięcznością, ale obrączkę upiera się sprzedać i tak, jubiler proponuje za nią dolary, wdowa nie chce dolarów, co jej po dziesięciu dolarach, wdowa wojenna chce miliardów marek i w końcu dostaje te miliardy marek, lecz jubiler mówi, że gdyby się rozmyśliła, to może wrócić po obrączkę, że to po prostu pożyczka pod zastaw i że nikomu tej obrączki nie sprzeda.

— Dŏłżeś jei te marki jako geszynk — kwaśno stwierdza żona jubilera, kiedy ten wieczorem opowiada jej całą historię, dumny ze swej szlachetności.

— No ja. Ale pamiyntŏsz, co je w Ewangelije ŏ gdowach...? — odpowiada jubiler z dumą jeszcze większą. Żona jubilera zna jednak męża zbyt dobrze, żeby być z niego dumna.

Caroline Ebersbach czeka na Josefa.

Josef rozważa, czy pojechać do Gleiwitz na umówione spotkanie. W końcu zostawia pistolet Augustowi Lomani i jedzie. Po raz pierwszy od ponad dwóch lat wyszedł z domu bez broni.

Rower chowa w te same krzaki co zawsze, wspina się tą samą drogą co zawsze i robią to co zawsze. Caroline czeka na niego już naga. Josef pozwala, by Caroline zdjęła mu ubranie. Całują się. Całują swoje ciała. Rozmawiają po niemiecku, Caroline nie zna wasserpolskiego, chociaż sporo rozumie, ale zwykle w ogóle nie rozmawiają. Czasem tylko Josef opowiada jej po niemiecku o tym, jak wygląda praca na grubie, pod ziemią. Albo o wojnie. O walkach z Francuzami. O powstaniu i o walkach z Niemcami. Czasem mówi jej rzeczy, których nie powiedział nigdy nikomu wcześniej i nigdy nikomu później nie powie. Caroline czasem opowiada o rodzicach. O tym, że ich nienawidzi. O tym, że ucieknie do Ameryki. Josef opowiada o Valesce. Dziś opowiada o dziecku, że się narodziło. Caroline słucha z uwagą, ciekawi ją to, że jej młody, piękny kochanek ma dziecko. Nie jest zazdrosna. Sama jednak nie mówi Josefowi wszystkiego. Tym bardziej cieszy się, że Josef mówi jej wszystko. Czasem pyta go o sprawy polityczne. Jej ojciec jest wyborcą partii Centrum, Caroline słucha przy obiadach i kolacjach rozmów, w których nie uczestniczy, i podnieca ją to, że jej kochanek jest chyba Polakiem, bo mówi zupełnie inne rzeczy niż te, które ona słyszy od ojca.

Caroline pyta Josefa, czy strzelał w powstaniach, czy jest polskim bandytą. Josef wzrusza ramionami. Potem potwierdza, że strzelał. Walczył też na wojnie, z Francuzami i Anglikami, a teraz walczył z Niemcami. Caroline pyta, czy nienawidzi Niemców. Josef znowu wzrusza ramionami. Nienawidzi bogaczy, którzy od pokoleń okradają takich jak on biedaków z owocu ich trudu. Caroline bardzo się ta nienawiść podoba. Pyta, czy Josef nienawidzi jej ojca i matki.

Josef nie odpowiada, bo zasnął na chwilę, więc Caroline zakłada, że nienawidzi. Tak samo jak ona. Takie są ich nieliczne rozmowy. Ale zwykle nie rozmawiają, żadne z nich nie ma potrzeby mówić zbyt wiele.

Potem kochają się znowu. Żadne z nich nie ma teoretycznego pojęcia o sztuce miłosnej. Josef nieco rozmawiał z kamratami, wie już, że idzie się z babą inakszyj we pierzinach kulać, tak coby dzieckōw nie bōło, ale wszystko to pozostaje osobnym światem, który Josef zostawia za oknem pokoju Caroline. Myśli czasem o tym, że to jest taki wielki dom, a on nigdy nie przekroczył granic tego jednego pomieszczenia, urządzonego na biało. Z Caroline odkrywają samodzielnie to, co mogą dla siebie zrobić ze swoimi ciałami, sprawdzają, eksperymentują bez wstydu, ale też bez poczucia, jakoby przekraczali jakiekolwiek bariery, bez dreszczu podniecenia na myśl o sięgnięciu po zakazany owoc, są po prostu nadzy przed sobą i sobie bliscy. Po dwóch latach ciągle nie znudzili się sobą. Caroline bierze Josefa do ust bez podniecającej myśli, że oto ona, panienka z dobrego domu, zachowuje się jak kurwa; Caroline bierze Josefa do ust, bo chce go mieć w ustach, nie ma pojęcia o tym, że inne kobiety robią tak z innymi mężczyznami, nie ma pojęcia o tym, że wiele kobiet nie zgodziłoby się nigdy na takie pieszczoty, nie ma pojęcia o tym, że różni się to w jakikolwiek sposób od tego, kiedy Josef jest w niej gdzieś indziej. Josef wie więcej, ale nie myśli o tym, że robi coś, czego niewielu z jego kamratów doświadczyło. Nigdy nikomu o tym nie opowiada.

A potem wychodzi i wraca do domu. Valeska śpi z Ernstem w łóżku. Lomania, pijany, śpi na stole, obok butelka wódki w połowie opróżniona, pistolet rozłożony, nie umiał go złożyć. Josef, wściekły, składa pistolet i zabiera ze sobą, wódkę chowa do szranku, sam nie pije.

Rano przed śniadaniem, kiedy Valeska nie widzi, Josef wali Lomanię w twarz pięścią, mocno, tak że August przewraca się razem z krzesłem.

— Za co...?!? — jęczy Lomania, zbierając się z podłogi, nawet nie próbuje się bronić ani oddać. Wie, że nie może. Wie, że nie dałby Josefowi rady.

Josef wzrusza ramionami. Ma dwadzieścia trzy lata. Lomania ma osiemnaście.

Potem jedzą śniadanie: kraiczek chleba, smażōnka a kawa.

Potem przychodzi Kazek Widuch i zaprasza Josefa na świniobicie do Preiswitz.

— Na sobota, ja, przidziesz?

Josef zastanawia się chwilę. Od kiedy wrócił z wojny, nie był na świniobiciu. To znaczy, że nie był na świniobiciu od 1914 roku.

— Nō, toć przida. Piyknie ci dziynkuja, Kazek. Yno niy ôsprowiej nikaj, aże bydā, ja?

Świnię Widuch furmanką przywiózł wczoraj z Peiskretscham. Świnia czeka w chlewiku. Masōrz zamówiony. Gorzōła nakupionō. Piwo tyż.

W sobotę Josef jedzie rowerem do Preiswitz, na świniobicie.

Dziewczyna wymyka się Nikodemowi. Odjeżdżając autobusem, nie patrzy za siebie. Trzy miesiące wcześniej Nikodem jedzie swoim land-roverem do Katowic. Długo szuka miejsca, by zaparkować. Z bagażnika wyciąga dwie wielkie walizy, torbę z laptopem, potem przyjdzie jeszcze po duży komputer w pudle. Wspina się na siódme piętro. Naciska klamkę, wchodzi, stawia rzeczy w ciasnym przedpokoju mieszkania. Resztę przywiezie później.

— Jestem — mówi.

Dziewczyna, która za trzy miesiące wymknie się Nikodemowi, patrzy na niego, nie wstając z fotela.

— Jesteś.

— Nie cieszysz się? — pyta Nikodem.

— Cieszyłabym się rok temu. Teraz... no, jesteś.

Nikodem kiwa głową, ściąga buty i idzie do toalety.

Wieczorem jedzą kolację. Potem wypijają butelkę wina, oglądając serial. Kochają się. Dziewczyna jest na górze. Kiedy czuje, że nadchodzi rozkosz Nikodema, uderza go otwartą dłonią w twarz. Z całej siły. Tylko raz. Nigdy wcześniej tego nie zrobiła.

— To nasza pierwsza noc naprawdę razem — mówi, poruszając cały czas biodrami.

Nikodem trzyma jej uda i umiera w niej, ale żyje dalej, bo wiele razy już tak umarł. Na chwilę jednak umiera.

Josef wchodzi do karczmy Widucha w południe. Welflajsz już jest. Widuch rzuca się ku Josefowi, nalewa piwa, częstuje, Josef siada, smaruje kawał tłustego mięsa musztardą, kładzie na chlebie, je, pije. Widuch nalewa kminkówki, piją. Następnej wódki Josef odmawia. Czuje ciężar null-achty w kieszeni szaketu. Nie zostawił broni Augustowi, nie ufa mu. Widuch od razu zauważył, że Josef przyszedł uzbrojony, ale nie czuje urazy. Takie czasy, że na świniobicie lepiej przyjść uzbrojonym.

Takie czasy.

Z szynku Widucha do Schönwaldu biegnie przez pola ośmioletni syn Kazka Widucha, Lucek.

Trzydzieści dziewięć lat później Lucek jest lewicowym dziennikarzem w Hamburgu, nazywa się Lucius Widuch i budzi się nad ranem. Spogląda na fosforyzujące cyfry na tarczy omegi seamaster: czwarta trzydzieści. Do ósmej powinien napisać tekst o wczorajszym paryskim spotkaniu

Chruszczowa i de Gaulle'a. Lucek ma kaca. Dopiero teraz zauważa, że w łóżku jest również naga dziewczyna. Po kolorze włosów poznaje, która. Mogło być gorzej. Powinien wstać, zrobić mocnej kawy, usiąść przy biurku, spod stosu gazet wygrzebać zgrabną niebieską futurę i napisać ten przeklęty artykuł.

Jednak nie pisze. Zastanawia się, co jest prawdą. Miał osiem lat, to prawda. Ojciec mu kazał, w języku, którego melodię Lucius jeszcze pamięta, chociaż mówić zapomniał. Kazał czy nie? Co jest prawdą?

— Najduchu, leć drap do Szywołdu, do Gillnera, i padej mu yno tela, aże mogōm iść.

Pamięta to okrutne słowo, najduch. Pamięta, co oznaczało. Oznaczało znajdę, a to przecież nieprawda, Lucek nie jest znajdą, jest rodzonym dzieckiem Kazka Widucha. Ale czy tak było, czy sobie tylko wyobraził? Czy ojciec wysłał go do Gillnera? Czy pobiegł do Szywołdu, czy nie pobiegł? Czy wszystko, co się potem stało, stało się przez niego? Czy się stało? Czy tylko sobie to wyobraził, żeby napisać esej *Gewalt und Verantwortung*, który wzbudził niemałe kontrowersje z prawa i z lewa, dzięki któremu Lucius Widuch stał się rozpoznawalny w tak zwanych kręgach intelektualnych, odebrał gratulacje jednocześnie od Grassa i Jüngera, a gromów jeszcze więcej.

Więc jak było? Stało się czy się nie stało? Pobiegł i powiedział? Czy nie pobiegł? Stało się czy się nie stało? Lucius wzdycha, zapala papierosa. Naga dziewczyna w łóżku mruczy, przykrywa głowę kołdrą. Więc jak było?

I przede wszystkim, czy stało się przez niego to, co się stało?

Ośmioletni Lucek Widuch biegnie przez pola dzielące Preiswitz od Schönwaldu. Wie, w którym domu mieszka

Gillner. Nie wie jednak, jakie znaczenie ma jego bieg przez pola, pukanie do drzwi i słowa „tatulek padali, aże mogōm iść". Tego dowie się dopiero dużo później, kiedy zrozumie. I będzie niósł tę wiedzę do końca życia.

Lucek Widuch wraca do Preiswitz.

Josef Magnor je, śmieje się, ociera usta serwetą, pije niewiele.

Gillner, Grois i Bielke na pożyczonych rowerach jadą do Nieborowic.

6.

Gillner puka w drzwi kolbą karabinu. Valeska widziała ich już przez okno, widziała, jak idą.

— Her mit dem Jungen, dann passiert euch nicht! — krzyczy Gillner.

August Lomania sprawdza drzwi od placu — przy nich stoi Grois z rewolwerem. Lomania wie, że Gillner nie kłamie: Valesce nic się nie stanie. Augustowi za to stanie się bardzo wiele.

— Macht die Tür auf, sonst treten wir sie ein! — krzyczy Gillner. — Schade um die Tür!

Mały Ernst śpi w ramionach Valeski, ale wyczuwa już strach matki. Zaraz się obudzi.

Gillner i Bielke wyważają drzwi.

— Mój chop wŏs chyci a pozbijŏ — mówi spokojnie Valeska. — Pozbijŏ wŏs.

Ernst budzi się i płacze. Gillner rozumie, co mówi Valeska, i zdaje sobie sprawę, że jest to bardzo prawdopodobny rozwój wypadków. Wywiedział się o Josefa Magnora. Wszyscy mówią o nim to samo: to porządny, spokojny chłop, któremu nie należy wchodzić w drogę. Wszyscy się boją Josefa Magnora, chociaż nikt nie potrafi jasno wytłumaczyć, dlaczego. Po prostu się boją.

Lomania wybiega z kuchni do antryju z krzykiem i kuchennym nożem w ręku. Chce tym nożem wyciąć sobie drogę do wyjścia. Valeska uskakuje. Mężczyźni będą się bić. Musi być daleko: ona i przede wszystkim płaczący Ernst.

Gillner spędził trzy lata w okopach. Nóż w rękach Lomani mija go tak, jak mijały go angielskie i francuskie bagnety. Kolba oberżniętego karabinu wali Lomanię w splot słoneczny, łamiąc mu żebro, i August pada na ziemię, wypuszczając powietrze, i nie potrafi zaczerpnąć nowego.

Ernst płacze bardzo głośno. Lomania porusza ustami jak wyciągnięty z wody karp. Powietrza, mówią te poruszające się, rybie usta.

Bielke i Grois chwytają Lomanię za szelki i wyciągają na zewnątrz.

Valeska odkłada płaczącego Ernsta do kołyski. Biegnie do kuchni, sięga do puszki z napisem „Zucker", w której nie ma cukru, za to są pieniądze, powoli, powolutku dewaluujące się marki, gliwickie notgeldy, parę dolarów. Wyciąga wszystkie. Nie jest tego dużo, ale jest trochę.

Biegnie na dwór. Stoją tam, w trójkę, nad Lomanią.

— Dŏm wōm piynindzy! Sam! Yno ôstŏwcie synka w pokoju!

Wciska pieniądze Gillnerowi. Ten zastanawia się chwilę. Wie, że nie powinien wziąć, wie, że to niedobrze, że weźmie, ale gra w nim stara, tygrysia pieśń, krew płynie w nim teraz inaczej, i bierze pieniądze od Valeski i wciska do kieszeni.

— Geh nach Hause, Frau — mówi bardzo cichym głosem.

— Nikaj niy pōda. Ich gehe nirgendwohin — mówi Valeska, bo już wie.

Gillner wzrusza ramionami, odwraca się, bierze zamach i wali kolbą oberżniętego karabinu w twarz leżącego na ziemi Augusta Lomani.

Pęka żuchwa, pękają kości jarzmowe, rozlewa się lewa gałka oczna, kruszą się zatoki czołowe Augusta Lomani. Teraz nagle chwyta powietrze. Prawym okiem widzi, jak w kierunku jego głowy zmierza pałka.

Pałkę Bielke wyciął z trzonka starego szpadla, co ma wielkie znaczenie, ale tego August Lomania nie rejestruje, bo widzi pałkę zmierzającą w stronę jego głowy, zanim to sobie uświadamia, i odruchowo zasłania rozbitą już twarz przedramionami.

Valeska krzyczy, lecz nie podbiega do chłopca.

— Zbijajōm! — krzyczy. — Die bringen ihn um!!!

W domach naprzeciwko ciekawe ōmy i ciekawe starziki, i ciekawe frelki, i bajtle wyglądają przez okna, uchylając gardin.

— Ja, zbijajōm tego, co sie u Magnorōw schroniył — mówi z filozoficznym spokojem ōma.

— Toć, Magnora żech kajś na kole widziōł jechać — dodaje ze zrozumieniem starzik. — Durś yno kajś na kole jeździ, pra.

Pałka Bielkego łamie prawe przedramię Lomani. Kolba oberżniętego karabinu uderza Lomanię w brzuch. W brzuchu Lomani pęka śledziona. But Groisa kopie Lomanię w udo i nie wyrządza mu tym żadnej krzywdy, mózg Lomani nawet nie rejestruje ciosu, obezwładniony śmiertelnym bólem z reszty ciała.

Pałka Bielkego uderza w czoło Augusta Lomani i mózg tegoż przestaje rejestrować cokolwiek.

— Los, wir gehen — komenderuje Gillner.

Grois jednak wie, że nie dość uczestniczył w tym, czego właśnie dokonali. Wie również, że sama obecność nie wystarczy. Wyciąga rękę z rewolwerem w stronę skrwawionego ciała. Naciska spust, kurek opada i nic się nie dzieje. Grois dziwi się, ale naciska spust ponownie, bęben się obraca, kurek unosi się i opada, tym razem rewolwer strzela. Pocisk uderza w brzuch Augusta Lomani, przewierca go na wylot i wbija się w ziemię, jednak niezbyt głęboko. Nie ma to już żadnego znaczenia.

Valeska płacze.

Gillner, Grois i Bielke odchodzą. Bielke i Grois przerażeni. Gillner dyszy.

— Beeilt euch, Jungs, hauen wir ab — pogania młodszych kolegów.

Nie pogania ich jednak ze strachu, pogania ich, bo jest podniecony, bo gra w nim tygrysia pieśń, którą już trochę zapomniał. Tygrysią pieśń w okopach przykrywały grube pokłady strachu, a tutaj, na wojnie domowej, Gillner się nie boi, co właśnie zrozumiał. Bardzo chce mu się kobiety, chce już być szybko w domu i skorzystać z mężowskich praw. Wsiadają na rowery.

— Josef wǒs pozbijǒ! — krzyczy Valeska.

Josef na świniobiciu je wusztzupę i popija trzecim piwem.

Ernst płacze, Valeska chowa się w domu, zamyka drzwi z rozbitym zamkiem. Bierze rocznego Ernsta w ramiona. Tuli go. Śpiewa. Ernst powoli się uspokaja, Valeska razem z nim. Wie, że musi.

August Lomania stygnie na podwórzu domu, w którym Magnorowie najmują parter. Właściciele czasem mieszkają na piętrze, ale od czterech miesięcy przebywają w Berlinie u krewnych. Chcą przeczekać, dopóki się nie uspokoi.

Czy to August Lomania stygnie, czy raczej stygnie to, co było jego ciałem? Jeśli to nie August, a tylko jego martwe ciało, to gdzie jest August? Czy go wcale nie ma? Czy jest w niebie, czy w piekle? Czy nigdzie? Takie pytania zadaje sobie dziewięcioletni syn sąsiadów z naprzeciwka, chłopiec niezwykle inteligentny, z wielkim potencjałem, który mógłby kiedyś zostać naukowcem, wielkim poetą albo arcybiskupem, lecz nie zostanie, bo umrze na zapalenie płuc, tymczasem jednak zadaje sobie pytania. Matka odciąga go od okna.

Myśli, że trzeba dać znać Josefowi. Wysyła chłopca — ma pójść do Valeski, zapytać, gdzie jest Josef, a potem pobiec tam, gdzie kobieta wskaże, i opowiedzieć Josefowi, co się stało, sprowadzić go do domu.

Chłopiec robi, co kazała mu matka. Zakłada trzewiki, idzie do Valeski. Omija ciało Augusta Lomani, przyglądając mu się z przerażeniem i ciekawością. To nie pierwszy trup, jakiego widzi, bo widział swoją martwą prababcię w trumnie, ale rozbita, zniekształcona głowa Augusta Lomani to co innego. Zmiażdżony nos, brak oczu, czaszka, jakby ktoś ją ścisnął wielkim imadłem, w innym niż za życia kształcie. Jeszcze pukając w wyważone drzwi, chłopiec odwraca się i przygląda temu, co było Augustem Lomanią, i myśli, czy jest nim dalej, czy już nie jest? Czy to August Lomania tam leży, a jeśli nie, to kto tam leży? A jeśli tak...?

Jeśli to August Lomania tam leży, to wszystko nabiera głębszego sensu, decyduje inteligentny chłopiec, który nie zostanie ministrem ani arcybiskupem, bo umrze na zapalenie płuc.

Valeska tłumaczy, gdzie jest Josef.

Mądry chłopiec biegnie do Preiswitz. Droga zajmuje mu półtorej godziny.

Nikodem siedzi z dziewczyną, która niedługo mu się wymknie. Siedzi z nią przy stole w mieszkaniu, które kupił dla niej, ale na siebie, mówiąc, że to dla nich, i teraz rzeczywiście w nim mieszka, chociaż nie spodziewał się, że kiedykolwiek będzie w nim mieszkał, a teraz od dwóch miesięcy w nim mieszka, ma tam swoją deskę kreślarską i duże biurko z iMakiem i dodatkowym monitorem, tylko nie bardzo wie, co to znaczy, że w nim mieszka, a tym bardziej teraz, kiedy powiedzieć musi to, co musi.

— Ona ma raka — mówi więc i słowa te jak siekiera rozrąbują tę bardzo wątłą więź, jaką udało się w ciągu trzech miesięcy bycia razem stworzyć Nikodemowi i dziewczynie, która mu się wymknie.

Wątłą, bo kochankowie walczą ze sobą na noże i bicze, a małżonkowie na zatrutą wodę i mokre koce, napisała pewna mądra i szalona kobieta w czasach pomiędzy życiem Josefa a życiem Nikodema. Nikodem i dziewczyna, która mu się wymknie, przez rok byli kochankami i wbili sobie w ciała wiele noży i siekli się wieloma biczami, i zostawili w sobie tyle ran, że bardzo trudno było im zmienić pole walki. Ktoś, kto długo używał noża, niechętnie używa trucizny.

Ale coś im się przez te trzy miesiące udało stworzyć. Jak żołnierz po długiej wojnie niepewnie wiąże krawat, idzie rano do biura, siada za biurkiem i długo przygląda się maszynie do pisania, zszywaczowi, spinaczom, lecz w końcu dłońmi nawykłymi do tylców kaemu sięga po pierwszy dokument i zajmuje się tym dokumentem, tak oni, nawykli do gniewnych esemesów, do pełnej wściekłości ciszy w samochodzie pod jej mieszkaniem, do seksu pełnego wściekłości, do namiętnych „ty suko", „ty skurwysynu" wykrzykiwanych przy kolejnych orgazmach, do wyrzutów, żalu, smutku, do „ty dziwko", „ty gnoju", do „wypierdalaj z mojego życia" —

tak oni zamieszkują ze sobą przez trzy miesiące, Nikodem i dziewczyna, która mu się wymknie, i próbują na oślep, po omacku znaleźć nową formę dla swojego bycia razem.

A teraz Nikodem powiedział, co powiedział, i wszystko się rozlatuje. Bo ona ma raka.

— Twoja żona? — pyta dziewczyna, która mu się wymknie, chociaż wie, doskonale wie, że Nikodemowi chodziło o żonę.

— Tak. Muszę się nią zająć. Ona umrze.

— Zmyśliła to. Zmyśliła to, żebyś do niej wrócił.

Nikodem milczy chwilę.

— Ty głupia, wredna suko — mówi bardzo spokojnie. Wstaje, odwraca się i patrzy w czarny prostokąt okna.

Dziewczyna zaczyna się pakować.

Dziewczyna nie jest mądra. Ale przecież wie. Widzi to i ja też to widzę.

Załóżmy — myśli dziewczyna, chociaż nie robi tego słowami — załóżmy, że zostanę z nim, on będzie jej pomagał, a ja będę czekała, aż kobieta, której zabrałam męża, umrze. Nie chcę niecierpliwie czekać, aż ta kobieta umrze. Osieroci córkę. Nie chcę.

Dziewczyna dopycha kolanem wieko małej walizki, takiej, którą można zabrać jako bagaż podręczny do samolotu. Taka zawsze jej wystarcza.

Nadszedł czas — myśli sześć lat po śmierci Augusta Lomani gajowy Rzymełka, przyglądając się przez lornetkę Drugiemu. Jest rok 1927 i nic się nie zmieniło, Rzymełka ciągle jest gajowym księcia von Ratibora. Wszystko się jeszcze zmieni, ale na razie nic się nie zmieniło. Rzymełka poznaje Drugiego. Zna go. Nauczył się go odróżniać od innych koziołków. Drugi ma piękne parostki. Już czas, myśli gajowy Rzymełka. Delikatnie odkłada lornetkę. Podnosi do ramienia kniejówkę, długo celuje. Gajowy Rzymełka polubił Drugiego. Wydech. Powoli, bez pośpiechu ściąga spust. Drugi skubie liście maleńkiego buka, nie sięgającego mu nawet do brzucha. Buk, oskubany, uschnie, nie stanie się nigdy wielkim bukiem, w którego pniu i liściach popłynąć mogliby ludzie i sarny, i jeże. Rzymełka bez pośpiechu ściąga spust kniejówki, strzał powinien być zaskoczeniem i jest. Na komorę. Drugi zrywa się w górę, dokładnie znacząc, że strzał właśnie na komorę trafił, i pada w ogniu.

Rzymełka wzdycha, wstaje i podchodzi do strzelonego kozła. Nie myśli, który to już kozioł strzelony przez niego. Nie doliczyłby się. Ja wiem, czterdziesty siódmy, ale czy to ma znaczenie?

Trzy pokolenia synów i córek Drugiego przemierzają Jakobswalde, pola między Pilchowitz a Stanitz i kolejne pokolenia potomstwa Drugiego przemierzać je będą również wtedy, kiedy Ernst Magnor patrzył będzie na rozstrzeliwanie mieszkańców Przyszowic przy cmentarnym murze i kiedy Nikodemowi Gemanderowi wymykać się będzie dziewczyna, i kiedy Stanisław Gemander w 1987 roku po raz pierwszy wejdzie w drzwi domu w Pilchowicach, właśnie kupionego na kredyt, który miał spłacać przez ćwierć wieku, a który spłaca w całości, zapożyczywszy się po rodzinie na równowartość kilku miesięcznych pensji w czasie hiperinflacji na przełomie 1989 i 1990 roku.

Kolejne pokolenia synów i córek Augusta Lomani rozjadą się zaś po strefach okupacyjnych angielskiej, francuskiej i amerykańskiej, które potem z Trizonii staną się Republiką Federalną Niemiec, i w niej będą żyły, a potem nagle wymrą, bezpotomnie, co oczywiście nie ma najmniejszego znaczenia.

7.

1921, 1920, 1922, 1925, 1945, 1939, 1941, 1943,
1980, 1979, 1987, 1989, 1993, 1997, 2014

Grupa liczy dwudziestu trzech mężczyzn. Większość ma broń palną, przede wszystkim mauzery model 98, te długie, przeznaczone dla piechoty, i krótsze, kawaleryjskie, trzy stare judenflinte, dwa parabellum, jeden duży pistolet marki Mauser model C96, bagnety, noże kuchenne, jedną szablę model M1848, cztery pałki i dwie siekiery, w tym jedną zardzewiałą. Na zwołanej przez Josefa zbiórce padł postulat, aby zabrać również lekki karabin maszynowy model 08/15, ale większość była przeciw, więc spandau został w kryjówce. Piętnastu mężczyzn z grupy było w okopach, w pruskich mundurach walczyli na wielkiej wojnie. Pięciu było na trochę mniejszej. Trzech na żadnej, ta jest ich wojną pierwszą.

Mężczyźni odziani są w cywilne ubrania: koszule bez kołnierzyków, marynarki, kaszkiety, kilku w kapelusze, nikt nie ma krawata. Trzy pary wojskowych wysokich butów. Jedne bryczesy kawaleryjskie.

— Karabōnery idōm — zauważa filozoficznie starzik wyglądający przez okno jednego z nieborowickich domów.

— Nasze? — pyta głupio starka, która jest żoną starzika od pięćdziesięciu dwóch lat, czyli od dawna, i zawsze zadawała głupie pytania.

— Żŏdne karabōnery niy sōm nasze — odpowiada starzik i ma rację, żadni strzelcy nie są starzików i starek.

Grupa idzie w stronę Schönwaldu.

— Szywŏłdziōny przyszli mie do dōm. Wyrōmbali mie drzwiyrza. Ukradli dwa geltaki, co żech miōł uszporowane. Baba mōja nosi, a jōm szterowali. Wyciōngli na plac Augusta, kery u mie siedziōł, a zatukli — powiedział Josef, kiedy wszyscy się już zebrali. — Wiym, co jedyn sie nazywŏł Gillner.

Zebrali się, bo po okolicznych wsiach rozbiegli się chłopcy dziesięcio-, dwunastoletni, wiedzieli, do których drzwi pukać, co mówić. Pobiegli do Ostroppy. Do Leboschowitz. Do Deutsch Zernitz. Kieferstädtel. Do Smolnitz i do Chorinskowitz. Do Pilchowitz i na pilchowickie Wielepole i Niederdorf, na Kriewald, do Knurowa, do Alt-Hammer nawet, do Zamościa i Neusdorf. Wystarczyło.

Teraz idą.

Gela Magnor ma osiemdziesiąt osiem lat. Kiedyś była Gelą Czoik, ale już nie jest.

Gela Czoik ma dwadzieścia lat i stoi w przyszowickim murowanym kościele obok Ernsta Magnora, i przysięga Ernstowi to, co zwykle kobiety przysięgają mężczyznom w kościołach, i Ernst też jej przysięga. Gela wychodzi z kościoła i już jest Gelą Magnor. Nie jest już Gelą Czoik. Obok niej Ernst Magnor w ciemnym garniturze. Gela Czoik jest drobna, włosy jej się kręcą, oczy ma bardzo ciemne i bardzo wielkie. Wszyscy są zachwyceni tymi oczami. Takie wielkie, piękne oczy. Oczy Geli rozszerzyło płonące Drezno. I inne rzeczy.

Gela Czoik ma dziewiętnaście lat i ściska w dłoniach kierownicę roweru, wielkiego męskiego triumpha, za dużego dla Geli. Obok stoi koleżanka Geli, imieniem Anna-Marie, Anna-Marie też ma rower, poznały się, pracując w Arbeitsdienst w Ostpreußen, u bauera, razem ewakuowały się przez Bałtyk do Hamburga na pokładzie M/s „Walter Rau", rowery ukradły w Hamburgu i jadą przed siebie. Anna-Marie pochodzi z Hanoweru. Jest 14 stycznia 1945 roku. Drezno płonie.

— Fahrt nicht hin, Fräulein — mówi żandarm polowy w gumowym płaszczu. Zabrania dziewczętom jechać dalej. Niedługo umrze, lecz oczywiście o tym nie wie. Gela i Anna-Marie patrzą, jak Drezno płonie. Jest bardzo zimno, ale od miasta płyną fale gorącego powietrza. Śnieg topnieje.

Gela Magnor ma osiemdziesiąt osiem lat. Siedzi na krześle w domu w Przyszowicach. Krzesło ma wysokie poręcze. Tylko z takiego Gela Magnor potrafi jeszcze wstać. Gela Magnor ma na sobie granatowe dresowe spodnie, które włożyła jej córka Natalia, matka Nikodema. Pod spodniami ma pieluchę. Ma też biały wełniany sweter, bardzo stary, który tak lubi. Nikodem siedzi naprzeciwko, na kanapie. Pije kawę, która mu nie smakuje. Obok Nikodema, na fotelu, siedzi Ernst Magnor. Ernst Magnor ma dziewięćdziesiąt cztery lata. Ani Ernst Magnor, ani Gela Magnor nie wiedzą, że Nikodem wyprowadził się od żony. Nikt im nie powiedział. Starzikom sie niy gŏdŏ takich rzeczy.

Żony Nikodema Gela Magnor nigdy nie polubiła. Gela Magnor nie polubiła żadnej z żon swoich wnuków ani żadnego z mężów swoich wnuczek. Gela Magnor nigdy nie polubiła Stanisława Gemandera, który poślubił córkę Geli, Natalię. Gela nigdy nie polubiła męża swojej młodszej córki, Justyny. Nikogo.

— Nikodem, a zjesz coś? — pyta Natalia Gemander.

— Nie, mamo, jadłem — odpowiada Nikodem Gemander.

Natalia kiwa głową. Patrzy w okno. Jest tutaj już drugi tydzień i jest bliska szaleństwa, tak sądzi. Że bliska szaleństwa.

Ale przecież Gemanderowie i Magnorowie, i Czoiki nie oddają swoich rodziców do domów starców.

Gemanderowie, Magnorowie i Czoiki nie biorą nawet pielęgniarek do pomocy. Sami spłacają dług, którego nie da się spłacić.

Natalia jest bliska szaleństwa. Jeszcze dwa dni.

— Adaśku, a możno bych ci chleba kraiczek ukrała? — pyta drżącym głosem Gela Magnor.

Dłonie pokryte wątrobowymi plamami położyła na udach. Drżą delikatnie, jak drżą liście na słabym wietrze, i kurczą się, grabieją jak szpony.

— Jeruchu, babeczko, to niy ma Adasiek, to je Nikodem — denerwuje się Ernst Magnor, który ciągle zachował jasny, sprawny umysł.

— Toć wiym, że to niy ma Adasiek — irytuje się Gela.

Przecież wie. Patrzy przed siebie, oczy szeroko otwarte, patrzy i boi się czegoś, bardzo się boi.

— Nic mie niy trza, siedzōm se, ōma — mówi Nikodem. Tylko z Gelą i Ernstem rozmawia w tym języku, którego brzmienie kojarzy mu się z dzieciństwem.

Nikodem ośmio- i dziesięcioletni spędza mnóstwo czasu w domu dziadków. I dopiero od nich bezwiednie uczy się tego języka. Stanisław i Natalia Gemanderowie do Nikodema i jego siostry mówią po polsku. Aby oszczędzić mu upokorzeń, jakich sami doznawali w gliwickich liceach, i wysiłku, z jakim pozbywali się twardego, śląskiego akcentu.

— Sōm se ukreja, starko — mówi Nikodem.

Gela nie doszłaby sama do kuchni. W rękach nie utrzymałaby noża. Nie ukroiłaby chleba.

Gela Magnor chce coś powiedzieć, ale zapomina, co to było. Więc milczy. Boi się.

Gela ma trzynaście lat. Boi się.

Do domu Geli wchodzi ojciec. Tylnymi drzwiami, od waszkuchni. Jest 7 października 1939 roku. Ojciec Geli jest w cywilnym ubraniu, nie w mundurze. Wcześniej zawsze był w mundurze. Mundur był mundurem starszego przodownika Straży Granicznej. Starszy przodownik to najwyższy stopień podoficerski. Ojciec Geli jest Polakiem, bo tak sobie postanowił. Ma trzech starszych braci — Ericha, Friedricha i Heinricha, i z całej czwórki tylko on został Polakiem. Erich mieszka w Berlinie. Gela spotyka ujka Ericha tylko raz, w 1945 roku. Ale spotyka. Frycek nie żyje. Henio ożenił się z Francuzką i został we Francji.

Siódmego października ojciec Geli wchodzi do domu. Chce się pożegnać. Chce przedrzeć się do Rumunii, do Francji, chce dalej walczyć z Niemcami. Ojciec Geli nienawidzi Niemców. Ojciec Geli walczył we wszystkich trzech powstaniach, również pod Gliwicami, tam gdzie Josef Magnor, ojciec Ernsta. Tam się poznali z Josefem. Josef Magnor nie czuje nienawiści do Niemców, tylko nie lubi bogaczy, dla których walczył we flandryjskim błocie. A ojciec Geli nienawidzi Niemców. Tak bywa. Po powstaniach obiecał sobie, że nie będzie robił na grubie. Nie po to walczył w powstaniach, żeby wrócić na grubę. Wstępuje więc do Straży Granicznej i pilnuje granicy z Niemcami, która w międzyczasie pojawia się na Górnym Śląsku, między Nieborowicami a Knurowem; wije się wzdłuż płotów, miedz i ścieżek, tworząc zatoki i półwyspy.

Ojciec Geli nienawidzi Niemców, a Niemcy nienawidzą ojca Geli. Ojciec Geli figuruje na liście Polaków do natychmiastowego aresztowania. Sonderfahndungsbuch Polen.

„Czoik Adalbert, 8.08.1895, Gieraltowitz, O.S., Grzw.". „Grzw" oznacza „Grenzwacht", Straż Graniczną. A ojciec Geli o tym wie, dlatego ewakuował się ze Śląska już 3 września i dotarł aż pod Lwów.

— Rozdzielōmy sie. Włażymy do Szywŏłdu ze dwŏch strōn, po ŏśmiu, a po trzech bydymy ŏbstŏwiać pola, coby nie piytnył do Gliwic ani na Makoszowy. Ja? — komenderuje Josef osiemnaście lat wcześniej.

— Klar! — odpowiadają jego towarzysze.

Stopy Josefa na moim ciele. Gela. Ojciec Geli. Ernst. Stanisław. Nikodem. Sarny. Drzewa. Wszyscy w moim ciele. Jednocześnie.

Rozdzielają się. Josef prowadzi grupę, która wejdzie do Schönwaldu od strony Deutsch Zernitz. Druga grupa wejdzie od strony Preiswitz. Czterech ludzi na polach od strony Gliwic. Trzech z drugiej strony wsi, na polach od strony Knurowa i Gieraltowitz.

Niemcy instytucjonalnie nienawidzą ojca Geli i na poparcie tej nienawiści mają całą masę dokumentów i akta, ale nikt tak nie nienawidzi ojca Geli jak sąsiad. Sąsiad nienawidzi ojca Geli z powodów zwykłych, nie narodowościowych. Sąsiadowi ojciec Geli wiele razy okazywał wyższość. To zwykle wystarczy. Sąsiad przez okno zauważył, że ojciec Geli wrócił do domu w Przyszowicach. I pobiegł na policję. Policja akurat jest już niemiecka, od miesiąca z okładem. Wszystko wróciło do normy, tak bardzo wielu myśli o tej niemieckiej policji w Preiswitz, jak znowu nazywają się Przyszowice, bo polska policja w Przyszowicach była tylko siedemnaście lat, a Przyszowice albo Preiswitz mają siedemset lat i nigdy wcześniej polskiej policji w nich nie było, więc zasadniczo rzeczywiście wszystko wróciło do normy. Policjant zadzwonił, gdzie trzeba. Po półgodzinie po ojca Geli przyjechał samochód. Z samochodu wysiedli ludzie, którzy go zabrali.

— Kaj tatulka zabrali? — pyta Gela zaraz po tym.

— Do Mauthausen — odpowiada matka miesiąc później, kiedy już wie.

— A co to jest Mauthausen? — pyta Gela następnego dnia.

— To je bardzo złe miejsce, dziouszko. Bardzo złe — odpowiada matka.

Ojciec Geli jest w kamieniołomie. Ojciec Geli zawsze był bardzo szczupły. Teraz staje się jeszcze szczuplejszy.

Gela ma zdjęcie ojca. Często na nie patrzy. Na zdjęciu ojciec Geli jest pięknym młodzieńcem w dobrze skrojonym garniturze. Elegancki krawat. Wzorzysta chusteczka w brustaszy. Na zdjęciu ojciec Geli ma dziewiętnaście albo osiemnaście lat, Gela nie jest pewna. Ma na imię Adalbert, tego jest pewna. Potem zostaje Wojciechem.

Na zdjęciu ojciec Geli ma osiemnaście lat. Hindenburg, O.S., głosi wytłoczona na kartoniku pieczątka.

Z Mauthausen przychodzi list. Gela ma piętnaście lat.

— Tata nie żyje — mówi matka Geli.

Josef ostrożnie wspina się po schodach prowadzących do pomalowanej na zielono lauby. Sięga za pasek, chwyta rękojeść null-achty, wyciąga, przeładowuje. Lewą dłonią naciska na klamkę. Zamknięte. Odsuwa się więc na trzy kroki i strzela z parabellum w zamek zielonych drzwi. Łuski głucho brzęczą na drewnianych schodach. W uszach dzwoni od wystrzałów. Zatrzaskują się ostatnie otwarte okiennice w okolicznych domach. Zielona lauba należy do domu z czerwonej cegły. Dom stoi w Schönwaldzie. Pociski rozbijają zamek. Josef z kamratami wchodzą do środka.

Gela ma siedemnaście lat. Jest na zbiórce Bund Deutscher Mädel w Gliwicach. Gela jest na tej zbiórce, bo matka Geli zdołała udowodnić, że z racji pochodzenia zasługuje na wyższą grupę Deutsche Volksliste, i całej osieroconej przez ojca Geli rodzinie miły urzędnik zmienił grupę na trzecią. Matka Geli pracuje w Gliwicach na lotnisku.

Gela składa przysięgę na wierność Führerowi Adolfowi Hitlerowi. Gela prawie nie mówi po niemiecku, ale dobrze zna słowa przysięgi, nauczyła się ich na pamięć, fonetycznie, i wymawia je bardzo głośno, jak wszystkie inne dziewczyny. Gela wie doskonale, że ojca, którego bardzo kochała, zamordował Führer. Że on jest winien tej śmierci.

Dzień wcześniej mówi do matki:

— Nie będę przysięgała.

Matka uderza Gelę w twarz, otwartą dłonią, bardzo mocno. Tylko raz w całym życiu matka uderzyła Gelę.

— Będziesz. Będziesz przysięgać bardzo głośno, żeby wszyscy słyszeli.

Gela Magnor ma dziewiętnaście lat. Stoi na pokładzie M/s „Walter Rau", wielorybniczego statku, który płynie z Gdyni do Eckernförde i jest pełen uchodźców. Cały niemiecki wschód płynie z Gdyni na pokładach M/s „Walter Rau", M/s „Wilhelm Gustloff" i M/s „Hansa". Gela zaciska dłonie na lodowatej poręczy falszburty, Gela nie wie, że statek jest statkiem wielorybniczym, nie wie, że to, na czym zaciska dłonie bez rękawiczek, nazywa się falszburta, ale wie, że lodowaty Bałtyk — który widzi po raz pierwszy — jest jakby polem minowym. W powietrzu krążą sowieckie samoloty. Pod wodą krążą sowieckie okręty podwodne. W każdej chwili w wodzie może pojawić się biały ślad torpedy. Na pokładzie M/s „Walter Rau" wszyscy już wiedzą, że „Hansa" musiała zawrócić do portu w Gdyni, zwanej teraz Gottenhafen, „Gustloff" zaś został zatopiony. Gela patrzy w czarne fale. Na pokładzie zbiera się śnieg. Gela wyobraża sobie siebie w tych falach. Gela myśli o tym, że mogłaby skoczyć, ale boi się, że poszłaby wtedy do piekła. Gdyby skoczyła.

Gela ma osiemdziesiąt osiem lat. Siedzi na krześle z wysokimi poręczami. Zaciska dłonie jak szpony. Gela chciałaby umrzeć. Już nie boi się piekła. Boi się tylko tego, czego najbardziej bała się przez całe życie. Już nie chodzi do kościoła. Wszystko zniknęło. Naprzeciwko Geli siedzi Ernst. Ernst ma dziewięćdziesiąt cztery lata.

W tym samym czasie, tylko wcześniej, Ernst ma rok. Ernst śpi na kolanach Valeski, podczas kiedy ojciec Ernsta, Josef, wchodzi do domu Gillnera.

— Wo ist dein Vater? — pyta Josef.

Pytanie skierowane jest do ośmioletniego, upośledzonego chłopczyka. Chłopczyk nie odpowiada. Nie wie, gdzie jest ojciec. Nikogo innego nie ma. Josef sadza go pod ścianą i pokazuje palcem, że ma być cicho i się nie ruszać. Wraz z kamratami ostrożnie wchodzą do domu. Znajdzie się. Tylne wejścia obstawione.

Gela ma osiemdziesiąt osiem lat. Siedzi na krześle z wysokimi poręczami. Naprzeciwko niej Ernst. Oraz ktoś, kogo Gela nie poznaje, ale co do kogo nie ma wątpliwości, że jest chłopcem, jednym z jej licznych wnuków.

— A jak szkoła, synek? — pyta.

— Ōma, jŏ mŏm trzydzieści pięć lat — bezwiednie miesza dwa kody językowe Nikodem i śmieje się.

Gela się boi.

— Jak my z Anne-Marie wyjechały z Drezna, to my sia puściyły na Berlin, gerade aus na Berlin, yno rŏz żech bŏła w Berlinie — głos Geli się trzęsie. Gela znajduje się na granicy płaczu. Od dziesięciu lat Gela zwykle znajduje się na granicy płaczu. Tak jakby płakała cały czas.

Nikodem słyszał już tę historię. Nikodem od dawna już nie widzi łez Geli. Nikt już nie widzi łez Geli.

Ja widzę.

Gela jest narkomanką, w klinicznym tego słowa znaczeniu. Jest uzależniona od benzodiazepiny.

Gela nie śpi od dwudziestu lat. Otumaniona lekami, nad ranem zapada w płytki półsen. Nikodem również zażywa benzodiazepiny, niezbyt regularnie, w postaci leku marki Xanax, którego substancją czynną jest alprazolam. Gela przyjmuje dawki pięciokrotnie większe niż jej wnuk Nikodem. Nikodem ogranicza się do miligrama dziennie.

Kiedy Gela nie śpi, myśli o tym, co w jej życiu wydarzyło się pomiędzy 7 października 1939 a 27 września 1945 roku.

Między tymi dwoma datami, o których Gela nie myśli za pomocą dat, lecz za pomocą wydarzeń, zaistniało całe życie Geli. Gela nie używa tych słów, myśląc o swoim życiu, lecz tak właśnie jest.

Całe życie. Wszystko, co ważne.

Po 27 września 1945 roku wydarzyło się wszystko inne: wróciła do domu. Amerykanie namawiali, żeby nie wracała, bo tam Sowieci, ale Gela wiedziała, że musi wrócić, do matki i do młodszego brata, nie wyobrażała sobie życia innego niż w Przyszowicach. Więc wraca. Pociąg jedzie przez Austrię i Czechy, w Austrii mija Mauthausen. Gela chciała znaleźć grób ojca, póki nie uświadomiono jej, że tam w ogóle nie ma żadnych grobów. Gela wraca do Przyszowic. Matka Geli się boi. Gela się boi. Szybko rozstrzygają, o czym trzeba milczeć, i milczą o tym już do końca życia — i matka Geli, i Gela.

Matka Geli skupia się na mężu zamordowanym w Mauthausen. Śmierć męża w Mauthausen chroni matkę Geli, Gelę i jej brata przed represjami nowych władz.

Geli oświadcza się Ernst Magnor, potem rodzi się Natalia, potem drugie dziecko, Ernst pracuje, Ernst buduje dom, Ernst nie pije, Ernst się nie szlaja, „kaj ty żeś takigo dobrego chopa znojdła, dzioucho", pytają koleżanki, potem córki bardzo dobrze wychodzą za mąż, Stanisław Gemander w końcu bardzo przyzwoity, potem wnuki, pierwszy, drugi, trzeci, czwarty, tyle wnuków, Gela ma lat pięćdziesiąt cztery, w jej ramionach roczny Nikodem, lato, zbierają czereśnie, a Nikodem szarpie Gelę za włosy.

Gela stoi w kościele w Przyszowicach i przysięga Ernstowi.

Ale wszystko, co ważne, wydarzyło się wtedy. Gela ma szeroko otwarte oczy. Ze strachu.

Tego, co najważniejsze, nie powiedziała nigdy nikomu i nigdy nikomu nie powie.

Ernsta wojna nie dotknęła. Widział ludzi rozstrzeliwanych pod murem cmentarza w Przyszowicach. Uciekł przed poborem do Volkssturmu. Widział stalową potęgę ścierających się pułków pancernych, płonące czołgi niemieckie, płonące czołgi sowieckie na polach między Przyszowicami a Gierałtowicami, ale Ernsta wojna nie dotknęła, Ernst wyszedł z wojny bez szwanku.

Gelę wojna stworzyła. Wszystko, co ważne, wydarzyło się wtedy. Gela ma szeroko otwarte oczy. Ze strachu.

Dziewczyna wymyka się Nikodemowi. Autobusem.

Sarny pasą się w lesie, który już nie nazywa się Jakobswalde, w ogóle jakoś utracił nazwę i wcale się nie nazywa. Saren wojna nie dotknęła. Wiele ich wybili kłusownicy strasznej zimy 1944/1945, ale potem trwają, tak jak zawsze trwały, odkąd lądolód odszedł na północ, tak trwają sarny; kiedyś dotykały ich futra groty strzał, a teraz dotykają ich ostrza półpłaszczowych, smukłych pocisków, rozwijających

173

się w sarnim ciele jak kwiaty i jak pięści, drążą w nich te pociski straszne kanały i sarny padają, jak zawsze.

Dziewczyna wymknęła się Nikodemowi, a on jej nie zatrzymał. Stoi na przystanku. Nie chciała, żeby ją odwiózł. Nie odwróciła się, kiedy autobus odjeżdżał.

Kolejne pokolenia świń zamieniają się w ludzki pokarm i potem użyźniają ziemię. Świniobić już się prawie nie urządza.

Nikodem patrzy na Gelę. Pamięta jej dawną energiczność. Oczy zawsze rozszerzone, Nikodem nie wiedział i dalej nie wie, że od strachu. Obiad dla dwudziestu osób na święta. Gary modryj kapusty. Sterty rolad. Kaczki. Gęsina. Kluski czŏrne a biŏłe. Kościół. Dziecka. Surowo, ale z miłością. A może Nikodem tylko tak sobie powtarzał, że z miłością?

A teraz staruszka. Nikodem wie o pielusze. Wolałby nie wiedzieć. Kiedy Gela przestała spać? — zastanawia się. Wtedy kiedy Gela przestała spać, przestała się również uśmiechać. Wcześniej uśmiechała się niewiele, a od kiedy przestała spać, to już wcale, z jednym wyjątkiem.

Zabrał do Geli Weronikę. Weronika siedzi mu na kolanach.

— Robota idzie, syneczku? — pyta Nikodema Ernst Magnor.

— Toć, że idzie. Wszystko do porzōndku.

— Co tam projektujesz terozki?

— Chałpy, drogie, wielgie chałpy dla bogŏczy projektujā, ōpa.

— Ja, dobrze. To je do porzōndku robota. Piyniōndze mŏsz?

— Mōm — odpowiada zgodnie z prawdą Nikodem.

— A uszporowŏłeś coś?

— Ja, ōpa, uszporowŏłech — kłamie Nikodem.

Nikodem nic nie zaoszczędził. Wszystko wydał. Na samochody, dziewczyny, wino i restauracje.

Ernst kiwa głową. Ernst ma dziewięćdziesiąt cztery lata.

— Kochanie, idź do babci — szepcze Nikodem do ucha córeczki.

Weronika nie chce, Nikodem więc obiecuje jej lody, jeśli będzie miła, i dziewczynka w końcu niechętnie zsuwa mu się z kolan, podchodzi do staruszki i opowiada historię Malwiny — tak nazywa się lalka Weroniki Gemander.

Gela nie pamięta imienia małej, jasnowłosej dziewczynki, która przed nią stoi. Dotyka jej jasnych warkoczyków. Uśmiecha się.

— Ale tyś je szwarno dziouszka — mówi Ernst Magnor do Weroniki Gemander.

— I umiem latać! — chwali się Weronika. — Jak wróżka.

Gela nie rozumie, o czym dziewczynka mówi. Nikodem i Ernst śmieją się, rozbawieni dziecięcą wiarą we własne możliwości.

W tym samym czasie, tylko dziewięćdziesiąt trzy lata wcześniej, Ernst Magnor ma roczek i bawi się drewnianym konikiem, jego ojciec zaś, Josef Magnor, wyciąga Gillnera za szmaty na plac. Na główną ulicę Schönwaldu. Wszystkie inne domy szczelnie pozamykane, nawet okiennice. Za dużo uzbrojonych ludzi.

Gillner czuje, że nadchodzi śmierć. Gillner jest rolnikiem. Ryje w moim ciele płytkie bruzdy. Tak mu się wydaje, że nadchodzi śmierć, ale to strach, taki sam, jaki szarpie wnętrznościami sarny, kiedy psie szczęki zaciskają się na jej podbrzuszu.

— Halt!

Zza kościoła wychodzi starzec. Ma na sobie stary szywołdzki tracht i nosi siwe bokobrody, jak kajzer Fryderyk, bo też za czasów Fryderyka je zapuścił. Na tracht składają się długi do ziemi płaszcz, kapelusz, lejbik. Mocno znoszone są te rzeczy, ale kiedy je kupował, kosztowały niemało, starzec był wtedy bardzo zamożny. To nie ma znaczenia. To on krzyknął „Halt!". Starzec również jest rolnikiem. Ryje w moim ciele płytkie bruzdy. Sprawia, że moja krew ciągle krąży.

Za starcem stoją cztery dziewczyny. Dziewczyny mają imiona, ale to nieistotne. Dziewczyny są w ciąży. Jedna z nich cierpi na akromegalię i jest to wielkie cierpienie. Jest bardzo brzydka i upośledzona umysłowo.

Druga byłaby całkiem ładna, gdyby nie rozwarte usta. Również jest upośledzona umysłowo, bardzo poważnie, nie jest zdolna do samodzielnego życia.

Dwie pozostałe nie są ani upośledzone, ani brzydkie, ani specjalnie ładne, zwykłe dziewczyny z Schönwaldu i w schönwaldzkich strojach, i dzielące zwykłe losy szywŏłdzian.

— Sie ist von Lomania schwanger — mówi starzec.

Z Lomanią w ciąży jest dziewczyna z akromegalią. To jego dziecko nosi w łonie. Z Lomanią w ciąży jest dziewczyna, która byłaby bardzo ładna, gdyby nie obwisła dolna warga. To jego córkę nosi w łonie.

Córka Lomani i głęboko upośledzonej dziewczyny będzie piękną kobietą o przeciętnej inteligencji. Ma dwadzieścia cztery lata, kiedy kończy się kolejna wielka wojna, jest sierotą o wielkiej słabości do mężczyzn w mundurach i przeżywa kilka pięknych lat w rojących się od mężczyzn w mundurach strefach okupacyjnych, na jakie podzielona zostanie ta Rzesza, której jeszcze nie ma, kiedy dziewczyna się rodzi. Potem jest kilkanaście lat smutnych, potem znika uroda dziewczyny, a potem dziewczyna umiera. W Aachen. Taka sama to historia jak wszystkie inne.

Trzecia dziewczyna, ta zwykła zupełnie, również jest w ciąży z Lomanią. Jej dziecko również ma płeć i ma historię, jak wszystkie inne dzieci, bo każdy ma historię, tyle że niektórzy bardzo krótką.

Ale czy historie dzieci, których życie kończy się tam, gdzie się zaczęło, w łonie, różnią się od życia kretów, saren albo Juliusza Cezara? Wszystko jest tym samym.

Sarna, drzewo, dziecko, Juliusz Cezar.

Czwarta dziewczyna, również zupełnie zwykła, także jest w ciąży, ale nie z Lomanią, tylko z zupełnie innym chłopcem, chłopcem z Szywołdu, który siedzi teraz w domu, je żur i bardzo się boi, że to może się wydać, a dziewczyna chłopca kocha (chociaż on o tym nie wie, bo jest bardzo młody, a więc bardzo głupi), więc twierdzi, że dziecko jest Lomani, co zgadza się o tyle, że poczęcie zdarzyło się mniej więcej wtedy, kiedy Lomania z trzema kamratami dokazywał w okolicach Szywołdu.

August Lomania, który w tym samym czasie, tylko wcześniej, dokazuje w okolicach Szywołdu, ma bądź miał niezwykle żywotne i bogate w plemniki nasienie. Również budowa i wielkość jego prącia sprawiają, że szanse poczęcia dziecka z Augustem Lomanią są albo były o wiele większe niż ze statystycznym mężczyzną.

Kiedy cztery dziewczyny i szywołdzki starzec stoją naprzeciwko Josefa i jego uzbrojonych kamratów, August Lomania, a w zasadzie jego ciało, spoczywa w domu rodzinnym. Lomania leży w izbie, w której się narodził; kobieta, która go na świat wydała, obmywa teraz jego ciało, rozbitą głowę i posiniałą pierś. Kobieta płacze i złorzeczy Niemcom, i nienawidzi Niemców, chociaż wcześniej wcale nie czuła do nich nienawiści, bo nie interesowała się polityką.

Nikodem i Weronika wychodzą z domu, w którym mieszkają Gela i Ernst Magnorowie. Na ulicę wychodzi za nim jego matka.

— Co z tym zrobisz?

— No a co ja mogę…? — odpowiada Nikodem i nie ma odwagi na nią spojrzeć.

— To przez ciebie, wiesz? To twoja wina — mówi cicho Natalia Gemander do Nikodema, jej głos jak ze stali.

Nikodem kiwa głową. Zna dobrze ten ton. Wie, że Weronika wszystko słyszy. Chciałby poprosić, żeby nie toczyli tej rozmowy przy dziecku, ale nie ma w nim siły potrzebnej, by coś takiego powiedzieć.

— Nie zachorowałaby, gdybyś od niej nie odszedł, idioto. To się tak dzieje. Dlatego jest chora.

— Wiem, mamo.

Nikodem przypina Weronikę do fotelika i wsiada do samochodu. Matka stoi przy aucie, ręce splecione na piersi. Nikodem opuszcza szybę.

— Wrócisz do niej teraz? — pyta Natalia.

Nikodem wzrusza ramionami. Zapala silnik.

— Wrócisz do nas, tatuś? — pyta Weronika.

Nikodem czuje, jak przepona ściska mu to wszystko, co Nikodem ma w środku.

— Musisz nauczyć się panować nad swoimi emocjami — mówi Natalia Gemander do Nikodema w tym samym czasie, tylko dwadzieścia jeden lat wcześniej. Nikodem ma czternaście lat i pokłócił się ze swoją siostrą. — Nie powinieneś okazywać emocji. Jesteś już dużym chłopakiem.

— Muszę jechać, mamo — mówi Nikodem dwadzieścia jeden lat, dwa miesiące i trzy dni później.

— Po co ci taki duży samochód?

Nikodem ponownie wzrusza ramionami. Natalia odwraca się i odchodzi.

Ernst Magnor patrzy przez okno.

— No, ja… — mruczy pod nosem. — Wadzōm sie. Coś sie tam dzieje zaś. Ale mie niy pedzōm, nic już mie niy pedzōm, coby mie niy nerwować.

Nikt go nie słyszy. Gela patrzy w przestrzeń. Płacze.

Ernst Magnor myśli o tym, w którym momencie z patriarchy rodu stał się człowiekiem, któremu nic się nie mówi, żeby go nie denerwować. Wszystko się wykrusza. Nie gra już w szachy. Umiałby jeszcze, ale gra go irytuje. Kiedy zaczyna analizować posunięcia, zapomina, jaki wariant już analizował. Więc nie gra. Włącza telewizor i ogląda niemiecką telewizję.

— Adasiek już przyszōł ze szkoły? — pyta Gela.

— Adasiek mŏ sztyrdziści dwa lata, babeczko — odpowiada Ernst.

Gela widzi przez okno Adaśka, który jest starszym kuzynem Nikodema, widzi go, Adasiek wraca ze szkoły z brązowym kwadratowym tornistrem i w kraciastych spodniach. Jest rok 1979 i Nikodem dopiero się urodzi. Gela widzi Adaśka wtedy i w tym samym czasie trzydzieści pięć lat później również go widzi, takiego samego, a kiedy Adam przychodzi do niej dorosły, to Gela go bierze za swojego zięcia Stanisława Gemandera; wszyscy są lekko zażenowani i zasmuceni tymi pomyłkami Geli, ale tak naprawdę cóż to za różnica, wnuk Adasiek ze szkoły czy z pracy, Stanisław Gemander czy Nikodem; wszyscy są zasmuceni, jednak również ze zrozumieniem, no cóż, takie są prawa wieku, taka starość, nie powiemy Ernstowi Magnorowi, że Nikodem odszedł od żony do młodszej dziewczyny, w końcu cóż to takiego,

179

mężczyźni odchodzą do młodszych dziewczyn, nie powiemy, że żona Nikodema ma raka, nic Ernstowi nie powiemy. A córki Ernsta nadal trochę się go boją. Ernst siedzi u szczytu stołu w salonie w domu z wiśniowej cegły, Nikodem chce wstać, żeby pomóc pozbierać naczynia ze stołu, rok jest 1997. Premierem w Warszawie jest Włodzimierz Cimoszewicz. Nikodem ma dziewczynę, która nazywa się Ania i o której Nikodem trzydziestopięcioletni nie pamięta.

— Siadej, synek, babōw sam niy ma, cobyś ty ze talyrzami lŏtŏł? — warczy Ernst Magnor.

Nikodem siada natychmiast. Stanisław Gemander uśmiecha się pod nosem i kręci głową, ale nie protestuje, w końcu jest u teścia na obiedzie. Teść ma siedemdziesiąt siedem lat i jest rześkim starszym panem, aktywnym fizycznie i umysłowo, nie przypomina starca, jakim będzie w roku 2014.

W tym samym czasie, lecz za siedemnaście lat, Nikodem jedzie samochodem do Katowic.

Wjeżdża na autostradę A4. Dwukrotnie przecina granicę, która pojawi się na Śląsku w roku 1922, na krótko, na siedemnaście lat, a potem już jej nie będzie, tak jak nigdy nie było jej wcześniej, a jednak na trochę jeszcze zostanie w tych, dla których siedemnaście lat jej istnienia było sprawą kluczową.

August Lomania w tym samym czasie, tylko w 1921 roku, leży na położonych na kuchennym stole drzwiach, matka go obmywa, złorzecząc Niemcom, w tym samym czasie Nikodem jedzie samochodem do Katowic, jest drzewem i wodą i pierwszy raz całuje dziewczynę, i przechodzi ospę wietrzną, Ernst ma dziewięćdziesiąt cztery lata i właśnie się rodzi, a August Lomania, starszy od Ernsta o prawie osiemnaście lat, leży nieżywy i matka obmywa ciało, które kiedyś nim było, obmywa je, złorzecząc Niemcom, których właśnie znienawidziła.

Gillner leży na ziemi, na brzuchu. Josef Magnor stoi nad nim. Ernst Magnor bawi się drewnianymi klockami. Kamrat Josefa z powstania wbija Gillnerowi w plecy lufę mauzera, palec na spuście.

Szywołdzki starzec próbuje ocalić leżącego na ziemi Gillnera, pokazując palcem na ciężarne dziewczęta, z których dwie urodzą dzieci Augusta Lomani, jedna poroni, a jedna urodzi dziecko kogoś innego.

Kamraci Josefa zabezpieczają otoczenie. Byli na wojnie. Na wschodzie i zachodzie. Wiedzą, jak zabezpieczyć perymetr. Nawet skromnymi środkami. Zwłaszcza skromnymi środkami.

Nie wiedzą tego tak dobrze jak ich dawni koledzy z pułków i kompanii, dziś jednoczący swój gniew w szeregach freikorpsu Oberland, z którymi niektórzy z nich niedawno jeszcze toczyli krwawy bój pod Anabergiem, nie wiedzą tak dobrze, ale wiedzą.

Josef pyta kamratów. O Lomanię. Dopiero teraz pyta.

Coś tam słyszeli, tak. Lomania i dziewczyny. Słyszeli.

— Wie viele Mädchen waren es? — pyta Josef Magnor szywołdzkiego starca.

Ten nie wie. Przecież nie każda się przyzna. Ale więcej niż te cztery tutaj.

— Wiela tych dziouchów bōło? — pyta Josef Magnor swoich kamratów.

Karabiny i pistolety ściskają już trochę mniej dziarsko. Spojrzenia i lufy karabinów skierowane w ziemię.

— Wiela?! — krzyczy Josef.

Kamraci boją się Josefa.

— No, trocha tych szywŏłdzkich dziouchōw popsōł, jak my sam prziszli w maju... — przyznaje w końcu najodważniejszy z kamratów Josefa, również z batalionu podporucznika Sojki.

Oczywiście posiada on imię i nazwisko oraz przodków i potomków, i historię, i datę śmierci i narodzin, i poczęcia, i inne mniej ważne daty, ale nie ma to specjalnego znaczenia, bo jest takie jak wszystko inne.

Najodważniejszy z kamratów Josefa nazywa się Adalbert Czoik, niedługo zmieni imię z Adalberta na Wojciecha i jako Wojciech za cztery lata pocznie Gelę Czoik, która potem wyjdzie za Ernsta Magnora, syna Josefa, a za dwadzieścia lat Wojciech Czoik umrze z wycieńczenia w Mauthausen, ale teraz nazywa się Adalbert Czoik i żyje, i trzyma karabin, i jeszcze go trochę potrzyma, zanim umrze z wycieńczenia w Mauthausen.

— Puś go — mówi Josef do innego kamrata, tego, który leżącemu w pyle drogi Gillnerowi wbija lufę karabinu w plecy.

— Chopie, przeca ôn... — zaczyna kamrat.

— Puś go, gŏdōm ci! — ryczy Josef.

Kamrat podnosi karabin. Zarzuca na ramię. Josef wie, że traci w tej chwili reputację i poważanie. Zostaje tylko strach. Josef ma to gdzieś. Nie myśli ani nie rozważa.

— Stŏwej — mówi do Gillnera.

Gillner wstaje. Josef wkłada parabellum do kieszeni. Bierze karabin z rąk jednego z kamratów. Gillner stoi, niepewny swojego losu. Josef bierze szeroki zamach, z ramion, bioder, dokłada do tego krok i kolbą mauzera uderza Gillnera w szczękę. Szczęka Gillnera pęka. Gillner ze złamaną szczęką przewraca się z powrotem na drogę. Żyje.

Z palcami na spustach karabinów Josef i jego kamraci, byli insurgenci, wychodzą z Szywŏłdu. Na tyle szybko, że kiedy pod kościołem szywŏłdzkim zatrzyma się wezwany przez szywŏłdzian patrol angielskich żołnierzy w samochodzie pancernym, to we wsi nie będzie już zbrojnych. Anglicy, kiedy usłyszeli, że Polaków jest kilkudziesięciu i wszyscy z bronią, nie spieszyli się też zbytnio. Weteranom wielkiej wojny w ogóle niespieszno do strzelaniny.

8.

1911, 1915–1918, 1919, 1921, 1941, 1944,
1945, 1946, 1950, 1951, 1971, 1989, 1993, 1999,
2001, 2003, 2008, 2011, 2014

— Ich möchte noch einmal zu dir kommen. Mich treibt die Sehnsucht zu dir — szepcze Lamla do ucha Caroline. Po tym, jak porzucił Caroline, szybko poczuł, że popełnił błąd, a więc co jakiś czas próbuje wrócić do jej ciała.

Jest coś takiego w ciele Caroline, tajemnica, która przykuwa doń mężczyzn.

Lamla porzucił ją bez żalu, kiedy ją miał. Kiedy zaś poczuł, że utracił to gładkie, młode ciało, że nie może go już wypełnić, poczuł, że stracił coś niezwykle cennego. Nie potrafi wyznaczyć wartości tego piękna, które utracił, ale kiedy je utracił, to wie już, że musi to być wartość wielka.

— Kann ich nochmal kommen?

— Nein — odpowiada Caroline.

W Lamli wzbiera poczucie odrzucenia, tym dotkliwsze, że Lamla pogardza Caroline. Lamla wie, że stracił coś bardzo cennego. Patrzy na dłonie Caroline. Przypomina sobie jej białe ciało.

— Du zeichnest es falsch — mówi. — Ich habe dir gezeigt, wie man die Schattierung legt.

Caroline nie zastanawia się nad tym, dlaczego odmawia Lamli. Nie wynika to z żalu ani z niechęci, Caroline nie czuje do Lamli żadnego żalu ani żadnej niechęci. Po prostu odmawia, bo odmawia. Caroline nie jest mądra, ale jest czystym dzianiem. Jest, jaka jest. Robi, co robi. Widzi, co widzi. W tym okazuje się trochę podobna do mnie.

Caroline ma siedemnaście lat. Ja mam wszystkie lata.

— Suchej, taki synek mie gŏdŏł, aże w Glywicach miyszko tako dzioucha, pra? — mówi Czoik.

Josef Magnor siedzi w szynku u Widucha i pije piwo z Czoikiem. Jest wtorek 20 września 1921 roku. Od powstania minęły trzy miesiące, od plebiscytu sześć, granicy ciągle nie ma. Czoik to dobry kamrat Josefa. Walczyli razem. Na imię ma jeszcze Adalbert, ale wszyscy mówią do niego Czoik. Gdy zmieni imię na Wojciech, wszyscy nadal będą na niego mówić Czoik. Na Josefa niektórzy mówią Josef, inni Zefel, a na grubie Młody Magnor, żeby go odróżnić od Starego Magnora.

Ernst ma już rok. Ciało, które kiedyś było Augustem Lomanią, gnije w grobie. Matka Augusta Lomani nadal rozpacza. Szynk należy do Widucha, Widuch nie lubi się z Czoikiem, ale piwo trzeba gdzieś pić, a klient jest klient, więc się nawzajem znoszą.

— Tako frelka. Cera ŏd wielgich państwa, bogŏczy, ale kerōm kŏżdyn poradzi wydupiyć. Miyszko wele parku, klupiesz, ŏna bez to ŏkno patrzy, czy sie jei podobŏsz, a jak sie podobosz, to cie wpuszczŏ i dupiysz.

Serce Josefa przyspiesza nagle, tak jakby Josef biegł albo hercōwą ładował skruszony dynamitem węgiel do wagonika, tylko jeszcze szybciej niż przy wysiłku. Przepona ściska wnętrzności. Coraz mocniej i mocniej. Żar z serca uderza do głowy, Josef chciałby jednocześnie zabić Czoika, zabić ją i zabić samego siebie, przez chwilę nawet nie może oddychać. Więc siedzi i nic nie robi. Drżą mu ręce. Odkłada kufel z piwem. Nie rozumie tego, co się z nim dzieje, nie próbuje rozumieć, jest, kim jest. W plecy uwiera go parabellum, zatknięte za ciasno zapiętym paskiem od spodni. W tym samym czasie, tylko trzydzieści lat później, Stanisław Gemander ma cztery lata. Bawi się blaszaną ciężarówką. Melania Gemander czeka na swojego męża. Mąż Melanii Gemander wraca do domu. Bardzo późno. Prezydentem Rzeczypospolitej Polskiej jest Bolesław Bierut. Dla Bolesława Bieruta wydobywa z mojego ciała czarne słońce. Wcześniej kopał mój węgiel dla Adolfa Hitlera, a teraz kopie dla Bolesława Bieruta, ale nie myśli o tym, dla kogo zjeżdża w ciemność, zjeżdża w ciemność, bo na tym polega życie, że zjeżdża się pod ziemię, w huku spadającej w dół szybu kopalni Delbrück albo Makoszowy szoli, aby potem wyjechać na górę. Mąż Melanii Gemander ma na imię Joachim. Jest mężem Melanii od 1944 roku. Pobrali się wiosną, a potem Joachim poszedł na wojnę. Wcześniej spłodził syna, który w akcie urodzenia został zapisany jako Peter, potem zostanie Piotrem, a mówić nań wszyscy będą zawsze Pyjter i dla Nikodema będzie ujkiem Pyjtrem. Joachim codziennie zjeżdża na dół w kopalni Delbrück, chyba że właśnie idzie do flaku. Wierci otwory strzałowe. Podcina ścianę węgla. Podaje ciężkie naboje do acht komma acht. Ustawia zapalniki czasowe. Potem przestaje chodzić do flaku, bo ma w domu młodą żonę i chciałby widzieć więcej swojej młodej żony, a mniej węgla i flaku. Więc go biorą do wojska, przeszkolony już jest, od czerwca 1941 roku, ale do tej pory reklamowała go kopalnia, ta sama, która w poprzedniej wojnie wyreklamowała Josefa Magnora. A teraz wzięli Joachima Gemandera. Jest styczeń 1945 roku i Joachim Gemander służy w 6. Festungs-

-Stammtruppen, czyli w szóstej kompanii fortecznej w 88. Korpusie Armijnym w Holandii. Gela w tym samym czasie i w tej samej chwili czeka w wielkiej, biblijnej kolejce na zaokrętowanie na pokład M/s „Walter Rau", a Ernst Magnor ukrywa się przed poborem do Volkssturmu, Joachim Gemander jest amunicyjnym starego cekaemu w bunkrze, podtrzymuje dłońmi taśmy z nabojami, wciągane przez żarłoczny karabin maszynowy, w bunkier uderza pocisk wystrzelony z amerykańskiego działa i Joachim traci przytomność, aby odzyskać ją jako amerykański jeniec, co natychmiast poczytuje sobie za wielkie szczęście, bo oznacza to, że wojna skończyła się dlań szczęśliwie. W tym samym czasie, tylko później, dziewczyna wymyka się Nikodemowi.

Zimą 1946 roku Joachim wraca z niewoli, piechotą. Wraca z niewoli na kopalnię, która teraz nazywa się Makoszowy. Zjeżdża w dół tych samych szybów, w głąb mnie zjeżdża. Zjeżdża na poziom 300. Płodzi też drugiego syna, Stanisława Gemandera, który z córką Geli i Ernsta Magnorów Natalią spłodzi Nikodema Gemandera, któremu wymknie się dziewczyna, odjedzie autobusem, nie spojrzawszy na Nikodema choćby przez ramię.

Jest rok 1951. Joachim późno wraca do domu. Ma na piersi ranę. W pierś uderzył Joachima kamień. Kamień z wielką siłą wyrzuciła eksplozja dynamitu. Dynamit ukruszył kawałek mojego ciała, górnicy wzięli trochę mojego słonecznego mięsa, a Joachim zbyt wcześnie wyszedł zza osłony, zaraz po pierwszym strzale, bo myślał, że tylko jeden strzał będzie, i uderzył go kamień wyrzucony przez drugi wybuch. Prawie jak na wojnie, tylko pod ziemią.

Rana nie jest zbyt groźna. Joachima bada kopalniany lekarz. Joachim wraca do domu. Stanisław Gemander, zwany Stanikiem, ma cztery lata. Pyjter Gemander ma siedem lat.

Stanik bawi się blaszaną ciężarówką, otrzymaną w prezencie od Dzieciątka, czyli pod choinkę w 1950 roku. Prezydentem Rzeczypospolitej Polskiej jest Bolesław Bierut, w ranie zaś na piersi Joachima mnożą się bakterie Clostridium tetani. Trzeciego dnia po późnym powrocie do domu szczęki Joachima Gemandera zaciskają się tak, że Joachim ma problemy z mówieniem. Do domu przychodzi doktor. Dotyka szpatułką podniebienia miękkiego Joachima. Joachim nie ma odruchu wymiotnego. Joachim gryzie szpatułkę. Doktor natychmiast wysyła Joachima do szpitala — dawnej Lecznicy Brackiej w Knurowie.

W tym samym czasie, tylko czterdzieści osiem lat później, Nikodem stoi w Knurowie przed Szpitalem Rejonowym, który kiedyś był Lecznicą Bracką, ma dwadzieścia lat i pali papierosa, i boi się tak, jak się jeszcze nigdy w życiu nie bał. Nikodem już wie, że jego dziewczyna miała wypadek. Nikodem czeka na karetkę, która ją przywiezie.

Bakterie Clostridium tetani, rozmnażając się w beztlenowym środowisku, wydzielają tetanospazminę. Jest to neurotoksyna atakująca komórki nerwowe. W ranie na piersi Joachima Gemandera bakterie Clostridium tetani mają się bardzo dobrze. Wydzielają dużo tetanospazminy. Tetanospazmina blokuje wydzielanie inhibitorów neuroprzekaźnikowych. Neurony ruchowe Joachima Gemandera są stale pobudzone. Kurczą się mięśnie Joachima Gemandera.

Dwa dni później Joachim Gemander leży w szpitalu w Knurowie, jego ciało jest wygięte w łuk, ściągnięte mięśnie twarzy odsłaniają zęby. Takiego widzi go po raz ostatni w knurowskim szpitalu Stanisław Gemander, ale tego obrazu nie zapamięta.

Do knurowskiego szpitala karetka przywozi dziewczynę Nikodema. Światła mrugają niebiesko. Karetka jest marki Ford, model Transit, rocznik 1996. Twarz dziewczyny Nikodema jest zmasakrowana. Krwawa, napuchnięta maska. Dziewczyna Nikodema głową złamała przednie siedzenie w starym mercedesie. Nikodem biegnie za noszami, na których wiozą jego dziewczynę na izbę przyjęć. Nikodem patrzy, jak pielęgniarki nożyczkami rozcinają ubranie jego dziewczyny. Dziewczyna Nikodema ma pełne piersi, wąską talię i krągłe biodra i jest to niezwykle piękne ciało, a Nikodem widuje je bez ubrania bardzo rzadko i pierwszy raz widzi je nagie w kontekście innym niż erotyczny, i nagle Nikodem rozumie, że jego dziewczyna jest człowiekiem i że jej ciało jest takim samym ciałem jak każde inne ciało, na bladej skórze krew.

Cztery lata później dziewczyna stoi z Nikodemem w kościele w Gierałtowicach. Nie stoi w miejscu, w którym stała kiedyś Gela Czoik, biorąc ślub z Ernstem Magnorem, bo w latach sześćdziesiątych ołtarz się przesunął ku przodowi, ale kościół jest ten sam. A potem Nikodem odchodzi od tej dziewczyny i od Weroniki. Wymyka się dziewczynie, która została jego żoną i matką jego córki. Jedzie land-roverem do Katowic, do mieszkania innej dziewczyny.

Stanisław Gemander sześćdziesiąt lat później pamięta jeszcze twarz ojca, pamięta jakąś dziwną zabawę na placu domu w Przyszowicach, ojciec sunie po ziemi powrozem, który Stanisław zręcznie przeskakuje, ale nie pamięta osłoniętego szpitalną koszulą ciała Joachima Gemandera, ciała wygiętego w łuk i twarzy zniekształconej tężcowym, sardonicznym uśmiechem.

Wygięte w łuk ciało i twarz ściągnięta strasznym uśmiechem pozostają jednak zapisane w głowie Stanisława Gemandera. Nie tak mocno jak we mnie, ale pozostają. Stanisław Gemander ich nie pamięta, bo nie zdołałby pamiętać ich przez całe życie na jawie i nie oszaleć, i dlatego wygięte w łuk ciało, obnażone szczupłe i muskularne plecy, ramiona i pośladki, i twarz ściągnięta strasznym grymasem przychodzą do Stanisława Gemandera we śnie — Stanisław Gemander ma sześćdziesiąt cztery lata, śni swojego ojca, wyprężone w łuk ciało i twarz ściągniętą strasznym grymasem i jest czteroletnim chłopcem w krótkich spodenkach i skarpetach do kolan, ściskającym rękę swojego brata Pyjtra, i obaj patrzą na wygięte w łuk ciało ojca, szczupłe, muskularne plecy i pośladki, i ramiona, i głowę, którą skurcz mięśni karku odgina na plecy, jakby nieprzytomny Joachim Gemander wystawiał twarz do słońca.

Potem Joachim Gemander umiera i ciało Joachima Gemandera rozluźnia się wraz ze śmiercią, potem sztywnieje ponownie z następującym nieuchronnie rigor mortis, sztywnieje ułożone już na łóżku w normalny sposób i następnie ponownie się rozluźnia, kiedy rigor mortis ustępuje i procesy gnilne w ciele Joachima Gemandera trwają już w najlepsze, trwają, kiedy trumna wystawiona jest na mszy w przyszowickim kościele i kiedy zjeżdża w głąb mojego ciała, nie tak jednak głęboko, jak zjeżdżał w moje ciało Joachim, kiedy żył, ale głębiej, niż kiedy chował się w bunkrze przed amerykańskimi pociskami. Ciało Joachima Gemandera na przyszowickim cmentarzu przykrywa ziemia.

Nad świeżym grobem fotografują się Melania, czteroletni Stanisław i siedmioletni Pyjter. Melania była zamężna siedem lat i już nie jest. Męża z tego miała przy sobie przez trzy i pół roku, z czego większość czasu mąż spędził na kopalni Delbrück, pod ziemią. Melania jest wdową i pozostanie nią przez następne pół wieku, a potem umrze i będzie wdową, która już umarła na zawsze, czyli przez chwilę.

Pyjter i Stanisław, siedmio- i czteroletni, siedzą z matką przy stole w pustej kuchni. Kuchnia jest pusta, chociaż w niej siedzą we trójkę. Melania Gemander płacze. Chłopcy boją się płakać, wystarczy, że płacze mama.

Melania ściera łzy. Mówi sobie, że musi wziąć się w garść, bo to jedyne pocieszenie, jakie jest znane jej i jej podobnym, temu dziwnemu i zwyczajnemu rodzajowi człowieka zasiedlającemu moje ciało i wpełzającemu w wydrążone w moim ciele korytarze. „Niy becz, niy je żeś babōm", mówią ojcowie synom. „Babski płacz a letniy dyszcz drapko mijŏ", mówi kamrat do kamrata. Ale to nie ma znaczenia.

— Tera mocie mi przysiyngnōnć, jedyn a drugi, co żŏdyn z wŏs nigdy na gruba na dōł niy sjedzie, ja? Przysiyngejcie! — krzyczy na chłopców.

Chłopcy przysięgają, nie rozumiejąc, co przysięgają, ale przysięgają.

Na cmentarzu rosną wielkie lipy, rosnąć będą na nim jeszcze pięćdziesiąt lat po śmierci Joachima, kiedy w tę samą jamę w moim ciele, w której on leży, trafi ciało Melanii Gemander. Zaraz obok ciała Joachima Gemandera. Nad grobem ponownie będą stali Stanisław i Pyjter. Nigdy nie zjechali na dół, na kopalnię. Od stu pięćdziesięciu lat wszystkie Gemandery, tak samo jak wszystkie Magnory i Czoiki, wpełzały w ciemność, w moje ciało, a Stanisław i Pyjter nie wpełzli nigdy. Na pogrzebie Melanii Nikodem pierwszy i jedyny raz w życiu zobaczy łzy w oczach swojego wuja, obok stać będą Natalia Gemander i jej rodzice Ernst i Gela Magnorowie, i inni będą stali, a Joachim płynął będzie w sokach lip, ku górze. Melania jeszcze w pniach lip nie płynie, chociaż leży już w grobie, trumna jeszcze się nie zapadła. Stojący nad grobem również nie płyną jeszcze w mojej krwi. Orkiestra górnicza, czerwone pióropusze. Należy się żonie górnika.

Nikodem lubi orkiestry górnicze. Ma dwadzieścia dwa lata, interesują go same głupstwa i mądre książki, i lubi orkiestry górnicze. Patrzy, jak nadymają się policzki trębacza z tubą basową. Nikodem lubi dźwięk tuby basowej. I coca-colę.

W tym samym czasie osiemdziesiąt lat wcześniej Josef Magnor siedzi niedaleko cmentarza, w szynku u Widucha. Joachim Gemander nie zaznał jeszcze ciemności jam w moim ciele ani drżenia zjeżdżającej we mnie szoli, ani kobiecego ciała w kontekście innym niż matczyne, ani uroków wojny, bo kiedy Josef Magnor siedzi w szynku u Widucha, wtedy trzy lata ma Joachim Gemander, którego syn pół wieku później żeni się z wnuczką Josefa Magnora. Ma trzy lata i bawi się drewnianym konikiem w domu stojącym czterysta metrów od szynku u Widucha, w którym siedzi Josef Magnor, ale to nie ma znaczenia, jak wszystko.

Josef Magnor jest już prawie pewien, że zaraz zrobi coś strasznego. Ale nie robi nic. Tak go wychowywano. Staroszek Otto godali: „Niy becz, niy je żeś babōm. Niy śmiyj sie tak, niy je żeś afōm. Niy nerwuj się, je żeś człowiekiym, niy psym". Tak myśli.

W tym samym czasie, tylko wiele lat później, Natalia Gemander z domu Magnor mówi Nikodemowi: musisz panować nad swoimi emocjami, chłopcze. Nie możesz ich okazywać. Dziesięć lat później Nikodem ma do matki żal o to, że całe życie uczyła go, by nie okazywał swoich emocji. Piętnaście lat później Nikodem uważa, że matka miała rację, i żałuje, iż emocje okazywać nauczył się tak dobrze, że teraz nie potrafi ich ukryć.

Josef zaciska dłoń na uszku kufla i przez chwilę rozmyśla. Uderzyć Czoika w łeb tym kuflem czy nie? Nie uderza jednak. Wie, że nie może. Nie po tym, jak stracił na poważaniu, bo nie zabił Gillnera. Nie dał zabić Gillnera. Śmierć Lomani pozostała niepomszczona. Wszyscy wiedzą, że z Josefa żaden Polak. Dopija piwo.

— I Franc mi gŏdŏł, aże nawet po niymiecku niy musisz gŏdać, jōm niy yno szkolŏrze, ale takie chopcy jak my tysz dupiōm. Nasze chopcy, ze gruby — gada dalej Czoik, pociągając piwo.

Josef płaci pięćdziesiąt fenigów za piwo marki Scobel i wychodzi z szynku Widucha.

Czoik dalej snuje swoją fantazję o dziewczynie, do której można po prostu przyjść. Nie uważa, aby ta historia była prawdziwa, gdyż jest zbyt piękna, a nauczony jest przez życie i wychowanie, że piękne historie nigdy nie bywają prawdziwe. Upaja się pięknem opowieści, w którą nie wierzy. O dziewczynie, do której mogą po prostu przyjść nawet tacy chłopcy jak on. I pokochać się z taką dziewczyną. Nawet nie trzeba po niemiecku mówić. Czoikowi bardzo brakuje miłości fizycznej i również dlatego chodzi do powstań. Strzelanie jest prawie tak dobre jak kochanie. Potem Czoik pozna matkę Geli Czoik, która nie jest jeszcze matką Geli Czoik, kiedy ją poznaje, ale niedługo nią zostanie i przez siedemnaście lat będą szczęśliwi, starszy przodownik Wojciech Czoik z rodziną, a potem już nie, lecz jeszcze kując kilofem skałę w kamieniołomie w głównej filii sieci obozów Mauthausen-Gusen, Wojciech Czoik przypomni sobie, że była taka dziewczyna, do której można było po prostu przyjść, i pomyśli o niej ciepło, chociaż nigdy u niej nie był, a potem przypomni sobie, co się z nią stało.

Josef wie, że to ona, i nie wie jednocześnie. Josef nie rozumie, co się z nim dzieje. Chce się dowiedzieć, chce być pewien i nie chce zarazem.

Josef nie wie, że kocha Caroline. Ciało Josefa kocha to, co zawiera się w ciele Caroline, a więc całą Caroline, bo nie ma w was nic więcej niż to, co zawiera się w waszych ciałach, a jednak nie jesteście tylko ciałami.

Ciało Josefa kocha Caroline tak, jak kochają ciała. Josef nie wie, że kocha Caroline. Josef dzięki temu wie więcej, niż gdyby wiedział, że kocha Caroline, gdyby przyswoił sobie społeczny konsensus i konwenans na temat miłości, to nie rozumiałby wcale strasznej siły tego, co kazało mu teraz wsiąść na rower i jechać z Preiswitz do Gleiwitz. Jednak Josef nie czytał książek. Josef nie zna romantycznej konceptualizacji miłości. Josef nie wie, że kocha Caroline. Josef nie wie nic o tym, co czuje, Josef nie nadaje żadnego znaczenia uderzeniom endorfin do mózgu i wydzielaniu się do krwi testosteronu, Josef nie wie, że takie rzeczy wydzielają się do jego krwi i mózgu, Josef nie bardzo nawet myśli o tym, że ma mózg i krew, Josef jest mózgiem i krwią, i endorfinami, Josef jest sercem pompującym tę nasączoną ważnymi substancjami krew, substancjami, które mają znaczenie o tyle, o ile cokolwiek ma znaczenie, a nic oczywiście nie ma znaczenia.

Josef jedzie do Gleiwitz, bo chce zabić Caroline, bo chce Caroline posiąść, i tego również nie wie, że chce ją zabić i posiąść, Josef jedzie zdradzony, ośmieszony, jedzie, bo musi, jedzie tak, jak węgorze płyną do Morza Sargassowego, inaczej, a jednak tak samo, gnany tą samą mądrością biało-zielonego boga lodowców.

Dziewczyna wymyka się Nikodemowi. Nikodem wie, jak mógłby ją zatrzymać, wie dokładnie, co powinien zrobić, ale nie umie tego zrobić. Nikodem zna romantyczną konceptualizację miłości. Nikodem wie o endorfinach we krwi i że uzależniają jak heroina, i o testosteronie wie, i Nikodem uważa, że ta krew, endorfiny i testosteron to nie on, tak jak uważa, że bakterie Clostridium tetani w ranie na piersi Nikodemowego pradziada Joachima Gemandera nie były Joachimem Gemanderem, ani też skurcz mięśni i sardoniczny, straszny uśmiech Joachima Gemandera nie były Joachimem Gemanderem, tylko czymś osobnym, czymś, co go dotyka, ale nie jest nim, tak samo uważa, że endorfiny i testosteron, i ten straszny skręt wnętrzności nie są nim, Nikodemem Gemanderem, dotykają go, ale nie są nim, i tylko ja wiem, jak bardzo głupi w swojej mądrości jest Nikodem Gemander, a jaki mądry w swojej ignorancji jest jego pradziad Josef Magnor, kiedy jedzie do Gleiwitz i nie wie nawet, czy jedzie tam ją zabić, czy zgwałcić, czy kochać, bo czy pies wie, czego chce, kiedy biegnie za sarną i kiedy wbija zęby w jej pęciny? Josef wie, że musi tam jechać, i wie, w którą stronę, Josef Magnor jest tą siłą, która go pcha w stronę domu z wieżyczkami przy Kreidelstraße, Josef Magnor jest mięśniami, które obracają pedałami roweru marki Wanderer, i kurczącym się dystansem między nim samym a domem z wieżyczkami przy Kreidelstraße. Josef jedzie.

Nikodem stoi na przystanku. Dziewczyna nie ogląda się za siebie. Nikodem patrzy za autobusem. Rozważa, co czuje. To tylko romantyczna konceptualizacja miłości. W innych epokach ludzie odczuwali inaczej, zgodnie z liniami społecznego konsensusu, mówi sobie samemu Nikodem. To tylko endorfiny, nie ja, mówi sobie Nikodem.

Josef Magnor rzuca rower w krzaki. W oknie Caroline światło. Josef wspina się po rynnie, powoli, chce być cicho. Zagląda przez okno, spodziewa się tam zobaczyć Caroline z mężczyzną, jednak jest sama.

Josef puka w cienką szybę okna Caroline. Caroline podchodzi do okna, widzi Josefa i nie chce, żeby tu był tego wieczoru.

— Verschwinde — mówi.

Josef chwilę trwa na balkonie pod oknem Caroline, jakby jej słowa do niego nie dotarły, ale trwa, bo właśnie do niego dotarły i coś się w nim dzieje, w Josefie, czego jak zwykle nie rozumie i nie próbuje rozumieć, i właśnie dlatego dzieje się to w nim od razu i z wielką siłą.

— Nie wiem — mówi do siebie na głos Nikodem. — Nie mam, kurwa, pojęcia.

Jak brzmią powiedziane na głos słowa, których nikt poza mówiącym nie słyszy? Ja słyszę. Dla mnie brzmią jak wszystko inne, jak szepty, jak okrzyki rozkoszy i bólu ludzi i zwierząt, jak ledwie dla ludzi słyszalny szum źdźbeł młodego, zielonego zboża, kiedy przez pole sunie pchana słabym wiatrem jasna fala, kiedy poruszane wiatrem liście odsłaniają ku słońcu swoje jaśniejsze brzuchy.

Nie ma, kurwa, pojęcia, kim był dla niej, a to znaczy, że nie wie, kim ona w ogóle jest. Była, dodaje w myślach. Ale przecież jest, chociaż się wymknęła. A jednak — była, myśli Nikodem i zaraz znowu wraca do myśli o ojcu.

Dziewczyna, która wymknęła się Nikodemowi, też nie wie, kim był dla niej Nikodem, i wcale jej to nie interesuje, chociaż bardzo interesował ją Nikodem, nie tak bardzo jednak jak ona Nikodema. Jeśli to w ogóle można zmierzyć, myśli Nikodem; ale tak, można, to znaczy ja mogę i ja wiem: ona interesowała Nikodema o wiele bardziej, niż Nikodem interesował ją, chociaż w jej życiu Nikodem odgrywa o wiele większą rolę niż ona w życiu Nikodema. Ona przypomina w tym Josefa: jest życiem. Nikodem jest raczej myślami o życiu. W tym sensie dziewczyna, która się Nikodemowi wymyka, jest od niego mądrzejsza, chociaż jest głupsza.

Dziewczyna, która wymknęła się Nikodemowi, nigdy nie kłamie. Nie jest zdolna do kłamstwa, jakkolwiek często wygłasza sądy całkowicie nieodpowiadające rzeczywistości;

jednak to nie są kłamstwa, bo kłamstwo wymaga zamiaru, a ona nigdy nie zamierza kłamać. Rzeczywistość widzi przez filtr swoich pragnień. Przez swoje ciało i to, czego jej ciało chce i oczekuje.

Josef Magnor, prapradziadek Weroniki Gemander, wie, gdzie uderzyć, aby okno otwarło się bez wielkiego hałasu. Skąd to wie? Wie to z kopalni. Nie zastanawia się, wie. Wie to, bo przez całe dorosłe życie zmaga się z techniką. Nie jest człowiekiem miękkich linii miedzy, pola i rzeki, jest człowiekiem kątów prostych, ostrych odcięć, a nie rozmytych gradientowych przejść. Wie, gdzie uderzyć w ramę okna prowadzącego do pokoju Caroline Ebersbach, bo zbudował bardzo wiele obudów podziemnych chodników, stawiał stemple i chociaż nigdy nie uczył się fizyki, nawet w jej najbardziej życiowej, newtonowskiej odmianie, to intuicyjnie rozumie jej prawa, tak jak myśliwy po zapachu jeleniego łajna poznaje, jak dawno wypchnęła je z siebie zwierzyna, i rozumie Josef prawa materii uporządkowanej geometrycznie, tak samo jak rolnik rozumie smak ziemi.

Josef wie, gdzie uderzyć, i tam właśnie uderza, i wątła mosiężna skuwka pęka, i okno przed Josefem stoi otworem, a Caroline jest przerażona, gdyż dzieje się coś, nad czym nie ma kontroli w sferze, w której przywykła do kontroli całkowitej.

Josef wchodzi do pokoju. Nie wie, co zrobić.

— Was ist das für ein Lärm? — pyta Dolores Ebersbach zza zamkniętych na zasuwkę drzwi. Usłyszała hałas.

— Ach, nichts weiter, ich habe nur das Fenster geöffnet — odpowiada bez chwili wahania Caroline, nie odrywając wzroku od Josefa. Matka odchodzi od drzwi.

Ale przecież Josef niczego nie wie, więc stoi tam i czeka na to, co sam zrobi, co zrobi jego ciało, jest tego nawet ciekawy, nie wie, dlaczego się tutaj znalazł właśnie teraz, i ciekawy jest tego, co się dalej wydarzy.

— Treibst du es auch mit anderen? — pyta ciało Josefa.

Czamu mie to ôbchodzi? — pyta Josef sam siebie, dziwiąc się trochę własnemu ciału, ale zaraz znika ten dystans, który go od ciała dzieli, i Josef z powrotem jest po prostu i tylko swoim ciałem.

Czy Caroline sypia z innymi?

Oczywiście, że Caroline sypia z innymi.

Caroline teoretycznie poznała romantyczną konceptualizację miłości, ponieważ czytywała romanse, ale ciało Caroline w nią nie uwierzyło. Ciało Caroline potrzebuje mężczyzny częściej, niż może być w nim Josef. Ciało Caroline ciekawe jest mężczyzn, a nie tylko jednego mężczyzny.

Caroline sypiała z czterema mężczyznami, licząc Josefa. Pierwszy był Lamla, odpowiedzialny za narodziny plotki, która za pośrednictwem wielu ust i uszu dotarła w końcu do Czoika i którą od Czoika usłyszał Josef. Drugi był Josef.

Nawet gdyby po Josefie Caroline nie spółkowała już z żadnym mężczyzną, plotka, którą w stanie upojenia i wściekłej zazdrości puścił w świat Lamla, powstałaby i tak.

Jednakże po Josefie byli następni, słowo Lamli stało się ciałem, chociaż nie w tym stopniu, w jakim powinno, by odpowiadać temu, czym upaja się Czoik. Nikt nie wszedł do pokoju i ciała Caroline w sposób opisany przez Czoika w szynku u Widucha. Ale to nie ma znaczenia.

Oprócz Josefa Caroline kocha się dwukrotnie z siedemnastoletnim kuzynem nazwiskiem Maurus Federspiel, zamieszkałym w Gleiwitz, O.S., w okolicznościach wynikających z kuzyna Maurusa chuci i odwagi, rodzinnych uroczystości oraz ogólnego braku zainteresowania sprawami młodych ze strony państwa Ebersbach i państwa Federspiel.

Poza Josefem Magnorem, Maurusem Federspielem i Heinrichem Lamlą Caroline śpi raz z czterdziestodwuletnim kapitanem piechoty rodem z Nadrenii, poznanym w zwyczajnych okolicznościach, który jednak nie przypada jej do gustu, ponieważ nie potrafi uzyskać erekcji, co spowodowane jest nadużywaniem alkoholu oraz znacznym stresem — kapitan piechoty rodem z Nadrenii nie bał się francuskich nawałnic żelaza, ale boi się, że pan Ebersbach może wejść do pokoju Caroline mimo zasuwki, i z tego powodu ciała jamiste prącia kapitana piechoty rodem z Nadrenii nie wypełniają się krwią. Ludzką fizjologią rządzą tajemnicze prawa, te same, które rządzą przypływami i prądami w oceanach. W prąciu kapitana piechoty rodem z Nadrenii brakuje krwi z tego samego powodu, dla którego rybitwa popielata przemierza całą długość południka z Arktyki do Antarktyki i z powrotem i dla którego broni swojego gniazda przed człowiekiem, niedźwiedziem polarnym i pieśćcem. Czy to jest odwaga, kiedy ważący sto gramów ptak rzuca się z góry na ważącego pół tony niedźwiedzia i tłucze małym dziobkiem w niedźwiedzi łeb? Czy to jest taka odwaga, z jaką Josef biegnie pochylony przez śliskie, błotniste pole, zaciskając dłonie na łożu i kolbie karabinu, przed nosem rytm bagnetu jak wahadło, i odwaga, z jaką biegł kapitan piechoty rodem z Nadrenii z pistoletem w ręku, prowadząc swoją rzednącą w ogniu vickersów kompanię?

Jest to inna odwaga.

— Treibst du es auch mit anderen? — pyta Josef.

— O ja, mit zweien — odpowiada Caroline, ponieważ jej ciało nie przyswoiło sobie romantycznej konceptualizacji miłości oraz nie bardzo potrafi kłamać, ani też nie rozumie, dlaczego miałaby kłamać. Lamli nie liczy.

Josef stoi przed nią i całe jego ciało wypełnia gniew, zwierzęca, biała wściekłość, jakby patrzeć w słońce.

— Warum fragst du danach? Dich beghere ich am meisten — mówi Caroline i znowu mówi prawdę. Instynkt podpowiada jej, że do nieprzyjemnej sytuacji dojść może, kiedy w jej pokoju spotkają się dwaj jej kochankowie, Josef i kapitan piechoty rodem z Nadrenii, który ma nadejść za jakiś czas. Być może jeśli odda się Josefowi teraz, to zaspokojony, odejdzie, zanim kapitan piechoty rodem z Nadrenii wespnie się po rynnie. Tak będzie najprościej, myśli Caroline. Podchodzi do Josefa i obejmuje go za szyję.

— Mein Liebster — mówi.

Biała wściekłość Josefa nie ustępuje. Nie mija. Pożądanie wraz z erekcją rośnie obok tej wściekłości, ale jej nie zastępuje. Caroline próbuje Josefa pocałować, jednak ten się odwraca, bo brzydzi się jej ust. Podnosi Caroline i rzuca ją na łóżko. Caroline pozwala na to. Podnosi koszulę nocną, aby ułatwić Josefowi dostęp. Josef rozpina spodnie. Parabellum zatknięte wcześniej za pasek wypada na podłogę, ale Josef nie zwraca na to uwagi.

Nikodem wstaje z przystankowej ławeczki i idzie do monopolowego, gdzie kupuje trzy butelki białego wina, obojętnie jakie, byle wytrawne.

Josef kocha się z Caroline, a Caroline się boi, bo widzi w oczach Josefa coś, czego nie widziała wcześniej. Josef zaciska dłonie na szczupłej szyi Caroline i zaciska je bardzo mocno. Cały czas porusza się w jej ciele i dusi ją.

Robili tak już wcześniej, Caroline przyduszała Josefa, jednak Josef nigdy nie przyduszał Caroline. Przez pierwsze dwie sekundy Caroline ma nadzieję, że to tylko miłosna gra. Potem już nie ma nadziei.

W Josefie biała wściekłość, jakby patrzył w słońce.

Caroline chwyta przedramiona Josefa, potem wbija palce w jego twarz. Nogi kopią pościel, spychają kołdrę na podłogę. Paznokcie Caroline żłobią głębokie bruzdy w policzkach Josefa, następnie Caroline traci przytomność. Twarz podbiega jej krwią, rozluźniają się zwieracze. Josef kończy w jej ciele.

Uchwyt rozluźnia dopiero po paru minutach.

Reinhold Ebersbach pije czwarty kieliszek brzoskwiniowego sznapsa i przegląda dzisiejszy numer „Wanderera". Zegarek firmy Vacheron Constantin w kieszeni kamgarnowej kamizelki Ebersbacha wskazuje godzinę 22.48.

Josef zsuwa się z łóżka, podciąga spodnie, podnosi z podłogi pistolet, siada na krześle przy toaletce i siedzi. Odciąga kolanko zamka, przeładowuje pistolet, nie myśląc po co ani dlaczego. Biała wściekłość, jakby patrzyło się w słońce, gaśnie, tak jak zgaśnie nade mną i nad wami Bóg Słońce kiedyś, kiedy go połknę, ale jeszcze nie teraz. Josef siedzi i drży. Nie myśli o niczym, patrzy tylko na pistolet i chce się zastrzelić, chociaż nie werbalizuje tej myśli.

Vacheron Constantin pokazuje godzinę 23.32. Reinhold Ebersbach, wypiwszy pół butelki sznapsa, śpi w fotelu w swoim gabinecie. Dolores Ebersbach puka do drzwi pokoju córki, cicho, aby nie zbudzić jej, w razie gdyby ta już spała.

Josef pukania nie słyszy, bo zbyt zajęty jest patrzeniem. Dolores uznaje, że Caroline już śpi, skoro nie odpowiada. Drzwi zamknięte są na zasuwkę. Josef patrzy na Caroline leżącą na łóżku. Kapitan piechoty rodem z Nadrenii wspina się po rynnie i kiedy wchodzi na balkon, widzi, co następuje: kochanka jego Caroline, której dziś zamierzał udowodnić swoją męską siłę, leży naga, z rozrzuconymi nogami w rozwalonej pościeli, między udami plama odchodów, twarz czerwona i nabrzmiała.

Obok na krześle przy toaletce siedzi szczupły, wysoki młodzieniec z pistoletem w dłoni. Kapitan piechoty rodem z Nadrenii rozumie, że pojawił się nie w porę, i chciałby się wycofać. Jednak szczupły, wysoki młodzieniec, widząc kapitana piechoty rodem z Nadrenii, podnosi rękę z pistoletem.

Nikodem siedzi w fotelu w pustym mieszkaniu i tępo patrząc w ekran laptopa, gdzie leci czwarty odcinek trzeciego sezonu *Breaking Bad*, pije trzecią butelkę wina.

Josef nie wie, że człowiek w cywilnym ubraniu, który właśnie pojawił się na balkonie pokoju Caroline Ebersbach w domu przy Kreidelstraße 23, jest kapitanem piechoty rodem z Nadrenii, zdemobilizowanym przed dwoma laty i w tej chwili bez stałego zatrudnienia, żyjącym skromnie z renty wypłacanej mu przez zamożnego stryja, również rodem z Nadrenii, osieroconym przez oboje rodziców. Josef wie jednak, że człowiek ten jest kochankiem Caroline. Jest to założenie jednocześnie słuszne i fałszywe: bo czyż istotnie kapitan piechoty rodem z Nadrenii jest kochankiem Caroline, skoro do penetracji za pomocą męskiego narządu płciowego nie doszło ze względu na to, że kapitan nierzadko w nocy budzi się, płacząc ze strachu, i często przy kobietach mu nie staje? Kapitan piechoty rodem z Nadrenii dał Caroline rozkosz w inny sposób, ale czy to czyni go kochankiem Caroline, czy nie?

Josef oczywiście nie wdaje się w takie rozważania. Josef podnosi rękę z pistoletem.

Pistolet jest produkcji Deutsche Waffen und Munitionsfabrik, w skrócie DWM. Wyprodukowano go w roku 1911.

Model Pistole 08 Parabellum. W komorze pistoletu tkwi nabój z pociskiem kalibru 9 milimetrów. Josef naciska spust, zwolniony bijnik pcha iglicę, ta dziurawi spłonkę, spłonka wybucha i zapala proch. Proch płonie niezwykle szybko i wyzwala przy tym wielką ilość gazów, których ciśnienie wyrywa pocisk z łuski, wbija go w gwint lufy, pocisk więc, rozkręcony gwintem, wiruje i wirując, wbija się w czoło kapitana piechoty rodem z Nadrenii nieco powyżej lewej brwi, przebija kość czołową tamże, rozpłaszczając się od uderzenia do średnicy ponad półtora centymetra i nabierając kształtu nieregularnego, następnie niszczy mózg kapitana piechoty rodem z Nadrenii tak szybko, iż gasnąca świadomość tegoż nie słyszy nawet huku wystrzału. Kolankowo--dźwigniowy zamek pistoletu model 08 łamie się, wyrzuca łuskę, ściska sprężynę powrotną i wprowadza kolejny nabój do komory. Łuska spada na dywan, bezgłośnie, w pokoju huczy jeszcze trzask wystrzału. Ciało kapitana piechoty rodem z Nadrenii przewraca się w tył, przewala przez barierkę i spada z wysokości balkonu na rabatę z bratkami. A gdzie jest kapitan piechoty rodem z Nadrenii, kiedy jego ciało spada w moją stronę?

Zegarek firmy Vacheron Constantin wskazuje godzinę 23.34, gdy Reinhold Ebersbach zrywa się na odgłos strzału na piętrze. Czasy są niebezpieczne, strzały słychać często, więc kierowany bojowym odruchem, szarpie się z zamkniętą na kluczyk szufladą, w której trzyma rewolwer. Josef Magnor stoi z pistoletem w wyciągniętej dłoni. Caroline leży, gdzie leżała, ponieważ nie żyje. Kapitan piechoty rodem z Nadrenii podobnie.

Kapitan piechoty rodem z Nadrenii nazywał się Helmut Rahn. A jak się nazywa jego ciało teraz, kiedy leży na rabacie pomiędzy niebiesko-żółtymi bratkami?

Dolores Ebersbach słyszy odgłos strzału dobiegający z pokoju córki i jest przekonana, że Caroline skradła ojcu rewolwer i popełniła samobójstwo. Siedzi więc spokojnie na łóżku i rozważa, jak należy postąpić. Po kilku sekundach decyduje, że pójdzie do gabinetu Reinholda i poleci mu udać się do pokoju córki, która nie jest jego córką, czego oczywiście nie zamierza mu zdradzić, bo i po co.

Josef Magnor ucieka z pokoju Caroline zwykłą drogą. Nie zatrzymywany przez nikogo, mija ciało kapitana piechoty rodem z Nadrenii, które kiedyś nazywało się Helmut Rahn, tak samo jak nazywał się o wiele później pewien znany niemiecki piłkarz, wyciąga z krzaków rower, jedzie, jedzie, mija rynek, za kościołem St. Peter und Paul skręca w prawo, w kierunku Ostropy, i jedzie, po chwili zawraca, nie tutaj, przecież nie tutaj...

Jedzie w drugą stronę, na Schönwald.

LORETTO. HÖHE 165

Oto Behemot — „jak ciebie go stworzyłem" —
jak wół on trawą się żywi.
Siłę swoją ma w biodrach,
a moc swą ma w mięśniach brzucha.
Ogonem zawija jak cedrem,
ścięgna bioder ma silnie związane,
jego kości jak rury miedziane,
jego nogi jak sztaby żelazne.
Wyborne to dzieło Boże,
Stwórca dał mu twardy miecz.
Żywność przynoszą mu góry:
zwierzyna, co tam się bawi.
On leży pod krzewem lotosu,
w ukryciu trzcin i trzęsawisk.
Lotos dostarcza mu cienia,
otoczeniem są wierzby potoku.
Gdy rzeka wezbrana, niespieszny,
spokojny, choć prąd sięga paszczy.
Czy można go złapać za oczy,
przez nozdrza przesunąć pętlicę?

Księga Hioba 40,15–23, przekład z Biblii Tysiąclecia.

1915–1918

Pada deszcz. Na rude błoto.

Na błoto składają się gleba, woda, cząstki organiczne, ciała ludzkie w błocie rozpuszczone, odchody ludzkie, ciała szczurze, odchody szczurze, drobnoustroje, które wszystko usprawiedliwiają przed światem i zrównują ze sobą, szczura, gówno, człowieka, wszystko.

Pada deszcz.

Rude błoto spływa po niezbyt stromych zboczach wzgórza zwanego przez Niemców Loretto, przez Francuzów zaś Notre-Dame de Lorette. Nazwa pochodzi od kościoła, który kiedyś znajdował się na szczycie wzgórza, ale już się nie znajduje, bo zniszczony został za sprawą ognia artyleryjskiego pochodzenia francuskiego i ognia artyleryjskiego pochodzenia niemieckiego. Niemiecka artyleria jest słabsza, a francuska mocniejsza. Niemcy mają więcej dział ciężkich, ale działa ciężkie zostały daleko. Francuzi mają więcej dział lekkich tutaj blisko i strzelają. W roku 1870 jest odwrotnie: pruska artyleria jest mocniejsza, a francuska słabsza. Artyleria wygrywa bitwy i wojny. Nie ludzie z karabinami, tylko spływające z sykiem z nieba granaty. Miny z miotaczy min.

Cylindry pełne nabrzmiałej potencjalnej siły. Czuję drżenie, kiedy przecinają powietrze, aby potem uderzyć w moje ciało i wyrzucić ku niebu strumienie błota.

W błocie niemieccy infanterzyści z Gleiwitz, O.S.

Gliwicki pułk piechoty imienia Keitha był już pod Othain--Abschnitt, pod Maasübergang, Varennes-Montfaucon i pod Vaubecourt-Fleury, ale tutaj jest najgorzej. W okopach nie ma drożnej komunikacji. Okopy się rozpływają. Żołnierze z mozołem okopy odbudowują. Okopy znów się rozpływają. Od deszczu i od artyleryjskich pocisków. Rowy łącznikowe nie istnieją, schrony też się rozpływają, nawet gdy nie są pod ostrzałem, ludzie muszą poruszać się właściwie poza okopami. Narażeni na francuski ogień z okopów francuskich, wyżej położonych.

Josef jest tutaj od tygodnia. W błocie.

W tym samym czasie, ale tydzień wcześniej, Josef wysiada na dworcu w Lens.

— Jerzina, choby my w dōma wysiedli, na banhofie w Zŏbrzu — mówi do Josefa muszkieter Kaczmarek.

Na horyzoncie kominy i wieże wyciągowe. Domy z czerwonej cegły. Muszkieter Kaczmarek mówi „jerzina" albo „jerōna", „piernika" albo „jeruchu", żeby nie zakląć, nie powiedzieć „pierōna", bo to wielki grzech i trzeba się z tego spowiadać. Bo to wezwanie diabelskiego imienia, nie życzenie sobie grzmotu, lecz apostrofa do boga Peruna, którego kilkadziesiąt pokoleń wcześniej przodkowie Kaczmarka wyznawali i niektórzy przodkowie Magnora też, a inni Donara, który był tym samym bogiem, tylko się inaczej nazywał, ale teraz już dziedziczący ich geny ludzie, tacy jak Kaczmarek albo Magnor, wyznają innych bogów, Perun zaś stał się przekleństwem, diabłem. Bóg niebiański, zasiadający u szczytu osi świata między słońcem a księżycem, gromowładny, bóg

wojny, topora i zaślubin, bóg miłosny, pogromca Żmeja —
Welesa, mój pogromca, ten, który zwyciężył mnie, mnie
o śmiercionośnym spojrzeniu, teraz imię jego jest przekleństwem, ale to oczywiście nie ma żadnego znaczenia.

Muszkieterzy Magnor i Kaczmarek rozglądają się, czy
gdzieś dałoby się kupić tytoniu albo, co daj Boże, piwa. Na
dworcu nie.

Ludzie na ulicy w Lens podobni do ludzi na ulicy na
Śląsku. Ludzie, którzy drążą korytarze w moim ciele, stają
się do siebie podobni. Wszystko jest podobne. Wszystko się
zgadza. Głuchy grzmot dział się nie zgadza.

Wraz z Josefem wysiada chudy oficer. Też z uzupełnień.
Wysiada ostrożnie, prowadząc blaszaną pochwę pałasza
lewą dłonią, aby nie zaplątała się między nogami. Nazywa
się Barnekow, bo żyje i chodzi, i tak opiewa wpis w ksią-
żeczce wojskowej.

Chudy i wysoki leutnant Friedrich Ritter von Barnekow
rozgląda się ostrożnie. Nie interesują go wieże szybów ani
czerwone mury. Leutnant myśli o rzeczach, o których pruski oficer powinien myśleć, kiedy rusza na wojnę. Myśli
o królu Fryderyku Wielkim. Kiedy jeszcze nie jest królem.
Jest osiemnastoletnim kronprinzem prześladowanym przez
ojca. Zamknięty w celi po próbie ucieczki za granicę, patrzy,
jak przygotowują do ścięcia Hansa Hermanna von Kattego,
przyjaciela kronprinza. Przyjaciela i kochanka, myśli Friedrich, ale co do tego nie ma zgody wśród historyków, Friedrich jednak uważa, że Katte był kochankiem króla, tego
największego z królów pruskich, po którym leutnant otrzymał swoje imię.

Leutnant myśli o królowej Luizie, pięknej pruskiej królowej Luizie, czyli o Luise Auguste Wilhelmine Amalie von
Mecklenburg-Strelitz. Czyli o pruskiej Madonnie. Czyli

o dzielnej królowej Prus, która dla ojczyzny upokorzyła się przed samym Napoleonem, bo dla ojczyzny należy być gotowym na wszystko. A potem pośmiertnie otrzymała pierwszy Krzyż Żelazny, o którym leutnant marzy.

Żeliwna biżuteria na dekoltach pruskich dam i panienek z dobrych domów, w tym samym czasie, tylko sto lat wcześniej.

Myśli też o Arminiusie. Czyż Francuzi nie są Rzymianami? Las Teutoburski może być również tu, pod Lens. I myśli o młodym Fryzie, którego spotkał w meklemburskim pałacu swojego stryja. Chłopiec nazywał się Abe Japkis, był niezwykle wyrośniętym osiemnastolatkiem o jasnych włosach i kanciastej szczęce, przyjechał w odwiedziny do siostry, guwernantki braci stryjecznych von Barnekowa, i leutnant von Barnekow nigdy nie zapomni, jak pachniało ciało Abego Japkisa, i nie zapomni poczucia spełnienia i spokojnej radości, kiedy wziął do ust miękkie przyrodzenie Abego Japkisa, a ono mu w ustach zesztywniało, i von Barnekow nie zapomni słonego smaku gorącego nasienia, które wytrysnęło z Japkisa.

Myśli o tym właśnie teraz, między myślami o królowej Luizie i Arminiusie, kiedy wysiada na dworcu w Lens w wyglansowanych dwuczęściowych oficerkach, składających się z trzewików i skórzanych opinaczy, i w waffenrocku spiętym ciasno pasem, przy którym tkwią pusta kabura na pistolet i pałasz w blaszanej pochwie, na szyi zawieszona jest lornetka, na piersi — miejsce na ordery. Dwie pułkowe dwójki wyhaftowane są czerwoną nicią na pokrowcu przykrywającym pikielhaubę. Wbrew rozkazom. Kabura pusta, bo pistolet leutnant musi nabyć sam, podobnie jak wcześniej pałasz i lornetkę; na pistolet brakło mu pieniędzy.

Myśli też o poruczniku Hansie Hermannie von Kattem klęczącym na dziedzińcu twierdzy w Küstrin, z okna spogląda nań przyszły wielki król, który teraz jest tylko załamanym osiemnastolatkiem. Kiedyś pobije Austriaków i zdobędzie Śląsk, i zaprzyjaźni się z Wolterem, a teraz patrzy, jak obcinają głowę porucznikowi Hansowi Hermannowi von Kattemu, jedynemu przyjacielowi, jakiego kiedykolwiek miał.

Nie są to myśli precyzyjnie zwerbalizowane. Von Katte i wielki król Friedrich. Abe Japkis i on, wtedy jeszcze leutnant von Barnekow. Abe Japkis klęczy na dziedzińcu twierdzy Küstrin. Von Barnekow wygląda z okna. Nad von Kattem kat z dwuręcznym mieczem. Głowa Japkisa spada w piasek. Głowa von Barnekowa spada w piasek. Głowa von Kattego spada w piasek.

Abe Japkis przy śniadaniu dnia następnego nie patrzył na mnie, myśli von Barnekow po raz tysięczny. Wiedziałem, że Abe od razu tamtego dnia wracać miał do Schortens, małego miasteczka nad Morzem Północnym, wyjeżdżać miał po śniadaniu, myśli von Barnekow po raz tysięczny. Jak bardzo chciałem wtedy, żeby Abe przynajmniej raz spojrzał na mnie. Jeśli już nie mógł się odezwać. Abe Japkis nie spojrzał ani się nie odezwał. Po śniadaniu Abe Japkis wsiadł z siostrą do samochodu stryja, myśli po raz tysięczny Friedrich von Barnekow. Samochód był marki Mercedes, model 28/60, silnik siedmiolitrowy, o tym też myśli, bo lubi samochody. Ale bardziej lubił Abego Japkisa, a on wyjechał, nawet na Friedricha nie spojrzawszy. Nigdy też nie napisał, potem się ożenił, potem wyjechał do Berlina bez żony, lecz o tym wszystkim von Barnekow dowiadywał się od guwernantki stryjecznych braci, bo Abe nie napisał.

Von Barnekow wolałby, żeby głowa Japkisa spadła w piasek. Japkis nie odwrócił się, kiedy wsiadał do mercedesa. Nie spojrzał. Friedrich do końca stał w oknie, patrzył, bezwiednie dotykając ust, i o tym myśli, gdy rozgląda się po peronie dworca w Lens, na którym wysiadają uzupełnienia, i on też jest uzupełnieniem, leutnant von Barnekow, uzupełnienie. Dostrzega Josefa i myśli o tym, że to piękny chłopiec, ale zaraz potem myśli znowu o królowej Luizie i Krzyżu Żelaznym.

Josef na peronie dworca w Lens jest w czystym, porządnym mundurze, za dużym o dwa rozmiary. Na pagonach cyfra pułkowa. Na głowie pikielhauba. Na pikielhaubie brezentowy pokrowiec z numerem pułku wyhaftowanym czerwoną nicią: 22. Na plecach tornister z cielęcej skóry wyprawionej razem z sierścią. W tornistrze przybory do golenia. Mydło. Grzebień. Niewielki ręcznik z wyhaftowanym przez matkę życzeniem: „Szczynść Boże". Dziesięć Patentknöpfe, czyli guzików na zatrzask. Przybory do szycia. Pudełko cukierków eukaliptusowych. Koszula. Kalesony. Dwie pary onuc. Notes. Ołówek. Puszka smalcu. Papier listowy z winietą „Katolika". Rolka Kautschukpflaster. Pod plecakiem przypięty Brotbeutel, chlebak. W tymże — kilogram chleba i mała puszka miodu. Na tornistrze zrolowana celtbana. Manierka. Menażka. Na ramieniu karabin. Na brzuchu pas. Przy pasie ładownice, w nich naboje do mauzera. Przy pasie również długi, półmetrowy bagnet. Saperka. Wszystko wypucowane, wyglansowane, wyszwarcowane.

— Ihr bleibt hier nicht einmal drei Tage am Leben, Schweinehunde — mówi gefreiter Piskula, który wojnę rozpoczął w dniu samej mobilizacji, i to co mówi, mówi z głębokiego doświadczenia. Tak kończą nieotrzaskani żołnierze z uzupełnień. Nie przeżywają trzech dni. Myli się jednak co do Josefa Magnora, Josef przeżyje jeszcze kilka tysięcy dni, znacznie więcej niż trzy.

— Co ôn gôdô? — szeptem pyta Josefa muszkieter Kaczmarek, który niezbyt dobrze mówi po niemiecku.

— Niy przeżijecie sam trzech dni, pierōny zatracone, gizdy, mamlasy — mówi gefreiter Piskula, słysząc szept Kaczmarka.

Podchodzi do Josefa.

— Słyszysz mie? Wiysz, co tam je, mamlasie?

Josef nie wie. Mundur gefreitra Piskuli jest zrudziały i brudny, chociaż widać, że starannie czyszczony.

— Bydziesz zarōski tod. Rozumisz? Mamulka a ôciec nic po wŏs niy dostanōm, bo nic z wŏs niy zostanie, yno maras. Dej sam to!

Sięga do naramienników, pod którymi biegną szelki Josefowego tornistra, odpina je, odwraca wkładki z cyfrą pułkową do środka, zapina z powrotem.

— France niy bydōm wiedzieć, z kerego żeś je regimyntu, jak już bydziesz tod, mamlasie — uśmiecha się gefreiter Piskula. — I symnij zarōski ta hauba i odpruwej numer, bo go tam niy mŏ być!

— Ruhe! — uspokaja szeregowych leutnant von Barnekow. — Warten!

Josef z Kaczmarkiem ściągają pikielhauby i odpruwają pułkowe numery.

W tym samym czasie, ale tydzień później, Josef Magnor jest cały pokryty rudym błotem. Marasym, myśli Josef. Muszkieter Kaczmarek od czterech dni roztarty jest w tym błocie i część muszkietera Kaczmarka roztarta w błocie oblepia Josefa Magnora, i Josef myśli, że nic z muszkietera Kaczmarka nie zostało, ale to nieprawda, wszystko zostało z muszkietera Kaczmarka, nic nie zniknęło, bo w ogóle nic nie znika, tylko zmienia się rzeczy porządek, ale nie znika nic, i muszkieter Kaczmarek też nie zniknął, tylko wybuch haubicznego pocisku rozrzucił muszkietera Kaczmarka po obszarze wielkości kortu tenisowego.

Josef Magnor leży na dnie rozpływającego się leja, który jeszcze wczoraj był okopem. Josef Magnor nie ma butów. Buty zjadło błoto, wyszarpnął stopy z uwięzionych głęboko w błocie butów i onuc, żeby powrócić do okopu. Odległy od niego o dwanaście metrów Murzyn strzela do Josefa z karabinu, ale nie trafia, więc Josef wyszarpuje stopy z butów i odpychając się bosymi stopami, pełznie w dół wzgórza 165, płynie w błocie, w błocie topią się wszy, którymi Josef jest grubo pokryty, i wkrótce Josef jest już na drugiej linii pozycji niemieckich, w płytkim, rozlanym leju, który kiedyś był okopem. Ściana francuskiego ognia zaporowego jest nad nim i niedługo będzie właśnie tutaj. Josef Magnor zajadle wgryza się w rude błoto za pomocą saperki, trafia na stare ciało, jeszcze z walk w 1914 roku, przegryza się saperką przez ciało, ale równie dobrze mógłby próbować łyżką wykopać dziurę w gęstej zupie. Kości stawiają opór, uderza więc mocniej, pękają martwe żebra i kręgosłup, rękami Josef rozdziera zbutwiały mundur, pas, roztrąca, co zostało, i kopie dalej, głębiej, byle głębiej.

Rude błoto wypełnia dziury saperką uczynione. Josef myśli o grubie, o tym, jak bezpiecznie czułby się teraz na którymś z najniższych poziomów kopalni Delbrück. Na plecach ma karabin. Karabin też jest pokryty rudym błotem, nie nadaje się do strzału. Deszcz pada zwyczajnie z nieba, a Josef od dwóch dni nic nie jadł. Wodę pije z kałuż, wodę pełną rudego błota. Dwa dni temu zjadł ostatnią kromkę komiśniaka. Josef marzy o chlebie. Nawet o komiśniaku z mąką ziemniaczaną i otrębami. Francuzi kryją ogniem linie zaopatrzenia.

„Nur keinen Fußbreit Boden freiwillig räumen", mówi zasada sformułowana w Sztabie Generalnym. Ani stopy ziemi dobrowolnie.

— Nur keinen Fußbreit Boden freiwillig räumen! — krzyczy leutnant Friedrich Ritter von Barnekow, kiedy mannszaft zaczyna się wycofywać, usłyszawszy grzmot nadchodzącego wału francuskiego ognia zaporowego. Leutnant klęczy w okopie, trzyma w ręce pałasz oficera piechoty i wznosi go w geście, który na musztrze zatrzymywał kompanię piechoty. Jakby ciągle był rok 1914 i pałasz potrzebny byłby do manewrowania kompanią piechoty. Rękojeść mosiężna. Model 1889. Pruski orzeł na jelcu. W kaburze leutnant von Barnekow ma już parabellum pożyczone od pułkowego lekarza, który brzydzi się bronią. Ale musi oddać je niedługo, bo zawsze może być inspekcja z dywizji.

Josef Magnor ma usta pełne rudego błota. Josef Magnor ma w ustach ciała swoich towarzyszy z VI Armee-Korps. Konkretnie zaś z 12. Infanterie-Division. Konkretnie zaś z 23. Infanterie-Brigade z Gleiwitz, O.S. Konkretnie zaś z Infanterie-Regiment Keith Nr 22 (1. Oberschlesisches). Konkretnie zaś ma w ustach ciało muszkietera Niesporka o imieniu Paul, którego z błotem wymieszała francuska haubica, i ciało muszkietera Kaczmarka. I gdzie jest teraz muszkieter Niesporek, poza tym, że jego część jest w ustach Josefa Magnora, i gdzie jest muszkieter Kaczmarek? Usprawiedliwiają ich małe ciałka gnilnych bakterii.

Matka Josefa odpowiedziałaby, że są w niebie, ale przecież Josef widział ich ręce i nogi, i głowy oderwane od reszty, a nigdy nie widział duszy, która miałaby być w tym niebie, więc gdzie są?

Josef leży w płytkim leju, który kiedyś był okopem. Linia francuskich okopów jest zaledwie sto metrów stąd, w górę wzgórza. Francuzi mają przewagę. Pierwszy francuski granat. Leutnant też zanurzony w błocie, wystaje tylko prawa dłoń z pałaszem model 1889, nadal z orłem pruskim, tylko teraz z klingą złamaną w połowie. To pierwsze przygotowanie artyleryjskie, z jakim ma do czynienia Josef Magnor. Gefreiter Piskula, leżąc, odkopuje leutnanta von Barnekowa. Leutnant jest ogłuszony, ale żyje. Piskula ciągnie go w dół płytkiej jamy, która kiedyś była okopem.

Josef wtula twarz w rude błoto. Dłońmi obejmuje głowę w pikielhaubie, pokrytej brezentowym pokrowcem. I grubą warstwą rudego błota. Granat wybucha dwanaście metrów od Josefa. Josefa zalewa gruba warstwa rudego błota. Josef sądzi, że umarł. Przebywa w ciemności. W błocie. Moje dalekie ciało drży, kiedy uderzają w nie kolejne pociski. Jak ciało kobiety, która kocha się z mężczyzną. Josef słyszy to drżenie całym swoim ciałem. Wszy na jego plecach umierają, dusząc się pod rudym błotem, i Josef też się dusi. Wszy na jego głowie mają się lepiej — pod skórzanym sklepieniem pikielhauby, we włosach Josefa rude błoto nie wyparło całkowicie tlenu, chociaż wciska się pod hełm. Josef próbuje wygrzebać się spod błota, ale nie potrafi.

Padają kolejne pociski. Josef czuje, jak odkopują go czyjeś ręce, saperka boleśnie uderza w lędźwiowy odcinek kręgosłupa. Josef łapie pierwszy oddech. Wykopują go.

— Lecymy nazŏd! — krzyczy gerfreiter Piskula. — Do stollen! Drap!

— Gas! Gas! — krzyczy muszkieter Schulz.

Gaz jest już nad niemieckimi bateriami. W okolicy niemieckich armat rozpryskują się francuskie pociski haubiczne kalibru 155 milimetrów i rozchodzi się z nich chmura vincennite, gazu opartego na cyjanowodorze. Pachnie migdałami. Artylerzyści zdążyli włożyć prymitywne maski przeciwgazowe składające się z dwóch części: okularów i zakładanych na usta i nos grubych bawełnianych tamponów, nasączonych roztworem tiosiarczanu sodu. Nie są to maski zbyt skuteczne. Kanonierzy, których maski nie działają, krzyczą krzykiem stłumionym przez grube warstwy bawełny i próbują uciec spod migdałowej chmury, której wdychanie udusi każdego.

Niemieckie działa milkną.

Pada deszcz.

Niemiecka pierwsza linia po przygotowaniu artyleryjskim jest chaotycznym wzorem lejów, rudym błotem wymieszanym z żywymi i martwymi ciałami ludzi, szczurów i wszy. A teraz gaz. Pociski kalibru 58 milimetrów z lekkich, okopowych moździerzy, wypełnione fosgenem, spadają na rude błoto. Pachnie świeżo skoszoną trawą, zapach fosgenu miesza się z zapachami kordytu, zgniłych ciał i błota.

— Gas! Gas!!! — krzyczą infanterzyści.

— Gasmasken! — krzyczą infanterzyści.

— Keinen Schritt zurück! — krzyczy przez swój tampon leutnant Friedrich Ritter von Barnekow, ostatni oficer na odcinku, i próbuje wyciągnąć pożyczone parabellum z kabury na lewym biodrze, ale ta sklejona jest błotem, jak wszystko. Niepotrzebna pochwa od pałasza obija się o nogi leutnanta.

Ktoś zakłada Josefowi na usta i nos nasączony roztworem tiosiarczanu sodu tampon, dociąga taśmy. To gefreiter Piskula, który troszczy się o młodego durnia, sam nie wie dlaczego.

— France idōm! — krzyczy muszkieter Blania.

Na wzniesieniu nad niemieckimi liniami ukazuje się zwarty szereg żołnierzy francuskich. Idą jak na paradzie, gęsty szereg, szpilki bagnetów nad nimi. Słychać nawet werbel. Nad szeregiem sztandary. Maski całkiem podobne do niemieckich zawiązane pod okrągłymi czapkami. Podkasane płaszcze, podpięte z tyłu poły odsłaniają kolana i owijacze.

Z prawego gniazda odzywa się spandau, czyli niemieckiej produkcji ciężki karabin maszynowy systemu maxima. Pierwszy szereg francuskiej piechoty, odległy o osiemdziesiąt metrów, kładzie się w rude błoto. Za maskami gazowymi czarne twarze.

— Negry! — krzyczy muszkieter Blania i próbuje zarepetować karabin, ale błoto kompletnie zapchało zamek mauzera. Ślązacy boją się Negrów.

Josef już nie ma karabinu. Pełznie w dół, ślizga się przez błoto, jakby był wężem, błoto jak śluz na moim ciele, Josef ma usta pełne błota i twarz całą w błocie. Spandau dudni, dołącza się drugi, francuski atak zwalnia. Ochronne szkła gogli Josefa pokrywają się rudym błotem i Josef ślizga się w ciemnościach.

Teraz jest najbardziej człowiekiem, zanurzony w błocie, ślizgający się w błocie, pokryty błotem. Poza tą chwilą Josef jest jeszcze człowiekiem parę razy. Kiedy zabija Caroline. Kiedy zabija innych ludzi na wojnie. Kiedy kocha się z Caroline. Kiedy kocha się z Valeską i później, kiedy na pancerzu radzieckiego transportera opancerzonego produkcji amerykańskiej jedzie z Rybnika do Preiswitz i jedzie w ciemnościach mimo jasnego styczniowego dnia, wtedy też jest człowiekiem.

Ale najbardziej człowiekiem jest na zboczu wzgórza 165. W błocie.

Za Josefem w dół zbocza rzuca się leutnant von Barnekow. On również nie zginie w bitwie o wzgórze 165. Będzie żył. Jeszcze dziewiętnaście lat. Ślizga się w błocie, brodzi w nim, podrywa się, biegnie zgięty wpół, pada, biegnie dalej. Spandau dudni. Francuskie natarcie załamało się.

— Luzujōm nŏs, luzujōm! — krzyczy Piskula.

Wycofują się do Lens. W Lens jest pokój. W Lens nie ma wojny.

W Lens Francuzki osłaniają się parasolkami od deszczu. W Lens przestaje padać deszcz i Francuzki chodzą po ulicy w letnich sukienkach. W Lens działają sklepy, kawiarnie i kościoły. W Lens nie ma rudego błota. Josef dostaje nowe buty. Josef czyści mundur z rudego błota. Szczotką. Dwa dni. Josef dostaje nowy karabin. Josef leży na pryczy. Josef fasuje butelkę piwa. Josef wypija butelkę piwa.

Leutnant von Barnekow pisze list do ojca, z prośbą o pieniądze na zakup pistoletu, parabellum albo dużego mauzera, przydałby się jeszcze dreyse albo mały mauzer do kieszeni, pyta ojca o zdanie, który najlepiej kupić, liczy, że ten gest ojca jakoś ujmie i ojciec wyśle pieniądze. Następnie leutnant von Barnekow przepisuje list na czysto, zwracając się jednak do stryja. Wie przecież, że ojciec i tak nie wyśle pieniędzy, nie po tym wszystkim, co się wydarzyło. List do stryja trafia na pocztę polową. List do ojca trafia do śmietnika, podarty.

— Idymy co podupiyć — mówi do Josefa gefreiter Piskula.

Więc idą. Ustawiają się w kolejce do armijnego puffu. Przed wejściem siedzi na krześle doktor i przygląda się penisom. Każdy żołnierz musi rozpiąć spodnie, Josef też rozpina spodnie. Lekarz ujmuje przyrodzenie Josefa w dwa palce, unosi, zsuwa napletek. Kiwa głową. Josef zapina spodnie. Lekarz wręcza Josefowi prezerwatywę. Josef staje w drugiej kolejce. Przychodzi jego kolej. Wchodzi za zasłonkę. Tęga dziewczyna w halce kuca nad miską, podmywa się, wyciera szmatą, po czym wstaje i kładzie się na wąskim polowym łóżku. Oczy zamglone. Na stoliku przy pryczy duża, w połowie opróżniona butelka brzoskwiniowego sznapsa i klepsydra. Dziewczyna odwraca klepsydrę. Piasek sypie się wąską strużką i usypuje w równomierny kopczyk w kształcie stożka.

Josef nie czuje podniecenia.

Dziewczyna podnosi głowę, przygląda się Josefowi przez chwilę, wzrusza ramionami, sięga po butelkę sznapsa i pociąga długi łyk. Waha się chwilę, ale po tej chwili wahania podaje butelkę Josefowi. Josef pije, piłby dalej, ale dziewczyna zabiera mu butelkę. Josef siada w nogach łóżka. Dotyka obnażonego uda dziewczyny. Ma białą skórę z rysującymi się na niebiesko naczyniami krwionośnymi. Josef wie już, jak taka noga wygląda w środku na świeżo i po wykrwawieniu. Cztery dni temu leżał dwie godziny z głową wciśniętą w rude błoto zaraz obok rozerwanego na strzępy uda wicefeldfebla z innej kompanii, Josef nie znał nawet jego nazwiska, patrzył tylko, jak krew przez to udo rozerwane, otwarte wycieka, a potem już nie wycieka, i patrzył, co jest w środku takiego uda, a spodnie wicefeldfeblowi zdarło zupełnie. Teraz Josef dotyka uda dziewczyny i wie, co to udo ma w środku.

Dziewczyna pije. Podaje jeszcze raz butelkę Josefowi. Josef pije.

— Deine Zeit ist um — mówi dziewczyna.

Josef wstaje, wychodzi. Mija kolegów z plutonu.

— Jerōna, jako Francuzka żech dupiył, a jako rzić miała, chopie…! — krzyczy podniecony gefreiter Piskula.

Cztery dni później leutnant von Barnekow prowadzi natarcie ku szczytowi wzgórza, aby dla Niemiec i kajzera zdobyć kupę kamieni, która kiedyś była kościółkiem na szczycie. Brną pod ogniem hotchkissów. Wielu umiera. Josef nie umiera, bo trajektoria jego pełznącego w rudym błocie ciała nie przecina się z trajektorią żadnego pocisku ani odłamka. Kościółka bronią Marokańczycy.

— Negry, chopy, jerōna, Negry tam siedzōm! — krzyczy gefreiter Piskula.

Strzelają. Wątły ogień karabinów. Artyleria. Umierają.

Są już w ruinach kościoła. Josef dopada gruzów w paru skokach, potyka się o kamień, wpada na przerażonego, skulonego Marokańczyka w mundurze francuskim, prawie niewidocznym spod rudego błota. Marokańczyk nazywa się Mokhtar el Gourd, pochodzi z Marrakeszu, ma ciemno-brązową skórę i czarne, mocno skręcone włosy. Przodkowie jego rodem z Afryki Środkowej przybyli do Marrakeszu jako niewolnicy, zakupieni przez białych marokańskich Berberów o jasnych włosach i niebieskich oczach odziedziczonych po rozpuszczonych w berberyjskiej masie Wandalach albo jeszcze po kimś innym. Dlatego Mokhtar nie wygląda jak jasnowłosi Berberowie czy Kabyle. Mokhtar wygląda jak jego ciemnoskórzy przodkowie i jest względnie utalentowanym muzykiem Gnawa, wirtuozem guembri — trójstrunowej lutni. Mokhtarowi nie podoba się wojna.

Josef oczywiście nie wie nic o Marrakeszu, ludzie Gnawa i jego muzyce, czarnych niewolnikach i jasnowłosych Wandalach, którzy osiedlili się w górach Rif i w końcu rozpłynęli w berberyjskich plemionach.

Co to znaczy, że się rozpłynęli? Syn coraz rzadziej mówił językiem ojca, wnuk nie rozumiał języka dziada, prawnuk zapomniał, że pradziad modlił się dziwnymi słowami „Atta unsar þu in himina", a kolejny prawnuk przyjął islam i nic po nim nie zostało, tylko jasne włosy. Żadnego wspomnienia. Jak po wszystkich w końcu nic nie zostanie.

Josef niczego nie wie o Mokhtarze. Josef po prostu boi się, że Negr go ukąsi — w kompanii mówi się, że Negry nie biorą jeńców, tylko rozszarpują ich i pożerają.

Josef wbija więc bagnet w Negra, chociaż w istocie wbija bagnet w Mokhtara el Gourda, względnie utalentowanego muzyka, bagnet przebija płaszcz o podpiętych na wysokości kolan połach, przebija skórę, przebija mostek i serce, i Mokhtar el Gourd umiera prawie natychmiast, i już nie jest względnie utalentowanym muzykiem, tylko trupem Mokhtara el Gourda. Bagnet model 1898 jest długi i nieporęczny, zaklinował się w kości i chrząstkach mostka. Kiedy Josef stara się go wyrwać, puszcza słaby zatrzask i bagnet zostaje w piersi Mokhtara, Josef zaś bagnet traci, ale oddycha z ulgą, skoro uniknął pożarcia przez francuskiego Negra.

— Gŏdŏłech ci, co tyn dugi niy ma dobry! — krzyczy wesoły, podniecony szturmem gefreiter Piskula, który przy pasie nosi bagnet nowego typu, o połowę krótszy. — Kopiymy, chopy, kopiymy!

Ci, co po szturmie zostali z kompanii, biorą się do saperek i starają się w ruinach kościoła wykopać doły, gdzie będą się mogli schronić przed francuskim ogniem, który niedługo nadejdzie celowany bardzo precyzyjnie, bo francuscy artylerzyści są już w tę pozycję dobrze wstrzelani. Leutnant obserwuje przedpole przez brudne od błota szkła lornetki.

— Magnor, ihr nehmt jetzt das Maschinengewehr derer, die tot sind! — komenderuje kompanijny sierżant, oddelegowując Magnora do obsługi kaemu. — Gebt das Gewehr ab!

Josef, oszołomiony, oddaje karabin, w zamian otrzymuje długi i szeroki pas służący do transportu ciężkiego spandaua oraz kaburę z parabellum i dwoma magazynkami do obrony osobistej. Przypina pistolet do pasa, przekłada pas przez ramię, tak jak widział, że nosili go ludzie z drużyn MG, i pomaga umocnić stanowisko kaemu, uzupełnić wodę w chłodnicy lufy i przygotować skromny zapas amunicji.

Potem atakują Francuzi. Josef jest ładowniczym. Podaje kolejne odcinki taśmy do karabinu maszynowego. Woda w chłodnicy się gotuje, więc sikają do niej, żeby dalej strzelać do Francuzów.

Potem znowu Lens. Czyszczenie mundurów. Piskula już nie żyje.

Josef Magnor żyje. Żyje przez trzy lata w prostym cyklu: błoto, tyły, błoto, tyły. Dwa razy ma urlop. Nigdy nie zostaje ranny.

Po Höhe 165 Josef jest pod Verdun, trafia na początkową fazę bitwy. Dostaje hełm stalowy zamiast skórzanej pikielhauby i z powrotem zostaje strzelcem. Naciera pod Béthincourt. Kopie w innej ziemi, błoto jest raczej czarne niż rude, okopy są lepsze, wzmocnione drewnem i betonem, zamiast płytkich ziemianek głębokie schrony pod kilkumetrową warstwą ziemi. Ze stollen jednak trzeba wyjść i pod zmasowanym ogniem artyleryjskim pobiec albo popełznąć do ataku przez błoto i zasieki ziemi niczyjej, o wiele szerszej tutaj niż skromny, stumetrowy pas między okopami niemieckimi i francuskimi na wzgórzu Loretto. Pod Béthincourt walki trwają tydzień. Potem tydzień na tyłach, potem od 20 kwietnia Malancourt i natarcie w kierunku Haucourt. Tam trwają walki o Termitenhügel, jak wzgórze w kształcie kopca termitów właśnie nazwali kamraci Josefa.

Potem kolejne wzgórze. Höhe 304. Wszystko dzieje się w moim ciele, jak pieszczota. Potem wojna pozycyjna pod Artois. Potem Somma. Inne błoto. Josef na warcie. Josef biegnie do ataku. Josef kuli się pod ogniem. Josef wynosi rannego kamrata. Kamraci się zmieniają. Josef się zmienia. Josef zapada się w ziemię. Josef zasypany w stollen, Josef wykopany, Josef w błocie, Josef na tyłach czyści mundur, Josef fasuje nowy mundur, Josef w błocie, Josef kopie, kopie, kopie, Josef na tyłach. Arras. I znów Artois.

W czerwcu 1917 roku bombowce Gotha G bombardują Londyn i bomby z ich komór zabijają stu sześćdziesięciu dwóch cywilów, w tym osiemnaścioro dzieci w szkole podstawowej, co nie ma żadnego znaczenia, bo czym się różnią zabite dzieci od zabitych nie-dzieci; bomby z komór bombowców Gotha G zabijają też trzydzieści dwa psy, sześćdziesiąt kotów, niecały tysiąc szczurów i kilka tysięcy myszy. Każdy z dwóch rzędowych silników bombowca Gotha G jest produkcji Mercedesa, ma sześć cylindrów i dwieście sześćdziesiąt koni mechanicznych mocy, Josef Magnor wraca wraz z 11. Rezerwową Dywizją Piechoty pod Lens, wraca do rudego błota na wzgórze 165, wraca do Loretto, w ziemię, we mnie.

Josef jest na tyłach, w Lens. Zostaje gefreitrem, to szczyt awansu dostępny dla szeregowca. Nie chodzi do kompanijnego puffu, nie potrafi. Nie zastanawia się, dlaczego, nie rozważa, czy to kwestia moralności, obrzydzenia czy wstydu. Po prostu nie chodzi. Odczuwa jednak pożądanie, szczególnie po walce. Na tyłach onanizuje się często w latrynach, jeśli akurat ma okazję korzystać z latryn z drzwiami, lub onanizuje się na pryczy w baraku, pod kocem, po capstrzyku. W okopach nie onanizuje się wcale. Modlić przestał się już dawno, już za pierwszym razem na Wzgórzu Matki Boskiej z Loretto przestał się modlić i od dwóch lat się nie modli. Ani do Pana Jezusa, ani do Matki Boskiej, ani do Peruna, ani do mnie.

Kamraci Josefa wracają do domów na urlop i nie potrafią się odnaleźć w rzeczywistości na tyłach. Nie rozumieją swoich matek. Nie rozumieją swoich ojców. Nie rozumieją swoich braci. Nie rozumieją swoich sióstr. Piją. Awanturują się. Szukają towarzystwa innych urlopowanych żołnierzy, siadają w najciemniejszych kątach szynków, choćby w szynku u Widucha, i piją piwo i sznapsa w milczeniu albo rozmawiając cichymi głosami, relacjonując sobie, gdzie byli, w jakim pułku, w jakiej kompanii, jakiego mieli dowódcę, jakie były okopy, jakie jedzenie, kto był po drugiej stronie ziemi niczyjej, czy to byli Francuzi, czy Negry, czy Anglicy, czy Australijczycy nawet, a potem wracają pijani do matek, ojców albo młodych żon i znowu się awanturują, piją i zasypiają na podłodze, bo nie potrafią spać w łóżkach.

Gefreiter Josef Magnor też jedzie na urlop. Nie rozumie swojej matki. Matka robi żur. Matka daje Josefowi żur. Josef je żur i nie rozumie swojego ojca. Ojciec prosi o pomoc w zrzuceniu węgla. Josef zrzuca węgiel. Braci nie musi rozumieć, bracia są na wojnie, w tym jeden jest na wojnie, będąc martwy, ale rodzina jeszcze o tym nie wie i długo się nie dowie, i Max Magnor przez rok figurował będzie na liście zaginionych, dopóki niemiecki granat nie wykopie zgniłego ciała, a uczynny muszkieter Huitiers nie zerwie z przegniłej szyi nieśmiertelnika i nie przekaże go potem, gdzie trzeba.

Jednak Josef się nie awanturuje. Żadnych awantur. Nie czuje się nierozumiany. Czuje się kimś innym i gdzieś indziej. Cieszy się czystą pościelą, suchym ubraniem i jedzeniem.

Nie szuka towarzystwa innych żołnierzy. Nie pije za dużo. Tylko raz idzie na piwo z Adalbertem Czoikiem, wypija trzy, pytany o wojnę, nie odpowiada, słucha raczej co u Czoika. O Polsce od Czoika jeszcze nie słychać, na to jeszcze za wcześnie, nikt w ogóle nic o Polsce na razie nie ma do powiedzenia. Na Polskę jeszcze za wcześnie, ale za rok od momentu, w którym urlopowany Josef w cywilnym ubraniu idzie na piwo z Czoikiem, będzie w sam raz. Czoik opowiada o dziouchach i o tym, że nie sposób porządnej wełny na ancug nikaj dostać. Cywilne ubranie stało się na Josefa zbyt obszerne, mocno wychudł na komisyjnym chlebie i rzadkich zupach. Mięśnie są bardziej widoczne pod skórą, stały się gruzłowate jak postronki.

Josef po raz pierwszy od wielu miesięcy ogląda siebie samego w lustrze, nagiego. Ciemne włosy nad przyrodzeniem, na brzuchu, na piersi, skóra pożółkła, niezdrowa, na ramionach i udach wysypka, na całym ciele czerwone ślady ukąszeń wszy i mniej liczne, lecz bardziej widoczne ślady ukąszeń pluskiew. Zabliźnione i niezabliźnione otarcia, skaleczenia i zadrapania. Ani razu nie był ranny. Włosy na głowie ostrzyżone do gołej skóry, Josef chciałby, żeby odrosły, zawsze lubił swoje gęste, ciemne włosy, czesał je z przedziałkiem nad lewym okiem i dalej będzie je tak czesał, kiedy odrosną, ale jeszcze nie teraz. Przesuwa dłonią po ogolonej czaszce.

Śpi normalnie, w łóżku. Nie kładzie się na podłodze.

Nad ranem w dniu wyjazdu przychodzi Pindur. Rzuca kamykami w okno pokoju Josefa. Jest jeszcze ciemno. Josef budzi się natychmiast ze snu pozbawionego marzeń sennych.

— Pōdź sam! — woła cicho Pindur.

Josef wychodzi na plac.

— Jedziesz tam nazōd, na wojnā?

— Ja, jutro.

— Tam je inakszyj, niż jak jo bōł na wojnie? Czi tak samo?

— Tak samo — odpowiada Josef bez zastanowienia, bo wie, że zawsze jest tak samo, chociaż nie wie, skąd to wie.

Pindur milczy. Pindur jest blisko mnie. Chwyta Josefa za nadgarstek, mocno, tak jakby miał powiedzieć coś ważnego, coś o wielkim znaczeniu, ale nic nie mówi, bo nic nie ma znaczenia.

— Możnō trochā inakszyj — dodaje Josef po zastanowieniu, chociaż wie, albo raczej przeczuwa, że zawsze jest tak samo.

Stary Pindur całym moim ciałem czuje pociski karabinowe różnego kalibru, szrapnele, odłamki przelatujące obok Josefa, moimi więdnącymi liśćmi i nasionami zanurzonymi w błocie czuje chmury gazu, które blisko Josefa przepłyną, chmury, które gumowa maska zatrzyma lepiej niż bawełniany tampon na taśmach i ochronne gogle.

Dlatego nic nie mówi. Wie, że obok.

Josef wraca do łóżka, a potem idzie na dworzec w Gliwicach, wsiada do wagonu z desek ujętych w stalowy szkielet i pociągiem wraca do Lens i na wzgórze 165, do okopów z rudego błota, pod Arras i dalej.

Intendentura wydaje Josefowi i innym po dwie łódki amunicji SmK, czyli Spitzgeschoss mit Kern, spłonka podmalowana na czerwono.

Wtulony w rude błoto za okopowym parapetem gefreiter Josef Magnor obserwuje przedpole zza przyrządów celowniczych karabinu włożonego w rurę kanalizacyjną, jakby patrzył przez lunetę. Rury zakopane są głęboko w rudym błocie, parapet wzmocniony deskami, ale kiedy tylko spadnie deszcz, wszystko spływa. Od przedwczoraj jednak nie pada. Rude błoto schnie.

Kiedy patrzeć przez rurę kanalizacyjną na stanowisku Josefa, horyzont wyznacza linia wzniesienia odległa o czterysta metrów. Jedna trzecia ziemi niczyjej między okopami Josefowymi a brytyjskimi. Zza tego o czterysta metrów odległego horyzontu wyłania się z pomrukiem pudełkowaty, ciężki kształt. Kiedy omija ruiny i obraca się bokiem, Josef widzi wyraźnie jego profil w postaci rombu opasanego gąsienicami. Przewala się niezgrabnie przez leje, zadzierając w górę dziób albo rufę. Obydwa kaemy na odcinku strzelają do pancera, ten odpowiada ze swoich dział i kaemów. Kaemy na odcinku wyprodukowano w Niemczech, w Spandau pod Berlinem, stąd potoczna nazwa, a kaemy brytyjskie nie w Spandau, tylko gdzieś indziej, ale to nie ma znaczenia.

Josef wciska pięć przeciwpancernych nabojów do magazynka karabinu i strzela w kierunku brytyjskiego czołgu, wystrzeliwuje pięć nabojów, z których żaden w czołg nie trafia, po czym już więcej Josef nie strzela.

Brytyjski czołg nazywa się Mark I. Josef nazywa się gefreiter Magnor. Friedrich von Barnekow nazywa się leutnant von Barnekow i powinien być już oberleutnantem, może nawet hauptmannem, ale jest ciągle tylko leutnantem, mimo Krzyża Żelaznego na piersi. Leutnant von Barnekow bardzo nie podoba się pułkownikowi, więc mimo że docenia jego dzielność, pułkownik ciągle wypisuje mu niekorzystne opinie służbowe i Barnekow nie awansuje.

Mark I zwraca się w stronę Josefa. Kierowca czołgu wybiera ten kierunek nie ze względu na Josefa, z którego istnienia oczywiście nie zdaje sobie sprawy, wybiera ten kierunek, bo taki dostał rozkaz. Celowniczy armat i kaemów brytyjskiego czołgu strzelają również w stronę Josefa, zrównując go tym samym z każdym niemieckim żołnierzem, bo takie jest zadanie celowniczych i ładowniczych brytyjskiego czołgu — strzelać i zabijać niemieckich żołnierzy. Pocisk z lewej sześciofuntówki brytyjskiego Marka I uderza dziesięć metrów od gefreitra Magnora. Gefreiter Magnor porzuca swoje stanowisko, nie trudzi się nawet wyciąganiem karabinu z rury kanalizacyjnej, służącej do obserwacji przedpola.

Leutnant von Barnekow ze swoim, nie pożyczonym pistoletem w dłoni zagradza drogę Josefowi.

— Zurück! — krzyczy.

Josef omija von Barnekowa. Nie analizuje tego werbalnie, ale po prostu wie, że prawdopodobieństwo śmierci z ręki dowódcy jest mniejsze niż prawdopodobieństwo śmierci z rąk jednego z celowniczych sześciofuntówek albo hotchkissów z angielskiego czołgu.

Von Barnekow nagle stwierdza, że to w zasadzie bardzo dobry pomysł, i wycofuje cały pluton, za plutonem idzie kompania, a potem pułkownik jest bardzo zły, że się wycofali, bo jak się po chwili okazało, Mark I stracił gąsienicę na jednym z lejów, a jego załogę udało się następnie zniszczyć bezpośrednim ogniem z karabinów maszynowych. Uderzające w pancerz pociski o stalowym rdzeniu sprawiają, że w czołgu zaczynają latać stalowe odłamki. Kiedy wystarczająco długo strzelać, odłamki w końcu wybiją liczną załogę, mimo pancerzy skórzanych i kolczug, w jakie ta jest odziana.

Na tyłach, w deszczu, pod byle jak rozpiętą celtą Josef Magnor ołówkiem pisze z Lens list do rodziców.

B.6. Komp. Inf.-Regt. Nr. 22
K.D. Feldpostexp. der 11. Res.-Div. 21.05.1917

Feldpost

Familie
Wilhelm Magnor
Deutsch Zernitz
Landkreis Tost-Gleiwitz
Prov. Oberschlesien

Absender:
Gefreiter J. Magnor
Inf. Regt. 22, 6. Komp.

Liebe Eltern. Ociec, Mamulka a Braciki. Pszyslom mie Patentknopfen piync dwaciśta a Tuste w putnie, Cygaretow abo Tabak do Fifki, yno dobry. Przyslom mie tysz jaki Handtuch, Fuzekle. Mlyka. Käse. Litewka możno by mie kupiyli, yno kaj kupić, niy wiym. Piynidzy mi pszyslom choby 10 Marek. U mie wszisko dobrze. Widzioł żech englischer Panzer. Srogi boł a szczyloł. Jeżech zdrow. Napiszom, co Doma.

Z Bogiem
Die besten Grüße
Euer Josef

CZĘŚĆ III

1.

1915, 1916, 1917, 1918, 1921, 1925, 1934, 1945,
1951, 1964, 1998, 1999, 2011–2014

Nikodem stoi na przystanku.

Kiedy dziewczyna odchodzi, Nikodem czuje na sobie wzrok ojca. Wie, że go tu nie ma, ale czuje na sobie jego wzrok.

Myśli o swoim ojcu. Czym różni się od swoich rówieśników Stanisław Gemander? Bo różni się, chociaż sam nie wie, że się różni. Nikodem Gemander uważa Stanisława Gemandera za człowieka obdarzonego niezwykłą wrażliwością.

— Dlaczego mam takie dziwne imię? — pyta ojca dziesięcioletni Nikodem.

— Bo to twoje imię. Nie mogliśmy dać ci imienia kogoś innego — odpowiada ojciec, a Nikodem rozumie.

Dlaczego ojciec jest inny niż wielu mężczyzn w jego wieku?

Nikodem myśli o tym, bo wydaje mu się, nie do końca świadomie, że jeśli zrozumie swojego ojca, to zrozumie też samego siebie, a Nikodem bardzo chciałby zrozumieć samego siebie.

Dlaczego ojciec poszedł na polonistykę? Dlaczego? Po co studiował w zasranym Krakowie? Dlaczego nie poszedł robić na grubie, tak jak dwunastu z czternastu chłopców z jego klasy w podstawówce?

Nikodem pali słodkiego papierosa na balkonie katowickiego mieszkania, które kupił dla swojej nowej dziewczyny, i pyta o to sam siebie. Część, mała część, Nikodema myśli o czymś zupełnie innym, ale większa część Nikodema myśli o tym, dlaczego jego ojciec Stanisław Gemander poszedł na polonistykę. Czy to dlatego, czy przez wybory ojca Nikodem został architektem?

Nikodem zna parę odpowiedzi na te pytania. Jedna, w którą czasem wierzy, jest taka, że ojciec wychowywał się jako półsierota. Dlatego jest tak różny od innych śląskich mężczyzn w jego wieku. Dlatego ma tak zwane szerokie horyzonty.

— Twój ojciec ma szerokie horyzonty — mówią Nikodemowi różni ludzie.

To prawda. Z drugiej strony, myśli Nikodem, ojciec nie jest jak ci wieczni chłopcy, wychowani bez męskich wzorów. Stanisław Gemander jest człowiekiem wrażliwym i silnym jednocześnie. Zamkniętym i otwartym. To przeciwieństwa. Jest też szczodry.

Może gdyby wychowywał się pod wpływem śląskiego ojca, jak inni, to przesiąkłby tą miałką śląską rzetelnością, która ceni tylko konkret, wymierność, pracę fizyczną, posłuszeństwo, pokorę, asekuranctwo w tym, co spontaniczne, połączone z tępą odwagą skupioną na obowiązku. Wyrastają z tego mężczyźni zacięci, pracowici, o nielichej inteligencji technicznej, przyziemni, spolegliwi i konkretni. Gardzący siedzącymi w szynku ôżyrokami, chadzający do kościoła tytułem społecznego zobowiązania, acz nie przepadający za farôrzym, kobiety traktujący bez afektu i bez pogardy. Ludzie porządku. Pozbawieni aspiracji i niezwykłych przygód.

Idealne jednostki sterujące maszynami, precyzyjni tokarze i frezerzy, kowale młotów parowych, operatorzy podziemnych kombajnów marki Alpine model AM-50 — głowica urabiająca kombajnu jest jak przedłużenie ręki operatora, węgiel zsypujący się do ładowarki łapowej jak zagarniany butem, kiedy kombajn przesuwa się na gąsienicowym podwoziu, niewiele, dziesięć centymetrów, i podawarką łańcuchową wyrzuca urobiony węgiel do tyłu, na taśmę, jakby tym węglem srał, i operator kombajnu jak jego mózg, zjeżdżający w moje ciało, i czasem niektórzy widzą mnie jaśniej i dostrzegają jaśniej, ci o śmiercionośnym spojrzeniu, sami jak węże.

O śmiercionośnym spojrzeniu węży Nikodem nie myśli, ale myśli o śląskich rówieśnikach ojca, tak widzi ich Nikodem, dokonując niesprawiedliwych uproszczeń, nieuzasadnionych uogólnień i niemożliwych do przeprowadzenia analiz, lecz co innego ma zrobić?

Ojciec Nikodema jest inny. Nikodem nie ma wątpliwości, że jego ojciec jest inny.

Chociaż wie, że to przecież nieprawda, wymyślił sobie, że to dlatego, iż Joachim Gemander umarł na tężec, kiedy Stanisław Gemander miał cztery lata, to dlatego Stanisław Gemander nie został górnikiem, bo przysiągł matce, że nie zostanie, ale przecież mógł zostać inżynierem, studiować na Politechnice Śląskiej, dlaczego poszedł na polonistykę na Uniwersytet Jagielloński, Pyjter Gemander został przecież inżynierem od budowy maszyn — a on sam, Nikodem, kim został? Tata mówił: „Masz talent. Masz słuch do języka. Ale oczywiście jeżeli uważasz, że architektura...". Nikodem za pierwszym razem nie dostał się na architekturę, bo nie zdał matematyki. Ojciec nie powiedział: a nie mówiłem. Przez rok studiował więc filozofię w Katowicach, a potem znowu zdawał i zdał na Wydział Architektury i Urbanistyki Politechniki Śląskiej, i został architektem, i odniósł wielki, piękny sukces, którym trochę gardzi.

— Ale dlaczego tak mówisz? — pyta go dawny kolega ze studiów, zaangażowany lewicowy urbanista. Siedzą z piwem na schodach Pałacu Kultury i Nauki, na placu Defilad, w warszawskiej knajpie pełnej chłopaczków chudych, wytatuowanych, brodatych i zupełnie zużytych oraz przechodzonych, wytatuowanych i chudych dziewcząt.

— Fajne te dupy tutaj. Tylko przechodzone — zmienia temat Nikodem, wskazując głową szczupłą, rudą pannę o skórze pokrytej granatowymi dziarami, wyłaniającymi się z każdego z wielu rozcięć w zwiewnych czarnych szatkach, w które jest odziana.

Zaangażowany urbanista podnosi wzrok, jakby dopiero teraz zorientował się, że obaj otoczeni są watahą dziewczyn w wieku niezbyt określonym, w każdym razie gdzieś pomiędzy dwudziestymi piątymi a trzydziestymi piątymi urodzinami, chyba że młodsze maskują się zużyciem, a starsze starannym makijażem.

Patrzy na nie przez chwilę.

— Ofiary systemu, stary. Wszystkie one.

— Łacha se drzesz — domyśla się Nikodem.

— No. A dlaczego mówisz, że gardzisz sobą i swoim sukcesem? To nie ma sensu.

— Mówię tak, bo ty też tym gardzisz — odpowiada Nikodem.

— Tak bym nie powiedział — asekuruje się zaangażowany lewicowy urbanista.

— Stary, kurwa… Buduję dworską architekturę, domy po pięć albo dziesięć milionów, nowoczesne pałacyki dla bogaczy, i tylko dla nich, i tak naprawdę tym gardzę. Szanuję to, że próbujesz zmieniać świat, a tym, co ja robię, gardzę.

— To dlaczego nie przestaniesz? — pyta dawny kolega ze studiów, zaangażowany lewicowy urbanista.

— Ponieważ tobie i tak nie uda się zmienić świata, a ja przynajmniej zarobię pieniądze, które bardzo lubię. Dużo pieniędzy.

Dawny kolega ze studiów, zaangażowany lewicowy urbanista, pociąga piwo w milczeniu. Szanuje szczerość Nikodema, ale czy ten szacunek unieważnia nienawiść, jaką w istocie czuje do Nikodema, do jego wyzywającego zegarka marki Breitling za dwadzieścia tysięcy, do drogiego samochodu i spektakularnych sukcesów?

— A jak tam u ciebie, wiesz…? — pyta zaangażowany lewicowy urbanista, żeby trochę pocieszyć samego siebie, żeby swój smutek zagłuszyć.

— Wspaniale. Rozjebałem wszystko, co było do rozjebania — odpowiada Nikodem.

Niektórzy widzą jaśniej niż inni. Niektórzy posiedli przenikliwe spojrzenie.

W tym samym czasie, tylko dziewięćdziesiąt trzy lata wcześniej, oraz w podobnym miejscu, tylko trzysta pięćdziesiąt kilometrów na południe, w bloku F rybnickiego Irrenanstalt stary Pindur posłusznie przyjmuje swoją dawkę Scopolaminum hydrobromicum, 0,001 pro dosi. Alkaloid w mniejszych dawkach działa na jądra podkorowe, blokuje ciało prążkowane tak, że chory, zachowując całkowitą przytomność, czuje się, jakby był związany, i pomimo impulsów korowych nie może się zdobyć na podniecenie ruchowe, doktor von Kunowski tłumaczy to młodemu praktykantowi, który został psychiatrą, aby uleczyć swoją schizoidalną siostrę, co oczywiście mu się nie uda, bo tak naprawdę nic się nikomu nigdy nie udaje.

Skopolaminę dożylnie postanawia doktor von Kunowski połączyć z somnifenem w ilości sześćdziesięciu kropel dziennie. Przy terapii snem przedłużonym umiera nie więcej niż pięć procent pacjentów.

— Dejcie moja dusza czŏrnym bogŏm, bo yno ône sŏm richtik, yno w nich je Wahrheit — szepcze stary Pindur, który jest naprawdę stary.

Praktykant pyta doktora von Kunowskiego, czy nie należałoby naświetlić mózgu pacjenta promieniami Roentgena, skoro wykazuje on symptomy upośledzenia umysłowego. Doktor von Kunowski gani praktykanta. Pacjent jest bez wątpienia ponadprzeciętnie inteligentny, co widać mimo sędziwego wieku.

— Mein Körper und meine Seele gehören dem Drachen, ich bin seins, Sohn — mówi stary Pindur.

Von Kunowski myśli o smoku, do którego, jak twierdzi pacjent, należą jego ciało i dusza. Stary szaleniec podoba się von Kunowskiemu.

Praktykant spogląda na doktora z powątpiewaniem, a doktor von Kunowski postanawia wystawić gnojkowi niepochlebną opinię z praktyk, w tym celu przyspieszy nawet zwykły bieg spraw, żeby zdążyć, zanim Polacy przejmą szpital.

W wyniku niepochlebnej opinii gnojek nie zrobi specjalizacji i w końcu zostanie internistą. W konsekwencji tego nie uleczy swojej schizoidalnej siostry. W wyniku nieuleczenia swojej schizoidalnej siostry nigdy się nie ożeni, obarczony opieką nad nią, jako że oboje są sierotami. Ponieważ nigdy się nie ożeni, nigdy nie spłodzi potomka, a zawsze skrycie o tym marzył, bo wydawało mu się błędnie, iż posiadanie potomstwa to prosty sposób na to, by nadać życiu sens.

Ponieważ nigdy nie spłodzi potomka, znienawidzi ludzi i siebie. Ponieważ znienawidzi ludzi i siebie, pewnego słonecznego dnia w sierpniu roku 1964, mając lat siedemdziesiąt, najpierw wszystko starannie zaplanuje, a następnie przykuje swoją schizoidalną siostrę kajdankami do kaloryfera, nie zważając na jej wrzaski, wyjdzie z berlińskiego mieszkania przy placu Savigny, pójdzie do banku, wyciągnie wszystkie oszczędności, następnie zamieni marki na dolary, wsiądzie do S-Bahnu, pojedzie na lotnisko i poleci do Ameryki, na Florydę, aby tam zaznać szczęścia, ale go nie zazna. Po schizoidalną siostrę w wieku lat sześćdziesięciu trzech dopiero po trzech dniach jej wycia przyjdzie policja, wyważywszy drzwi do mieszkania. Siostra w przytułku będzie szczęśliwsza, niż była z bratem, bo w przytułku nikt nie będzie jej bił, a bratu bić się ją zdarzało. Brat jej nie znajdzie szczęścia na Florydzie. Patrzeć będzie na piękne dziewczęta, które nigdy z nim nie pójdą, bo jest stary, brzydki i nie dosyć bogaty. Potem zaś wyda ostatnie pieniądze, a jaki koniec może czekać siedemdziesięcioletniego niemieckiego lekarza bez środków do życia na Florydzie w roku 1964?

Pindur śpi z otwartymi oczami, jak ja. Jest moim synem i jest moim bratem, i moim ojcem. Nie poszukuje sensu, bo wie, że prędzej znajdzie sens w rozkwitaniu i przekwitaniu kwiatów niż w tym, że leży na łóżku w szpitalu psychiatrycznym w Rybniku. W żyłach Pindura płyną krew, skopolamina i somnifen.

— Was ist das für eine jämmerliche Uniform?! — krzyczy stary von Barnekow, widząc swojego syna Friedricha po raz pierwszy od trzech lat. Widzi go w żółtobrązowych bryczesach, koszuli i okrągłym czaku. Nie życzy sobie widzieć syna w takim mundurze. Do koszuli krawat w tym samym kolorze. Pas z koalicyjką. Na piersi przypięta wstążka Krzyża Żelaznego II klasy. Trzy srebrne romby na kołnierzu.

— Ich trat in die Sturmabteilung ein — odpowiada młody von Barnekow.

Stary von Barnekow najpierw szuka oddechu. Jest astmatykiem. Od stresu kurczą mu się oskrzela. Następnie szuka słów. Młody von Barnekow czeka cierpliwie, aż ojciec te słowa znajdzie. Kiedy już słowa się znajdują, stary zaczyna je wykrzykiwać. Krzyczy, że pruski oficer nie zadaje się z taką swołoczą, z chuliganami w cyrkowych mundurach, ulicznymi zabijakami najgorszego sortu, szumowiną i tak dalej.

Młody von Barnekow słucha cierpliwie, po czym z uśmiechem oświadcza, że nie jest już pruskim oficerem, jest po prostu Niemcem, a z armii został wydalony dwa lata temu. Za homoseksualizm.

Stary von Barnekow wybałusza oczy i otwiera usta jak wyciągnięty z wody karp. Szuka oddechu i go nie znajduje, maca się po kieszeniach w poszukiwaniu lekarstwa.

Młody SA-Sturmführer von Barnekow wstaje, odwraca się i bez pożegnania wychodzi z salonu rodzinnego domu, do którego nigdy już nie wróci, idzie na stację i wsiada w pociąg do Berlina, gdzie na Charlottenburgu mieszka jego kochanek, Stefan Schwilk, drugi mężczyzna w życiu Friedricha, drugi zaraz po Abem Japkisie, który był pierwszy.

Kochanek Barnekowa mieszka niecałe trzysta metrów od mieszkania lekarza, który nie został psychiatrą i ma siostrę schizofreniczkę, ale to nie ma znaczenia. Mijają się nawet czasem na ulicy, ale to tym bardziej nie ma znaczenia.

Friedrich von Barnekow myśli o tym, jak bierze swojego chłopca do ust. Zaraz za progiem, kiedy tylko Schwilk zamknie za nim drzwi, Friedrich bez słowa uklęknie, rozepnie rozporek chłopaka i weźmie go do ust, tak planuje, siedząc w pociągu do Berlina. Nie może się doczekać.

W tym samym czasie, tylko dużo później, Nikodem myśli o swoim ojcu, paląc papierosa na balkonie katowickiego mieszkania — kupił je dla swojej nowej dziewczyny, która właśnie się z tego mieszkania wyprowadziła i pojechała dokądś autobusem, i nie powiedziała Nikodemowi, gdzie jedzie. Pewnie do rodziców. Albo do jakiejś koleżanki. Nikodem nigdy nie lubił koleżanek dziewczyny, która mu się wymknęła.

Nikodem myśli o swoim ojcu.

— Tak się nie robi — mówi ojciec Nikodema, po tym jak Nikodem powiedział Kaśce, że już dłużej nie może, i wyprowadził się z domu własnego architekta, domu, który trafił na okładki wszystkich najważniejszych polskich magazynów poświęconych architekturze. Nie mówił niczego rodzicom, sami zadzwonili. Nie ma odwagi się z nimi zobaczyć. Nikodem chce uciec. Dziewczynie, która mu się wymknie w tym samym czasie za trzy miesiące, proponuje, żeby wyjechali do Warszawy, ale ona nie chce wyjechać, zamieszkują więc razem na osiedlu Tysiąclecia w niewielkim mieszkaniu, które Nikodem kupił dla niej, jednak na swoje nazwisko już jakiś czas temu, i to na balkonie tego mieszkania, na balkonie z widokiem na Katowice Nikodem zastanawia się, co ma zrobić ze swoim życiem, które nagle eksplodowało.

Dzwoni telefon. Nieznany numer. Nikodem odbiera.

— Dzień dobry, panie Nikodemie, dzwonię z TVP Kultura, chcielibyśmy zrobić materiał na temat pańskiego domu i nagrody...

— To nie jest mój dom — odpowiada Nikodem i wyłącza telefon.

Chciałby tam wrócić, do tej na wpół podziemnej konstrukcji, przypominającej bunkier z jednej strony, a przeszklonej z drugiej, do ogrodu przypominającego pole golfowe, bo składającego się tylko z pagórków pokrytych najlepszą trawą.

Dwa lata wcześniej Nikodem poziomicą laserową sprawdza wysokość usypywanych właśnie i ubijanych pagórków i dolinek. Poziomica laserowa jest marki Zeiss. Robotnicy źle coś usypali, za wysoko — Nikodem krzyczy na nich i odgraża się, że nie zapłaci. Sypią na nowo. Ubijają czarną ziemię nawiezioną na piasek. W pagórkach dziesiątki metrów rurek systemu nawadniania. Następnego dnia na pagórkach rozwijają rolki z trawą, jedna przy drugiej, i w ciągu jednego popołudnia czarne wzgórki i dolinki stają się zielone, robotnicy wałują nowy trawnik, a potem spryskiwacze wyłaniają się ze swoich studzienek, ze spryskiwaczy zaś wydobywa się pokrywająca trawnik mgła.

Nikodem stoi za szybą, w niewykończonym jeszcze pomieszczeniu: ściany z surowego betonu, z odciśniętymi słojami z desek precyzyjnie ułożonego szalunku, i takie pozostaną te ściany, podłoga też z betonu, lecz polerowanego. Ze ścian zwisają wiązki kabli, na podłodze pył po polerowaniu, worki śmieci, puszki po piwie pozostawione przez zaufaną ekipę, której Nikodem pozwala na picie piwa przy robotach wykończeniowych, zaschnięty gips w wiadrze po farbie, mieszadło zamontowane do wiertarki, wiertarka jest marki Bosch.

Nikodem trzyma na rękach Weronikę. Myśli o dziewczynie, do której odejdzie z tego domu. Jeszcze nie wie, że do niej odejdzie, że w domu własnym architekta mieszkał będzie tylko przez rok, a po roku wyprowadzi się do dziewczyny, o której myśli teraz, z Weroniką na ręku patrząc na to, jak robotnicy rozwijają wąskie rolki z trawą. Myśli więc teraz o tej dziewczynie, telefon specjalnie zostawił w samochodzie, w srebrnej grand vitarze z silnikiem v6, specjalnie zostawił w grand vitarze telefon, żeby pobyć z małą w domu, do którego się jeszcze nie wprowadził, a za którego projekt dostanie Nagrodę imienia Miesa van der Rohego. Pierwszy polski architekt z Nagrodą Miesa van der Rohego. Koledzy Nikodema z Medusa Group byli nominowani dziesięć lat wcześniej, ale nie dostali, a Nikodem Gemander dostał.

Nikodem Gemander o swojej Nagrodzie Miesa van der Rohego myśli jak o wielkim, środkowym palcu pokazanym światu. Kolegom ze studiów, gliwickim profesorom i doświadczonym architektom, wszystkim, którzy Nikodema i jego pracowni nienawidzą, a imię ich Legion.

Do Barcelony leci sam i w Barcelonie sam odbiera nagrodę za dom własny architekta, w którym architekt już nie mieszka, mieszkają w nim tylko żona i córka architekta, architekt mieszka z nową dziewczyną w mieszkaniu o powierzchni czterdziestu dwóch metrów kwadratowych w bloku na Tauzenie. Z Barcelony architekt wraca do tego katowickiego mieszkania, nie do domu o ścianach z odciśniętymi słojami desek. Dom o ścianach, w których odciśnięte są słoje desek szalunku, trafia na okładki gazet branżowych i kiedy architekt widzi na okładkach dom własny architekta, w którym już nie mieszka, to ściska mu się przepona i ma wrażenie, że trochę pęka mu serce, ale to nieprawda, serce mu wcale nie pęka.

Nikodem trafia na okładki gazet dla kobiet, stylistki na sesjach wybierają pochlebne dla sylwetki Nikodema i kojarzące się z zawodem architekta ciemne garnitury, specjaliści od Photoshopa odchudzają trochę Nikodema na zdjęciach, bo Nikodem powinien zrzucić dziesięć kilogramów, tylko nie bardzo mu się chce, usuwają cienie spod oczu Nikodema, który powinien mniej pić, albo przynajmniej nie każdego dnia, tylko nie bardzo mu się chce pić mniej, za to chce mu się pić codziennie, i ta wygładzona, odchudzona i pozbawiona zaczerwienień twarz Nikodema staje się twarzą młodej polskiej architektury. I kiedy trochę już była, ale formalnie jeszcze aktualna żona Nikodema widzi gębę swojego trochę byłego, ale formalnie jeszcze aktualnego męża na okładce któregoś z pism dla kobiet, to wydaje jej się, że trochę pęka jej serce i że bardzo go nienawidzi, jednak to nie do końca prawda, serce jej wcale nie pęka, tylko z nienawiścią to rzeczywiście tak.

Nienawiść to codzienność Nikodema. Miarą jego sukcesu jest nienawiść. Nienawidzą Nikodema koledzy z roku, z Wydziału Architektury i Urbanistyki Politechniki Śląskiej, gdzie zrobił swój późny dyplom i jeszcze późniejszy doktorat, nienawidzą go architekci warszawscy i krakowscy, przez których biura i koterie nigdy się nie przetarł, nie zapłacił frycowego, tylko pojawił się znikąd, nienawidzili go już wcześniej za bezczelność, za berlińskie, prestiżowe realizacje, a po Miesie nienawidzić go zaczęli już gorącymi sercami, z oddaniem, zaangażowaniem. Nikodem lubi tę nienawiść.

— Tatuś odszedł, bo już cię nie kocha. Bo bardziej kocha tę panią, z którą teraz mieszka — mówi pięcioletniej Weronice żona Nikodema i zaraz bardzo żałuje, że tak powiedziała, ale to co raz powiedziane, na zawsze zostaje powiedziane, i chociaż potem matka przeprasza córkę i odwołuje tamte słowa, Weronika Gemander powoli uczy się nienawidzić Nikodema Gemandera, choć na razie jeszcze tego nie potrafi, tak samo jak nie potrafi jeszcze jeździć na rowerze, jednak uczy się tego i nienawidzić też się uczy.

Dziewczyna, która wymknie się Nikodemowi, w zasadzie też go nienawidzi.

— Przepraszam, że powiedziałem tak do ciebie. Nie powinienem — mówi Nikodem, który przed chwilą nazwał swoją dziewczynę głupią, podłą suką. Zaraz po tym, jak jej powiedział, że jego żona ma raka, a dziewczyna odrzekła, że żona to wymyśliła, żeby Nikodem do niej wrócił.

— Przepraszam — powtarza Nikodem.

— W sumie to racja przecież. Jestem suką i jestem głupia — mówi dziewczyna i zaczyna się pakować.

— Dlaczego się pakujesz, przecież to jest twoje mieszkanie... — mówi Nikodem, kiedy dziewczyna mu się wymyka, wrzuca bezładnie ubrania do małej walizki na kółkach, zbiera garściami kosmetyki z łazienki.

— To nie jest moje mieszkanie — mówi. — Wiedziałam, że do niej wrócisz, wiedziałam.

— Nie wracam do niej, muszę się nią tylko jakoś zająć — odpowiada Nikodem, ale nie wie, czy to prawda. — Przecież ona jest chora, nie rozumiesz?

— Jasne, a ja jestem głupią, podłą suką, która chce, żeby matka twojego dziecka umierała samotnie.

— Kochanie... — szepcze Nikodem i podchodzi do niej, próbuje ją objąć, ale dziewczyna mu się wymyka.

— Naprawdę? Nie wracasz do niej? — pyta, ale pyta tak agresywnie, że Nikodem wie, dokąd to doprowadzi.

— Naprawdę...

Podchodzi do niego, kładzie mu rękę na kroczu, wbija mu język w usta, drugą ręką chwyta pośladki. Nikodem sztywnieje w dwie sekundy. Dziewczyna rozpina mu spodnie, całują się, trzyma go w dłoni i pieści.

— Pragniesz mnie? — pyta, dysząc. — Chcesz mnie?

— Bardzo... — jęczy z podniecenia Nikodem.

Popycha go, Nikodem siada na kanapie, dziewczyna sięga pod spódnicę, ściąga majtki, siada na nim okrakiem.

— Musisz się we mnie spuścić — szepcze mu na ucho.

— Co...? — Nikodem nie rozumie.

— Spuść się we mnie i zrób mi dziecko.

— No, daj spokój, kochanie... — mamrocze Nikodem, przestraszony.

Dziewczyna przestaje się poruszać.

— Jak chcesz się ze mną pierdolić, to musisz się we mnie spuścić — mówi.

— Ale...

Dziewczyna schodzi z niego, sięga po majtki, wciąga je, poprawia spódnicę i wraca do pakowania. Nikodem siedzi oszołomiony, podniecony, jednak zaraz wiotczeje.

— Chcę mieć dziecko. Chcę, żebyś się rozwiódł z Kaśką i ożenił ze mną, rozumiesz? Ale najbardziej chcę mieć dziecko. Mam dwadzieścia pięć lat i chcę mieć dziecko.

Nikodem już ma dziecko. Weronikę. Taka odpowiedź przychodzi mu do głowy, natychmiast. Ja już mam dziecko. Ale nie mówi tego, tylko zapina spodnie.

— No to wracaj do niej — odpowiada dziewczyna na milczenie Nikodema. — Ja nie będę czekała, aż ona umrze, rozumiesz?

— Nie wracam... — zaczyna Nikodem.

— Wypierdalaj — przerywa mu dziewczyna. — Nie będę czekała na jej śmierć.

Nikodem nie wypierdala.

— Przecież ty wtedy odeszłaś do niego i byłaś z nim, i...

— Wypierdalaj.

Tak było. Odeszła. Do innego. Odeszła w nadziei na coś, czego nie spodziewała się nigdy dostać od Nikodema, ale od innego również nie dostała.

— Ja nie wiem, czy ja jeszcze chciałbym mieć... — mówi Nikodem, patrząc w podłogę.

— Wypierdalaj — przerywa mu dziewczyna i wraca do zamykania walizki. Jeszcze raz dociska kolanem, zasuwa zamek.

— Daj spokój — mówi Nikodem.

— Wypierdalaj.

Dziewczyna wychodzi. Nikodem idzie za nią. Zabiera kluczyki i dokumenty.

— Gdzie pojedziesz...?

— Wypierdalaj.

— Zostawiłem ją dla ciebie.

— A teraz do niej wracasz.

— Nie wracam, przecież...

— Wypierdalaj.

— Odwiozę cię.

Już są na dole. Nikodem otwiera samochód. Land-rover błyska światłami.

— Odwiozę cię — powtarza.

— Wypierdalaj.

Dziewczyna idzie na przystanek. Nikodem idzie obok niej. Milczą.

— Ile jej zostało czasu? — pyta nagle dziewczyna, widząc nadjeżdżający autobus.

Nikodem milczy.

— No, to jest proste pytanie. Ile ma czasu?

Autobus zatrzymuje się na przystanku.

— Pierdol się — mówi Nikodem, nie patrząc na nią.

Dziewczyna wsiada do autobusu i nie odwraca się, kiedy autobus odjeżdża. Nie patrzy na Nikodema.

Ojciec Nikodema Gemandera, Stanisław Gemander, wychowuje się w cieniu portretu Joachima Gemandera. Na portrecie Joachim o twarzy okrąglejszej niż kiedyś. Portret to czarno-biała fotografia, podmalowana pastelowymi kolorami. Granatowy garnitur, zielony krawat, policzki blade, usta czerwone, oczy niebieskie.

Stary Pindur wymyka się na dziedziniec szpitala psychiatrycznego w Rybniku. Postanawia uciec. Od strony miasta słychać strzały. Dzieje się to w tym samym czasie, kiedy Josef Magnor zaciska dłonie na szyi Caroline, tylko trochę wcześniej. Kilka miesięcy wcześniej.

Na terenie szpitala kręcą się żołnierze w mundurach znanych Pindurowi, w mundurach w kolorze szarości polowej, oraz żołnierze w mundurach nieznanych Pindurowi, w kolorze szarozielonym. Grigio-verde nazywa się ten kolor, a żołnierze są Włochami, ale tego Pindur nie wie. Układają worki z piaskiem. Od strony miasta biegną uzbrojeni mężczyźni w cywilnych ubraniach, często uzupełnionych fragmentami niemieckich mundurów. To powstańcze kompanie Ochojskiego, Komarka i Kłoska, wydzielone z 2. Batalionu rybnickiego pułku, ale o tym Pindur nie wie.

Polacy, Ślązacy, Niemcy i Włosi różnego rodzaju, na przykład Sycylijczycy i Kalabryjczycy, którzy wcale nie mają się za Włochów, zaczynają strzelać. Strzelają karabiny marki Mauser. Strzelają karabiny marki Carcano. Mauzery, parabellum, astry, glisenti, rewolwery różnych modeli. Dudni niemiecki karabin maszynowy 08. Włoski fiat-revelli model 1914 nie dudni, bo się zaciął, i obsługa gorączkowo próbuje zacięcie usunąć.

— Do Italoków niy szczylać! — krzyczy insurgent w angielskich wysokich butach i niemieckiej czapce z polskim orzełkiem, po czym strzela z rewolweru do biegnącego w jego stronę włoskiego żołnierza, jednakże nie trafia i dlatego zostaje przebity bagnetem i pada na ziemię, i wsiąka w ziemię na razie jego krew, a potem wsiąknie wszystko inne, włoski żołnierz nosi takie samo imię jak insurgent, a jednocześnie nie takie samo, ponieważ ma na imię Giuseppe, a insurgent ma na imię Józef, tak samo jak Josef Magnor, którego jednak wcale tam nie ma, więc tak samo, chociaż inaczej.

Stary Pindur patrzy na to wszystko i ma dziewięćdziesiąt jeden lat. Ktoś krzyczy do niego po niemiecku, ale Pindur nie reaguje. Wszystko wydaje mu się takie samo jak zawsze. A jednocześnie wszystko jest zupełnie inne. Idzie między walczących. Szturm się załamuje.

Pindur widzi martwych mężczyzn: na ziemi, opartych o mur z czerwonej cegły, w trawie. Inni, żywi jeszcze mężczyźni strzelają.

Pindur zaczyna mówić językami ludzi i aniołów, i w moim języku zaczyna mówić stary Pindur. Wychodzi ze szpitala i idzie, przed siebie, dalej.

Gela Czoik, przyszła synowa Josefa Magnora, przyszła żona Ernsta Magnora i przyszła babcia Nikodema Gemandera, ma dziewiętnaście lat i siedzi przy ognisku. Wojna się skończyła. Dwa miesiące temu. Ognisko pali się na przedmieściach miasta Nový Jičín, niedaleko bocznicy kolejowej, na której stoi pięć wagonów z desek ujętych w stalowy szkielet. W wagonach przyjechali dipisi. Displaced persons. Dwustu dipisów zmierzających powoli na wschód. Jest czwarta nad ranem. Przy ognisku siedzi Gela i dwudziestodwuletni Słowak. Słowak jest bardzo szczupły, ponieważ był w obozie koncentracyjnym. Gela również jest bardzo szczupła, chociaż nie była w obozie koncentracyjnym. Jej ojciec, Wojciech Czoik, był w obozie koncentracyjnym i tam bardzo zeszczuplał, i umarł, ale ona nie.

Nikodem chciałby trochę zeszczupleć. Ale nie aż tak. Zastanawia się, czy zamknął mieszkanie. Nie jest pewien, więc wzdycha, wjeżdża windą, sprawdza, zamknął. Wraca na dół, do samochodu, wsiada, jedzie.

Słowak, który siedzi obok Geli, jest przystojny mimo wychudzenia. Nie był zresztą w obozie aż tak długo. Włosy mu odrosły, ma gęstą czarną czuprynę, która bardzo się Geli podoba. Chciałaby przesunąć ręką przez te ciemne włosy, ale się wstydzi.

W tym samym czasie, tylko dwadzieścia cztery lata wcześniej, Josef jedzie na rowerze i myśli o tym, co zrobił i co się stało. Zabijał ludzi już wcześniej. Nie do końca jeszcze jest świadom tego, że zabił Caroline. To znaczy, że dzieli swoją świadomość na części. Pewna część świadomości Josefa (a więc całego Josefa) wie, że Caroline nie żyje. Wie, że zabił Caroline. Inna część świadomości Josefa, czyli inna część Josefa, nie wie, że zabił Caroline, bo gdyby cały Josef wiedział, że zabił Caroline, to musiałby zabić i siebie.

Ta część Josefa, która wie, że Josef zabił Caroline, rozważa: zabijałyśmy wcześniej ludzi, i ja, i druga część Josefa Magnora, obie, w jednego zjednoczone, zabijałyśmy ludzi. Kulą z karabinu, co ma mniejsze znaczenie, ale również bagnetem, co ma znaczenie większe, jak wszystko. Na przykład czarnoskórego francuskiego żołnierza na Höhe 165, w ruinach Loretto.

Dlaczego zabicie Caroline miałoby być inne? — pyta siebie ta część Josefa, która wie. Druga część Josefa, nieco większa, nie pyta, bo nie wie, druga część Josefa naciska na pedały roweru marki Wanderer i cała jest zajęta jazdą na tym rowerze.

Dokąd? — pyta samą siebie ta część Josefa, która nie wie, dokąd jechać.

Dlaczego nie czułem nic? — pyta samego siebie Josef. Dlaczego?

Josef kieruje się do Gierałtowic, do Czoika. Ale na razie jedzie po Wilhelmstraße, w stronę rynku.

— Da hängt etwas in der Luft, sag ich euch — mówi nagi SA-Gruppenführer Edmund Heines trzynaście lat później i dwieście kilometrów dalej, rozparty na kanapie w swoim wrocławskim mieszkaniu. Tak, coś wisi w powietrzu.

— Das wird nicht gut enden — powtarza Heines. — Der Scheißkerl Hitler ist sich mit den Kapitalisten einig geworden. Die Juden machen ihn fertig.

Heines chętnie mówi źle o Hitlerze, który się sprzedał żydowskim kapitalistom. Heines nienawidzi Żydów, Hitlera i kapitalizmu. Słuchają go: SA-Standartenführer von Barnekow, lat trzydzieści osiem, SA-Standartenführer Roßbach, lat czterdzieści dwa, SA-Mann Haletzki, lat dziewiętnaście, SA-Sturmmann Dörlemann, lat dwadzieścia, i SA-Sturmmann Schwilk, lat dwadzieścia jeden. Na stole stoją butelki szampana, kieliszki, leżą resztki rozsypanej kokainy i niezbyt wykwintne przekąski w postaci kiełbasy i bułek. Heines jest szefem policji w Breslau i zastępcą Röhma. Ma chłopięcą twarz i wydatne, piękne usta, najlepsze do pocałunków. Heines wierzy w to, co mówi. Wojnę zakończył w stopniu leutnanta, tak jak von Barnekow, i nienawidzi Żydów. Barnekow też nienawidzi Żydów, nauczył się tej nienawiści na kolejnych zebraniach i rautach, choć nie wyniósł jej z domu. Zrozumiał jednak, że to Żydzi winni są temu, że ojciec nim gardzi. Z rozkoszą rozbijał witryny i doglądał szturmowych pikiet stojących przed żydowskimi sklepami, gotowych stłuc laskami każdego, kto miałby zamiar w tych sklepach cokolwiek kupić.

Heines kładzie płytę amerykańskiego big-bandu na talerz patefonu. Wszyscy czują się tak, jakby widzieli się po raz ostatni. Jakby to miało być ich ostatnie przyjęcie. Ale każdy z nich sądzi, że jest w tym odczuciu odosobniony.

Von Barnekow jest ważnym funkcjonariuszem SA. Haletzki jest nagi i trzyma w ustach przyrodzenie odzianego jedynie w koszulę Roßbacha, obciągając je umiejętnie i z zaangażowaniem. Roßbach to stary freikorpser, przeszedł z Brandenburgii na Inflanty, by ratować Żelazną Dywizję przed bolszewikami, i uratował. Schwilk jest w bieliźnie i leży na otomanie, głowę złożywszy na kolanach von Barnekowa, który gładzi go po jasnych włosach. Dörlemann jest w kalesonach, ma pięknie wyrzeźbiony tors sportowca i jest bardzo zmartwiony, bo chciałby jeszcze kokainy, a już nie ma.

— Man wird euch verhaften, ihr werdet es sehen — mówi pijany i odurzony kokainą Heines, który chętnie by kogoś przeleciał, ale za nic nie chce mu stanąć. — In diesem beschissenen Bad Wiessee werden wir alle verhaften und dann abgeknallt. Sogar der Röhm.

Starzy bojownicy się boją. Aresztowania i rozstrzelania. A jednak trudno odmówić temu zaproszeniu. Hitler przecież kocha Röhma.

— Wieso, Hitler liebt ihn doch! — protestuje więc von Barnekow, kurczowo chwytając się tej myśli.

Roßbach też chce zaprotestować, że Röhm na pewno sobie poradzi i że on, Roßbach, z zaproszenia Hitlera skorzystać na wszelki wypadek nie zamierza, ale nie protestuje i w ogóle nic nie mówi, bo dzięki ustom SA-Manna nagle przychodzi doń wielki orgazm, co raczej przeszkadza mu w mówieniu.

Barnekow prosi Schwilka, by ten się już ubrał. Dziś po raz pierwszy nie podoba mu się dekadencka atmosfera na przyjęciu u Heinesa. Schwilk ubiera się, wychodzą i idą na dworzec, na pociąg do Berlina. Von Barnekow jest zaniepokojony. Milczy całą drogę z Breslau. Postanawia nie jechać do Bad Wiessee.

Dwie noce później w berlińskim mieszkaniu von Barnekowa Schwilk bez zapału rżnie go w tyłek, kiedy drzwi wyważają esesmani niezbyt wysokiej rangi: Fuhrhop i Beck.

— Die verfluchten warmen Brüder! — mówi Beck, celując do kochanków z pistoletu. Mówi to z satysfakcją, bo nie lubi pedałów. Schwilk odrywa się od von Barnekowa, przerażony. Krzyczy, że Barnekow go zmusił.

Beck strzela dwukrotnie w pierś Schwilka z pistoletu Mauser model 1914. Do von Barnekowa nikt na razie nie strzela. Barnekowa SS-Sturmmann Fuhrhop przewraca na ziemię, kopie dwukrotnie w nerki, po czym każe mu się ubierać. Nie, nie w mundur SA, w cywilne ubranie.

Do SA-Standartenführera Friedricha von Barnekowa strzela trzy dni później w więzieniu Stadelheim inny esesman. Strzela trzykrotnie: dwa razy w pierś i raz w głowę — i już nie ma SA-Standartenführera Friedricha von Barnekowa.

Ale śmierć jego nie idzie na marne. Dzięki nocy długich noży niemiecki system prawny dookreśla sens i zasadę działania Führerprinzip: pytany o to, dlaczego nie postawił planujących zamach stanu SA-Mannów przed sądem, Adolf Hitler mówi, iż nie było na to czasu, musiał ratować Niemcy i sam był sądem i prokuratorem. Von Barnekow zgodziłby się z tą argumentacją, bo zawsze gardził demokracją, zgodziłby się, gdyby tylko miał okazję, ale nie miał okazji, bo po 30 czerwca 1934 roku już go nie ma.

Na Führerprinzip oprze się ustrój prawny Trzeciej Rzeszy, która właśnie z trupa Friedricha von Barnekowa wyrasta.

Josef Magnor żyje w 1934 roku, chociaż razem z von Barnekowem mogli nie żyć już wiele razy, w 1915, w 1916, w 1917 i nawet w 1918 razem mogli przestać być, gefreiter Josef Magnor i leutnant Friedrich von Barnekow, ale akurat ich trajektorie nie przecięły się wtedy z trajektorią żadnego pocisku ani odłamka, więc dotrwali obaj do 1934 roku.

W roku 1921 Josef skręca w prawo, w Niederwallstraße. Potrafi myśleć tylko o tym, że musi jechać do Czoika. Do Czoika, do Przyszowic.

2.

1903, 1921, 1932, 1941, 1944, 1945, 1997, 2014

Reinhold Ebersbach stoi przed drzwiami do pokoju, w którym mieszka jego córka Caroline. Obok stoi Dolores Ebersbach. Reinhold Ebersbach ma na sobie gabardynowe spodnie, kamgarnową kamizelkę, w jej kieszeni zegarek firmy Vacheron Constantin, w dłoni rewolwer. Dolores Ebersbach jest w koszuli nocnej okrytej podomką, włosy ma rozpuszczone do spania.

— Ist zu — stwierdza oczywistość Reinhold Ebersbach, nacisnąwszy klamkę. Zamknięte.

— Kind, mach doch die Tür auf! — woła Dolores Ebersbach.

Odpowiada jej milczenie, ponieważ martwa Caroline nie może odpowiedzieć inaczej niż milczeniem, Josefa już w pokoju nie ma i nie ma tam również kapitana piechoty Helmuta Rahna, ponieważ, zastrzelony, leży w rabatce bratków.

Dolores Ebersbach nie wie, co wydarzyło się za drzwiami, ale przecież wie. Czuje, że straciła jedyne, co pozostało jej po człowieku, którego ciała już nie ma, nie tylko jego samego już nie ma, ale nie ma nawet śladu po jego ciele.

Tego Dolores Ebersbach nie wie, chociaż to przeczuwa. Wie, na swoje nieszczęście, że biologiczny ojciec Caroline Ebersbach nigdy jej nie kochał. A dlaczego wtedy przyszedł do niej, dlaczego adorował ją trochę i potem wysłał dwuznaczny bilecik? Bo potrzebował kobiecego ciała i radości myśliwego ze zdobyczy, i upokorzenia jej męża, który nad nim górował i nie omieszkał mu tego na forum towarzyskim zaprezentować.

Nie myśli teraz o Caroline Ebersbach. Myśli o człowieku, którego kocha i którego już nie ma. Kochać to, czego już nie ma, albo tego, kogo już nie ma, jest bardzo trudno, ale nie ma różnicy między czymś a kimś.

Najtrudniej i najgorzej odpowiedzieć sobie na pytanie, czy istnieje miłość i co to znaczy, jeśli istnieje — dla ludzi najgorzej. Odpowiadacie sobie zwykle na to pytanie w sposób spolaryzowany: że miłość cierpliwa jest, łaskawa jest, nie zazdrości, nie szuka poklasku, albo że miłość nie istnieje, jest tylko erekcja i wilgoć między udami. Kochacie prawdziwie; sarny też kochają koźlęta swoje, a może nawet kiedy się parzą, to wtedy również trochę kochają.

Dolores Ebersbach kocha człowieka, z którym poczęła swą jedyną córkę, i wie, że jej jedyna córka nie ma się dobrze, zapewne nie żyje, wie, chociaż nie wie. A jednak strzały w pokojach pensjonarek nie padają bez przyczyny i bez celu, i bez skutku, a jakiż może być skutek strzałów w pokoju pensjonarki?

— Trete die Tür ein, du Trottel! — warczy Dolores. Nigdy wcześniej nie nazwała Reinholda kretynem. Jest damą.

— Vielleicht schläft sie? — waha się Reinhold. Wyważenie drzwi do pokoju córki wydaje mu się czymś niestosownym. W końcu jest dżentelmenem.

— Blödmann!

Tak również Dolores nie nazwała go nigdy wcześniej. Reinhold Ebersbach nieśmiało zapiera się o drzwi. Nie puszczają. Dolores Ebersbach z wściekłością odsuwa go, odbija się od przeciwległej ściany, uderza barkiem i wątły haczyk puszcza — Reinhold Ebersbach oraz Dolores Ebersbach wchodzą do sypialni Caroline Ebersbach.

Caroline Ebersbach nie ma w sypialni Caroline Ebersbach, bo Caroline Ebersbach w ogóle już nie ma.

Na łóżku leży ciało, które kiedyś było Caroline Ebersbach, a teraz czym jest ciało, które kiedyś było ciałem Caroline Ebersbach? I gdzie jest Caroline Ebersbach, skoro tu jej nie ma, a była?

Reinhold Ebersbach stoi w swojej kamizelce z kamgarnu i gabardynowych spodniach, stoi i patrzy. Vacheron Constantin tyka w kieszeni kamgarnowej kamizelki.

Dolores Ebersbach stoi w swojej koszuli nocnej i w podomce, i z rozpuszczonymi włosami.

Patrzą. Widzą ciało Caroline Ebersbach na plecach w zmiętej pościeli, z brązową plamą odchodów między udami, o twarzy nabrzmiałej i sinej, okno zaś jest otwarte.

Reinhold Ebersbach milczy.

— Sie schläft — mówi Dolores Ebersbach, ponieważ tak właśnie postanowiła uważać. Że jej córka śpi.

— Meine Liebe, vielleicht ist sie... — mamrocze Reinhold Ebersbach i próbuje objąć żonę.

Dolores Ebersbach zaciska małą dłoń w pięść i nie zważając na rewolwer, który Reinhold Ebersbach trzyma w dłoni, z całej siły uderza męża w twarz. Dolores Ebersbach nie umie boksować, więc nie jest to cios ani zbyt silny, ani celnie ulokowany, bo trafia w kość jarzmową, ale wstrząsa Reinholdem Ebersbachem.

— Sie schläft!

Reinhold dotyka szyi Caroline i nie wyczuwa pulsu.

— Sie ist tot.

— Halt die Klappe, du jämmerlicher Schlappschwanz — mówi Dolores Ebersbach i to również są słowa, jakimi nigdy wcześniej się do męża nie zwróciła, miała bogaty zestaw innych środków podkreślania swojej nad nim władzy, nie musiała dotąd odwoływać się do słów, jakich nie wypada wypowiadać damie.

Dolores Ebersbach wychodzi z pokoju, który należał do jej martwej córki.

Caroline Ebersbach już nie ma i nikt po niej nie rozpacza. Ciało, które było Caroline Ebersbach, leży na łóżku i nikt go nie porywa w ramiona, nie potrząsa nim, nie cuci go.

Reinhold Ebersbach ostrożnie podchodzi do okna, z palcem na spuście rewolweru, co nie jest zbyt rozważne, bo można się łatwo postrzelić przy potknięciu, ale tego akurat Reinholdowi udaje się uniknąć. Wygląda przez okno. Zauważa leżące na rabacie bratków ciało.

Josef Magnor nie czuje zmęczenia. Nie czuje nawet, że mdleją mu mięśnie czworogłowe uda, tak silnie naciska pedały. Z Nieder Wall Straße skręca w prawo w Bahnhofstraße, przy której nie tak dawno fotografował się z Valeską, i o tym myśli, o, sam je atelier Volkmanna, kaj żech sie fotografiyrowoł z Valeskōm.

Z Bahnhofstraße wjeżdża w Nikolaistraße, gdzie jeszcze świecą latarnie, w jednych oknach światła, w innych nie, po czym przemierza Preiswitzerstraße i wjeżdża w ciemność, a chociaż wie, że jedzie do Gierałtowic, to nie odbija w prawo, jak powinien, tylko jedzie prosto, mija dworzec wąskotorówki i nie wie, dlaczego tak jedzie, zamiast skręcić na Schönwald, dlaczego jedzie prosto, na Preiswitz, czy raczej już Przyszowice, i dowiaduje się tego dopiero, kiedy zeskakuje z roweru przy gasthausie Drei Kronen. Rzuca rower tam, gdzie się zatrzymał, wchodzi do części z wyszynkiem, gdzie jest pusto. Za barem znużony kelner.

— Einen doppelten Schnaps und ein Bier — mówi Josef.

Kelner chciałby odmówić mu obsługi, ale widzi wystającą spod westy rękojeść parabelki i widzi, że właściciel parabelki może jej użyć, widzi też, że w pośpiechu tu wpadł, więc pewnie dla kurażu wypije to piwo i podwójnego sznapsa i pójdzie swoją drogą, a on sam będzie mógł dalej pogrążać się w bezczynności, na której zresztą zleci mu reszta bezsensownego życia.

Wyjmuje więc z maszyny do mrożenia pękaty kufel, nalewa scobela z beczki, obok kufla stawia dwa kieliszki, do których nalewa wiśniowego sznapsa, bo akurat kończy się butelka i będzie można ją wyrzucić.

Josef wypija. Pyta o papierosy, są halpausy albo salem aleikum; halpausy, dobrze, dostaje paczkę, płaci za tytoń i alkohol. Wychodzi przed gasthaus. Zapala halpausa i z papierosem w zębach wsiada na rower. Jedzie prosto, na Przyszowice, nie skręca w ścieżkę, która prowadzi do drogi na Schönwald i dalej, na Gierałtowice. Jedzie teraz wolniej i pali, jadąc, i w końcu jest, i puka do drzwi przyszowickiego domu Wojciecha Czoika, który już nie jest Adalbertem, tylko jest już Wojciechem. Czoik otwiera. Wychodzi. Stoją w laubie.

— Zabiyłech dzioucha — mówi Josef Magnor, a w zasadzie mówi część Josefa Magnora, bo jakaś część Josefa Magnora stara się myśleć, że to nie jest prawda i że to się wcale nie stało. Nie było dłoni na szyi Caroline.

Czoik otwiera usta, jakby chciał coś powiedzieć, ale nic nie mówi, bo nie znajduje słów. Jakimś cudem wie, że to prawda.

— Po jakiymu...? — dopytuje jednak.

— Zabiyłech dzioucha, ta, o keryj żeś gödöł — mówi Josef.

— Pierōna, kero...? — pyta Czoik. Nie pamięta.

— Caroline Ebersbach. Ta, co dō niyj szło prziść a po-podupić. Tak żeś gödöł ō niyj.

— Ty niy gödösz dla szpasu? — Czoik próbuje dalej nie wierzyć.

— Niy.

— Nale jakżeś to jōm zabiył? Czamu?

Josef milczy. Czoik czeka na odpowiedź.

— Boś tak pedziöł ō niyj. Aże szło do niyj prziść a po-podupić — odpowiada Josef i nagle patrzy w oczy Czoikowi, i patrzy mu w oczy z wielkim wyrzutem.

To twoja wina, mówi spojrzenie Josefa Magnora. To przez ciebie zabiłem dziewczynę, którą kochałem najczystszą z czystych miłości, bo kochałem jej ciało swoim ciałem. A przez ciebie ją zabiłem. Przez to, co powiedziałeś.

W tym samym czasie, tylko trochę później, córka Wojciecha Czoika siedzi przy ognisku na bocznicy kolejowej z przystojnym Słowakiem. Inni poszli już spać do wagonów. Słowak kładzie dłoń na nagim kolanie Geli Czoik. Gela nie protestuje. Słowak przesuwa dłoń wyżej. Gela uderza Słowaka w twarz otwartą dłonią i uderza mocno, ale nie przestaje się uśmiechać. Słowak zabiera rękę. Siedzą dalej. Jedzą amerykańskie konserwy i popijają letnią kawą. Słowak wyciąga płaską butelkę. W środku spirytus. Piją. Gela Czoik się krztusi. Ale pije.

Nikodem Gemander zrzuca węgiel. Ma osiemnaście lat, lecz nie skończone, i dwa albo trzy razy do roku jedzie do dziadków zrzucić kilka ton węgla do piwnicy przez wąskie okienko. Jest 1997 rok od umownej daty narodzenia Chrystusa.

— Jerzina, do porzōndku to ciepej, a niy tak! — denerwuje się Ernst Magnor.

Nikodem przewraca oczami, ale stara się rzucać węgiel dalej, tak jak chce dziadek, aby piwnica dokładniej wypełniała się czarnymi kamieniami. Zakłada na uszy słuchawki walkmana, przewija przegrywaną kasetę, to do przodu, to trochę do tyłu, aż znajduje znajomy początek *When the Music's Over* Doorsów. Walkman jest marki Sony — bardzo zgrabny, wąski, niewiele większy od pudełka na kasetę. Nikodem bardzo lubi swój drogi walkman marki Sony. I Doorsów.

Tak niewiele jeszcze wie, tak mało. Kochał się już z dziewczyną i jest z tego bardzo dumny, ale tak niewiele jeszcze wie.

Gela Magnor ma siedemdziesiąt jeden lat i nie przestaje się dziwić swojemu wiekowi. Siedzi na słońcu i powoli obiera zielone jabłka, z których zamierza ugotować kompot.

Myśli o ostatnich razach. Nie czuje się jeszcze stara. Chociaż ten chłopak taki duży już, a tak niedawno się rodził — drugi jej wnuk, Adasiek, miał wtedy siedem lat, a ten był takim małym, ślicznym chłopczykiem ze strzechą włosów tak jasnych, że aż białych. Ma taką fotografię, jedzą razem wiśnie. A teraz jest taki wysoki, wyższy od Ernsta nawet, ma długie włosy związane na karku, pryszcze, szerokie ramiona i widać, że jest silny, tak energicznie zrzuca ten węgiel, młody, silny byczek.

Gela Magnor myśli o ostatnich razach. Kiedy ostatni raz kochała się z Ernstem? Kiedy ostatni raz pójdzie do kościoła? Kiedy ostatni raz zobaczy Adaśka, Nikodema, dziewczęta? Kiedy ostatni raz otworzy oczy?

W tym samym czasie, tylko później, na tym samym krześle w tym samym miejscu siedzi Gela Magnor i ma osiemdziesiąt osiem lat, i nie myśli o ostatnich razach.

Myśli o Słowaku.

Piją spirytus, popijają kawą i zagryzają amerykańską konserwą. Słowak znowu kładzie rękę na kolanie Geli. Gela nie zrzuca jego dłoni. Całują się. Ręka Słowaka wędruje wyżej, więc Gela strąca tę słowacką rękę, ale całują się dalej. Gela nie pozwala mu na nic więcej.

Nagle ktoś odrywa od niej słowackiego chłopca. Gela nie widzi wiele: napastników jest kilku, są młodzi i noszą cywilne ubrania. Krzyczą coś po czesku, Gela nie słucha, tylko natychmiast zaczyna uciekać. Zapiera się całym swym drobnym ciałem, odsuwa ze zgrzytem drzwi wagonu, wskakuje do środka, przeklinają ją śpiący, zasuwa drzwi.

Przez szparę obserwuje sytuację przy ognisku. Kilku młodzieńców kopie chłopca, z którym przed chwilą się całowała. Widzi ich ciemne postaci w pomarańczowym świetle ogniska.

Anton Stodola był ordynansem słowackiego generała Jána Goliana i razem z nim został aresztowany 3 listopada 1944 roku. Generał Golian trafił do Flossenbürga, ordynans Stodola do Dachau. Golian zginął we Flossenbürgu, Stodola przeżył Dachau, ale nie przeżył ogniska na bocznicy kolejowej pod Novým Jičínem.

Latem 2014 roku Gela Magnor wyraźnie widzi ciemne postaci w pomarańczowym świetle ogniska.

Latem 1997 roku Gela Magnor mniej wyraźnie widzi ciemne postaci w pomarańczowym świetle ogniska.

Latem 1945 roku Gela Czoik czeka, aż napastnicy odejdą. Ci odchodzą, przetrząsnąwszy kieszenie młodego Słowaka, który przeżył Dachau, ale nie przeżył kopniaków. Gela wychodzi z wagonu. Przeklinają ją ludzie w wagonie śpiący, bo też nie daje spokojnie spać. W prawie czarnej szarości mroku ktoś zapala lampę naftową, jej wątły płomyk oświetla szare kłęby niedopasowanych ubrań, wojskowych koców, mundurowych sortów wszystkich armii, tłumoków spiętych paskami, menażek i zużytych butów. Wiadro do szczania. Za większą potrzebą na zewnątrz.

Gela wychodzi z wagonu. Już nie zasuwa za sobą drzwi. Chciałaby podbiec do ogniska, ale powstrzymuje się, potrafi się powstrzymać. Rozgląda się ostrożnie. Gdyby biegła zawsze wtedy, kiedy ma ochotę biec, nie żyłaby już dawno. Nie zdążyłaby na wielorybniczy statek M/s „Walter Rau", gdyby biegła zawsze wtedy, kiedy ma ochotę biec.

Nie biegnie. Rozgląda się. Po chwili jest już pewna, że odeszli. Powoli podchodzi do ogniska. Chłopiec, z którym się przed chwilą całowała, leży nieruchomo. Gela pochyla się nad nim, dotyka go i już wie, że chłopiec, z którym się przed chwilą całowała, nie żyje. Głowę ma rozbitą.

A dwadzieścia cztery lata wcześniej, chociaż w tym samym czasie, z głową rozbitą leży August Lomania i martwy jest zupełnie tak samo jak Słowak, którego za dwadzieścia cztery lata, nim stanie się martwy, całować będzie przyszła żona dziecka Ernsta Magnora, zasypiającego teraz nie tak daleko od trupa Augusta Lomani.

Słowak nazywał się Anton Stodola, a teraz nazywa się trup, chociaż jeszcze ciepły. Gela Czoik dotyka krwi na jego głowie i nie wie, dlaczego napastnicy go zabili; ja wiem, ale to nie ma znaczenia.

Gela sięga po niedojedzoną konserwę, dojada. Kochała tego chłopca, którego nazwiska nie znała, kochała go jakieś dwa kwadranse, a teraz go nie ma, nie żyje, czyli go nie ma, tak jak nie ma już Adalberta Czoika, który został Wojciechem

i którego za tego Wojciecha Niemcy zabili w Mauthausen-
-Gusen.

Gela Czoik wraca do wagonu. Zasuwa drzwi ze zgrzytem.
Śpiącym dipisom nie chce się już nawet przeklinać. Ciało,
które kiedyś było Antonem Stodolą, stygnie przy ognisku,
które dogasa.

Gela Magnor ma siedemdziesiąt jeden lat, obiera powoli
zielone jabłka, żeby ugotować z nich kompot. Patrzy, jak jej
wnuk Nikodem zrzuca węgiel do piwnicy. Nikodem ociera
czoło. Długie włosy Nikodema związane czarną frotką na
karku. Rzeczy, które robimy w życiu po raz ostatni. O nich
myśli Gela Magnor, lat siedemdziesiąt jeden, życie spędzone
skromnie, cicho i prawie w ukryciu, chociaż przecież normalnie. Rzeczy, które opowiada się jedynie w ciemnościach
tym, których zdrada jest nie do pomyślenia, chociaż możli-
wa, jak każda zdrada. Wiele rzeczy jest możliwych, chociaż
nie do pomyślenia.

Jest 6 czerwca 1997 roku. Nikodem zrzuci węgiel, potem Stanisław Gemander fiatem uno zabierze go do domu
w Pilchowicach, Nikodem weźmie prysznic, założy vansy,
sztruksy i niebieską koszulę i pekaesem marki Autosan pojedzie do Gliwic. Tam z kolegą zakupią pół litra wódki marki Luksusowa i pójdą na imprezę do kolegi z klasy. Wódkę
wypiją w kuchni, jak najszybciej, zanim przyłączą się do
zabawy, jest to powszechnym obyczajem. Potem będą siedzieć na fotelach, całować się z dziewczynami, ktoś wleje
kieliszek wódki do akwarium i wszystkie rybki umrą.

W New Jersey Melissa Drexler, o rok starsza od Nikodema amerykańska dziewczyna, urodzi dziecko w kiblu na
swoim balu, nazywanym „Prom", a będącym odpowiedni-
kiem polskiej studniówki. Nikt się wcześniej nie zorientował, że Melissa jest w ciąży. To dziwne, ale możliwe. Melissa

wyciska z siebie dziecię nad muszlą klozetową. Melissa przecina pępowinę za pomocą ostrej krawędzi dystrybutora papierowych ręczników, następnie wyjmuje nowo narodzone z muszli klozetowej, zawija w kilka worków na śmieci i chowa w śmietniku, po czym wraca na salę balową.

Nikodem w przyszłym roku też będzie miał studniówkę, na którą nie przyjdzie nikt w ciąży, a teraz całuje się z dziewczyną i dłoń jego nieśmiało zmierza pod jej bluzkę, i nie zostaje powstrzymana. Do niczego więcej jednak nie dochodzi. Na studniówkę pójdzie z inną dziewczyną. Ta, z którą się teraz całuje, też będzie na tej studniówce, ale z kimś innym.

Dziecko Melissy Drexler umiera. W tym samym czasie, tylko w innym miejscu, w New Jersey.

W tym samym czasie, tylko trochę wcześniej, Gela Czoik próbuje zasnąć w wagonie pełnym dipisów, ale nie może zasnąć, bo myśli o chłopcu, którego już nie ma, a o którym wie tylko tyle, że miał na imię Anton i był w Dachau. Przeżył Dachau. Ojciec Geli Czoik nie przeżył Mauthausen-Gusen. Anton przeżył Dachau, ale nie przeżył pobicia. Gela nie może spać. Anton leży przy ognisku, które gaśnie.

Rano pociąg odjeżdża z bocznicy pod Novým Jičínem, zanim ktokolwiek zdąży się zainteresować ciałem Antona Stodoli, co następuje dopiero koło południa i już nie dotyczy Geli, chociaż dotyczyć będzie tych, którzy go na śmierć skopali.

Gela nie mówi o Antonie Stodoli matce, kiedy w końcu wraca do Przyszowic, chociaż powie jej o innych trupach, jakie widziała, a wiele ich widziała, ale o Antonie nie powie matce, nie powie również Ernstowi, najpierw dlatego, żeby sobie czegoś nie pomyślał, a potem — bo jak miałaby powiedzieć teraz, skoro nie powiedziała wcześniej.

Gela Magnor gotuje kompot z zielonych jabłek. Gotuje też modrŏ kapusta na jutro, jutro obie córki Geli przyjdą z mężami i z dziećmi, z Adaśkiem, z Nikodemem, z Ewą, Elą i Miśką.

Nikodem w Gliwicach całuje się z dziewczyną, z którą tylko raz w życiu się całuje, i wkłada jej ręce pod bluzkę, oboje są pijani, oboje pili wódkę marki Luksusowa i palili czerwone marlboro.

Dziecko Melissy Drexler już nie żyje, a dzieje się to w New Jersey, daleko od Gierałtowic. Melissa Drexler odmawia tańców. Siedzi przy stole.

Rano Nikodem budzi się z kacem. Spał w łóżku z dwiema koleżankami, ale tylko i po prostu spał, nie było wśród nich tej, z którą się całował, bo poszła do domu, a z tymi się nie całował. Wlecze się pod prysznic, przekraczając śpiących na podłodze. Musi zdążyć na autobus do Pilchowic, żeby być w domu przed trzynastą, kiedy pojedzie z rodzicami na obiad do dziadków.

Gela Magnor wstawia gęsinę do elektrycznego prodiża. Woli piec mięso w prodiżu niż w piekarniku. Gotuje ziemniaki na kluski. Będą biŏłe, z kartofli gotowanych, i czŏrne, ze zmieszanych kartofli gotowanych i surowych. I szpajza na deser.

W tym samym czasie Josef Magnor, czyli przyszły teść Geli Magnor, którego Gela Magnor nigdy nie spotyka, zjeżdża w szoli w głąb szybu kopalni Delbrück. Nie ze swoją szychtą jedzie. Jedzie podtrzymywany za ramię przez Czoika, którego córka wyjdzie za Josefowego syna za dwadzieścia cztery lata, ale to nie ma żadnego znaczenia.

Czoik trzyma Josefa mocno pod ramię. Josef jest odurzony eterem. Cztery godziny wcześniej Czoik przygotowuje eter dla Josefa, dobierając dawkę tak, aby stan podniecenia szybko ustąpił i przeszedł w poczucie oderwania od własnego ciała. Josef pije eter zmieszany z przegotowaną wodą i sokiem malinowym. Wyjście z ciała. Tak właśnie czuje się Josef Magnor, jakby się unosił nad swoim ciałem. Nie myśli o Caroline. O niczym nie myśli.

Szola spada w dół szybu. Czoik płaci srebrnymi trójmarkówkami z Wilhelmem II. Josef niewiele wie. Czoik prowadzi go do komory pomp, najwyżej położonej na tym poziomie. Po spągu — wątłe światło karbidowej lampy Czoika, lampa Josefa zgaszona. Kolejne marki: sztajger i inni.

— Pōdź, pōdź — mówi miękko Wojciech Czoik, jakby do kobiety mówił.

Josef idzie, obojętny, płynie nad sobą, noga za nogą, skórzany kask, zgaszona karbidka, żadnych myśli, a pod eterem tylko przeczucie, przeczucie tego, o czym nie myśli, a co jednak jest i już zawsze będzie, bo Josef wie, że to, czego nie myśli, a co przeczuwa, będzie już zawsze. Zawsze z nim.

W komorze pomp następne marki. To nie są marki Czoika, swoich marek Czoik by nie dał, nawet gdyby miał, a nie ma, ale nawet gdyby miał, to swoich marek by nie dał. Potem ma — marki i polskie złote, nie bardzo dużo, ale dość, tyle, ile należy się żonatemu starszemu przodownikowi Straży Granicznej. Ale to potem, a jeszcze później, chociaż w tym samym czasie, już nie ma nic, za dwie kromki chleba płaci dwudziestoma papierosami, które miał, ale zapłacił za chleb, zjadł i nie ma już ani chleba, ani papierosów, jedyne, co ma, to tyfus i z tyfusem trafia do umieralni w Mauthausen, i umiera, i już nie ma starszego przodownika Wojciecha Czoika.

A teraz w komorze pomp płaci organizacyjnymi markami za spokój, za patrzenie w inną stronę.

Komora pomp jest jak kościół. Główna pompa na środku jak ołtarz, a cała komora wysoka jak kościół i przestronna, na kilka pięter. Josef jest tutaj po raz pierwszy, chociaż wejście do komory pomp mijał każdego dnia. Wcześniej nie było powodu, aby tu był. Teraz jest, ale inny.

W komorze pomp wspinają się ewakuacyjnymi schodami do małego ewakuacyjnego wyjścia przy samym stropie. Cała komora jest usytuowana najwyżej w całym poziomie, woda pojawi się tutaj najpóźniej i odpowiedzialni za pompy mogą pozostać tu najdłużej, nawet kiedy chodniki zostaną już kompletnie zalane, wtedy wspiąć się mogą stalowymi schodami przy ścianie do wyjścia przy samym stropie i stamtąd zejść pochylnią do szybu ewakuacyjnego, a potem po drabinach wydostać się na powierzchnię.

Po stalowych schodach idzie Josef, za nim Czoik, prowadząc go, jakby prowadził ślepego. Josef, odurzony eterem, w istocie jest ślepy. Czoik wprowadza go za drzwi ewakuacyjne, w ciemność.

— Sam se lygnij i czekej, i nikaj niy idź. Jak za potrzebōm, to na wiyrch ku szachcie, do rząpio sleci, ja?

Czoik ma wszystko przemyślane. Josef ani mu nie przytakuje, ani niczemu się nie sprzeciwia. Czoik zostawia mu przygotowane zawczasu koc, chleb, litrową butelkę z wodą, ćwiartkę wódki, kawałek kiełbasy, zapas karbidu do lampy i cygarety. Cygarety są nielegalne na dole, ale Czoik myśli, że ważne, żeby Josef był spokojny.

— Yno niy świyć sam za wiela, niy ma po co. Śpij. Jŏ niyskorzyj wymyślā, co dalyj, ja?

Josef nie godzi się ani nie opiera. Siada na poziomym jeszcze spoczniku, od którego zaraz rozpoczyna się zmierzająca ku górze, ku szybowi, pochylnia.

Nakrywa kolana kocem. Nie myśli o niczym. Trochę tylko o tym, że rower został u Czoika w domu, w Przyszowicach. Rower marki Wanderer. Boli go głowa. Jest głęboko pod ziemią, jest głęboko we mnie, jakoby syn mój w ciele moim, w ciemnościach.

Valeska Magnor w innych ciemnościach czeka, aż Josef wróci. Powiedział, że idzie z Czoikiem do szynku, na piwo. Czasem Josef wychodzi, mówi, że idzie do szynku, albo nic nie mówi i nie wraca. Valeska jest w ciąży. W jej łonie bliźnięta, dwujajowe. Narodzą się za dwa miesiące, a teraz jeszcze się nie narodziły. Valeska wie, że będzie dwójka, i obawia się tego podwójnego porodu. Mądra kobieta powiedziała jej, żeby lepiej dużo się modliła, bo przy takim porodzie wszystko może się wydarzyć. Valeska stoi przy oknie nieborowickiego domu, którego parter najęli, właściciele mieszkają w Berlinie, a Valeska i mały Ernst nie mieszkają w Berlinie, i bliźnięta, które się jeszcze nie narodziły, wszystkich czuję tutaj. Czuję drobne stopy Valeski, kiedy stojąc przy oknie, przestępuje nerwowo z nogi na nogę. W dłoni ma czarny różaniec, przesuwa paciorki w palcach, usta mówią modlitwę niemą i niemiecką, bo tak ją nauczono, inaczej modlić się nie potrafi: „Gegrüßet seist du, Maria, voll der Gnade, der Herr ist mit dir".

Josef wróci, tylko trochę później.

Policjant, który bada sprawę Caroline Ebersbach, nie ma wątpliwości: podwójne zabójstwo. Kochanek zaskoczony przez konkurenta zabija kochankę i konkurenta. Nie jest pewien, czy taka była kolejność, ale podejrzenia jego zmierzają w stronę bliską rzeczywistości.

Lekarz stwierdza podczas zewnętrznego badania ciała, że panna Ebersbach nie była dziewicą.

Policjant notuje.

Po otwarciu powłok ciała lekarz stwierdza, że panna Ebersbach była w ósmym tygodniu ciąży.

Dolores Ebersbach słucha tego i nienawidzi Reinholda Ebersbacha za każde słowo lekarza i policjanta, nienawidzi go za każdy uczynek swojej córki, nienawidzi go za jej rigor mortis, kiedy podnoszą jej ciało. Nienawidzi go za wszystko.

Reinhold Ebersbach siedzi w swoim gabinecie w domu przy Kreidelstraße 23 w Gliwicach. Jest czwartek 29 września 1921 roku, wieczór. Drzwi zamknął na klucz. Okno wychodzące na park też pozostaje zamknięte. W gabinecie jest duszno i śmierdzi alkoholem. Reinhold, siedząc w fotelu, pije brzoskwiniowego sznapsa prosto z butelki. Zegarek marki Vacheron Constantin spoczywa tam, gdzie jego miejsce, w kieszeni kamizelki Reinholda. Rewolwer marki Mauser leży na blacie biurka.

Dolores Ebersbach próbuje bez pukania wejść do gabinetu Reinholda Ebersbacha, lecz drzwi są zamknięte na klucz.

— Mach auf! — krzyczy Dolores.

Reinhold nie rusza się z fotela.

Dolores ma sto sześćdziesiąt centymetrów wzrostu i waży pięćdziesiąt kilogramów. Nie wyważy drzwi do gabinetu Reinholda, chociaż zerwała wątły haczyk w drzwiach prowadzących do sypialni Caroline. A czyja to sypialnia, kiedy Caroline już nie ma?

— Mach auf! — powtarza Dolores, wściekła.

Reinhold wstaje, otwiera. Dolores wchodzi do gabinetu, zauważa rewolwer na blacie biurka, bierze go. Kiedyś, za panieńskich czasów, chętnie strzelała z salonowych flowerów. Strzelanie z flowerów do tarczy to popularna rozrywka w mieszczańskich domach końca XIX wieku. Flower to pistolet na amunicję bez prochu, niewielkiego kalibru ołowiane kulki osadzone w kapiszonach. Wiele śmiechu i radosnego współzawodnictwa bywało w tych salonowych zawodach.

Dolores podnosi broń, celuje w Reinholda, który dalej stoi przy drzwiach.

— Caroline war ja gar nicht deine Tochter. Und du bist schuld daran, dass ich sie verloren habe, das einzige, was mir von ihm übrig geblieben war.

Potwierdza więc to, w co Reinhold starał się nie wierzyć. Caroline nie była jego córką. I oskarża: oto on winien jest śmierci dziewczyny, która nie była jego córką. Przez niego Dolores utraciła jedyne, co pozostało jej po kochanku.

Reinhold milczy, bo nie wie, co miałby odpowiedzieć. Patrzy w czarne oko lufy rewolweru.

Dolores mierzy w czoło Reinholda i naciska spust.

Rewolwer mauzer systemu zig-zag jest rewolwerem nietypowym. System indeksacji bębna jest niecodzienny, niespotykany w innych rewolwerach: w bębnie wyfrezowany jest zygzakowaty rowek, w którym porusza się krzywka, obracając i ustawiając komory bębna w osi z lufą. Kolejną nietypową cechą rewolwerów systemu zig-zag jest znajdujący się na lewej stronie szkieletu bezpiecznik. Rewolwery, w przeciwieństwie do pistoletów samopowtarzalnych, zwykle nie mają żadnych bezpieczników. Zig-zag wraz z dwoma innymi jeszcze modelami jest tutaj wyjątkiem.

Z istnienia i funkcji tego bezpiecznika Dolores Ebersbach nie zdaje sobie sprawy. Naciska spust, jednak strzał nie pada. Reinhold Ebersbach idzie w jej stronę. Dolores próbuje strzelić jeszcze raz, bez rezultatu.

Reinhold delikatnie wyjmuje jej broń z ręki, po czym otwartą dłonią uderza żonę w twarz tak mocno, że Dolores upada na podłogę. Reinhold klęka przy niej, lewą ręką chwyta ją mocno za włosy, prawą ponownie uderza w twarz, po czym, nie puszczając, zadziera jej suknię. Jest już sztywny. Dolores nie broni się w żaden sposób, pozwala mu wejść w siebie, Reinhold porusza się w niej kilka razy i zaraz kończy, po czym wstaje i zapina rozporek.

Dolores usiłuje doprowadzić garderobę do porządku, wyciera krocze rąbkiem sukni, następnie rękawem usta i nos, z którego pociekło trochę krwi.

Reinhold wkłada marynarkę, otwiera szufladę biurka, zabiera pugilares i kluczyk do ukrytego za książkami sejfu. Rewolwer chowa do prawej kieszeni marynarki, następnie otwiera sejf, wyciąga zeń gruby rulon zapakowanych w papier złotych dwudziestomarkówek, chowa je do lewej kieszeni marynarki. Marynarka jest myśliwskiego kroju i kieszenie ma nakładane, z patkami zapinanymi na rogowe guziki. Dolores przygląda się mężowi w milczeniu. Reinhold zakłada kapelusz i wychodzi z domu przy Kreidelstraße 23, mimo wcześniejszych próśb policji o nieopuszczanie domu przez żadnego z domowników. Wychodzi z domu przy Kreidelstraße 23 z mocnym postanowieniem, iż nigdy doń nie powróci, nigdy więcej nie zobaczy Dolores, służącej, gabinetu i ciała dziewczyny, która nie była jego córką — i postanowienia tego Reinhold dotrzyma.

Dolores zostaje sama.

W miasteczku Oppau nieopodal Ludwigshafen 21 września 1921 roku znajduje się fabryka, należąca do wielkiego koncernu chemicznego BASF. W fabryce tej 21 września 1921 roku znajduje się czterdzieści pięć tysięcy ton nawozu będącego mieszaniną saletry amonowej i siarczanu amonu. Siarczan amonu jest bardzo higroskopijny, mieszanina składowana w silosie o wysokości dwudziestu metrów zbija się pod własnym ciężarem i przypomina gips. Aby ją wydobyć, należy kuć ją kilofami. Dla ułatwienia pracownicy BASF do kruszenia mieszaniny stosują niewielkie ładunki dynamitu. Użycie dynamitu do kruszenia stężałego nawozu jest bezpieczne, jeśli w jego składzie nie ma więcej niż sześćdziesiąt procent siarczanu amonu, tak zakładają fabryczne instrukcje i potwierdza to praktyka; tysiące razy używano wcześniej dynamitu do kruszenia nawozu.

Tym razem jednak nawóz eksploduje. Eksplozja o sile około dwóch kiloton trotylu jest tak wielka, że huk słyszalny jest jako bardzo głośny grzmot w odległym o trzysta kilometrów Monachium. W odległym o trzydzieści kilometrów Heidelbergu szyby wylatują z okien. W promieniu dwudziestu kilometrów podmuch zrywa dachy.

Ginie sześciuset ludzi. Osiemdziesiąt procent domów w Oppau zostaje zniszczonych, ponad sześć tysięcy ludzi zostaje bez dachu nad głową, a Reinholda Ebersbacha nie dotyczy to wcale, co nie ma żadnego znaczenia, i nawet gdyby go dotyczyło, to też nie miałoby żadnego znaczenia.

Mimo że na wstępnym przesłuchaniu Dolores Ebersbach zapewniła mężowi oczywiste alibi, to jego zniknięcie skłania gliwicką policję do skierowania podejrzeń ku Reinholdowi. Kiedy Dolores wyznaje, że mąż nie był ojcem dziecka, podejrzenia się wzmagają. Nie znajduje się broń będąca narzędziem zbrodni.

Reinhold Ebersbach 22 września na pierwszej stronie „Frankfurter Zeitung" czyta o eksplozji w Oppau i opis tragedii nie robi na nim żadnego wrażenia, zbyt jest zajęty sobą. Gazetę czyta w przedziale pierwszej klasy pociągu relacji Wrocław–Berlin.

W Berlinie prosto z dworca idzie do mieszkania gimnazjalnego przyjaciela, którego adres ma zapisany w notatniku; otwiera mu służąca, państwa nie ma w domu, wyjechali.

Ebersbach stwierdza, że ma życie za nic oraz ma złoto, idzie więc do hotelu Adlon, ale ciągle jeszcze kalkuluje i cena pokoju zniechęca go do Adlonu. Recepcjonista, inteligentny i wyczulony na ludzkie charaktery i sytuacje egzystencjalne, sugeruje delikatnie hotel Kaiserhof, więc Reinhold idzie do Kaiserhofu, gdzie wynajmuje pokój na tydzień, podając fałszywe nazwisko i przekupując recepcjonistkę.

W tym samym miejscu i tym samym czasie, tylko jedenaście lat później, w styczniu 1932 roku, ktoś próbuje otruć Hitlera, który jednak wychodzi z tego bez szwanku.

W Niedzielę Palmową 1932 roku doktor Joseph Goebbels przemawia do zgromadzonych w hotelu Kaiserhof okręgowych funkcjonariuszy NSDAP. Wcześniej siedział z Adolfem Hitlerem w tym samym pokoju, w którym zameldował się Ebersbach, co oczywiście nie ma żadnego znaczenia. Planowali wielką podróż przedwyborczą Hitlera, szlifowali przemówienia w poczuciu, że sukces jest na wyciągnięcie ręki.

Pozostaną w Kaiserhofie tydzień, aby w Niedzielę Wielkanocną wyjechać do Monachium i dalej do Berchtesgaden. Rachunek za pobyt w Kaiserhofie przedostaje się do lewicowej prasy i robi się z tego mała sensacja.

Rachunek za pobyt Ebersbacha w Kaiserhofie nie przedostaje się do prasy, bo Ebersbach nikogo nie interesuje; za to skutecznie nadwątla i tak nie najlepszy stan Ebersbachowych finansów.

Od 1 października 1921 roku Reinhold Ebersbach poszukiwany jest listem gończym, jednak nigdy się nie znajduje, rozpuszcza się w Berlinie. Do połowy grudnia 1921 roku pozbywa się wszystkich pieniędzy, wydając je na coraz gorsze hotele, dobry alkohol i różnej jakości dziwki. Sprzedaje zegarek marki Vacheron Constantin i wydaje pieniądze uzyskane w ten sposób. W wigilię Bożego Narodzenia, włócząc się po ulicach Berlina, bez dachu nad głową, postanawia wziąć sprawy w swoje ręce i napada na właściciela trafiki przeliczającego dzienny utarg, terroryzuje go rewolwerem i zabiera pieniądze. Jest bardzo podekscytowany, myśl o tym, jak nisko upadł, niezwykle go podnieca. Pieniędzy wystarcza mu na pokoik w marnym pensjonacie, butelkę sznapsa i towarzystwo niemłodej kurwy, zgorzkniałej w sposób właściwy wszystkim niemłodym kurwom.

Reinhold Ebersbach postanawia zostać bandytą, rabować banki i żyć ze zrabowanych pieniędzy, jednak pierwszego dnia Bożego Narodzenia do pokoiku w marnym pensjonacie przychodzą prawdziwi bandyci, którym poskarżył się obrabowany sklepikarz, łamią Reinholdowi nos i obie nogi i zabierają wszystko, co ma jakąkolwiek wartość — resztę pieniędzy, dokumenty, rewolwer, buty i marynarkę myśliwskiego kroju.

Po wyjściu prawdziwych bandytów Reinholdowi udaje się zawlec do łóżka. Krzyczy, wzywając pomocy, jednak mało kto słyszy jego krzyki, a ci, którzy słyszą, ignorują je całkowicie. W nocy zakrzep powstały w wyniku złamania nogi przesuwa się żyłami w kierunku serca, zostaje przez serce przepompowany i następnie powoduje zator tętnicy płucnej Reinholda, co doprowadza do jego nagłej i niezbyt bolesnej śmierci, i już nie ma Reinholda Ebersbacha, od godziny trzeciej nad ranem w nocy z niedzieli na poniedziałek 26 grudnia 1921 roku. Pochowany zostaje w anonimowym grobie.

W tym samym czasie, ale w innym miejscu, w domu Valeski Magnor odbywa się smutna wieczerza wigilijna, po której następują smutne święta. Czoik dyskretnie przekazał Valesce, że Josef musi się ukrywać ze względu na sprawy związane z polityką. Cztery dni przed świętami narodziły się dwujajowe bliźniaki, którym Valeska nadała imiona Alfred i Elfrieda.

Josef od trzech miesięcy przebywa w ciemnościach, w spoczniku ewakuacyjnej pochylni łączącej komorę pomp z szybem ewakuacyjnym na pokładzie 300 kopalni Delbrück.

3.

1906, 1921, 1924, 1935–1937, 1991,
1994, 2013, 2014

Josef siedzi w ciemnościach i światło w ciemnościach nie świeci, i ciemność światło ogarnia. Josefa ciemność ogarnia. Josef otwiera szeroko oczy i zamyka je najszczelniej jak potrafi, i jest tylko ciemność, i Josef przyjmuje tę ciemność, admiruje tę ciemność, wciąga ją w siebie i ciemność go wypełnia, i Josef staje się ciemnością, gaśnie w ciemności i jest szczęśliwy.

Rzadkie myśli o Valesce, małym Erńście i dzieciątkach, co się miały narodzić, w ciemności gasną. Częste myśli o Caroline w ciemności ledwo się tlą.

Josef pije wódkę z butelki, potem wspina się pochylnią ku szybowi ewakuacyjnemu, oddaje mocz do szybu, potem, po namyśle, kuca nad nim, balansując niebezpiecznie, przytrzymując się drabinki, i słucha, jak gówno spada długo, i potem rozlega się głęboki, daleki plusk, kiedy wpada do rząpia. Josef podciera się gazetą, wciąga spodnie i wraca na spocznik, od którego rozpoczyna się pochylnia, siada, przykrywa się kocem, upija łyk wódki, zagryza chlebem i myśli o świni uciekającej przed masŏrzem Gollą, i myśli, cóż tam się z Gollą przy powstaniu działo, bo to przecież wielgi Niymiec bōł, ale nie wie, co z nim, nie wie o tym, że masōrza Gollę pobił czelōdnik Grychtoll z kamratami. Myśli o ostatnim świniobiciu, na jakim był, podczas którego zabili Lomanię szywōłdziōny. Stara się nie myśleć o Caroline.

Nikodem siedzi w salonie domu własnego architekta, który nie jest już domem własnym architekta, tylko domem żony architekta, ta zaś już nie jest żoną architekta, chociaż przecież oficjalnie się nie rozwiedli, bo to trwa i nie było czasu, i teraz Nikodem przyjechał do domu, który oficjalnie jeszcze jest jego, ale przecież umówili się, że zostawia dom żonie architekta i córce architekta, która już śpi w swoim pokoju.

W przeszklonym salonie dwa czarne skórzane fotele model Barcelona, projektu Miesa van der Rohego, oryginalne z Knolla, nie repliki, ikoniczny przykład najlepszego designu, zaprojektowane przez tego samego Miesa, którego imienia nagrodę dostał Nikodem. Nikodem uważa, że wszystko powinno być w najlepszym gatunku.

— Tani wuszt psi jedzōm — mówił często do Nikodema dziadek Ernst, kiedy Nikodem był młodszy.

Nikodem wie, że Ernst nie miał raczej na myśli foteli za kilkadziesiąt tysięcy. Dom własny architekta, przekleństwo, myśli Nikodem, przeklęte fotele model Barcelona. Przeklęty Mies van der Rohe i jego liczne kochanki artystyczne, przeklęta willa Tugendhatów w Brnie, na którą gapi się Nikodem na przełomie tysiącleci i na trzecim roku architektury, a potem kiedy leci do Stanów, to specjalnie do Chicago, kolejne realizacje oglądać, jakby ten przeklęty van der Rohe był kimś rzeczywiście w życiu Nikodema ważnym. Van der Rohe, less is more, fotele model Barcelona.

Żona Nikodema siedzi na samym brzeżku fotela model Barcelona. Kolana razem. Dłonie na kolanach.

Wstydzę się tego, że mam fotele Barcelona w salonie, myśli Nikodem. Po co mi fotele model Barcelona?

— Dobrze, że przyjechałeś — mówi żona Nikodema bardzo sztucznym głosem, w którym nie ma już zabitej przez strach nienawiści, ale jest ciągle cała uraza, upokorzenie, poczucie odtrącenia i wzgardzenia, jakie wywołał w niej Nikodem.

Nikodem sądzi, że żona go nienawidzi, bo odszedł do młodej, pięknej dziewczyny, która wyglądałaby jak z obrazu Cranacha, gdyby Cranach mógł ją namalować. Żona Nikodema nie wie, jak wygląda dziewczyna, do której odszedł Nikodem, bo nigdy jej nie widziała, ale poniekąd się domyśla. Nikodem myli się co do nienawiści żony do niego. Nienawidziła go wcześniej; teraz czuje tylko strach przed umieraniem w samotności i z tego strachu nienawiść zniknęła. Została cała reszta. Uraza, upokorzenie, wzgarda.

— To jasne przecież — mówi Nikodem bardzo sztucznym głosem. Zdaje sobie doskonale sprawę z tego, że kocha kobietę, która siedzi na brzeżku fotela model Barcelona, tylko w związku z nią i z tym kochaniem jej nie dzieje się w nim to, co dzieje się w nim w związku z dziewczyną, którą też kocha, a która mu się wymknęła i odjechała autobusem, a on wrócił do mieszkania, które najpierw miało być jej, tyle że kupił je na siebie, a potem miało być ich wspólne, a teraz czyje jest to mieszkanie w bloku na Tauzenie w Katowicach? Nikodema, który nie uważa, że jest jego, czy dziewczyny, która wie, że nie jest jej?

Milczą. Powinniśmy coś ustalić, myśli Nikodem, czy mam tu mieszkać, czy nie. Gdzie, co i jak, w ogóle.

Milczą.

— Pójdę zapalić — mówi Nikodem.

— Ja w zasadzie mogłabym już teraz zacząć palić, już mi nie zaszkodzi — próbuje zażartować żona Nikodema i znowu oboje milczą.

Nikodem się nie zaśmiał, chociaż przez sekundę miał ochotę.

Odsuwa szklane drzwi, wychodzi na ogród, zapala goździkowego papierosa.

Na tyczce altany siedzi dzierzba i Nikodem przygląda się dzierzbie. W zeszłym roku też tu była. Ciekawe, czy ta sama, zastanawia się Nikodem. Dzierzba gąsiorek. Samczyk. Kasztanowy grzbiet i wierzch skrzydeł, szaroniebieska główka z czarną przepaską na oczach, jakby z kostiumu złodzieja z kreskówki. Kremowy brzuch i dziób zakrzywiony jak u dużego drapieżnika, chociaż ptaszek niewiele większy od wróbla.

Rok wcześniej, ale oczywiście w tym samym czasie, Nikodem wychodzi przed dom własny architekta nie na papierosa, tylko na spacer. Na spacer bez papierosa. Pokłócili się, Nikodem i żona Nikodema.

Dwieście metrów od przeszklonego i betonowego domu własnego architekta rośnie tarnina. Dzika śliwa. Tak powiedziała siostra Nikodema, która zna się na roślinach. Że tarnina to dzika śliwa.

Nikodem zauważa coś między liśćmi. Podchodzi bliżej. Na ciernie tarniny nabite małe zwierzęce ciałka: jaszczurka zwinka, maleńka mysz, więc młoda pewnie, ryjówka aksamitna wielkości małej myszy, pozbawiony głowy, duży pasikonik zielony, po łacinie zwany Tettigonia viridissima, i długi kawałek zwykłej dżdżownicy, wszystko martwe. Dzierzbia spiżarnia, czego jeszcze Nikodem nie wie, ale potem pyta o to ojca, który zna się na ptakach, i Stanisław Gemander tłumaczy Nikodemowi, że to dzierzba, i Nikodem już wie.

W tym samym czasie, tylko rok później, przygląda się dzierzbie na tyczce. Dzierzba przygląda się Nikodemowi. To samczyk ta dzierzba, Nikodem poznaje po upierzeniu. Nikodem to zasadniczo również samczyk.

Nic nie mówią, Nikodem ani dzierzba.

Dwudziestego drugiego września 1921 roku Reinhold Ebersbach milczy dokładnie tak samo, jak milczą Nikodem i dzierzba dziewięćdziesiąt trzy lata później, chociaż ciągle w tym samym czasie.

Reinhold siedzi w pociągu relacji Breslau–Berlin i milczy.

Josef Magnor siedzi na spoczniku pochylni ewakuacyjnej u samego stropu komory pomp, czterysta metrów pod ziemią w kopalni Delbrück, i milczy.

Valeska Magnor rozmawia z Wojciechem Czoikiem o tym, że Josef Magnor musi się ukrywać, i też milczy, bo mówi tylko Czoik.

Bezimienne bliźniaki, które potem zostaną Alfredem i Elfriedą Magnorami, spoczywają w łonie Valeski Magnor i milczą.

Ernst Magnor śpi w kolebce i milczy.

Stary Pindur, nagi, kończy układać stos z chrustu w lesie między Alt Grabownia, Olschowietz a Chwalentzitz. Nie milczy, śpiewa.

— Ej, ty wiŏnku cyprysowy, ôwijej sie wele gowy! Ej, ty wiŏnku cyprysowy, ôwijej sie wele gowy!

W zniszczonym eksplozją Oppau znaleziono ciało czternastoletniej dziewczyny nabite na zaostrzone pręty kutego żelaznego ogrodzenia, nabite dokładnie tak samo, jak dzierzba nabija na ciernie tarniny ryjówki albo jaszczurki.

Pindur podpala swój stos i siada blisko, tak blisko, że bijący od ognia żar parzy, czerwienieje Pindurowi starcza skóra na twarzy i chudych kolanach.

— Ludzie, kere idōm za tym moim wieczystym poznaniym, kere majōm wiara i nie szymrzōm, ône bydōm uwolniōne ôd czynōw, ale gupie ludzie, kere szymrzōm i niy idōm za moim poznaniym, to ôni sōm w tyj wiedzy potracyni i na zicher sie stracōm — mówi Pindur, chociaż nikt go nie słucha, swoimi słowami powtarza to, co dziesięć lat wcześniej czytał po niemiecku, a teraz, przy płonącym stosie chrustu, zapomniał, że kiedykolwiek czytał to w jakimkolwiek języku, i sądzi, że to jego własne słowa.

Patrzy w ogień, chwilę milczy.

— Ej, ty wiŏnku cyprysowy, ôwijej sie wele... — urywa, bo przypomniała mu się inna piosenka. Zaczyna swoim starczym, piskliwym głosem, już bez melodii:

— Piskej, piskej, ty słowiku, do dnia biŏłego, do dnia biŏłego. Przyprowadź mi kochaneczka do łoża mego. Do łoża mego. Wele łoża stoi gnot, poleku, Hanysku, bobyś pod.

Dalej nie śpiewa, chociaż tekst pamięta. Milczy. Ogień trawi suche gałęzie, z których Pindur ułożył stos, i zamienia je w popiół, a popiół sypie się we mnie.

Nikodem gasi butem niedopałek papierosa, wraca do domu. Otwiera lodówkę marki Liebherr i czuje się niezręcznie z tym, że otwiera lodówkę marki Liebherr z kostkarką do lodu i chłodziarką do wina, bo czy jego jest ta lodówka marki Liebherr z kostkarką do lodu i chłodziarką do wina, czy nie jego? Oficjalnie jego, ale przecież dobrowolnie zrezygnował ze statusu posiadacza tej lodówki marki Liebherr z kostkarką do lodu i chłodziarką do wina. W sumie, urządzając dom, chciał kupić Smega, ale nie ma Smega z kostkarką do lodu i chłodziarką do wina, a Nikodem chciał kostkarkę do lodu i chłodziarkę do wina, więc nie kupił Smega.

Nikodem wstydzi się lodówki marki Liebherr z kostkarką do lodu i chłodziarką do wina, zwłaszcza że nie mieszka już z nią w tym domu. Zastanawia się, czy trudniej mu było odejść od żony, czy od foteli model Barcelona i lodówki Liebherr.

Nalewa sobie soku, sokiem zmywa gorzki smak tytoniu.

— Potrzebujesz czegoś? — pyta głupio.

— Nie, chyba nie — odpowiada żona Nikodema.

Milczą.

— Będziesz spał tutaj? — pyta żona.

Nikodem wzrusza ramionami. Bo nie wie.

— Weronika śpi? — pyta.

— Chyba jeszcze się bawi w łóżku. Zajrzyj do niej — odpowiada Kaśka Gemander, nie patrzy na niego.

Nikodem wchodzi do pokoju córki. Weronika śpi, musiała zasnąć przed chwilą, w dłoniach ma jeszcze lalkę i konika. Nikodem wyjmuje zabawki z rąk dziewczynki, układa je na łóżku; wie, że Weronika nie lubi się z nimi rozstawać. Gasi boczne światło, zostawia tylko zapaloną lampkę nocną w kształcie żółtego księżyca. Całuje Weronikę w czoło. Dziewczynka coś mruczy przez sen.

W tym samym czasie, tylko wcześniej, stos chrustu starego Pindura dogasa. Stary Pindur ma poparzoną skórę, spalone włosy i brodę i uważa, że zjednoczył się z jedynym prawdziwym bóstwem, ze Słońcem.

— Był rōz oberfeszter, co miōł cera gryfnŏ, chodzili ku niyj myśliwcy i parobcy wszyscy — próbuje podśpiewywać, ale piosenka zamiera mu na ustach, nie potrafi już śpiewać, za stare ma gardło.

Rozpalił stos, na którym chciał samego siebie złożyć w ofierze, ale się nie odważył. W tym samym miejscu siedemdziesiąt trzy lata później znajduje się jezioro, sztuczne jezioro zwane Zalewem Rybnickim. Nie ma przysiółka Olschowietz. Obok Grabowni w latach siedemdziesiątych budują wielką elektrownię, na jej potrzeby spiętrzają wody rzeki Rudy i powstaje jezioro.

Piętnastoletni Nikodem na tym jeziorze uczy się żeglować. Siedzi przy rumplu czerwonej, podniszczonej omegi. O kadłub z włókien i żywicy epoksydowej ocierają się ciemne, dwumetrowe cielska stukilogramowych sumów i srebrne torpedy wielkich, lśniących amurów. Dakronowe żagle są w łopocie, bo czternastoletni Nikodem nie umie dobrze wybrać talii grota. Instruktor tłumaczy Nikodemowi: ostrzysz, wybierasz, odpadasz — luzujesz! Chłopie!

Nikodem wybiera talię grota. Dakron już nie łopocze. Nikodemowi bardzo się podoba pewna Patrycja, ponieważ mimo trzynastu lat ma już piersi oraz wydatne usta.

Pindur wrzuca na dopalający się stos swoje łachmany. Nagi przedziera się przez las, wchodzi między zabudowania Orzupowitz. Tam zostaje rozpoznany. Edeltrauta Pikulik osłania starczą nagość Pindura starym prześcieradłem i troskliwie prowadzi go na teren szpitala dla psychicznie chorych, który nazywa się jeszcze Prov.-Irrenanstalt in Rybnik, po wypielęgnowanych alejkach między zwalistymi budynkami w stylu Preußischer Bahnhofstiel.

Patrycja wślizguje się do namiotu Wojtka, Nikodem w swoim namiocie zostaje sam. Namiot jest marki Alpinus. Parę lat później po plecakach marki Alpinus Nikodem i ludzie, z którymi podróżuje, rozpoznają Polaków w hostelach Azji od Ułan Bator po Kuala Lumpur. A teraz przez niedopięty zamek wejścia do namiotu marki Alpinus Nikodem usiłuje dojrzeć lub dosłyszeć, co może dziać się w namiocie, w którym przebywają Wojtek i Patrycja, ale niczego nie widzi i niczego nie słyszy, bo z radia w przyczepie kempingowej opiekuna obozu żeglarskiego dobiega piosenka Edyty Górniak *To nie ja*. „To nie ja byłam Ewą, to nie ja skradłam niebo" — śpiewa Edyta Górniak i zajmuje drugie miejsce w konkursie Eurowizji, w którym po raz pierwszy reprezentowana jest Polska.

Wszyscy, którzy idą za białą trumną, a nie jest ich wielu, sądzą, że uczestniczą w pogrzebie Caroline Ebersbach, a przecież to nie Caroline Ebersbach zostanie pochowana na cmentarzu przy Coselstraße, tylko ciało, które kiedyś było Caroline Ebersbach, a teraz jest tylko ciałem, które już nie jest Caroline Ebersbach, a gdzie jest Caroline Ebersbach, kiedy jej ciało zamknięte w białej trumnie chowają na cmentarzu przy Coselstraße, na cmentarzu wielowyznaniowym, gdzie jest Caroline Ebersbach, gdzieś czy nigdzie?

Dzień przed pogrzebem odwiedzają Dolores Ebersbach dwaj mężczyźni. Obaj walczyli w szeregach Freikorps Oberland o niemieckość Śląska, tej prastarej germańskiej ziemi Silingów, Kwadów i Wandalów. Wyższy z nich twarz ma posiekaną ostrzem szlegra w burszowskich pojedynkach. Niższy przypomina urzędnika pocztowego, ma okrągłe okulary w drucianej oprawie i Dolores od razu wyobraża go sobie w zarękawkach.

Mówią, że policja ma wątpliwości co do winy Reinholda Ebersbacha. Że nie wiadomo. Że przecież cieszył się nieposzlakowaną opinią. I że pojawiają się pewne wątki, plotki... Zabity został niemiecki oficer. O tym wszystkim mówią. Dolores Ebersbach słucha w milczeniu. Czy może jednak nie należałoby przy okazji pogrzebu poruszyć wątku politycznego? No bo jednak pojawiają się plotki.

Szturmowy oficer z bliznami na twarzy był w okopach, czasem nawet całkiem niedaleko Josefa Magnora, ale inaczej był w tych okopach, przedzierał się przez zasieki z pistoletem maszynowym, sztyletem i przypiętymi pod pachami płóciennymi kieszeniami pełnymi granatów trzonkowych. Nikt go nigdy nie pokonał i chociaż minęły już trzy lata — a jemu minęły w walce, z komunistami, ze śląskimi insurgentami, z kim popadło — ciągle nie może uwierzyć, że przegrali.

Szturmowy oficer z bliznami na twarzy ma imię i nazwisko, i von przed tym nazwiskiem, ale to nie ma znaczenia, jak wszystko.

Szturmowy oficer z bliznami na twarzy nigdy nie interesował się Śląskiem, pochodzi z okupowanego teraz przez Francuzów Palatynatu, Polacy byli dlań zawsze odległym wschodnim ludem — jakąś katolicką odmianą Rosjan, o której niewiele wiadomo i którą nie ma potrzeby się interesować; nie zdawał sobie nawet jakoś szczególnie sprawy z ich obecności w szeregach szarej armii, jak sądzi, najwspanialszej armii świata — ale skoro podnieśli rękę na Niemcy, zdradzone i pchnięte w plecy, to szturmowy oficer z bliznami na twarzy przyjechał na Śląsk nienawidzić Polaków i zwalczać wszelkimi dostępnymi metodami.

Więc, droga pani, czy jednak przy okazji pogrzebu nie należałoby przemyśleć jeszcze raz nieposzlakowanej opinii Reinholda Ebersbacha i rozważyć ewentualnie wątku politycznego?

Dolores Ebersbach już prawie nie ma, to znaczy jest jej ciało, głowa i świadomość, a jednak Dolores Ebersbach prawie nie ma.

Dolores Ebersbach wie, że mąż jej, Reinhold Ebersbach, nigdy nie poważyłby się naruszyć niewinności Caroline.

Dolores Ebersbach wie również, że nie było go w jej pokoju, gdy umarła, ponieważ kiedy padł strzał, oboje znajdowali się po drugiej stronie drzwi, które można zamknąć tylko od wewnątrz.

Dolores Ebersbach świat odebrał wszystko. Najpierw męska obojętność zabrała jej kochanka. Kochała go i zrobiłaby dlań wszystko, a on tylko przychodził, zaspokajał się w jej ciele i odchodził. Wiedziała, że jej nie kochał. Nie pożegnał się nawet, kiedy pojechał na wojnę. Wszystko, co jej po nim zostało, to córka. I teraz świat zabrał jej Caroline.

I jedyne, co może, to myśleć o Reinholdzie Ebersbachu i jego wielkiej, niezmazywalnej winie. Reinhold Ebersbach jest winien wszystkiemu, śmierci Caroline, zmarnowanemu życiu, pustce, samotności i nieodwołalnie nadchodzącej nędzy.

Dolores Ebersbach nie interesuje, kto był w pokoju Caroline, kto naprawdę ją udusił i kto zastrzelił Rahna. Nie interesuje jej to, bo wie, kto jest temu winien, i chce, żeby ten ktoś został za to ukarany, i tym kimś jest Reinhold Ebersbach. Powie im to.

— Mein Mann erwürgte meine Tochter und erschoss diesen Offizier — mówi bez wahania i czuje się zaraz lepiej, bo powiedziała to na głos po raz pierwszy.

Freikorpserzy wychodzą, pożegnawszy się uprzejmie, lecz chłodno.

Następnego dnia kondukt pogrzebowy jest nieliczny. Morderstwo odstrasza, tym bardziej morderstwo z pożądania i w skandalicznej atmosferze.

Za białą trumną idą trzy najodważniejsze koleżanki Caroline, które na pogrzeb poszły wbrew rodzicom. Idzie służba z domu przy Kreidelstraße 23, idzie Dolores Ebersbach, ksiądz, idą ministranci.

Dolores Ebersbach słyszy, jak przechodnie szepczą, chociaż sama nie jest pewna, czy słyszy, czy raczej tylko się domyśla. Ojciec, nieobecny, rozpusta, kazirodztwo, ależ nie, przecież nie był jej ojcem, inny kochanek, zbrodnia z namiętności.

Inni mówią: niemiecki oficer, niemiecka dziewczyna, to na pewno zasrani Polacy. Krwią zmazać trzeba tę hańbę, rozpanoszyli się tu jak u siebie. I czy to jest zgodne z prawdą? Nie wiedzą niczego o Josefie, chociaż plotki o przychodzących do Caroline różnych chłopakach się rozniosły. Nie musieli ich jednak słyszeć; mówią tak, bo trzy miesiące temu było powstanie, a w dniu pogrzebu Caroline ciągle nie wiadomo, jak przebiegnie granica.

Atrakcyjniejsza wydaje się jednak historia kazirodczego ojca, który okazuje się nie być ojcem, dusi więc będącą owocem cudzołóstwa córkę i zabija jej gacha, nie w obronie czci dziewiczej, lecz z zazdrości. Dolores słyszy te głosy, nawet jeśli ich nie słyszy.

Patrzy na spuszczaną do grobu białą trumnę. Nie płacze. Rzuca w grób ziemię. Słucha śpiewu księdza. Wraca do pustego mieszkania przy Kreidelstraße 23 i już wie, że służąca uciekła. Wie też, że Reinhold zabrał pieniądze.

Na cmentarzu jest też Wojciech Czoik. Stoi oparty o parkan, przygląda się z daleka, pali papierosa. Czeka. Gdy wszyscy się rozchodzą, Czoik dalej stoi, czeka.

Kiedy nie ma już nikogo, podchodzi do grobu, odmawia po polsku i po cichu *Ojcze nasz*, a potem kładzie na grobie tani bukiecik, który cały czas ukrywał za plecami.

Wojciech Czoik myśli o zakopanej w ziemi dziewczynie, chociaż przecież w ziemi zakopane jest tylko ciało dziewczyny, ciało, które nie należy już do nikogo, tak jak do nikogo nie należą kamienie albo stonogi, ale Wojciech Czoik myśli o tym ciele, jakby było ciałem zabitej dziewczyny.

Wojciech Czoik czuje się winien jej śmierci. Skąd mógł wiedzieć, że była kochanką Josefa? Skąd mógł wiedzieć, że Josef zdolny jest do zbrodni? Pyta o to sam siebie. Skąd mógł wiedzieć?

A potem myśli, że jednak mógł wiedzieć.

Nawet po Schönwaldzie, gdzie Magnor nie dopuścił do zemsty, nawet po tym mógł wiedzieć, że Josef jest zdolny do czegoś takiego. Mógł się domyślić. Kiedy Josef wrócił z wojny, to było w nim coś innego niż przed wojną. Coś, co sprawiało, że tak powszechnie się Josefa bano i on, Wojciech Czoik, też bał się Josefa i boi się dalej.

Kwiaty kładzie, bo myśli ciepło o dziewczynie, do której, póki żyła, można było przyjść, zapukać w okno i jeśli się jej człowiek spodobał, to wpuszczała go do siebie. Czoik nigdy wcześniej nie spotkał takiej dziewczyny i później też nigdy takiej nie spotka, dlatego na grobie Caroline Ebersbach położył kwiaty.

Josef pozostaje w ciemności. Przynoszą mu jedzenie, wodę, wódkę i eter.

Dolores Ebersbach pakuje niewielki neseser, następnie udaje się na dworzec kolejowy, kupuje bilet na pociąg do Breslau, siada w poczekalni, wyjmuje tomik z wierszami von Eichendorffa, patrzy na żółte strony, nie czytając, czeka. Dziesięć minut przed odjazdem pociągu idzie na peron. Wsiada do wagonu drugiej klasy, następnie wysiada na dworcu w Breslau i udaje się do mieszkania swojej siostry.

Siostrę uprzedziła o swym przyjeździe telegramem. Siostra wpuszcza Dolores. Nie jest zachwycona jej odwiedzinami, ale nie widzi innej możliwości, niż przyjąć siostrę pod swój i męża dach. Kwaterują Dolores Ebersbach w pokoju gościnnym.

Po miesiącu siostra proponuje, by Dolores pomogła przy trójce jej dzieci, Dolores stanowczo odmawia, siostra uznaje, że nie wypada nalegać.

Trzy lata później Dolores zauważa, że jej siostra i szwagier wcale ze sobą nie sypiają, wychodzi więc z pokoju i próbuje uwieść męża swojej siostry, ten jednak z odrazą odrzuca zaloty Dolores, ponieważ miłości cielesnej ma pod dostatkiem, posiadając liczne młode kochanki.

Dolores wraca do swojego pokoju, który kiedyś był pokojem gościnnym, a teraz jest pokojem Dolores.

Kilka razy w tygodniu przy kolacji siostra przypomina Dolores, na czyim łaskawym chlebie żyje. Po kolacji Dolores wraca do pokoju. W 1935 roku na Boże Narodzenie otrzymuje radio marki Siemens. Po wieczerzy wigilijnej wraca z radiem do swojego pokoju i później często słucha radia. Czasem idzie na spacer nad Odrę. Siostra daje jej kieszonkowe, więc Dolores może sobie nawet pozwolić co jakiś czas na kawę w kawiarni. Pewnego razu zażywny pan przy barze szepcze coś kelnerowi i kelner na koszt pana przynosi do stolika Dolores kieliszeczek likieru do kawy. Dolores jest miło, że ktoś zamówił dla niej likier. Rozgląda się, kelner usłużnie i dyskretnie wskazuje zalotnika wzrokiem. Mężczyzna jest stary i ma duży brzuch, więc Dolores oburzona wstaje od stolika i wychodzi z kawiarni, nie tknąwszy likieru. Kelnerzy patrzą na zażywnego pana z naganą, zażywny pan dopija więc swoje piwo i wychodzi również, upokorzony, rozgląda się jeszcze za Dolores, ale tej już nie ma. Wróciła do mieszkania siostry. Włącza radio.

W roku 1937 dostaje anginy. Po anginie pojawiają się powikłania. Od powikłań umiera i zostaje pochowana na

cmentarzu przy kościele Zur Heiligen Familie, przy Auen-
straße, i już nie ma Dolores Ebersbach, i nie ma Reinholda Ebersbacha, i nie ma Caroline Ebersbach, a kiedyś byli,
ale to nie ma żadnego znaczenia, bo teraz już ich zupełnie
nie ma.

Josef we mnie pije wódkę i trochę eteru, jest podniecony
i pobudzony, próbuje się onanizować, ale nagle zdaje sobie
sprawę, że już nie chce grzeszyć, więc przestaje. Rozbiera
się do naga, zzuwa buty i zaczyna wspinać się w ciemnościach w górę pochylni. Do ciemności przywykł. Dochodzi
do szybu ewakuacyjnego. Już wie, że chce na powierzchnię,
na zewnątrz, ku niebu. Stalowe szczeble ewakuacyjnej drabiny. Tysiąc szczebli. Po trzystu zatrzymuje się. Po chwili
zaczyna się cofać, boi się, że w ciemnościach przegapi
wyjście pochylni prowadzącej do komory pomp, ale liczył
szczeble, więc teraz, wracając, liczy znowu. Wraca.

Nikodem wychodzi z domu Ernsta i Geli Magnorów.

— Kto to był? — pyta Gela, bo już zapomniała.

— Czemu babcia mówi do ciebie „Adaśku", tatuś? —
pyta Nikodema Weronika.

— Bo jest bardzo stara — odpowiada Nikodem.

Wsiadają do samochodu.

Ernst macha ręką, nie odpowiada. Gela wraca do myśli
o ciele Słowaka skopanego na śmierć na bocznicy pod
Novým Jičínem.

Ernst włącza niemiecką telewizję. Zakłada na uszy bez-
przewodowe słuchawki, inaczej nie słyszy, co mówią. Lubi
oglądać niemiecką telewizję. Żeby nie zapomnieć języka.
Sam się z tego śmieje. Po co mi język, skoro mam dziewięćdziesiąt cztery lata?

Program nazywa się *Euromaxx. Leben und Kultur in
Europa*. W studio Meike Krüger. Meike Krüger opowiada

o regatach kutrów w Kiel. Przystojna kobieta, myśli Ernst i po chwili przestaje słuchać.

Myśli o pszczołach. Ernst zawsze miał pszczoły, a teraz Ernst nie ma pszczół. Stały cztery ule, pomalowane na żółto i zielono. Ernst postawił je w latach sześćdziesiątych, a od połowy dziewięćdziesiątych odgrażał się, że to już ostatni rok, kiedy jest miód. Potem został jeden ul. Potem nie było już żadnego ula.

Ernst myśli o Nikodemie. I o miodzie.

Nikodem ma dwanaście lat.

— Bydymy szlojdrować miōd — mówi Ernst, ma siedemdziesiąt jeden lat, a nieznajomi, widząc go na ulicy, dają mu czasem i mniej niż sześćdziesiąt.

Nikodem trochę boi się pszczół, ale tylko trochę, na tyle, aby nie okazywać tego bardziej, niż to przystoi dwunastolatkowi. Razem z Ernstem wynoszą z garażu wirówkę do miodu. Składa się z wielkiego kotła o średnicy osiemdziesięciu centymetrów, w którym na centralnej osi zamontowano obrotowo stelaż, w nim Ernst umieszcza ramki wypełnione przez pszczoły plastrami wosku. Komórki wosku pełne miodu. Po ramkach chodzą pszczoły.

— Lipowy. Patrz, jaki jasny — mówi Ernst do wnuka. Nikodem kiwa głową, ale trochę boi się pszczół.

Obrotowy stelaż z ramkami za pomocą przekładni z paskiem klinowym zamocowany jest do korby. Korbą się kręci. Przekładnia zwiększa prędkość obrotową i ramki wirują z wielką szybkością. Nikodem lubi szlojdrować miód. Lubi bezwładność stelażu na ramki z plastrami, opór, jaki na początku rozkręcania stawia korba, zgrzytliwy szum na początku i potem buczenie, kiedy całość wiruje tak szybko, szybciej, coraz szybciej. Lubi, kiedy z umieszczonego przy samym dnie szlojdra kranika zaczyna do słoja ściekać strużka lepkiego miodu.

Ernst podaje mu kawałek plastra.

— Yno niy połykej — mówi.

Nikodem żuje wosk, z którego, gdy się ściśnie szczęki, wypływają słodkie strużki miodu. Ernst wybiera kawałki pszczół i wosku z sitka, przez które przelewa lipowy miód.

Innego dnia, ale w tym samym czasie, razem zdejmują rój z gałęzi. Ernst zachęca Nikodema i Nikodem wkłada dłoń w ciemną, prawie czarną kulę pszczół. Nie żądlą. Łaskoczą trochę. Z rojem schodzą z drabiny, potem Ernst delikatnie umieszcza rój w nowym ulu.

Wieczorem na piętrze domu w Gierałtowicach pokazuje Nikodemowi królową, pszczołę ogromną jak szerszeń, uwięzioną w klatce wielkości pudełka od zapałek.

— Co z nią będzie? — pyta Nikodem.

Ernst wzrusza ramionami. Umrze. Królowa umrze. Nie może być dwóch w ulu, bo się wyroją.

Dwadzieścia trzy lata później, ale w tym samym czasie, Ernst siedzi w fotelu. Wyłączył telewizor. Gela położyła się do łóżka spać. Leży w pościeli i wpatruje się w pęknięcia na suficie.

Dom Ernsta i Geli Magnorów trzęsie się lekko, poruszają się szklanki i srebrne kieliszki w politurowanym kredensie.

— Tōmpło, ja...? — słabym głosem pyta z łóżka Gela.

— Ja, Geleczko, tōmpło, ja...

— Jerzińsko gruba, chałpa nōm sie zarabuje na kōniec... — złości się Gela głosem jeszcze słabszym.

Ernst sam zbudował dom przy ulicy Powstańców. Czyli na przykład Josefa albo Czoika, to ich ulica, skoro jest to ulica Powstańców. Josefa mniej, bo był tylko w straży gminnej,

Czoika bardziej, bo był na przykład pod Anabergiem i walczył z freikorpserami z Oberlandu. I nazwisko Czoika jest na pomniku naprzeciwko Urzędu Gminy w Gierałtowicach. Pomnik Bojowników o Polskość i Ofiar Faszyzmu.

Ernst sam zbudował dom przy ulicy Powstańców. Do murowania miał pomocników, murarzy, a potem wszystko zrobił sam. Głęboko pod domem Ernsta i Geli z mojego ciała ludzkie czerwie wydrapują czarne słońce, kawałek po kawałku, a kiedy pokład się opróżnia, wyciągają szalunek i wyrobisko się zawala. Nazywa się to metodą na zawał. Od zapadających się wyrobisk zapada się ziemia kilkaset metrów wyżej. Domy trzęsą się, przesuwają się szklanki w kredensach.

Dom Ernsta Magnora ujęty jest w stalowe klamry, spięty. Ale sufity i tak pękają. Dzwonią szyby w kredensie.

Ernst myśli o ojcu, o Josefie Magnorze. Widział go tylko raz w życiu. To znaczy widział go wiele razy jako niemowlę, czy jednak kiedy jesteście niemowlętami, to jesteście tym, kim stajecie się później, skoro pozbywacie się wszelkich niemowlęctwa wspomnień? Niemowlęta są ludźmi i zwierzętami jednocześnie, ale ludźmi są osobnymi. Dziesięciolatkowie są tymi samymi ludźmi, jakimi będą, mając lat dziewięćdziesiąt, lecz trzymiesięczne dzieci są kimś innym.

Ernst słyszy, jak Gela wzdycha z łóżka, które opiekujące się nią córki przeniosły z piętra na parter, bo Gela nie potrafi już wspiąć się po schodach. Ernst patrzy na zawieszony nad drzwiami zegar. Prawie dziewiętnasta. Za chwilę przyjedzie Natalia Gemander, z domu Magnor, córka Ernsta i Geli, żona Stanisława, matka Nikodema i Ewy. Zwana Talą.

— Tala zaróz sam bydzie — mówi Ernst, chociaż wie, że Gela go nie słyszy.

— Tōmpło, ja…? — pyta Gela.

— Niy, terŏski niy tōmpło — odpowiada Ernst.

Natalia przyjeżdża swoim małym, nowoczesnym oplem, parkuje za domem w Gierałtowicach, wchodzi do domu. Odkłada zakupy w kuchni, zrzuca buty na obcasie, idzie zobaczyć, co u matki. Okrywa ją kocem, bo widzi, że Gela jest zziębnięta.

— Dziouszko, dej mie yno tyn album, kery sam je we szranku, ja? — mówi Ernst.

Natalia wyjmuje z szafki gruby album, w którym zdjęcia, kiedyś wklejone, od dziesięcioleci włożone są luzem między grube tekturowe kartki, na których pozostały ślady po skruszałym kleju. Podaje album Ernstowi. Ten przegląda go bezradnie.

— Kaj je to ze ślubu ôjca i matki? — pyta.

Natalia znajduje zdjęcie. Podaje kartonik Ernstowi razem z okularami do czytania.

— Na co to wōm, tato? — pyta.

Ernst przygląda się fotografii.

— Na nic — odpowiada zrezygnowany.

Natalia przegląda inne zdjęcia. Adalbert Czoik w wieku lat szesnastu, a już dorosły kawaler, przystojny jak szlag, myśli jego wnuczka, ciemne włosy zaczesane na brylantynie, pierwsza wojna jeszcze się nie zaczęła, Adalbert jeszcze nie został Wojciechem, za to ma elegancką marynarkę i wzorzystą jedwabną chusteczkę w brustaszy. Szkoda, że tak szybko umarł. Ciekawe, jaki był, myśli Natalia. Szkoda, że go Niemcy zabili. Chowa zdjęcie do albumu, album do szafy.

— Musicie sie przekludzić — mówi Wojciech Czoik do Valeski Magnor w październiku 1921 roku. Przyszedł do jej domu w Nieborowitz. Często do niej przychodzi, ale nigdy nawet nie spróbował jej dotknąć. Nie przesiaduje wieczorami. Trochę z przyzwoitości, a bardziej ze strachu przed Josefem, chociaż samemu Czoikowi wydaje się, że wyłącznie z przyzwoitości, Czoik nie ma pojęcia, że boi się Josefa, ale bardzo się go boi. Coś mądrego w Czoiku słusznie mówi Czoikowi, że Magnor jest zdolny do wszystkiego. I to wcale nie dlatego, że zamordował niewinną dziewczynę.

— Musicie sie przekludzić, i to drap, zanim sam bydzie ôstuda — dodaje Czoik w odpowiedzi na milczenie Valeski.

— Czamu? — dziwi się Valeska.

— Bo sam bydzie Rajch — odpowiada Czoik.

Valeska wzrusza ramionami.

— Dyć sam dycki był Rajch. Nigdy żech niy była nikaj indziyj, yno w Rajchu. Polska mie niy ma potrzebnŏ. Jo chcã wiedzieć, kaj je mōj chop. Nikaj, do żadnyj Polski sie niy byda kludzić.

— Niy musicie kajś daleko. Yno na drugŏ strōna granice.

— A kaj bydzie ta granica?

Jest październik 1921 roku. Valeska jeszcze nie wie. Czoik już wie.

Do Nieborowitz granica przyjdzie z południa, ale to tylko mała zatoka. Oczywiście we mnie nie ma granicy, żadnej granicy. Są wkopane we mnie kamienne słupy, są domy celne i Zollhausy, są szlabany, są strażnicy graniczni i Grenzschutze, ale granicy nie ma, granice są tylko w waszych głowach. Mogą się też znaleźć w waszych kieszeniach, jeśli potraficie zarabiać na przemycie, albo w waszych ciałach, jeśli trafi was kula Grenzschutza lub strażnika granicznego. Ale we mnie nie ma. Granica, która jest w waszych głowach, do Nieborowic przyjdzie z południa. W okolice, w których żyją i żyli, i będą żyć Josef, Caroline, Czoik, Valeska, Gela, Ernst, Nikodem i dziewczyna, która wymknie się Nikodemowi i która mu się wymknęła, granica nadejdzie z Zaborza, po umownie polskiej stronie pozostawiając Kunzendorf i Paulsdorf, które staną się Kończycami i Pawłowem. Pobiegnie dalej na zachód, lokując po polskiej stronie Preiswitz, które staną się Przyszowicami, i Gieraltowitz, które zostają Gierałtowicami. Cegielnia „Machoczek" wznosi się po stronie umownie niemieckiej, więc pozostaje przy nazwie Machotscheksche Zieglerei. Na południe od Cegielni „Machoczek" jest Knurow i dalej nazywa się Knurów, tyle że nad „o" pojawia się kreska. Granica biegnie równoleżnikowo nad Knurowem, przez pola — na północ od niej jest Mysia Góra, która jednak nazywa się Mischagora — i nagle za Knurowem raptownie skręca na południe, wzdłuż pasa zarośli i rzeczki Bierawki. Las należący do Schyglowitzer Forst pozostaje niemiecki, granica z południkowej znów staje się równoleżnikowa, z Knurowem na wschodzie, i prowadzi wzdłuż drogi z Knurowa do Nieborowitzer Hammer, po której szywołdziōny niedawno goniły nieistniejącego już Augusta Lomanię. Dochodzi więc ze wschodu do Nieborowitzer Hammer i znów skręca na południe, przyznając Polsce Kriewald, razem z Młynem „Jagielna" i ze swojego równoleżnikowego biegu wykrawa zatokę, w której nie ma nic poza bagnistym lasem i bażanciarnią, a za Nieborowitzer Hammer wraca do drogi prowadzącej z Pilchowitz do Knurowa, sto metrów od niej odbija na południe, aby ominąć leśniczówkę, przecina szosę z Gleiwitz do Rybnika, umieszczając ją po polskiej stronie, i prowadzi dalej na południe wzdłuż tej polskiej też szosy, a jakieś pięćdziesiąt metrów od niej.

W miejscu, w którym granica przecina szosę relacji Gleiwitz–Rybnik, zwanym Łużami, Nikodem będzie miał pierwszy ze swoich licznych wypadków samochodowych, kiedy wracając do domu z uczelni należącym do Natalii

Gemander srebrnym fiatem seicento sx, zatańczy na oblodzonej drodze, wykona piruet i wyląduje na dachu w rowie, szczęśliwie ominąwszy drzewa. Ale to nie ma znaczenia.

Tak samo znaczenia nie ma to, że właśnie w tym miejscu, w Łużach, granica między Deutsches Reich a Rzecząpospolitą Polską najbardziej zbliża się do domu, który kiedyś był domem Valeski i Josefa, a teraz jest głównie domem Valeski, bo Josef zamieszkał w kopalni. W prostej linii to niecały kilometr. Z tego domu Valeska ma się wyprowadzić, tak jej radzi Czoik.

Nie zważając na to, granica w ludzkich głowach wytyczona leci dalej, na południowy zachód, po niemieckiej stronie zostaje miasteczko Pilchowitz, wraz z dotykającym wręcz granicy przysiółkiem Niederdorf, który dopiero w 1945 roku stanie się Dolną Wsią. Po polskiej stronie zaś zostaje Wilcza.

Nikodem przed wyjściem jeszcze raz idzie do pokoju Weroniki. Przygląda się jej. Weronika o niczym nie wie, poza tym że tata teraz mieszka gdzieś indziej. Nikodem poprawia bezsensownie kołdrę Weroniki, gładzi dziewczynkę po jasnych, prawie białych włosach, całuje, podnosi z podłogi pluszowego misia i kładzie go obok poduszki, obok konika o długiej grzywie i lalki Barbie. Wraca do salonu.

— Niczego ci nie potrzeba? — pyta.

Żona Nikodema milczy.

— Może coś ze sklepu…? — dopytuje Nikodem.

— Wracasz do niej?

Nikodem milczy.

— No, powiedz.

— Nie. Ona…

— To zostajesz?

— Nie.

— Czyli wracasz do niej.

— Z nią już koniec — kłamie Nikodem, nawet nie wiedząc, że kłamiąc, jednak mówi prawdę.

Żona Nikodema milczy.

— Chcesz, żebym wrócił, tutaj? — pyta głupio Nikodem.

Kaśka Gemander odwraca się od niego. Nie może na niego patrzeć.

Nikodem Gemander wychodzi z domu własnego architekta. Wsiada do samochodu i jedzie do mieszkania w Katowicach. Jedzie tam z nadzieją, że ona tam będzie, ale wie, że jej tam nie będzie. Mimo to ma nadzieję.

Valeska odmawia Czoikowi.

— Niy przekludza sie nikaj. Sam żech je dōma, nikaj indziyj być nie chcā — mówi.

W katowickim mieszkaniu nie ma dziewczyny, która wymknęła się Nikodemowi. Nikogo w nim nie ma. Nikodem z lodówki wyjmuje wino. Połyka dwie tabletki xanaxu, popija winem. Zastanawia się, czy po kieliszku wina mógłby pojechać na strzelnicę, do parku do Chorzowa, ale nie, nie chce mu się. Włącza *Battlefielda* na konsoli. Dziewczyna, która mu się wymknęła, lubiła grać, dlatego kupił konsolę.

Strzelanka nudzi go po kwadransie.

4.

1921, 2014, 2016, 2013, 1951, 1947

Valeska idzie obok wozu zaprzężonego w dorodnego per-
szerona. Na rękach niesie Elfriedę, zawiniętą szczelnie
w chusty i becik. Obok idzie nowa żona ojca Valeski, niewiele starsza od niej samej, i niesie tak samo jak Elfriedę
zawiniętego Alfreda. Valeska nie lubi nowej żony swojego
ojca, ale nigdy nie miała odwagi jej tego okazać, nie tak ją
wychowano. Obok macochy siostra Valeski, która niosła
Ernsta, ale Ernst, półtoraroczny, bardzo chciał jechać na
wozie, więc teraz jedzie, między nielicznymi meblami, naczyniami, dywanem, pierzynami i ubraniami w skrzyniach,
całym ruchomym dobytkiem Valeski. Obok Ernsta jedzie
dwuletni Richatek, który towarzyszy matce z konieczności.
Kury przewieźli wczoraj. Valeska przeprowadza się z Nieborowitz do Gierałtowic, na polską stronę. Czoik znalazł
dla niej niewielki domek przy głównej ulicy Gierałtowic,
niedaleko wybudowanego dwadzieścia pięć lat wcześniej
klasztoru, drewnianego kościoła Świętej Katarzyny i cmentarza. Czoik mieszka w Przyszowicach.

Czoik idzie obok Valeski. Na ramieniu niesie karabin. Karabin jest marki Mauser.

Valeska boi się o swój los, los kobiety samotnej.

— Tyn twōj chop to drap do dōm sia niy wrōci — mówi Czoik, kiedy ruszają za wozem. Ale nie mówi dlaczego, a Valeska nie pyta, tylko robi to, czego matka nauczyła ją w domu i czego matkę Valeski nauczyła jej matka, i tak dalej, cały ten szereg matek i córek przez pokolenia doskonalił wielką i subtelną sztukę godzenia się z losem w milczeniu.

— A tyn mōj to durś łazi ôżarty, piere mie a dziecka tysz piere, a markōw nic niy döwö — mówi siostra Valeski macosze, która idzie za wozem z Alfredem na ręku.

Macocha Valeski wie, że to prawda. Kiwa głową. Obie godzą się na swój los. Valeska godzi się na swój los.

Nikodem siedzi w swoim małym katowickim mieszkaniu i nie godzi się na swój los.

Dziewczyna, która mu się wymknęła, siedzi w zupełnie innym mieszkaniu, tępo patrzy w głośno grający telewizor. Sięga po telefon.

— Chyba nie zamierzasz do niego napisać? — pyta przyjaciółka dziewczyny, która wymknęła się Nikodemowi.

Dziewczyna, która wymknęła się Nikodemowi, odkłada telefon.

— To minie, rozumiesz? Wiem, że teraz jest ci trudno, ale to minie. Zawsze mija. Zobaczysz.

Dziewczyna, która wymknęła się Nikodemowi, wie, że przyjaciółka ma rację, i nienawidzi jej za to, że ma rację.

I rzeczywiście, cierpienie, które dziewczyna czuje w związku z Nikodemem, minie w roku 2016.

Coś nie minie nigdy, ale ona tego jeszcze nie wie. Gdyby wiedziała, krzyczałaby z bezradności i przerażenia.

Patrzy na telefon.

Nie pisze.

Poznali się rok wcześniej.

Dziewczyna, która wymknie się Nikodemowi, ma na imię Dorota. Kiedy się poznają, ma dwadzieścia cztery lata. Kiedy wymyka się Nikodemowi, ma dwadzieścia pięć lat. Poznają się w biurze Nikodema.

Biuro Nikodema mieści się w Gliwicach. W starej wieży ciśnień. Przy ulicy Sobieskiego, która kiedyś nazywała się Freundstraße. Niedaleko mieszka siostra Nikodema. Nikodem wraz ze wspólnikiem kupili wieżę za grosze, za pieniądze ze zleceń, które po nagrodzie Miesa spłynęły do ich biura szeroką strugą. Adaptacja pochłonęła ponad milion i zrealizowana została w ograniczonym względem pierwotnych zamiarów zewnętrznego inwestora zakresie, mają jednak wysoko nad zieloną dzielnicą wielkie, przestronne biuro w miejscu, w którym kiedyś mieścił się zbiornik na wodę.

Na dużo wody, dużo w waszym ograniczonym domem, albo nawet kwartałem domów wymiarze, bo oczywiście nie w wymiarze oceanu, czy nawet jeziora, ale i na dużo wody, bo to przecież są wasze pojęcia i wy decydujecie, co to znaczy „dużo", a co „mało".

We mnie tych pojęć nie ma, we mnie wartości są bezwzględne. I we mnie samym dla siebie i myśląc siebie, nie wyrażam wartości w jednostkach, nie wyrażam w jednostkach cenności, wielkości, mocy, objętości, sensu, długości, szerokości, zawartości, celowości, siły, potencjału i wszystkiego tego, co próbujecie ująć w arabskie cyfry, nie wyrażam w jednostkach, bo to jest mną i we mnie samym bezpośrednio i bardzo daleko od was, którzy chodzicie po mnie, tak jak Dorota, która chodzi po mnie w momencie czasu oznaczonym według waszej rachuby jako rok 2013 po narodzeniu Jeszuy, który został Chrystusem, chociaż wiadomo, że urodził się kiedy indziej, co oczywiście nie ma żadnego znaczenia, bo nic nie ma żadnego znaczenia, wasze losy, ich losy, czyjekolwiek losy. Nic nie oznacza niczego, wszystko tylko jest, a ja to wszystko czuję swoim ciałem i widzę miriadami swoich oczu.

Dorota wspina się po wąskich schodach. Ma przeprowadzić wywiad z nową gwiazdą śląskiej architektury. Pojawił się znikąd, wcześniej raczej anonimowy, i nagle przyćmił najbardziej znane śląskie biura, i stał się znany w całej Polsce. Przeczytała wszystkie wywiady, a udzielił ich sporo.

Podoba jej się. Wie, że ma żonę i dziecko. To ją trochę podnieca, miała kiedyś romans z facetem, który miał żonę i dziecko, ale to było coś innego. Był jej szefem. To nie ma znaczenia, myśli sobie Dorota, wspinając się po krętych stalowych schodach gliwickiej wieży ciśnień.

Do niczego tutaj nie dojdzie, myśli Dorota. Ale podoba jej się ten Nikodem. A jej chłopak już się jej nie podoba. Chłopak Doroty to partia marzeń, twierdzą jej koleżanki. Ma dwadzieścia siedem lat i jest wybitnym programistą. Tak mówi o nim jego dumna z syna matka. Mój syn jest wybitnym programistą. W każdym razie jeździ nowiutkim, sportowym audi, Dorota nie zna się na autach, ale lubi chłopców w dobrych samochodach.

Później, kiedy Dorota już od miesiąca ma romans z Nikodemem, lecz jeszcze jest ze swoim dotychczasowym chłopakiem, a Nikodem jeszcze nie odszedł od żony, Dorota przyzna mu się, że nigdy nie była z biednym chłopakiem i że lubi, kiedy chłopcy mają dobre samochody.

Przyznaje się do tego Nikodemowi ze wstydem, ponieważ jest pijana i ponieważ kochali się przez ostatnie dwie godziny, dlatego się do tego przyznaje.

Wtedy Nikodem bez krygowania się mówi, że to przecież normalne. On nigdy nie był z brzydką dziewczyną. Nigdy. Nie wszystkie ładne mu się podobają, mówi, na co dziewczyna, która mu się wymknie, ze śmiechem dodaje, że przecież ona też nie leci na każdego, kto ma dobrą furę; no właśnie, nie wszystkie ładne mu się podobają, z brzydkimi może sobie ciekawie porozmawiać, ale po prostu nie ma szansy, żeby brzydka dziewczyna wyzwoliła w nim to coś, co sprawia, że się zakochuje, więc nie, i to, czym dla dziewczyn jest uroda, tym dla mężczyzn są symbole statusu. Nie zawsze samochody oczywiście, bo też status może być różny, można być seksownym nędzarzem, nawet programowym nędzarzem, jeśli w czymś jest się wybitnym, na przykład prawdziwa lub udawana moralna wyższość różnych działaczy społecznych, na którą lecą dziewczęta pracujące za darmo w ich NGO, odgrywa rolę ich lśniącego bmw. Muzycy rockowi, jeśli odnoszą sukcesy, to mogą być zamożni, chociaż u nas nie aż tak jak na Zachodzie, mówi Nikodem, a przecież mają branie jak nikt, bo jak gość stoi na tej scenie z gitarą, stoi z tą gitarą, jakby z fiutem w ręce stał, to jest po prostu, kurwa, wodzem całego stadionu i każda squaw na tym stadionie chciałaby ogrzać łoże wodza. Co ty pieprzysz, Nikodem, o Indianach pieprzysz? Śmieją się oboje. Piją wino. Kochają się ponownie.

To był najpiękniejszy czas ich romansu, myśli Nikodem, siedząc rok później samotnie w katowickim mieszkaniu, które kupił dla niej, ale na siebie. Ona była ze swoim chłopakiem, on był z żoną i córką, nie było w ogóle rozmowy o rozwalaniu sobie życia, oni cieszyli się sobą.

— Myślałam, że w moim życiu już się nic nie wydarzy, a mam dopiero dwadzieścia cztery lata — mówi Dorota. Stoi naga na balkonie i pali papierosa, wychyla się i patrzy na przeklęte Katowice.

Nikodem przygląda jej się z łóżka. To jest to samo mieszkanie, w którym siedzi rok później, ale jeszcze nie jego, na razie je wynajął, żeby mieć gdzie się z nią spotykać, kupi je potem. Przygląda jej się z łóżka. Dziewczyna opiera się o betonową balustradę balkonu, ma bardzo długie nogi i piękny tyłek, i najpiękniejsze na świecie plecy, myśli Nikodem, a na te plecy spadają jej włosy, potargane, rozczochrane, bo kochali się przez dwie godziny i pili wino, i jedli włoskie antipasti z Almy prosto z plastikowych tacek, na których są sprzedawane, ochlapali siebie i pościel oliwą. Nikodem zjada oliwki z pępka Doroty, co miało być seksowne, ale zamiast tego staje się wielkim żartem.

Potem, zacząwszy od tego żartu, znowu się kochają i potem ona mówi, że go kocha, tak po prostu, a Nikodem odpowiada, że też ją kocha, tak po prostu, bo to prawda, i nagle zdają sobie sprawę z tego, co zrobili, co się stało, co się wydarzyło, i ona jeszcze nie wie, bo jest młodsza, ale Nikodem już wie, bo jest starszy, wie, co to znaczy, wie, że stało się coś, przez co będą oboje bardzo cierpieli, i kiedy ona widzi to w jego twarzy, to też już wie, i przez kilka minut leżą na łóżku osobno, nie ze sobą, oboje patrzą w niski sufit mieszkania na dziesiątym piętrze bloku na Tauzenie i myślą o tym, co się stało, myślą o tym oboje, słusznie, jak o czymś nieodwracalnym i jakoś strasznym.

Miesiąc wcześniej Dorota wspina się po schodach i myśli o tym, że podobał się jej na zdjęciach, jest bardzo w jej typie, ale że przecież nic nie będzie, bo czemu miałoby być, ona ma chłopaka, który w historii przeglądarki zamiast porno ma strony z pierścionkami zaręczynowymi, porno pewnie usuwa, a ten architekt ma żonę i córkę, i w ogóle gdzie jej tam do niego. Więc nic nie będzie. Nic.

Dorota przeprowadza wywiad w biurze firmy Nikodema Gemandera, robi się późno. Dorota wyłączyła nagrywanie w iPhonie, Nikodem otworzył wino i rozmawiają dalej, a potem Nikodem proponuje jej tak zupełnie niezobowiązująco, że może by coś zjedli, więc idą do winebaru Lofty, który mieści się w spichrzach, gdzie kiedyś przechowywano obrok dla koni 2. Pułku Ułanów von Katzlera.

Potem się rozstają, a ona na obrzydliwym gliwickim dworcu wsiada do błyszczącego podmiejskiego pociągu Kolei Śląskich do Katowic i z pociągu pisze do niego niezobowiązującego esemesa, że było jej bardzo miło, i ciągle są jeszcze na „pan" i „pani", co i dla niej, i dla niego jest bardzo dziwne, ale tak właśnie jest. Dorota już wie, że ta znajomość nie skończy się na wywiadzie, chociaż nie rozważa jakoś szczególnie, co będzie później.

Wraca do mieszkania swojego chłopaka, w którym nie ma jej chłopaka, ponieważ często jeździ on do Warszawy i widują się głównie w weekendy. Chłopak Doroty jest bardzo zapracowany. Dorota kładzie się w wannie, nie odpisuje na esemesa od chłopaka, ale odpisuje na niezobowiązującego esemesa od Nikodema, po czym onanizuje się, zanurzona w gorącej wodzie. Nie myśli o swoim chłopaku, nie myśli też o Nikodemie, w zasadzie nie myśli o niczym, po prostu jest podniecona i napięta i musi się tego podniecenia i napięcia pozbyć.

Potem bierze tabletki: prozac na poczucie szczęścia, czyli otępienie, oraz cilest na to, żeby nie mieć dziecka, o którym marzy, marzy o takiej małej, ślicznej dziewczynce z loczkami i bierze codziennie te tabletki, właśnie żeby takiej małej, ślicznej dziewczynki z loczkami nigdy nie mieć.

Potem pisze do niego esemesa. Nikodem odpisuje.

Potem, kiedy już mu się wymknęła, Nikodem czeka na esemesa od niej, a ona już nigdy esemesa do niego nie napisze. Nikodem tego jeszcze nie wie, ale tak właśnie będzie, bo tak po prostu jest, bo wszystko jest, to co było i to co będzie, więc jest tak, że potem, kiedy dziewczyna mu się wymknie, to nie napisze esemesa do Nikodema. Już nigdy.

Siedzi więc w zupełnie innym mieszkaniu, otula się nie swoim swetrem i rozpaczą.

Caroline Ebersbach nie ma. Ciało, które kiedyś było Caroline Ebersbach, przebywa w ziemi.

Caroline Ebersbach nie ma też wtedy, kiedy kochanka prawnuka mężczyzny, który ją zabił, otula się swetrem i rozpaczą, bo ciało, które kiedyś było Caroline Ebersbach, rozpłynęło się we mnie i od dawna płynie w moich żyłach, w ciałach ludzi, drzew, zwierząt i kamieni, a w tym samym czasie, tylko w innym momencie Josef Magnor rozpływa się w ciemnościach.

Josef Magnor przebywa w ziemi.

Czoik przynosi mu jedzenie, wodę, alkohol i eter z himburą, jakby dla kobiety. Przynosi też karbid do lampy, ale Magnor nie chce palić lampy, nie chce światła, Magnor chce ciemności. Je po omacku, po omacku oddaje mocz i kał do rząpia w szybie ewakuacyjnym, nie otwiera drzwi do komory pomp. Słyszy głosy tych, którzy w niej pracują, kolejne szychty, słyszy ich zwykłe rozmowy o robocie, o kobietach, o pieniądzach, o polityce, o granicy, którą wyznaczono, o tym, czy będą chodzić do roboty przez granicę, bo na przykład mieszkają w Knurowie, Gierałtowicach, Przyszowicach albo gdzie tam jeszcze, a Delbrück zostaje po niemieckiej stronie, i czy to będzie możliwe, podobno będzie możliwe, a potem znowu mówią o robocie, o kobietach, o dzieciach, o tym wszystkim mówią.

Josef nie słucha, słyszy, ale nie słyszy. Słyszy tylko dźwięki, udaje mu się nie słyszeć słów.

Gdyby słyszał słowa, to z tych słów w jego głowie ulepiłaby się Valeska. Pojawiłby się Ernst, mały Ernst, którego Josef ucałował, wychodząc sobotnim wieczorem do szynku Widucha na piwo. Pojawiłyby się dzieci, które miały się z łona Valeski narodzić i które się z tego łona narodziły, tak powiedział Czoik, zdrowe i wszystko w porządku.

A potem pojawiłaby się Caroline Ebersbach, a przecież nie ma już Caroline Ebersbach, nie ma jej i Josef prawie o niej nie myśli, bo Josef nie myśli o niczym, Josef staje się ciemnością. Od kiedy Czoik sprowadził go w głąb mego ciała, Josef nie wypowiedział ani jednego słowa. Ciemność.

Josef jednak nie słucha. W jego głowie jest tylko ciemność i światłość jej nie rozświetla, i ciemność światło ogarnia, i dlatego Josef żyje. Je, pije wodę, wódkę i eter. Jego ciało stało się czarne od węgla i Josef nie nosi ubrania.

Czuję jego chudnące, cuchnące eterem ciało, jak opiera się o ciężkie ściany moich wnętrzności. Josef przestaje jeść. Od dwóch dni wyrzuca jedzenie, które przynosi mu Czoik, wyrzuca je prosto do rząpia szybu, zamiast najpierw zjeść, a do rząpia wydalić tylko to, co pozostanie z jedzenia, kiedy przejdzie przez układ pokarmowy Josefa.

Josef pije eter, kraglik za kraglikiem. Beka, żeby wypuścić gazy. Czarno płoną przełyk i żołądek. Josef wymiotuje czernią.

Krzyczy, ale pracujący w komorze pomp nie słyszą jego krzyku, pompy pracują zbyt głośno. Zapomnieli już o Josefie, nawet regularne wizyty Czoika już im spowszedniały, przywykli.

Josef krzyczy i widzi Caroline Ebersbach na łóżku, z nabrzmiałą twarzą. Plamy na szyi, powalana pościel, potem okno, człowiek w oknie, strzał, wszystko to widzi i to jedyne, co widzi, Valeski i dzieci dalej nie ma, tylko pokój w willi przy Kreidelstraße 23.

Pije eter. Biegnie w górę pochylni, wspina się w górę szybu ewakuacyjnego, ale wie, wie, że nie wyjdzie, chce być tylko trochę bliżej miejsca, w którym ona leżała, i wydaje mu się, że ona dalej tam leży, a ona wcale już tam nie leży i nigdzie nie leży, bo jej nie ma. Co się z wami dzieje, kiedy was nie ma? Kiedy znikacie, co się z wami dzieje?

Ja jestem.

Ja jestem, a wy stajecie się mną. I nie tylko wasze ciała wracają do mojego ciała. Coś jeszcze wraca, kiedy znikacie.

Ciało, które kiedyś było Caroline Ebersbach oraz należało do Caroline Ebersbach, spoczywa w grobie. Ciała w ziemi rozkładają się cztery razy wolniej niż ciała zanurzone w wodzie i osiem razy wolniej niż ciała pozostawione na powietrzu. Ciało, które kiedyś było Caroline Ebersbach i które kiedyś należało do Caroline Ebersbach, rozkłada się więc powoli. Po autopsji narządy wewnętrzne w jamie brzusznej nie znajdują się na swoich miejscach, po sekcji lekarz włożył je byle jak i zaszył powłoki brzuszne. W jamie brzusznej znajduje się również macica, gdzie jak w trumnie spoczywa dwucentymetrowy, ośmiotygodniowy płód płci męskiej, którego życie znaczy dokładnie tyle samo, ile znaczy życie jego matki Caroline Ebersbach i jego ojca Josefa Magnora, i jego przyrodnich braci Ernsta i Alfreda, i przyrodniej siostry Elfriedy, którego życie warte jest dokładnie tyle samo, ile warte jest życie kogokolwiek innego, również wasze życie — czyli nic. Nic nie znaczy i nic nie jest warte.

Gdyby ciało, które kiedyś było Caroline Ebersbach i które kiedyś należało do Caroline Ebersbach, wystawić na światło, to widać byłoby, iż jej skóra, której porcelanową gładkość i białoróżowy odcień tak doceniali spółkujący z nią mężczyźni, przybrała kolor brązowoczarny. Naskórek uniósł się, tworząc nieregularne pęcherze wypełnione brudnoczerwoną surowicą, będącą efektem rozkładu krwi. Krew gnije najszybciej. Rozdziela się na frakcje. Ciało, które kiedyś było Caroline Ebersbach i należało do Caroline Ebersbach, nie wzdyma się od gazów, będących efektem procesów gnilnych zachodzących wewnątrz ciała, gdyż te z sykiem ulatniają się przez rzadki szew po sekcji.

W ciemności pozostanie ciało, które kiedyś było Caroline Ebersbach i należało do Caroline Ebersbach, a ja czuję, jak wsiąka we mnie powoli i zaczyna płynąć w moim ciele, jak rozpływa się we wszystkie strony, potem zaś wyciągają je drzewa, i staje się czymś innym, a gdzie jest wtedy Caroline Ebersbach, to nie ma znaczenia.

W tym samym czasie, tylko później, złożone zostaje do grobu ciało Nikodema; jego powłoki nie są naruszone, nie zostało poddane sekcji. Po czasie właściwym dla warunków, w jakich przebywa ciało, które kiedyś było Nikodemem, w jamie brzusznej wzbierają gazy i w końcu ich ciśnienie jest tak wysokie, że wypycha z jamy ciała i wynicowuje odbytnicę, uprzednio wypchnąwszy rozkładający się kał. Potem ciało, które kiedyś było Nikodemem, pęka. Białka rozkładają różne bakterie. Na przykład Bacillus proteus vulgaris, Bacillus subtilis, Flavobacterium aromaticum. Albo beztlenowe Bacillus putrificus i Bacillus perfringens.

Gdyby w trumnie z ciałem, które kiedyś było Nikodemem Gemanderem, zabłysło światło i oprócz światła znalazłby się tam ktoś, kto mógłby obserwować, co się dzieje, to rozchyliwszy butwiejące powoli warstwy drogiego garnituru z wełny marki Loro Piana i rozpiąwszy koszulę, ujrzałby, jak zielone są tkanki ciała, które kiedyś było Nikodemem. Na zielono tkanki, które kiedyś były Nikodemem, barwi sulfo-methemoglobina, powstająca we krwi w związku z obecnością siarkowodoru.

W tym samym czasie, tylko dużo wcześniej, Nikodem, władający jeszcze swoim ciałem i zupełnie żywy, dostaje esemesa od dziennikarki, która przeprowadziła z nim wywiad, i Nikodem odpowiada na tego esemesa i chwilę potem dziennikarka staje się Dorotą, potem staje się dziewczyną Nikodema, potem Nikodem odchodzi od żony, a potem Dorota wymyka się Nikodemowi, a potem Nikodem przychodzi do mnie, w ziemię, i na skutek obecności siarkowodoru w krwi jego powstaje sulfomethemoglobina, i Nikodem zielenieje, potem czernieje, a potem przesącza się przez wełnę marki Loro Piana o gramaturze 220, przez wełnę garnituru, jaki o wiele, wiele wcześniej luksusowy krawiec uszył specjalnie na wymiar ciała, które jeszcze było Nikodemem, kiedy garnitur był szyty.

W tym samym czasie, ale zanim Nikodem przesączy się przez gęsty splot wełny uszytego na miarę garnituru i zanim Dorota wymknie się Nikodemowi, Nikodem i Dorota spotykają się w Gdańsku, gdzie firma Nikodem Gemander Architekci przebywa na dokumentacji do konkursu, który zamierza wygrać i później wygrywa, a ona przyjeżdża specjalnie dla niego, chociaż okłamuje go, że ma tam własne sprawy, i spędzają cztery dni i cztery noce w hotelu, i obiecują sobie, że to tylko zwykły romans, odskocznia od życia, i oboje udają, że to prawda, i wierzą, że to prawda, a potem to przestaje być prawda i mówią sobie wiele razy o miłości, mówią to puste „kocham cię" z takim przejęciem, jakby to miało jakiekolwiek znaczenie, choć przecież nie ma — a kiedy już to sobie powiedzieli, to tak trwają.

Potem ona przenosi się z Katowic do Warszawy, do nowej pracy, a w nowej pracy poznaje kogoś, kto jej się bardzo podoba. Wtedy pyta Nikodema: „Czy ty masz coś dla mnie, Nikodem, coś naprawdę, coś do zaoferowania?".

Nikodem wtedy jeszcze nie wie, kim ona dla niego jest i do czego jest dla niej zdolny, i natychmiast, bez sekundy zastanowienia, odpowiada, że nie. Nic nie ma do zaoferowania. Ma przecież żonę, Weronikę ma i dom własny architekta oraz Nagrodę Miesa van der Rohego oraz fotele skórzane projektu Miesa van der Rohego, model Barcelona, i lodówkę marki Liebherr z kostkarką do lodu oraz chłodziarką do wina, więc co mógłby zaoferować Dorocie, z którą wdał się w romans? Czy miałby wyrzec się swoich foteli model Barcelona i lodówki marki Liebherr z kostkarką do lodu oraz chłodziarką do wina, i córki Weroniki, i żony, i domu własnego architekta wyrzec się miałby?

W tym samym czasie, tylko kilka miesięcy później, Nikodem wyrzeka się wszystkiego.

W tym samym czasie, tylko kilka miesięcy później, Nikodem stoi sam na balkonie swojego katowickiego mieszkania i uważa, że stracił wszystko, bo stracił dom własny architekta, żonę i córkę, i dziewczynę, dla której wyrzekł się wszystkiego, tyle że to nieprawda. Nie stracił wszystkiego. Stracił w istocie niewiele. Wszystko straci dopiero za jakiś czas.

W tym samym czasie, ale dziewięćdziesiąt trzy lata wcześniej, Josef Magnor uważa, że umarł i że Czoik jest Diabłem Stróżem, który opiekuje się nim po śmierci, i Josef Magnor jest szczęśliwy, bo dobrze mu z ciemnością i w ciemnościach, i gdy jest pełny czerni.

Josef Magnor nawet śmieje się z siebie. Stłumionym, czarnym śmiechem się śmieje, zasłania usta dłonią i śmieje się przez tę dłoń, i czerń wypala w niej dziury czarne.

Josef myśli o Höhe 165, myśli o Loretto i o płytkich bruzdach z błota, które nazywali okopami, i wspomina, jak bał się wtedy śmierci, a teraz już wie, że śmierć jest dobra, bo już nie żyje, bo go nie ma, bo zamienił się w ciemność, tak jak w ciemność zamienili się Caroline Ebersbach, człowiek, który pojawił się w oknie i do którego Josef strzelił z pistoletu, i francuski Negr, w którego wbił bagnet, a teraz przyszła jego kolej i to on nie żyje, i jest w czerni i w ciemności, a światłość w ciemności nie świeci i ciemność je ogarnia.

Josef widzi w swoich dłoniach życie Negra, którego przebił bagnetem, życie Caroline, którą udusił, życie mężczyzny, do którego strzelił, kiedy ten pojawił się w oknie — widzi ich wszystkich razem, jakby byli jednym, jakby tworzyli jedno ciało.

Wbrew wcześniejszemu postanowieniu onanizuje się, chociaż prawie nie ma erekcji. Czerń układa się w kobiece pośladki, piersi i cipy, w wielkim nagromadzeniu, wielkiej intensywności.

— Myślę, że przeceniamy śmierć — mówi pijany trzydziestopięcioletni Nikodem Gemander.

Ciało Nikodema Gemandera należy do Nikodema Gemandera. Ciało ojca jego Stanisława Gemandera należy do Stanisława Gemandera, kiedy pochyla sześćdziesięciosiedmioletni grzbiet nad szpadlem, którym zdziera darń dookoła miłorzębu górującego nad jego ogrodem. Ciało miłorzębu należy do miłorzębu. Ciało ojca Stanisława Gemandera, Joachima, należy do mnie, bo w 1951 roku we mnie je złożono wraz z umierającymi z nim bakteriami Clostridium tetani, i Stanisław to widział, ale bardzo starannie zapomniał, a to dalej jest w jego głowie, ciało ojca na szpitalnym łóżku w łuk wygięte. Clostridium tetani w krwi Joachima Gemandera. Ich maleńkie prokariotyczne ciałka rozpuszczają się we mnie tak samo jak wasze. I już się wszystkie rozpuściły, miriady ciałek Clostridium tetani w ciele Joachima Gemandera jak miriady małych białkowych prostopadłościennych wagoników i inne małe ciałka prokariotyczne w nim, więcej w nim tych ciałek niż eukariotycznych komórek samego Gemandera, chociaż gotów jestem przystać na to, że ciałka prokariotów w ciele Joachima Gemandera są ciałem Joachima Gemandera tak samo jak eukariotyczne komórki Joachima Gemandera i ich prokariotyczne mitochondria — czy jak wolicie sobie tłumaczyć ten prosty fakt, że jesteście ziemią, z ziemi się rodzicie i do ziemi wracacie, mną jesteście, ze mnie się rodzicie i do mnie wracacie.

Nikodem zaś jest pijany i jest z kobietą. Poznał ją w knajpie, pierwszy raz w życiu poznał kobietę w knajpie, ale wie, że poleciała na niego tylko dlatego, że jest studentką architektury i rozpoznała Nikodema Gemandera, samego Nikodema Gemandera, wielkiego śląskiego architekta, rozpoznała go w tym pijanym facecie odzianym w drogą marynarkę i sportowe buty marki New Balance, opierającym się o bar i zamawiającym trzecie piwo i trzecią wódkę.

— Myślę, że przeceniamy śmierć — mówi do niej pijany trzydziestopięcioletni Nikodem Gemander.

Idą ulicą Mariacką, której Nikodem nienawidzi i właśnie dlatego postanowił się tam upić wódką, której nienawidzi, i piwem, którego nienawidzi.

— Co to znaczy, że przeceniamy śmierć? — pyta dziewczyna, niezbyt zainteresowana.

— To znaczy, że przeceniamy życie. Wydaje nam się, że to ważne, żeby żyć, i boimy się śmierci, a to przecież nie ma żadnego znaczenia — odpowiada Nikodem.

— Może po prostu pójdziemy do ciebie?

Nikodem wzrusza ramionami i idą do niego, na Tauzena. Kiedyś myślał, że to było ich mieszkanie, nie jego, ale to nieprawda, to zawsze było jego mieszkanie.

Studentka go nie pociąga. Nikodem jej nie pragnie. Kiedy jednak zamyka drzwi do mieszkania i dziewczyna w końcu przylega do niego całym ciałem, i zaczynają się całować, wtedy Nikodem zaczyna pragnąć seksu. Nie jej szczególnie, ale samej kopulacji.

Studentka architektury siedzi na nim. Kochają się w pościeli, w niej kiedyś kochał się z dziewczyną, która mu się wymknęła. Pomyślał o tym, kiedy kładli się do łóżka. Teraz Nikodem czuje, że zaraz będzie miał orgazm, i ma ochotę uderzyć studentkę w twarz, i nagle rozumie, że mu wcale na niej nie zależy, dlaczego więc nie miałby jej uderzyć w twarz, najwyżej sobie pójdzie. Robi to pierwszy raz w życiu, pierwszy raz daje w twarz kobiecie. Studentka jest zaskoczona, ale nie protestuje.

Po paru sekundach zdaje sobie sprawę, że mu na to pozwoliła, że nie zaprotestowała i tym brakiem protestu zgodziła się na upokorzenie. Czuje podniecenie, jakiego wcześniej nie znała. Orgazm mają prawie w tym samym momencie.

Potem dziewczyna pyta go o sejf, który stoi w rogu pokoju służącego za sypialnię. Nikodem wstaje nagi z łóżka, otwiera szyfrowy zamek, wyciąga pistolet, sprawdza, czy jest rozładowany, i podaje dziewczynie. Ta ogląda broń z obawą i z podnieceniem jednocześnie. Pyta, czy nauczy ją strzelać. Nikodem wzrusza ramionami.

Kochają się po raz drugi. Dziewczyna prosi Nikodema, żeby znowu ją uderzył. Nikodem policzkuje ją wiele razy.

Potem Nikodem mówi jej, żeby poszła do domu, więc ona idzie, obrażona, a Nikodem wie, że ona i tak zadzwoni, bo zorientowała się, że odszedł od żony i że jest sam, i nie takie rzeczy by teraz zniosła, licząc na wielką szansę. Teraz pozwoli mu na wszystko.

Nikodem idzie na balkon i patrzy w dół z dziesiątego piętra. Widzi ją, jak wychodzi, mała, czarna figurka oświetlona pomarańczowym światłem latarń. Nienawidzi tej studentki i nienawidzi samego siebie. Popija winem xanax, jak zawsze dwie tabletki. Benzodiazepiny w przyjemny sposób na jakiś czas tłumią to wszystko, co Nikodem jeszcze czuje. Nikodem nie chce czuć niczego. Chowa pistolet do sejfu.

W tym samym czasie, tylko dziewięćdziesiąt trzy lata wcześniej, Josef Magnor otwiera drzwi prowadzące do komory pomp, drzwi u samego jej sklepienia. W komorze pomp, wysokiej jak kościół, pracuje dwóch górników i obaj wiedzą, że na spoczniku kanału ewakuacyjnego od kilku tygodni ukrywa się człowiek, ale w bladym elektrycznym świetle nie widzą człowieka. Josef jest nagi i czarny, z nosa płynie mu czarna krew i tylko białka oczu świecą na biało. W bladym elektrycznym świetle górnicy widzą potwora.

— Te, dej pozōr, chopie... — mówi do kamrata jeden z pompiarzy i sięga po pyrlik.

Kamrat uznaje, że nie można dopuścić do awantury, która łatwo mogłaby zamienić się w katastrofę, biegnie więc chodnikami na przodek, gdzie pracuje Czoik, jeszcze pracuje, chociaż już wie, że niedługo będzie pod ziemią pracować, bo Czoik nienawidzi pracować pod ziemią. Już niedługo włoży piękny mundur polskiego strażnika granicznego, do pasa przypnie kaburę z niemieckim pistoletem, a po drugiej stronie blaszaną pochwę z niemiecką szablą.

Ale teraz jeszcze pracuje. Lancą drąży otwór strzelniczy. Nie wie jeszcze, że Josef zstępuje z wysokości na spąg komory pomp.

— Ruhe... — mówi do Josefa hajer z pyrlikiem.

Josef stoi na szczycie lekkiej konstrukcji schodów u samego sklepienia komory pomp, stoi jak barokowy anioł na szczycie filara przy sklepieniu gotyckiej katedry, potem zaczyna schodzić po stalowych schodach.

Staje na spągu komory pomp, mija pompiarza i jego pyrlik, wychodzi w chodniki. Pompiarz zauważa, że penis czarnego człowieka nie jest czarny, widać na nim jaśniejszą skórę.

Josef idzie dalej, wychodzi z komory pomp, idzie chodnikiem. Naprzeciwko niego stają Czoik, dwóch hajerów i sztajger, znany z tego, że jest wielgim Polŏkiym.

— Magnor, kaj zaś idziesz...? — pyta miękko Czoik.

— Ku słŏńcu. Chcã sie spŏlić we słŏńcu — mówi Josef słowami starego Pindura, którymi mówi i myśli coraz częściej.

— Dyć na wiyrchu blank cima, noc... — odpowiada ostrożnie Czoik.

— Chcã sie spŏlić we słŏńcu — mówi Josef słowami starego Pindura. — Poczekŏm mało wiela i Bŏg mie spŏli.

Josef nie wie, że mówi słowami starego Pindura. Zapomniał, że je słyszał. Nie uważa jednak, że to jego własne słowa. Po prostu mówi.

Chwytają go za ręce, Josef się nie broni. Postanowili, że trzeba go stąd zabrać, zanim wydarzy się jakieś nieszczęście. I wymyślili, co mogą z nim zrobić.

— Niy nerwuj sie — mówi Czoik. — Valeska i bajtli ju-
żech do Gierałtowic przekludziył.

— Jako Valeska? — pyta zupełnie serio Josef Magnor, który w czerni zapomniał o swojej żonie, zapomniał o małym
Ernście Magnorze, o Elfriedzie i Alfredzie Magnorach zapomniał, chociaż Czoik powiedział mu, że się narodzili, i Josef tak naprawdę zna ich imiona, ale zapomniał. Wszystko
przykrył ciemnością.

Prowadzą w trójkę Josefa do szoli. Wyjeżdżają na powierzchnię.

Okrywają Josefa kocem, wyprowadzają poza teren kopalni. Czekają. Jeden z kamratów Czoika biegnie załatwić
transport i załatwia. Przyjeżdża niewielka ciężarówka Ford,
model TT. Czoik wraz z jednym z hajerów ładują Josefa na
pakę, nakrywają kocem. Hajer zostaje przy Josefie, Czoik siada obok kierowcy. Jadą. Ford jest organizacyjny oraz wolno-
bieżny, nie należy przekraczać nim prędkości trzydziestu
kilometrów na godzinę.

Jadą więc powoli. Josef patrzy w gwiazdy. Przejeżdżają przez Przyszowice, które nazywają się jeszcze Preiswitz,
ale już niedługo będą się nazywać Przyszowice, mijają zamek w Preiswitz, gdzie nieszczęśliwe panny von Raczeck
śpią w swoich łóżkach pod hrabiowskimi pierzynami, mijają ceglany dworzec kolejowy, zbudowany według zaleceń
Preußischer Bahnhofstil, i dojeżdżają do szosy prowadzącej do Gliwic. Dwieście metrów dalej biegnie granica, której
jeszcze nie ma, ale już jest, bo już wiadomo, gdzie będzie,
a skoro wiadomo, to jest. Przy skrzyżowaniu będzie się
kiedyś mieścił urząd celny. Skręcają w lewo, mijają dwór
Madejskich w Gierałtowicach, potem w prawo i jadą przez
wieś, zostawiają za sobą drewniany kościół Świętej Katarzy-

ny z XVI wieku i domek Valeski, w którym Valeska karmi piersią swoje bliźnięta i godzi się na swój los.

Mijają dom Ernsta i Geli Magnorów, w pewnym oddaleniu, bo dom jest w trzecim rzędzie, mówi się, że stoi na „zŏpłociu", przy ulicy Powstańców Śląskich, takich jak Czoik, ojciec Geli z domu Czoik. Ernst, syn Josefa, i Gela, córka Wojciecha, siedzą w salonie ich dużego domu przy ulicy Powstańców, domu, który Ernst sam wybudował, wiadomo, a teraz w nim siedzą, Natalia Gemander krząta się w kuchni i martwi się o Nikodema.

Josef patrzy w czarne, bezgwiezdne niebo nad nim. Rzadkie światła latarni i rozjaśnione prostokąty okien ciemność ogarnia, tak jak ogarnia Josefa.

Przejeżdżają przez Knurów, mijają lecznicę, w której w tym samym czasie za trzydzieści lat umiera Joachim Gemander, i liceum ogólnokształcące, gdzie polskiego uczy Stanisław Gemander, potem jadą drogą, którą Lomania ucieka przed szywŏłdziōnami, i wszystko to tutaj jest, kiedy tak jadą, Joachim Gemander i jego Clostridium tetani, i obnażone w strasznym grymasie zęby, i Lomania, i goniący go szywŏłdzianie, wszystko jest naraz, i Nikodem w swoim terenowym discovery, Weronika przypięta w foteliku na tylnym siedzeniu tego terenowego discovery, jadą odwiedzić Ernsta i Gelę, i Natalię Gemander z domu Magnor, i kiedy Nikodem tak jedzie swoim discovery, słuchając z córką płyty *Wilk* zespołu Kim Nowak, to Josef Magnor jednocześnie jedzie nagi na pace ciężarówki w stronę Nieborowic, idzie wiele razy do szynku Widucha na piwo i jedzie w przeciwną stronę, na pojeździe o wiele cięższym niż ciężarówka, Ernst jeździ do pracy i na starość do lekarza, wszyscy naraz na jednej drodze, codzienne kursy Stanisława Gemandera z Pilchowic do Knurowa i z powrotem i ciężarówka model TT dwadzieścia kilometrów na godzinę w stronę Łuży.

Dwukrotnie przekraczają granicę, której nie ma, a jest, bo już o niej wiadomo, więc jest.

Na Łużach skręcają w lewo i jadą po przyszłej polskiej stronie, wzdłuż przyszłej granicy. Mijają Wilczę po lewej i pilchowicką Niederdorf, czyli Dolną Wieś po prawej. W Wilczy wdowa wojenna nie zdołała jeszcze wymienić całego swojego majątku na papierowe pieniądze, ale jest na dobrej drodze.

Nikodem odbiera Weronikę od opiekunki, aby zabrać ją do domu. Zapina dziecku pasy w bezpiecznym foteliku na tylnym siedzeniu srebrnego discovery z silnikiem o pojemności pięciu litrów, produkcji Jaguara, o mocy trzystu siedemdziesięciu pięciu koni mechanicznych, które to dane — pojemność, liczba cylindrów, moc — sprawiają Nikodemowi wielką satysfakcję, frustrując go jednocześnie, bo wie, że nie może się tą satysfakcją dzielić, byłoby to w złym guście, wstydzi się więc tej satysfakcji. Gdyby otaczający go pochlebcy wiedzieli, jaką przyjemność sprawiliby mu, pytając o silnik srebrnego discovery, to nie mówiliby z nim o niczym innym, pozwalając mu w sposób niewymuszony opowiadać o przyjemności płynącej z posiadania potencjału trzystu siedemdziesięciu pięciu koni mechanicznych pod prawą nogą. Chodzi o pedał przepustnicy, zwany popularnie pedałem gazu — naciskając go, Nikodem może wyzwolić potencjalną moc silnika i przekazać ją za pośrednictwem wałów napędowych na koła samochodu, które z kolei porwą do przodu cały pojazd. Trzysta siedemdziesiąt pięć koni mechanicznych. Nikodem wstydzi się nawet samych myśli o tym.

Ford model TT ma silnik o mocy dwudziestu koni mechanicznych.

Moją moc też można mierzyć jednostką, którą nazywacie obrazowo końmi mechanicznymi, hołd składając tradycji sięgającej pierwszych maszyn parowych, które zastępowały konie idące tępo w kieracie, opróżniające z wody angielskie kopalnie. Jednak nie ma potrzeby mierzenia mojej mocy końskimi jednostkami.

Ciężarówka jedzie, nie przekraczając prędkości dwudziestu pięciu kilometrów na godzinę. Josef Magnor jest dalej przekonany, że nie żyje, kiedy powoli jadą przez las, potem przez Ochojec, Golejów i w końcu dojeżdżają do Rybnika, i tam zatrzymują się przed wrotami prowadzącymi do Irrenanstalt.

Josef Magnor uważa, że umarł, chociaż nie przypomina sobie umierania i śmierci, po prostu czuje i wie, że nie żyje. Czy to znaczy, że jest martwy? Josef Magnor tego, czy jest martwy, nie rozważa. Czy być martwym to coś innego, niż nie żyć? Tak. Josef Magnor jednak po prostu nie żyje.

Ja zaś żyję na tak wiele różnych sposobów.

Żyję w Josefie Magnorze, który nie żyje, chociaż nie jest martwy. Żyję w Caroline Ebersbach, która nie żyje, umarła, jest martwa i jej nie ma, a we mnie jest, we mnie wyciekają gnijące soki jej ciała, przesiąkają powoli przez deski białej trumny, i żyję w drzewach, które są białą trumną, a kiedyś były drzewami i rosły ku słońcu, a teraz ja nimi rosnę, kiedy stają się mną.

Jesteście źródłem i pokarmem wszystkiego, co kiedyś się narodzi, i wszystko jest pokarmem wszystkiego. Jesteście jednym. Ze mną i ze sobą.

CZĘŚĆ IV

1.

1433, 1883, 1906, 1919, 1921, 1934, 1935, 1939,
1942, 1943, 1944, 1945, 1946, 1951, 1961, 1973,
1989, 1993, 1994, 1999, 2000, 2001, 2002, 2003,
2004, 2009, 2012, 2013, 2014

Słońce praży, ponieważ jest maj. Nagrzewają się kirysy, salady i kapaliny, ostrza glewii, rohatyn, lufy taraśnic, hakownic i hufnic. Hełmy z ciasno wiązanej moczonej słomy nie nagrzewają się tak bardzo jak stalowe, ale pękają łatwiej pod ostrzem. Miecze jeszcze w pochwach. Żołnierze Bolka — księcia piastowskiego, który został husytą — zajęli pozycje na Wzgórzu Rudzkim pod miastem Rybnik, które z braku obwarowań opanowali bez trudu, bronił się tylko zamek.

Husyci ustawili swoje wozy bojowe, dymią zapalone lonty przy puszkach. Bojownicy milczą. Na widok przeciwnika liczni w husyckich szeregach Polacy zaczynają śpiewać:

— Słyszeliśmy nowinę o węgierskim krali; coż nam Czeszy prawili, temu myśmy się śmiali.

Naprzeciwko stoją w słońcu wojska księcia raciborsko--karniowskiego Mikołaja V z rodu Przemyślidów. Ciężka konnica, piechota, włodycy.

— Żyżka z Hore pojachał, kral do Hore jał, aby ony żegł, palił — nie, kto sie mu branił. Wy niewierni prażacy, gdzież ki wam dias kazał!? Albo musicie przed głodem zjachaci z broda? A, niewierny kroliczku, nie mow tego; Niż sie Żyżka wytoczy, niejedny Niemiec cepy przeskoczy! — śpiewają dalej husyci, Czesi przyłączają się do pieśni.

Potem jest bitwa. Glewie, gizarmy, topory i halabardy rąbią. Miecze i tasaki takoż. Włócznie i piki kłują. Strzelają husyckie armaty i taraśnice, i broń ręczna, kusze i łuki. Pękają zbroje i kolczugi. Przewracają się ciężkie destriery, herbowe czapraki walą się w krwawe błoto. Płonie tabor.

Husyci przegrywają.

Na ziemi leżą trupy wojowników Bolka husyty oraz mniej liczne trupy wojowników Mikołaja V.

Rybniccy mieszczanie kopią we mnie wielką mogiłę dla heretyków, zrzucają do niej trupy, nie wszystkie nawet obdarłszy ze zbrój i pozbawiwszy broni, zasypują. Ksiądz katolicki nie odmawia nad nimi modlitw.

Trupy, które kiedyś były husytami, zachowują się we właściwy trupom sposób — leżą spokojnie i gniją. Przebywając w glebie niezbyt suchej, gniją w ten sam sposób, w jaki gniją trupy Caroline, jej ojca albo Nikodema Gemandera. W innych warunkach trupy zachowują się inaczej, na przykład przeobrażają się tłuszczowo-woskowo, ale nie te husyckie trupy zakopane tutaj. Te zwyczajnie gniją.

Ciała husytów zażywają więc spokoju przez czterysta pięćdziesiąt lat. W roku 1883 szpadle robotników budowlanych szurają o husyckie kości. Robotnicy kopią fundamenty pod Pawilon III Heil- und Pflegeanstalt, jak oficjalnie nazywa się rybnicki Irrenanstalt, chociaż na froncie budynku administracji wypisane jest właśnie „Irrenanstalt". Literami wyciętymi z blachy. Ponad wyciętym z blachy pruskim orłem.

Ciała husytów zostają przeniesione niedaleko, zakopane, przykryte kopcem i narzutowym głazem. Obok z czerwonych klinkierowych cegieł robotnicy stawiają wieżę ciśnień. Podobną do tej, w której mieści się biuro firmy Gemander Architekci, ale nie tej samej, innej. Firma Gemander Architekci mieści się w Gliwicach przy ulicy Sobieskiego. Rybnicka wieża ciśnień mieści się przy ulicy Gliwickiej.

Sześćdziesiąt dwa lata później, chociaż w tym samym styczniu 1945 roku, jest bardzo zimno i przykryty jestem śniegiem, a starszyna Riewmir Kiryłłowicz Efron ustawia w celowniku optycznym model PU poprawkę na wiatr, który wydaje mu się wzmagać. Odległość ma już ustaloną, wstrzelał się. Po raz trzeci zmienił pozycję na szczycie wieży, odsunął się dość daleko od otworu, przez który strzela, co ogranicza mu pole widzenia, ale Niemcom trudniej go dzięki temu wypatrzyć.

I w końcu jest, ulicą przemyka pochylona sylwetka w szarym mundurze. Starszyna Efron prowadzi ją przez chwilę, tak samo jak prowadził lufą biegnącego przez tajgę jelenia, wyprzedzając o pół kroku ostrym szpicem celowniczego krzyża, w końcu strzela i chybia o kilkanaście centymetrów, nie więcej.

Nietrafiony gefreiter 1. Ski-Jäger Division potyka się i upada. Starszyna Efron repetuje zamek swojego karabinu marki Mosin, przeładowuje, zanim Niemiec zdąży pobiec dalej, strzela, trafia, gerfreiter ginie na miejscu, co nie ma tak naprawdę żadnego znaczenia, ale Efrona irytuje. Gdyby go tylko poważnie ranił, byłaby szansa, że jakiś odważny ruszyłby na pomoc koledze. Po trupa za dnia nie pójdą.

Starszyna Riewmir Kiryłłowicz Efron zmienia pozycję. Wydaje mu się, że jest tutaj w miarę bezpieczny, Niemcy nie ostrzelają wieży z artylerii, bo na jej dolnych poziomach Efron i jego koledzy z kompanii zgromadzili zakładników, cywilów.

Jednak ze strony niemieckich pozycji właśnie nadlatuje pocisk o średnicy 88 milimetrów, wystrzelony z działa przeciwlotniczego i wyposażony w ładunek burzący, uderza w klinkierowe cegły i wybucha. Na starszynę wali się grad odłamków i gruzu, wybuch go ogłusza, lecz nie zabija.

— Bliadź...! — klnie Efron i wycofuje się na dół. Niemcy wstrzelili się w wieżę pierwszym strzałem i już nadlatują kolejne pozbawione jakiegokolwiek znaczenia pociski — chociaż o ich wielkim znaczeniu przekonani są zarówno artylerzyści wystrzeliwujący je z armat model Flak 37 oraz starszyna Riewmir Kiryłłowicz Efron, jak i zgromadzeni na parterze wieży cywile, na których głowy sypie się czerwony ceglany gruz.

W tym samym czasie, ale dwadzieścia cztery lata wcześniej, doktor Albrecht von Kunowski, uprzedzony o rychłym przybyciu specjalnego pacjenta, czeka w szpitalu, sto metrów od wieży, z której dwadzieścia cztery lata później strzela starszyna Efron. Von Kunowski pali cienką cygaretkę, która mu niezbyt smakuje, ale fajka byłaby zbyt kłopotliwa.

Doktor von Kunowski jest wybitnym specjalistą. Zajmuje się psychiatrią oraz stenografią. Jest dyrektorem rybnickiego Irrenanstalt. Badał Caroline Ebersbach, z której matką się znał, ale nie słyszał jeszcze o tym, jaki przykry los spotkał dziewczynę. Zajmował się również starym Pindurem. A teraz czeka na specjalnego pacjenta, którym jest bardzo zainteresowany, bo przypadek i okoliczności wydają mu się bardzo ciekawe.

— Jerōna, toć wy żeście mie do Rybnika, do gupich przywiyźli! — krzyczy Josef Magnor, nagle przytomny, trzeźwy i świadomy, kiedy ciężarówka zatrzymuje się przed bramą w ceglanym murze Irrenanstalt.

Josef zrywa się, zrzuca koc, zeskakuje z ciężarówki i rzuca się do ucieczki, w stronę Paruszowca. Czoik dogania go bez trudu i podcina mu nogi, jakby wchodził faulującym ślizgiem na boisku. Zza bramy szpitala ruszają już pielęgniarze.

Josef chce zrzucić z siebie Czoika i pobiec dalej, ale nagle, zupełnie nagle, czuje się potwornie zmęczony.

Nikodem Gemander też jest zmęczony i oczywiście w tym samym czasie, chociaż siedemdziesiąt dwa lata później, jednak wspina się dalej. Idą czerwonym szlakiem na Baranią Górę od strony Istebnej. Byli na mszy w kościele na Stecówce, przez całą mszę Nikodem myślał o ulepszeniu bazy dla ludzików lego, którą zbudował w szufladzie. Nie nazywa tych małych figurek „ludzikami", używa określenia „chłopki". A teraz wspinają się na Baranią. Z ojcem i siostrą Nikodema.

Nikodem lat trzynaście i pół lubi góry, ale nie lubi zmęczenia towarzyszącego marszowi. Lubi już dojść i być, i siedzieć na progu przed schroniskiem, i pić colę. Lubi, kiedy ojciec mówi, że to już ostatnie podejście, i lubi być na szczycie tego podejścia.

Dwadzieścia jeden lat później myśli o tym, że idąc z ojcem i siostrą na Baranią Górę, był szczęśliwy. Potem jeszcze wiele razy był szczęśliwy, ale kiedy zastanawia się nad tym swoim szczęściem, to przychodzi mu do głowy tamta wycieczka, którą z dumą zawsze nazywał rajdem.

Trzynastoipółletni Nikodem jest bardzo dumny z tego, że chodzi z ojcem po górach. Wydaje mu się, że nikt z jego rówieśników tego nie rozumie. Wydaje mu się, że tylko Stanisław Gemander prawdziwie chodzi po górach i że tę prawdziwość przekaże jemu, Nikodemowi. Inni, jeśli nawet idą w góry, nie robią tego tak jak trzeba.

Nikodem jest dumny również ze swoich wysokich brązowych butów. Wydają mu się czymś pośrednim między typem nazywanym ówcześnie „pionierkami" a glanami, jakie z dumą noszą starsi i miejscy koledzy Nikodema, bo w Pilchowicach takich raczej nie ma, i Nikodem patrzy na ich wysokie czarne buty i kolorowe sznurówki z zazdrością i obawą.

Dwadzieścia jeden lat później nie chodzi po górach. Myśli o byciu szczęśliwym, patrząc z balkonu na idącą dziesięć pięter niżej dziewczynę. We krwi Nikodema alkohol i alprazolam. Nie pamięta, jaki kolor sznurówek należał do punków, a jaki do skinheadów. Zastanawia się nad tym. Czerwone były, białe i pomarańczowe. Którzy nosili które?

W tym samym czasie i w tym samym momencie Gela Magnor bierze swoją dawkę lorazepamu. Wie, że inaczej nie zaśnie. Miała bardzo ciężki i pełen wrażeń dzień: była u żony Nikodema, córka ją zabrała, bo jest lato. Była zobaczyć prawnuczkę, Weronikę. Nikt nie powiedział Geli o tym, co się stało z małżeństwem Nikodema. Myliłoby się jej z małżeństwem Adaśka i małżeństwem Ewy, i w ogóle z większością młodych małżeństw, o których coś wie. Nikt jej nie powiedział. Gela Magnor ożywiła się na widok Weroniki. Weronika nie lubi rozmawiać z prababcią, ale przymuszona groźnymi spojrzeniami matki i babci, mówi wierszyk. Dzik jest dziki, dzik jest zły. Dzik ma bardzo ostre kły. Gela Magnor cieszy się z wierszyka. Widok dziecka sprawia jej przyjemność. Weronika Gemander całuje Gelę w policzek o wyglądzie pomarszczonego pergaminu.

Gela wstaje z krzesła i chodzi po domu własnym architekta. Zatrzymuje się przed schodami, oddzielającymi salon od części nocnej domu własnego architekta.

— Jŏ sam niy wywleza, niy dŏm rady, na tyn wiyrch niy wyleza, jŏ niy ma skoczek, niy wyleza — powtarza cicho, nagle przerażona. Nie wie, gdzie jest. Boi się.

Natalia Gemander nie zna szczegółów, ale wie, że jej syn Nikodem nie mieszka w domu, tylko w Katowicach z jakąś dziewczyną, o której Natalia myśli bardzo źle. Nie wie, że dziewczyna już się Nikodemowi wymknęła i że Nikodem mieszka sam, i trochę jest już w domu, a trochę nie jest w domu.

Natalia Gemander wie również o nowotworze rozwijającym się w jajniku Katarzyny Gemander.

Gela Magnor zatrzymuje się przy oknie, patrzy w przestrzeń i myśli o Słowaku, którego przy ognisku na bocznicy kolejowej Novego Jičína zabijają źli ludzie. Myśli o ojcu, Wojciechu Czoiku, i myśli zawsze o nim nie takim, jakim go widziała po raz ostatni w październiku 1939 roku, tylko myśli o nim zawsze jako o odzianym w pasiastą bluzę, spodnie i okrągłą myckę, bo jak sądzi, w takim ubraniu Wojciech Czoik umarł w KZ Mauthausen-Gusen.

Nigdy nie widziała Wojciecha Czoika w takim stroju, ale w tym samym czasie, gdy w roku 2014 stoi przy oknie domu własnego architekta, który jest jej wnukiem i którego w tym domu nie ma, w tym samym czasie, tylko w trochę innym momencie, jedzie na rowerze, jedzie na południe i jedzie ze swoją niemiecką przyjaciółką, z którą nie rozstaje się, od kiedy się poznają w majątku w Ostpreußen, gdzie pomagają przy żniwach; razem są przy ewakuacji na pokładzie wielorybniczego statku, razem kradną rowery i razem jadą na południe, byle dalej od Sowietów, byle się nie dać zabić, jeszcze nie teraz.

Najpierw jest Berlin. Kiedy Gela i Anne-Marie zsiadały z pokładu M/s „Walter Rau", Sowieci wstrzymali błyskotliwą zwycięską operację wiślańsko-odrzańską siedemdziesiąt kilometrów od stolicy Rzeszy, na linii Odry.

Wszyscy odradzają dziewczętom podróż do Berlina. Tam będą Sowieci. Trzeba na Zachód, tam będą Amerykanie. Jednak Gela wie, to że w Berlinie na Charlottenburgu mieszka jej wuj. Ujek Erich.

Ujek Erich widział Gelę wcześniej raz w życiu, przyjechał w odwiedziny, gdy Gela miała pięć lat. Zrobili sobie zdjęcie, Wojciech Czoik w polskim mundurze starszego przodownika Straży Granicznej, z szablą i w czapce, i brat jego Erich Tschoick w eleganckim garniturze i pasującą do garnituru elegancką żoną, bezdzietny. Przed nimi Gela w granatowej sukience z marynarskim kołnierzem. W ręku Geli lala o porcelanowej główce, geszynk ôd ujka.

Lala stłukła się niedługo po zrobieniu zdjęcia, a Gela z Anną-Marie jadą teraz na rowerach, na Charlottenburg szukać Ericha Tschoicka. Erich Tschoick jest jedyną osobą, która przychodzi Geli do głowy, kiedy myśli o tym, do kogo mogłaby się zwrócić o pomoc. Gela nie ma pojęcia, jak może go znaleźć w Charlottenburgu.

Anna-Marie proponuje, żeby przejechały się U-Bahnem, skoro już tutaj są. Okazuje się, że nie mają pieniędzy na bilety. Schodzą więc po schodach, prowadząc rowery, popatrzeć na ludzi w U-Bahn. Gela nigdy nie widziała metra.

Patrzą przez godzinę, siedzą zmęczone na dworcowej ławeczce. Nie wiedzą, co zrobić dalej.

Z wagonu wychodzi człowiek, który wygląda jak ujek Erich Tschoick, którego Gela pamięta z fotografii.

Gela nie jest odważna. Ale teraz musi być. Nie wierzy, że to Erich. To przecież niemożliwe. Ale musi sprawdzić.

Wstaje, podbiega do człowieka, który wygląda jak ujek Erich.

— Entschuldigung, sind Sie Erich Tschoick? — pyta.

Gdyby pytał mężczyzna, Erich Tschoick zacząłby się natychmiast bać. Bo co jeśli dowiedzieli się o bracie-Polaku, którego wzięli do Mauthausen? Erich nie chce mieć nic wspólnego z Polakami.

Jednak o to, czy jest Erichem Tschoickiem, Ericha nie pyta mężczyzna, tylko ładna, chociaż nieco brudna panienka. Z kiepskim akcentem.

Erich nie jest przesadnie inteligentny.

— Ja, der bin ich — odpowiada, niczego nie podejrzewając.

— Wyście sōm mój ujek. Jo żech je Gela Czoikowo. Pomōżcie nōm.

Erich otwiera szeroko usta. Nie wie, co powiedzieć. Ale nie chce, żeby dziewczyna mówiła głośno po śląsku.

— Kommt Mädels, und haltet den Mund — mówi w końcu. Idą do niego.

W mieszkaniu na czwartym piętrze czekają pusta spiżarnia i elegancka żona z Bawarii. Erich i bawarska żona proponują dziewczętom jeden nocleg. Potem muszą sobie iść. Gela jest rozczarowana, ale akceptuje to w milczeniu, jak wszystko.

Myśli o porcelanowej lali i jej strzaskanej główce.

Ujek Erich wychodzi wieczorem zrzucać długim drągiem zapalające bomby z dachów, bo tym się z zapałem zajmuje. Bawarska żona robi mu awanturę, że znowu wychodzi zrzucać te bomby.

Ujek Erich i tak wychodzi. Dziewczęta idą spać. Rano wyjeżdżają. Na zachód. Erich daje im na drogę dwadzieścia marek i pół bochenka chleba.

Bawarska elegancka żona odchodzi od ujka Ericha zrzucającego bomby zapalające z dachów i już nigdy nie wraca. Ujek Erich żyje dalej, a piętnaście lat po wojnie umiera i na pogrzeb przychodzi tylko paru kolegów z urzędu i nikt więcej.

Dziewczęta jadą na zachód. Prawie każdej nocy znajdują nocleg u dobrych ludzi. Czasem drżą przytulone do siebie w opuszczonym budynku albo jadą po ciemku, słaniając się ze zmęczenia, ale jadą. A potem noc zamienia się w poranek, a one dalej jadą, aż znajdą miejsce, by odpocząć, zjeść, przenocować.

— Guck mal, da liegt jemand im Straßengraben — mówi Anna-Marie.

Zatrzymują się. Boją się. W rowie leży ciało. Ciało było człowiekiem i nazywało się Jonathan Velkeneers, i należało do Jonathana Velkeneersa, ale już nie jest człowiekiem i już się nie nazywa, i nie należy do nikogo, bo trupy nie mają właścicieli.

Ciało, które kiedyś nazywało się Jonathan Velkeneers, odziane jest w bluzę i spodnie w granatowo-białe pasy. Na piersi naszytą ma żółtą gwiazdę.

Dwadzieścia metrów dalej leży kolejne ciało w bluzie i spodniach w granatowo-białe pasy, i bez butów, o stopach zupełnie sinych.

Kilometr dalej trzy ciała z przestrzelonymi głowami. Kolejne sto metrów jeszcze jedno. I następne.

— Wer ist das? — pyta Gela.

— Leute vom KZ — odpowiada Anna-Marie.

Ludzie z kacetu. Gela myśli o ludziach z kacetu. Dziewczęta jadą dalej. Przy rozbitej, spalonej ciężarówce napotykają kolumnę marszową. Dwustu Häftlingen, których wieku Gela nie jest w stanie rozpoznać. Pilnuje ich siedmiu strażników z SS-Totenkopfverbände.

— Wohin fahrt ihr, Mädels? — pyta Scharführer Hubert Kloska. Jest dwudziestotrzyletnim chłopakiem o nalanej twarzy. Niezbyt ładnej. Nie podoba się Geli. Gela boi się jego munduru i trupiej czaszki na prawej patce kołnierza i trupów przydrożnych się boi.

— Wir flüchten vor den Sowjets. Aus Ostpreußen — odpowiada przyjaciółka Geli.

Scharführer jest zatroskany losem dziewcząt, które, jak mówią, uciekają przed Sowietami aż z Prus Wschodnich. Postanawia, że zapewni im ochronę. Do miasta pojedzie z dziewczętami Willi, ma rower.

Willi jest przystojny, ma dwadzieścia lat, szary mundur, trupią czaszkę na kołnierzu i karabin, na którego kolbie wyżłobił cztery karby, jeden za każdego zastrzelonego Häftlinga. Gela nie widzi karbów na kolbie, a gdyby nawet widziała, to nie kojarzyłaby, co znaczą. Willi podoba się Geli, ale Gela dalej się boi. Willi lubi strzelać do ludzi.

Willi wsiada na rower i przez następne dwanaście kilometrów towarzyszy Geli i Annie-Marie.

Potem musi już wracać. Stoją w trójkę na skrzyżowaniu szos, trzymają rowery za kierownice. Willi wyciąga butelkę sznapsa z kieszeni płaszcza.

— Ich werde nicht mehr lange leben. Mich erschießen die Amerikaner oder die Sowjets — mówi i częstuje dziewczęta wódką. Nie odmawiają. Skoro, jak mówi, długo już nie pożyje, dlaczego nie miałyby się z nim napić wódki?

Gela pije wódkę po raz pierwszy w życiu i wódka bardzo jej nie smakuje, ale bierze trzy duże łyki. Wtedy Willi Schörner — bo tak się nazywa — odkłada swój rower i całuje w usta Annę-Marie, kładąc jej dłonie na pośladkach. Potem odwraca się od niej i całuje Gelę, wsuwając jej język do ust i przesuwając dłońmi po ciele. Potem wsiada na rower i wraca do swojego oddziału.

Dziewczyny jadą dalej. Potem spotykają amerykańskich żołnierzy, ale Gela nie chce zostać w kraju ludzi, którzy zamordowali jej ojca.

Po powrocie do Gierałtowic Gela Czoik dowiaduje się, że jest córką męczennika i bohatera walk o polskość. Potem tak jest napisane na pomniku. Volkslista i jej własna służba w Arbeitsdienst pozostają w sferze spraw, o których się nie mówi.

W gazetach ogląda zdjęcia więźniów i wtedy dopiero rozumie, że jej ojciec zginął w granatowo-białym ubraniu, takim, jakie widziała na ciałach w przydrożnym rowie, kiedy z Anną-Marie jechały z północy Niemiec na południe Niemiec.

I nagle już tylko tak zaczyna pamiętać ojca. Tylko w pasiaku. Uczy się tego słowa: „pasiak". Wojciech Czoik w pasiaku. Myśli o ustach esesmana imieniem Willi i o przysiędze złożonej Hitlerowi.

Zapomniała Wojciecha Czoika w mundurze Straży Granicznej i w eleganckim garniturze ze zdjęć z czasów sprzed jej narodzenia, z czasów, kiedy był Adalbertem, też go nie pamięta.

Sześćdziesiąt dziewięć lat później, chociaż w tym samym czasie, Natalia Gemander wraz z synową Kasią Gemander biorą Gelę Magnor z domu Czoik pod łokcie i delikatnie, lecz stanowczo wprowadzają po schodach na górę. Wychodzą przed dom własny architekta, w którym nie ma już architekta. Gela z trudem wsiada do małego, nowoczesnego samochodu Natalii Gemander. Odjeżdżają.

Gela bierze podwójną dawkę lorazepamu. Nie myśli o tym, że jest podwójna. Bierze podwójną tak, jak człowiek, który biegnąc, zaczyna głębiej oddychać albo chcąc zaradzić bólowi pleców, wyciąga się wygodniej na kanapie. Gela Magnor spożywa benzodiazepiny od trzydziestu lat i dawki ustala sobie sprawnie sama nawet w tych chwilach, w których nie pamięta, jak ma na imię jej mąż. Nikodem nie osiągnął jeszcze tej biegłości w dozowaniu benzodiazepin. Wszystko przed nim. Gela nie myśli o tym, czy zaśnie, czy nie, po prostu czuje, że musi wieczorem sięgnąć po białe pudełeczko z przegródkami i zjeść podwójną dawkę lorazepamu. Natalia rano będzie zła, ale Gela dzisiaj potrzebuje podwójnej dawki, bo miała bardzo burzliwy dzień — rozmawiała z prawnuczką Weroniką, która mówiła wierszyk, i czuła smak pocałunku przystojnego Willego, który pilnował jej ojca w okrągłej czapce strażnika granicznego, z szablą i w pasiaku — więc bierze dwie dawki, musi wziąć dwie, tak samo jak musi oddychać, drżącymi dłońmi musi otworzyć puzderko z przegródkami, wyjąć z niego dwie pastylki, połknąć, popić, położyć się do łóżka i wpatrywać się w pęknięcia na suficie w tym stanie pomiędzy byciem a niebyciem, pomiędzy życiem a śmiercią. Nie chce oddychać. Ale oddycha. Płacze. Nie wie dlaczego, ale płacze. Tata. Tata. Gdzie jesteś, tata?

A gdzie jest starszy przodownik Wojciech Czoik, zmieszany od siedemdziesięciu pięciu lat z innymi licznymi trupami w masowym grobie w KZ Mauthausen-Gusen, gdzie jest? — we mnie jest i wszędzie.

Gela Magnor słyszy, jak jej mąż Ernst Magnor wstaje, wyłącza telewizor i powoli przygotowuje się do spania. Gela już prawie niczego nie wie i niczego nie pamięta, ale pamięta Willego, pamięta Słowaka przy ognisku, niczyje trupy w pasiakach, ojca w pasiaku, pamięta, żeby płakać, i pamięta smutek. Nie pamięta, jak rodziły się jej córki, nie pamięta, jak wychodziły za mąż, nie pamięta, jak rodziły się wnuki, Adasiek, Nikodem, Ewa, Ela, Miśka, nie pamięta, jak wnuki brały śluby, jak tańczyła z Ernstem na weselu Adaśka, nie pamięta. Smutek zostaje na zawsze, nawet kiedy wszystko inne znika. Gela płacze. Nie wie, dlaczego płacze. Ale płacze. Tato. Tato, gdzie jesteś?

Ernst przygotowuje się do spania. Wypija kieliszek gorzkiej wódki. Nigdy więcej niż kieliszek, całe życie nigdy więcej niż kieliszek. Nigdy papierosów, bo to marnowanie pieniędzy. Nigdy więcej niż kieliszek wódki albo małe piwo. Nigdy częściej niż raz w tygodniu. Dwa kieliszki po jedzeniu w wielkie święto.

— Jak kajś jedziesz, to niy piyj nic, ani wody, bo nigdy niy wiysz, czy kajś bydziesz mōg za potrzebōm pōjść. Jedynie se naszykuj pirwyj dōma a weź, to niy bydziesz musiōł piynindzy po szynkach wyciepōwać, ja? — mówi dwadzieścia lat wcześniej Nikodemowi, który przygotowuje się do podróży.

Ma lat dziewięćdziesiąt cztery. Idzie spać. Wkłada pidżamę, potrafi pidżamę włożyć samodzielnie. Odmawia pacierz, bo tak trzeba. Nigdy nie był zbyt pobożny. Chętnie pracował w niedzielę, praca usprawiedliwia nieobecność w kościele. Myśli o pracy.

— Miōł żech kiedyś takiego dyrektora, kōmunisty. Ale to był przyzwoity człowiek, wiysz — mówi do Nikodema kilka godzin wcześniej i miesiąc wcześniej, i rok wcześniej, i do Adaśka mówi to samo, miesiąc, rok i dwanaście lat wcześniej, dziesiątki razy.

— Ōn bōł przedwojenny kōmunista. Ale dobry fachowiec. Wcześniyj bōł przi powstaniach. We Grupie Wawelberg. W Berezie go zamkli. Potym w Oświyncimiu siedziōł. I potym, zarōz po wojnie, jak jŏ zaczōł robić we gazowni, to go tam zrobiyli dyrektorym. A potym dziesiynć lot niyskorzyj to mie padōł, co w Berezie go z kōmunizmu niy wyleczyli, w Oświyncimiu go z komunizmu niy wyleczyli,

338

a dziesiynć lot kōmunizmu go z kōmunizmu wyliczyło, pra? Wyciepli go z tyj roboty i inkszyj niy dostōł. Wōngel zbiyrōł po torach. Nyndza straszno. Dobrzy ludzie mu poieść dŏwali. To bōł chyba siedymdziesiōnty trzeci, jak umar. I jak umar, to sie ôkŏzało, aże wielgi kōmunista a powstaniec umar. Miōł państwowy pogrzyb, Ziętek bōł, Grudzień, wiynce, orkiestra, wszisko. A jeszcze miysiōnc wcześniyj wōngel na torach zbiyrōł, pra?

Nikodem czternastoletni nie słucha i nie rozumie, dwudziestoczteroletni słucha, ale nie rozumie, trzydziestoletni słucha i wydaje mu się, że rozumie, trzydziestopięcioletni Nikodem prawie już nie słucha, bo już słyszał i wydaje mu się, że wie, że nie ma tu już nic do rozumienia.

Ernst leży w pościeli. Wie, że nie ma nic do rozumienia. Myśli o swoim szczupłym ciele starca. Myśli o tym, jak sprawne i silne było jeszcze dziesięć lat wcześniej. Jak dziarskim i energicznym był osiemdziesięciolatkiem, a już nie jest. Chociaż oczywiście jak na swój wiek trzyma się wspaniale.

Zasypia.

Josef leży. Czoik wszystko załatwił. Josef jest wyszorowany do czysta i ma zabandażowane dłonie. Doktor von Kunowski kazał zabandażować mu dłonie dla uniknięcia odruchowych samookaleczeń w nocy. Do łóżka nie jest przypięty pasami, nie ma takiej potrzeby, nie jest niebezpieczny. Zastrzyki z luminalu rozpuszczają Josefa od środka.

W dziesięcioosobowej sali oprócz Josefa przebywa pan Zdzisław Konieczny, major byłej cesarsko-królewskiej armii, rodem z Cieszyna. Nie zdradza żadnych objawów choroby. Siedzi na łóżku w pasiastej pidżamie i macha nogami, bo jest niewielkiego wzrostu. Ma czarny wąs, podkręcony na końcach, poza tym jest gładko ogolony i łysy.

— Co panowie nad nim stoją jak Żyd nad dłużnikiem? — pyta rubaszny major Konieczny.

Panowie nie odpowiadają.

— Sie verstehen kein Polnisch? Hier ist doch Polen! — mówi major Konieczny nienaganną niemczyzną.

Precyzyjnie rzecz biorąc, jeszcze tu nie jest Polska, ale niedługo będzie tu Polska. Niecały rok minie i bedzie tu Polska. Ale jeszcze nie jest.

Nad Josefem stoją trzej mężczyźni. Dwaj z urzędu landrata, jeden lekarz, ale nie z Irrenanstalt. Stoją, bo Wojciech Czoik sprawił, aby tu nad łóżkiem Josefa Magnora stali i radzili. Nie odpowiadają na zaczepki Koniecznego. W końcu to tylko wariat.

Trzy dni wcześniej Czoik przekonuje Valeskę. Siedzą w kuchni jej nowego, gierałtowickiego domu, który nie należy do niej, ale stał się jej domem i jej domem pozostanie już na zawsze. Ernst Magnor swój dom wybuduje zaraz obok. Wojciech Czoik tłumaczy Valesce sprawy, których Valeska nie rozumie. Entmündigung.

— Niy rozumiã.

— Ja, no po polsku to sie nazywŏ „ubezwłasnowolniyniy”... — odpowiada Czoik.

A jak Czoik umrze? Umrze z wycieńczenia, krusząc młotem kamienie. Tak Czoik umrze.

— Niy wiym, co to je to „ubezwłasnowolniyniy”, a wiym, co Entmündigung znaczy. Niy rozumiã, czamu to gŏdŏcie o mojym Josefie — mówi Valeska.

Czoik tłumaczy.

— Mōj chop niy ma gupi — mówi Valeska i wie, co mówi. Josef Magnor niy ma gupi.

Czoik tłumaczy.

— Niy — mówi Valeska.

Czoik już nie tłumaczy, Czoik mówi, co będzie, jeśli Josef wyjdzie z Irrenanstalt. To, co mówi, brzmi jak szantaż i Valeska rozumie ciężar tego szantażu.

Ale w istocie w intencji Czoika to nie szantaż, to ostrzeżenie. Jeśli pozostanie w szpitalu, organizacja o nim nie zapomni.

— Pyndzyjo tysz bydzie jakoś, ze gruby, a jak sam przidzie Polska, to jakoś inkszŏ. Dyć ôn sie biył za Polska, pra? To go Polska niy ôstŏwi.

Czoik pyta samego siebie, dlaczego mu na tym zależy. Dlaczego chce trzymać tego człowieka, którego wyciągnął z kopalni, w jedynym bezpiecznym dla niego miejscu? Dlaczego dba o los jego żony, na której cześć przecież nie zamierza nastawać?

Nie znajduje odpowiedzi.

Czoik jest cynikiem, który nie może się nadziwić własnej przyzwoitości.

Zdarza się.

Valeska Magnor podpisuje wniosek o Entmündigung męża jej, Josefa Magnora.

Czternaście lat później, ale w tym samym czasie, po zajęciach w ostatniej klasie szkoły powszechnej, piętnastoletni Ernst Magnor idzie z Gierałtowic do Haselgrund, jak nazywa się teraz miejscowość, w której się urodził, bo Deutsch Zernitz brzmiało nie dość niemiecko. Przejście graniczne mieści się między Kriewald a Neubersteich, jak teraz nazywa się Kuźnia Nieborowicka, czyli dawna Nieborowitzer Hammer.

Na przejściu stoją strażnik Rogoń i starszy strażnik Szmit. Starszy przodownik Wojciech Czoik siedzi za biurkiem w strażnicy i spisuje raport. Niedawno przeniesiono go tutaj z powrotem, po służbie w Lubomii nieopodal Raciborza. Nie podnosi głowy znad papierów, nie zauważa przechodzącego Ernsta. Rogoń i Szmit kiwają głowami, kiedy Ernst kłania się elegancko.

Tak samo dwaj niemieccy grenszuce i funkcjonariusz z Zollgrenzdienst. Grenszuce znają chłopaka. Nie musi okazywać dokumentów, kiedy idzie z Polski do Niemiec na obiad do starki.

Mija Neubersdorf, jak nazywają się teraz Nieborowice, i wchodzi do domu rodzinnego Josefa Magnora. Wilhelm Magnor siedzi na laubie i pali fajkę. Wilhelm Magnor postanowił zapomnieć o swoim synu, od kiedy ten znalazł się u gupich, i zapomniał.

— Dobry, ôpa — wita się grzecznie Ernst.

— Pochwolōny, Erneścik.

— Na wieki wiekōw — mityguje się przywołany do porządku Ernst.

— Starka bydōm do młyna do Leboszowic szli; pōdziesz s niōm, ja?

Ernst wzrusza ramionami.

— Pōdã... — zgadza się, chociaż wcale nie ma ochoty na dalszy spacer. — Yno że mōm głōd...

— Toć idź do starki do kuchnie, żuru ci dŏ.

Ernst wchodzi do domu, wita się ze starką, która, odziana jak zwykle po chłopsku, uwija się wśród niebiesko haftowanych makatek i białych szufladek kredensu.

Valeska całkowicie odrzuciła chłopskie ubrania. Kiedy wychodziła za Josefa, czasem jeszcze ubierała się po chłopsku, a teraz nosi pańskie ubrania i będzie je nosić przez sześćdziesiąt lat, a na kilka lat przed śmiercią wyciągnie ze szranku jakla, zopaska, kiecka i plyjt, i już tylko tak się będzie nosić, i w takim odzieniu — zastrzega — chce być pochowana. Ale kiedy umrze, odzieją ją córki, synowe i wnuczki w turkusową garsonkę produkcji tureckiej, albowiem rok jest 1989 i turkusowa garsonka produkcji tureckiej jest uważana za elegancką.

Tymczasem, chociaż w innym momencie, w Żernicy, która nazywa się Haselgrund, na płycie pieca stoi gar z pachnącym kwaśnym żurem.

Starka całuje Ernsta w czoło, nieco zbyt czule jak na jego gust i wiek.

— Kraiczek chleba ci do tego żuru na blasze upieka, ja?

— Dejcie dwa, starko. Mōm głōd.

Starka kroi dwie kromki czerstwego już chleba, kładzie na rozgrzanej blasze, kiedy ściemnieją, naciera je czosnkiem i posypuje solą. Na talerz nakłada kopiec utłuczonych kartofli, wrzuca kawał słoniny ze skórą, który się w żurze gotował, i zalewa całość.

Ernst zjada z apetytem, prosi o dokładkę, dostaje.

Następnie bierze na plecy worek z ziarnem i idą polami, przez Ungerschütz, aż do młyna, Bach-Mühle nad rzeką Bierawką. Już w Pilchowicach, które teraz nazywają się Bilchengrund, na łące odbywają się ćwiczenia całego Schar, czyli zastępu Hitlerjugend.

— Zaś te hajoty... — mówi starka z niechęcią. Starka nie lubi hajotów i Hitlera, ponieważ farŏrz Stawinoga nie lubi hajotów i Hitlera, a starka Magnorowo posłusznie słucha farŏrza Stawinogi. Stawinoga kazał głosować na Centrum, co też starka skwapliwie czyniła, uznając to za swój chrześcijański obowiązek względem farŏrza Stawinogi, Matki Boskiej i Pana Jezusa.

Ernst patrzy z ciekawością na hajotów w brązowych koszulach i czarnych szortach, z koalicyjkami i sztyletami przy pasie.

— Dyć to je Lucek... — mówi Ernst Magnor, widząc prowadzącego ćwiczenia chłopca.

To Lucek. Czyli Lucjan Rzepka, teraz Rüger, bo na tak brzmiące zmienił nazwisko całej rodzinie ojciec Lucjana, zapisując się do NSDAP.

Lucek Rüger ma na sobie czarne szorty i brązową koszulę, a pod szyją zawiązaną czarną chustę. Na brązowej koszuli nosi odznaki wielu sprawności: w tym strzeleckiej i gimnastycznej. Jedna srebrna gwiazdka na pagonie oznacza rangę Scharführera.

Lucek Rüger żył będzie jeszcze za dziewięć lat, a za dziesięć już nie będzie żył, podobnie jak za dwadzieścia, pięćdziesiąt czy sto. Przestanie żyć, bo w pancerz czołgu, w którym Lucek się znajduje, trafia pocisk z radzieckiego działa przeciwpancernego, i od pancerza czołgu, w którym Lucek jest kierowcą, odrywa się spory kawał stali i zabija Lucka, unieruchamiając czołg, co z kolei zabija resztę załogi, gdyż zatrzymawszy się nagle, czołg marki PzKpfW IV staje się łatwym celem dla radzieckich dział przeciwpancernych i nikt, nawet dowódca, zaraz pod włazem, nie zdąży uciec, i czołg się zapala, a dzieje się to pod Kurskiem.

Pod Pilchowicami, które chwilowo nazywają się Bilchengrund, chłopcy ćwiczą rzut granatem.

— To ôni teroski sôm hitlerowce, starko? — pyta Ernst, ciągle przyglądając się hajotom.

— To sōm gupie gizdy, nie hitlerowce — odpowiada starka.

— A Richat to niy ma przi nich?

— Kery Richat?

— No, ôd starego Biele, bracik ôd mamulki.

— A, tyn Richat. Wsziskich synków zapiysali, ale niy wsziskie tam chodzōm. Zdŏ mi sie, aże Richat niy chodzi.

Ernst postanawia odwiedzić Richata, zanim wróci do domu. Zachodzi do Bielów, siadają razem na laubie. Rozmawiają. Okazuje się, że Richat ma dwie cygarety wycyganione od kolegi. Idą na zapłocie zapalić. Palą. Drapie w gardło.

Richat jest cichym, skromnym i spokojnym chłopcem. Ernst bardzo lubi swojego kuzyna, jak nazywa Richata, chociaż ten jest przecież jego wujkiem.

Widują się co tydzień.

Potem widują się rzadziej, kiedy Ernst kończy szkołę powszechną i idzie do szkoły zasadniczej. Po wojnie skończy technikum, ale teraz idzie do szkoły zasadniczej, bo Valeska chce, żeby się chłopak uczył. Josef wzruszyłby ramionami i powiedział, coby synek poszoł na gruba robić jak wszyscy, ale Josef leży na łóżku w Rybniku z zabandażowanymi dłońmi i z otwartymi oczami śni o wzgórzu 165, więc jego zdanie nie ma tu znaczenia.

We wrześniu 1939 roku Ernsta chcą zmobilizować do polskiego wojska, ale nie mobilizują, bo zanim zdążą, w Gierałtowicach są już Niemcy. Richat Biela w wojsku jest od maja. Służy w 372. Pułku Piechoty Wehrmachtu, wchodzącym w skład 239. Dywizji Piechoty. Kiedy wojna się zaczyna, obozują w lesie Laband na północ od Gleiwitz. Potem wyruszają, maszerują ulicą, która kiedyś będzie się nazywała ulicą Zwycięstwa, idą długą kolumną przez Gleiwitz, strzelcy, karabiny maszynowe, działa przeciwpancerne, przechodzą przez Trineck.

Dalej długa kolumna żołnierzy w mundurach koloru feldgrau ciągnie szosą na Schönwald. Soldat Biela idzie drogą, którą szedł tysiące razy, ale pierwszy raz idzie nią w mundurze, z karabinem na ramieniu. Mijają Gleiwitzer Grube, lotnisko, Schönwald, szywołdziōny machają chusteczkami i podają żołnierzom wodę, bo jest upał. Feldfebel pozwala podwinąć rękawy i rozpiąć kołnierze. Zatrzymują się. Zwiad. Czekają.

Ruszają ponownie w nocy, w szyku bojowym, nad ranem wkraczają do Gierałtowic i Soldat Biela mija dom, w którym mieszka starsza o dwadzieścia jeden lat siostra przyrodnia Soldata Bieli. Dalej podążają szybkim marszem na Mikołów. W Mikołowie na kolumnę spadają granaty moździerzowe. Granaty są kalibru 81 milimetrów, co ma pewne znaczenie na przykład dla strzelca Bieli, ponieważ gdyby granat był innego kalibru, to niósłby inną ilość ładunku wybuchowego, i gdyby była to ilość znacząco mniejsza, to Soldatowi Bieli nic by się nie stało. Gdyby zaś ilość ta była większa, to Soldat Biela mógłby stracić kończynę, wzrok albo życie. Ilość materiału wybuchowego okazuje się akurat taka, że rozrywa skorupę granatu i umieszcza niewielki odłamek w przedramieniu Soldata Bieli.

Rana nie jest poważna i zostaje zaopatrzona w polu. Ogień moździerzy ustaje, kolumna rusza dalej. Przed Katowicami odzywa się pojedynczy karabin maszynowy. Ogień nie jest celny, żołnierze rozsypują się w tyralierę. Stanowisko zostaje zlokalizowane: kaem strzela z platformy wieży spadochronowej. Dowódca każe odprzodkować działko przeciwpancerne. Działko jest kalibru 37 milimetrów, marki Rheinmetall. Kilka strzałów rozbija platformę. Kaem milknie. Kolumna rusza dalej. Na ulicach Katowic witają Soldata Bielę niemieckie flagi i radość mieszkańców. Oczywiście nie wszystkich, ale tego Soldat Biela nie wie, bo na ulicach tłumy.

W tym samym czasie Ernst widzi, jak drogą prowadzącą z Knurowa w stronę Łuży, tą samą, po której szywŏłdziŏny goniły Augusta Lomanię, idą ludzie w cywilnych ubraniach, ale z bronią, i prowadzą ludzi w cywilnych ubraniach, ale bez broni, i Ernst domyśla się, po co ich prowadzą, i wie, że nie powinien być świadkiem tego, co się następnie wydarzy, i nie zostaje świadkiem tego, co się następnie wydarza.

A wydarza się tyle, że freikorpserzy z Freikorps Ebbinghaus wyłapali paru ludzi, których nazwiska figurowały na *Sonderfahndungsbuch Polen* pod różnymi literami, a paru pozaalfabetycznie, i rozstrzeliwują freikorpserzy tych wpisanych na *Sonderfahndungsbuch Polen* na podeschłych już mokradłach, które leżą w niewielkim zagajniku między Birawka-Mühle a Nieborowitzer Hammer, niedaleko miejsca, gdzie w tym samym czasie, tylko trzydzieści trzy lata wcześniej, Josef Magnor siedział ze starym Pindurem.

Cztery lata wcześniej Ernst mija zagajnik, wracając do domu. Granica, niemieccy strażnicy, polscy strażnicy, Knurów, Gierałtowice.

W tym samym czasie i w tym samym momencie ojciec Ernsta Josef Magnor leży na szpitalnym łóżku w Śląskim Zakładzie Psychiatrycznym w Rybniku, jak w 1934 roku nazywa się dawny Irrenanstalt.

Valeska zmaga się z biedą. Czoik sercem jest za korfanciŏrzami, ale ze względu na Valeskę po rozłamie pozostaje w sanacyjnym Związku Powstańców Śląskich i korzystając z jego funduszy, wspomaga ją w wychowywaniu trójki dzieci. Ale nie w każdą niedzielę jedzą mięso.

Ernst wie, co się stało z ojcem. Po trzecim powstaniu pobili go zelbszuce tak mocno kolbami po głowie, że ojciec stracił zmysły i od tego czasu siedzi w Rybniku, i nie można go odwiedzać ze względu na ryzyko pogorszenia. Ernst nie pamięta ojca.

— Weź samochód i jedź z dziadkiem do Żernicy, do wujka Richata — mówi Natalia Gemander do Nikodema Gemandera.

Ernst Magnor nie jeździ już samochodem. Córka Natalia zabrała mu prawo jazdy, a Ernst nie protestował.

Rok wcześniej, ale w tym samym czasie, Ernst prowadzi swojego pomarańczowego fiata 126p i zamyślony, wbija się pod tylny most wywrotki marki Kamaz. Na ulicy w Gierałtowicach, którą ojciec Ernsta idzie w tym samym czasie, chociaż w innym, na piwo do szynku Widucha w Preiswitz.

Pokrwawionego Ernsta wyciągają z samochodu. Piętnaście szwów, na czole i na przedramieniu, poza tym nic — tylko Natalia zabiera ojcu prawo jazdy; dlatego do Richata do Żernicy musi go zawieźć Nikodem.

Nikodem jest na drugim roku architektury. Na pierwszym miał problem z matematyką, ale zdał w końcu poprawkę. Nikodem bierze dokumenty i kluczyki do fiata seicento i jedzie. Na ulicy Gliwickiej mija granicę, której już nie ma, a jednak jakoś jest, bo nawet zupełnie niezainteresowany tym Nikodem wie, że minął dawną granicę. Zatrzymuje się na skrzyżowaniu na Łużach, czeka, rusza, jedzie drogą, którą szywŏłdziōny goniły Augusta Lomanię, ale nie jest tego świadomy, bo nie wie o istnieniu Augusta Lomani.

Ernst kilkakrotnie opowiada Nikodemowi historię o tym, jak na placu u ojców w Nieborowicach zabito chłopaka i jak ojciec potem poleciał do Szywŏłdu się mścić, ale od zemsty odstąpił. Nikodema niezbyt interesuje ta historia, jednak ją zna. Historię tę Ernst usłyszał od Wojciecha Czoika jeszcze przed wojną. Później usłyszeć by jej nie mógł, bo później już nie było Czoika. Matka nigdy nie powiedziała o tym ani słowa. Historia opowiedziana przez Czoika różniła się znacznie od tej, którą mógłby Ernstowi opowiedzieć Josef.

Historia, którą mógłby opowiedzieć Ernstowi ojciec, różniłaby się bowiem znacznie od tej, która się wydarzyła. Ale nie różniła się, bo Josef żadnej historii Ernstowi nigdy nie opowiedział.

Przed Krywałdem przez ulicę przebiega sarna, po czym zatrzymuje się w przydrożnym rowie. Nikodem wyhamował. W seicento ma radiomagnetofon. Radiomagnetofon jest marki Sony. Z radiomagnetofonu leci z kasety *Ostateczny krach systemu korporacji* zespołu Kult.

Sarny, które spotyka w swoim szczęśliwym, tragicznym, smutnym i wesołym jak każde inne życiu i jak każde inne pozbawionym znaczenia, to te same sarny, które wiek i więcej niż wiek wcześniej widzi na mokradłach mały Josef Magnor, rozmawiający ze starym Pindurem.

Rudle saren są terytorialne, toteż dwanaście pokoleń dzielących młodego kozła, którego spotkał Nikodem, od Pierwszej żyje w tym samym miejscu i w tym samym czasie, tylko chwile się zmieniają.

Sarny są takie same, są jednym.

Człowiek, drzewo, sarna, kamień, ja. Wszystko to samo.

Nikodem, Stanisław i Natalia Gemanderowie, Ernst i Gela Magnorowie, Josef i Valeska Magnorowie żyją w tym samym miejscu i w tym samym czasie, chociaż w różnych, nakładających się na siebie latach, tak samo jak sarny.

Nikodem stoi i przygląda się sarniemu koziołkowi. Pada deszcz. Wycieraczki zrzucają krople z szyby, sarni kozioł przygląda się fiatowi seicento i nie ucieka, nie łączy bowiem samochodów z ludźmi, których boi się instynktownie.

Dwa lata później, chociaż w tym samym czasie, jest już dorosłym kozłem. Zapłodni dwie sarnie kozy, potem złamie przedni badyl, przeskakując przez wykrot, w otwarte złamanie wda się zakażenie i koziołek umrze zwyczajną leśną śmiercią. Ciało kozła konsumować zaczną bakterie Bacillus proteus vulgaris, Bacillus subtilis, Flavobacterium aromaticum, a efektem ich pilnej pracy będzie zapach, który dzięki wybitnemu węchowi wyczują psy z Kuźni Nieborowickiej;

psy rozwleką ciało kozła, zjedzą wnętrzności i część mięsa. Co nie ma znaczenia.

Najsłabszy z kundli ucieka z przednią racicą w pysku. W tym czasie Nikodem Gemander jest na czwartym roku i kupuje swojej dziewczynie pierścionek zaręczynowy za samodzielnie zarobione na klejeniu makiet pieniądze.

Dwa lata wcześniej parkuje pod gierałtowickim domem Ernsta Magnora. Ernst już czeka przed domem, w jasnym płaszczu na szarym garniturze, w brązowych trzewikach i z białymi, gęstymi włosami. Ernst Magnor ma twarz starego, szlachetnego sępa. Ma osiemdziesiąt jeden lat i jest pełen sił i energii.

— O keryj to sie przyjyżdżŏ? — gdera, wsiadając do seicento.

— No dyć ŏpa pedzieli, że mŏm być ô ŏsmyj, i żech je ô ŏsmyj — mówi Nikodem, spoglądając na zielone wskazówki zegarka zamontowanego w desce rozdzielczej fiata.

— Synek, jak sie na ŏsmo umŏwiŏsz, to ćwierć na ŏsmo mŏsz być najniyskorzyj! — gdera Ernst. Wsiada do samochodu. — Ścisz mi to larmo — komenderuje.

Nikodem wzdycha i wyłącza muzykę. Jadą do Żernicy. Nikodem nie wie, który to dom, Ernst pilotuje.

Parkują przed domem z czerwonej cegły, o wysokich prostokątnych oknach i spadzistym dachu. To ten sam dom, do którego osiemdziesiąt dwa lata wcześniej Josef przyszedł na zŏlyty do Valeski Bielówny. Nad centralnie umieszczonym wejściem wpuszczona w ceglany mur wnęka z figurą Matki Boskiej, zasłonięta przybrudzoną nieco szybą. Lauba z wyrzynanego drewna, świeżo pomalowana zieloną farbą. Niewiele się zmieniło.

Ernst dzwoni do drzwi. Otwiera maleńka starsza pani. Ma włosy białe jak włosy Ernsta, starannie ufryzowane w sposób określany jako „Bubikopf" — umocowane trwałą niedługie włosy zwijają się w ciasne loczki, przypominające afro. Starsza pani ma na imię Hilda i ma osiemdziesiąt lat. Proponuje Nikodemowi kołőcz, pyta o studia, o siostrę, po czym siadają w dużym pokoju.

Richat nie wstaje z fotela. Jest trochę młodszy od Ernsta, ale dużo słabszy. Niski, bardzo chudy.

Nikodem pamięta zdjęcie, które widział w albumie u Ernsta, tym samym, który Ernst czasem każe sobie podać, pełnym fotografii luźno wrzuconych między grube kartonowe strony.

Na zdjęciu Richat stoi ze swoją żoną Hildą. Jest rok 1944. Hilda nie jest piękna, brzydka też nie, zwykła dziewczyna. Richat jest przystojny, choć drobny. Hilda jeszcze drobniejsza. Richat stoi w galowym waffenrocku zamiast zwykłej bluzy mundurowej, na waffenrocku medal za rany, jeszcze z kampanii polskiej, potem Krzyż Żelazny II klasy za Francję, I klasy za Bukowinę, za walkę wręcz za Kijów, sznur strzelecki na prawym ramieniu za celność na strzelnicy.

— Ujek, a ôpowiydzcie co o wojnie — próbuje zagadać Nikodem. Wojenne historie opowiedziane przez uczestnika wydarzeń, ich naocznego świadka, to jedyne, co mogłoby Nikodema zainteresować. Zwłaszcza że Richat był w Wehrmachcie, o tym Nikodem wie i to wydaje mu się bardzo ciekawe.

Nikodem nie wie, że jego nieżyjący od pół wieku dziadek Joachim Gemander również był w Wehrmachcie.

Stanisław Gemander nigdy o tym nie mówił. Melania Gemander nigdy o tym nie mówiła.

W tym samym czasie, chociaż akurat w 1946 roku, Joachim Gemander, któremu zostało jeszcze pięć lat życia, odziany jest w szary, złachmaniony i pozbawiony dystynkcji niemiecki mundur. Polowa czapka z potarganym daszkiem na głowie. Buty dobre, amerykańskie. Puka do drzwi swojego domu w Przyszowicach, przy ulicy Wilsona. Dom jest z czerwonej cegły i nosi ślady po pociskach. Wszedłby, ale drzwi są zamknięte na klucz, a on nie ma klucza.

Melania Gemander otwiera drzwi. Nie spodziewa się męża i gdy go widzi, to prawie mdleje. Joachim chwyta ją w ramiona. Idą do kuchni.

Joachim pierwszy raz widzi swojego syna Pyjtra. Pyjter Gemander ma dwa lata i boi się człowieka w szarym, brudnym mundurze.

— Wrōciłech — mówi cicho Joachim.

Potem palą w piecu niemiecki mundur, soldbuch i wszystkie niemieckie dokumenty i nigdy więcej o tym nie mówią. Dobre, amerykańskie trzewiki zostawiają, Joachim nosi je aż do śmierci, aż w ciało Joachima wejdą Clostridium tetani i Joachim umrze, i nie ma Joachima.

Wiele lat później, ale w tym samym czasie, uczeń trzeciej klasy I Liceum Ogólnokształcącego w Gliwicach, mieszczącego się przy ulicy Zimnej Wody, Pyjter Gemander pyta:

— A co ôciec bez wojna robiył?

— Na grubie robiył, a potym bōł przi niymieckim wojsku, a potym w niywoli u Amerykōnōw — odpowiada Melania. — Yno niy gōdej ô tym nikomu, ja? Ô tym sie niy gōdō.

Więcej o tym nie mówili. Pyjter mówi Stanisławowi Gemanderowi i też więcej o tym nie mówią.

Stanisław Gemander mówi Nikodemowi o służbie Joachima w niemieckim wojsku dopiero w 2012 roku, kiedy Nikodem, zdziwiony, nagle zrozumie, że niczego nie wie o wojennych losach swojego dziadka ze strony ojca. Jego jedynym wizerunkiem jest podkolorowany fotograficzny portret, który za życia Melanii wisiał w pokoju, gdzie przyjmowała gości, zaraz obok brązowego kaflowego pieca.

Trzynaście lat wcześniej Nikodem próbuje zagadać:

— Ujek, a ôpowiydzcie co o wojnie.

Ernst uśmiecha się pod nosem. Hilda wzrusza ramionami. Richat kiwa głową, jakby przypominał sobie wszystko, lecz odpowiada tylko:

— Sam niy ma co gŏdać, synek. To już bōło, ô tym niy ma co gŏdać...

Nikodem wie, że się niczego nie dowie.

Richat, Hilda i Ernst zaczynają rozmawiać po niemiecku. Nikodem nic nie rozumie. Siedzi więc i się nudzi. Wyciąga telefon komórkowy i pisze esemesa do swojej dziewczyny. Telefon komórkowy jest marki Alcatel, ma wyciąganą antenę i wyświetlacz, na którym mieszczą się dwie linie tekstu, i jest pierwszym posiadanym przez Nikodema telefonem komórkowym. Esemesów nie można wysyłać między sieciami, ale i Nikodem, i dziewczyna Nikodema mają telefony w sieci Era GSM. Piszą do siebie dużo esemesów. Są to miłosne esemesy.

Pięćdziesiąt osiem lat wcześniej i w tym samym czasie Richat próbuje zasnąć. Leży w okopie. W błocie. Owinięty płaszczem. 239. Dywizji Piechoty już nie ma, została zniszczona w ciężkich walkach w grudniu, resztki rozdysponowano po innych dywizjach 6. Armii. Richat próbuje zasnąć, lecz słyszy z daleka terkot, przerażający terkot.

— Nähmaschine! Nähmaschine! — krzyczą inni żołnierze.

Maszynami do szycia nazywają radzieckie dwupłatowce. Dwupłatowce są marki Polikarpow i nazywają się Po-2. Terkoczą ich silniki w układzie gwiazdowym. Richat jest dowódcą plutonu, niedawno awansowanym do stopnia

353

feldfebla. Zamiast karabinu nosi pistolet maszynowy, ale to nie ma znaczenia. Bardzo boi się nocnych rajdów Nähmaschine.

Terkot ustaje. To najgorszy moment. Sowiecki pilot wyłączył silnik i teraz szybuje, nisko, tuż nad wierzchołkami drzew. Zaraz zrzuci niedużą bombę, która najprawdopodobniej nikogo nie zabije, ale pozbawi snu cały pułk. Bomba spada. Zabija jednego człowieka i kilkanaście szczurów.

Richat ma ochotę krzyczeć, ale nie może, zaciska zęby na rękawie bluzy.

Rano ruszają w stronę Stalingradu.

Richat nigdy nikomu nie mówi, że był pod Stalingradem, tak jak wszyscy, który przeżyli rozbicie rekrutowanej głównie na Górnym Śląsku 239. Dywizji. Tylko Hildzie o tym opowiada, nocami, i nigdy nie wie, czy Hilda śpi, czy słucha, i nigdy nie chciał, by w jakikolwiek sposób na te opowieści reagowała. Może spać. Leżą w nocy w łóżku, w ciemnościach, i Richat opowiada o wojnie, bardzo cicho, po niemiecku. Nie wie, czy Hilda słucha, ale mówi.

Opowiada Hildzie o tym, co widział przez okno Tante Ju, czyli trójsilnikowego junkersa, który zabrał go ze Stalingradu na trzy tygodnie przed kapitulacją. Lotnisko w Gumraku, płonące miasto, bezwładne ramię na temblaku, Krzyż Żelazny I klasy i srebrna Verwundetenabzeichen, wszystko bez znaczenia i również Richat uważa, że gówno warte, lecz widok płonącego Stalingradu z okna Tante Ju i goniące samolot smugi ruskiego ognia przeciwlotniczego zapamięta na zawsze.

Richat i Hilda w domu mówią zawsze po niemiecku, jeśli są sami, a prawie zawsze są sami. Przed wojną mówili w domu głównie po śląsku, bo poza domem nie wolno było, i z tego samego powodu od 1951 roku w domu mówią ze sobą głównie po niemiecku. Mają jednego syna, Waldemara, który od lat siedemdziesiątych mieszka w Düsseldorfie, jak większość rodziny. Poza domem Richat i Hilda nigdy i z nikim nie mówią po niemiecku. Waldek czasem przyjeżdża, szarym mercedesem, i koniecznie chce z ôjcami pō naszymu se pogŏdać.

Richat z sowieckiej niewoli wraca w 1951 roku. Ma za sobą sześć lat pracy w kopalni w Donbasie.

Hilda czeka na niego sześć lat. Ma paru absztyfikantów, którzy przekonują ją, że Richat nie żyje, jak wszyscy inni. Jednemu Richat w dwa tygodnie po powrocie łamie nos na placu przed żernickim kościołem, zaraz po niedzielnej sumie. Richat jest wychudzony i wymizerowany, więc absztyfikant Hildy łatwo mógłby podjąć walkę i Richata pokonać, ale nie szuka rewanżu, uznaje, że mu się ten złamany nos należał. Jest to jedyny człowiek, którego Richat w dorosłym życiu uderzył w twarz. Zabił bardzo wielu, nie liczył ich nawet i nie wszystkich jest świadom, i nie wie w ogóle, ilu ich było, ale ja wiem. Dwudziestu trzech zabił jako celowniczy karabinu maszynowego, w tym dziewiętnastu Polaków i czterech Francuzów, czterech jako zwykły strzelec z karabinu, dziesięciu jako podoficer z pistoletu maszynowego, jednego bagnetem, tylu zabił. Lecz w twarz pięścią w dorosłym życiu uderza człowieka tylko raz, na placu przed kościołem po sumie, a potem już nigdy nikogo. I nigdy na nikogo nie podnosi głosu, a potem umiera, Nikodem zawozi Ernsta Magnora na jego pogrzeb i razem idą w kondukcie, Ernst wspomina dzieciństwo, jak to chodził przez granicę do Richata do Żernicy, a Richat do niego do Gierałtowic, Nikodem zaś rozmyśla o tym, że niedługo ze swoją dziewczyną wybierze się na rejs po Morzu Śródziemnym, a Richata Bieli już nie ma, ale to nie ma żadnego znaczenia.

2.
LECZENIE METODĄ TRWAŁEGO SNU

1921, 1922, 1935, 1937, 1939, 1940,
1944, 1945, 2014

Ile to osiemnaście lat? Osiemnaście zim i lat. Sarna, urodzona w roku pierwszym z lat osiemnastu w roku osiemnastym już nie żyje. Żyją jej dzieci. Pięć pokoleń saren może w ciągu osiemnastu lat przyjść na świat i przychodzi, w ciągu tych osiemnastu lat pięć pokoleń saren z tej linii pojawia się w Jakobswalde. Sarny umierają.

Od kuli, ze starości, od psich zębów. Sarnie koźlęta pożera lis. Kozioł wpada w zaciskające się wnyki.

W ciągu osiemnastu lat Ernst Magnor z rocznego dziecka staje się najpierw większym dzieckiem, które już chodzi, potem chłopcem, który na placu gra w klipę, a po szkole chodzi przez granicę do starki na swaczyna, potem jest ładnym dziewiętnastolatkiem o delikatnej okrągłej twarzy i ciemnych włosach zaczesanych do tyłu.

Valeska pracuje w kuchni w szynku u Widucha, potem w sklepie. Nie ma wyjścia. Pracę załatwia jej Czoik. Czoik nigdy nie wykonuje żadnego gestu, który byłby chociaż minimalnym uchybieniem czci kobiety, w końcu zamężnej.

Valeska jest bardzo samotna i wyrazy ludzkiej litości, z którymi czasem się spotyka, tylko tę samotność pogłębiają.

W domu jest biednie, ale nie ma nędzy. W Polsce bywa biednie i jest mnóstwo nędzy. Na Górnym Śląsku mniej niż gdzie indziej. Latem 1937 roku Valeska, Ernst, Elfrieda i Alfred jadą do Gdyni na wakacje, zorganizowane przez Straż Graniczną z Knurowa. Wypoczynek finansuje Czoik. Jest również w Gdyni z żoną i dwunastoletnią Gelą, która za osiem lat zostanie żoną Ernsta, ale w 1937 roku w ogóle Ernsta nie interesuje, bo ma tylko dwanaście lat. Jej Ernst bardzo się podoba, lecz nie ma śmiałości się do niego odezwać. Chętnie bawi się z Elfriedą, która podczas tych dwutygodniowych wakacji traktuje Gelę jak młodszą siostrę.

Ernst pierwszy raz widzi morze. Morze nie robi na nim zbyt wielkiego wrażenia. Ernsta interesują maszyny, nie natura. Potem Czoik zabiera ich do Zoppot, tam też idą na plażę. Badestrand für Arier.

— Co to są Arier? — pyta Ernst, który mówi po niemiecku tak samo dobrze jak po polsku. Po polsku w szkole i z kolegami, i z Czoikiem, po niemiecku z matką i żernickimi Bielami.

— No Niymce abo Polŏki. Yno Żydy sam przyjść nie mogōm.

Ernst kiwa głową, chociaż nie rozumie, jaki jest sens robienia czegoś dla Polaków i Niemców, a zabraniania tego Żydom.

— Państwo ze Śląska...? — zaczepia Czoika sympatyczny młodzieniec w pumpach i tweedowej marynarce.

Czoik kiwa głową.

— To może by czas już zacząć po polsku mówić, a nie zawstydzać nas przed Niemcami tym narzeczem? — uprzejmie proponuje młodzieniec o pańskim wyglądzie.

Czoik zastanawia się chwilę, po czym podrzuca w dłoni laskę i wali młodzieńca w łeb, poprawia w obojczyk, w plecy, na koniec, klęczącego już na ziemi, kopie w brzuch. Jest zaprawiony w przemocy, młodzieniec niezbyt, więc konfrontacja jest jednostronna.

Od młodzieńca odciągają Czoika żona i Valeska, krzycząc i lamentując. Robi się zbiegowisko.

— Aż sie zesrół w te jerōńskie knikerbokry — mruczy zadowolony z siebie Czoik.

— Jestem oficerem rezerwy! Ja cię, kurwo, znajdę i zabiję! — wrzeszczy zakrwawiony młodzian.

Podbiega do niego dziewczyna.

— Kostek, co on ci zrobił, Kostusiu? — pyta.

Podnosi go, odchodzą. Młodzieniec przeżyje początek wojny, powalczy z Niemcami, ucieknie z niewoli, a potem zastrzeli go zazdrosny o żonę przyjaciel. Czoik przeżyje młodzieńca o niecały rok.

Potem Wojciech Czoik, żona i córka jego, i Valeska, i dzieci Valeski i Josefa idą do kasyna. Czoik coś tam obstawia, ale skromnie, kilka marek. Valeska, dzieci, żona Czoika, Gela tylko się przyglądają. Wracają do Gdyni na kwaterę.

Osiemnaście lat można też leżeć w łóżku.

Sala jest dziesięcioosobowa.

Josef spisuje własną historię choroby.

— Deutsch oder Polnisch? — pyta doktora von Kunowskiego.

— Was fällt Ihnen leichter? — pyta Kunowski.

— Sprechen tu ich lieber in unserer Sprache, aber schreiben auf Deutsch — odpowiada posłusznie Josef. Pisać woli po niemiecku, bo tak go nauczyli w szkole. A jeszcze coś tak oficjalnego jak historia choroby, nie wyobraża sobie, jak by to po polsku wyglądało.

— Dann schreiben Sie auf Deutsch.

Josef nauczony jest, że przed pisaniem trzeba się zastanowić dwa razy.

— Dyć papiōr kosztuje marki...! — mówi Wilhelm Magnor do małego Josefa w tym samym czasie, ale dużo wcześniej.

Josef układa sobie w głowie historię choroby.

Najpierw wojna. Wzgórze 165. Potem dom, kopalnia, Valeska. Potem pojawia się Caroline.

Nie, tego nie może napisać. Ani słowa o Caroline.

— Gŏdej potym o wojnie. Żeś na wojnie zgup — mówi Czoik, kiedy jadą z kopalni Delbrück do Rybnika.

Co ma mówić o wojnie? Pisać raczej. Był na wojnie, a potem wrócił.

„Als ich in die Zeche herunterstieg, sah ich, wie dunkel es dort ist und habe diese Dunkelheit liebgewonnen" — pisze o tym, jak zakochał się w podziemnych ciemnościach kopalni.

— Piył żech eter kraglik za kraglikiem na tyj grubie, na dole. Z himberym — mówi, zamiast napisać.

Von Kunowski rozumie po polsku, kiwa głową.

— Also eine Äther-Sucht.

Josef zaprzecza. Nie, żaden nałóg eterowy. Żaden nałóg. Trochę tylko, doraźnie, przed wojną nic, potem parę razy, ale to smakuje obrzydliwie, i dopiero teraz pod ziemią, w ciemności.

Somnifen, 60 kropel dziennie. Bierze, zasypia.

Josef śpi. Leczenie metodą trwałego snu.

W sali przebywa dziesięciu pacjentów. Każdy pacjent ma imię i nazwisko, ośmiu nawet potrafi je sobie przypomnieć. Przez rok Josef poznaje tylko majora Koniecznego.

Josef na jawie spędza godzinę dziennie. Zamiast somnifenu po dwóch dniach już awertyna doodbytniczo, lewatywa z trzyprocentowego roztworu awertyny w wodzie destylowanej. Lekarz poleca nie oczyszczać kiszki stolcowej przed lewatywą, aby narkotyk wchłaniał się dłużej i powodował sen zamiast głębokiej, acz krótkotrwałej narkozy.

Budzi się około południa, wtedy pielęgniarz prowadzi go do toalety, gdzie Josef załatwia potrzeby fizjologiczne, następnie zjada lekki, ale kaloryczny posiłek oraz jest badany przez lekarza pod kątem ewentualnych odleżyn lub opadowego zapalenia płuc.

Następnie któryś z lekarzy przez kwadrans prowadzi z Josefem rozmowę. Josef nie jest receptywny. Następnie pielęgniarz przygotowuje Josefa do lewatywy, wlewanie roztworu z irygatora trwa kolejny kwadrans. Josef czuje, jak woda rozpiera mu wnętrzności. Myśli o Valesce i dzieciach. Chciałby bardzo zobaczyć swoje nowe dzieci i ciekaw jest, jak Ernst urósł. Małe dzieci szybko rosną. W dwa miesiące potrafią urosnąć, że ho, ho! Josef myśli o tym.

Josef prawie pamięta, że pewnego razu przychodzi Pindur. Nie pamięta, o czym mówią.

Pindur przysiada na łóżku Josefa i szepcze do niego swoją zwykłą modlitwę:

— Człowiek, chop i baba, kamiyń, sŏrnik, hazŏk, kot a pies, strŏm, wszisko to samo. Wszisko je jednym. Ziymia to je taki srogi drach, łażymy po jego ciele, a na grubach kopiymy jego ciało, kere je czystym słŏńcym. We świyntyj Biblie mŏsz napisane, u Ezekiela, że faraŏn je krokodyl, kery se lygnął we rzyce, pra?

Josef kiwa głową. Niewiele do niego dociera. Krokodyl. Faraon.

— Ale to niy ma krokodyl. To je po żydowsku tannin, a tannin to je srogi drach. Wielki smok. Rozumisz? A zaś kaj indzij mosz Behemota, kerego nogi sōm jak ruły ze brōnzu, a ôgon jak srogi strōm, jak cedr, ja?

Josef patrzy w okno.

— My sōm niym. Tym drachym, łażymy po jego ciele, ale tyż sōm my jego ciałym, poradzisz se to forsztelować? Jak błecha, kero żere twojōm krew, ôna je tobōm, ja?

Josef zasypia.

Pindur kładzie starcze dłonie na jego głowie i modli się po swojemu, a potem wraca do swojej sali.

Innego dnia wychodzą razem na dziedziniec. Na dziedzińcu przebywają nerwowo chorzy, personel oraz żołnierze włoscy we włoskich mundurach.

Czy są to żołnierze reprezentujący siły dobra, czy siły zła? — zastanawia się stary Pindur.

— Widziōłech, jak sam wojowali nasze chopcy z tymi Italŏkami — mówi do Josefa. — Tyś tysz bōł przi powstaniu, pra?

Josef zaprzecza, niezgodnie z prawdą.

A potem jest 30 czerwca 1922 roku i major Konieczny biega podniecony po całym oddziale w kalesonach, koszuli i austriackiej czapce wojskowej.

— Nareszcie Polska! Polska to zdrowie nerwowe! Niech żyje Polska! — krzyczy.

W szpitalu właśnie zakończyła pracę komisja zdawczo-odbiorcza, której ze strony niemieckiej przewodniczył doktor von Kunowski, z polskiej zaś doktor Wiesław Kryzan.

Szpital przejęty zostaje razem ze sprzętem, nieruchomościami, majątkiem ziemskim i chorymi. Personel zostaje wymieniony. Pielęgniarze i doktorzy, nawet kucharki.

Lekarze są z Polski. Pielęgniarze są z Polskiej Organizacji Wojskowej Górnego Śląska. Czoik i Valeska na piśmie zobowiązują się do pokrywania kosztów. Płaci Czoik.

Dlaczego płaci?

Valeska nie pyta, dlaczego Josef musi zostać w szpitalu. Przychodzi popatrzeć na niego i widzi: Josef leży w łóżku, głowę ma ogoloną na łyso, jest wychudły i śpi. Valeska patrzy przez otwarte drzwi, nie wchodzi do środka.

— Kobieta taka była u ciebie — mówi major Konieczny, kiedy Josef budzi się na swoją codzienną godzinę jawy. — Z ludu, dość przystojna, smutna bardzo. Bez dzieci.

Josef odwraca się do ściany, przyciska obie dłonie do ust i wyje przez te dłonie.

— Chorzy skarżą się na to, że się ich obryzguje, opluwa, naświetla dziwnymi promieniami, kłuje szpilkami, gwałci albo ściąga naturę, że wsadza im się astrolityczne kamienie do mózgu; czują w żołądku ruchy żmij, serce porusza się w koło, przegina im się golenie aż do złamania, członki się wydłużają, ciało ich jakby rosło nagle albo się kurczyło, podnosiło się i spadało; mają wrażenie, jakby chodzili na głowie. Rozumie pani? — pyta doktor Wiendlocha Valeskę Magnor.

Valeska kiwa głową, że rozumie, chociaż nawet nie słuchała, więc nie rozumie, bo nie dotarły do niej słowa wymówione, po prostu podpisuje, co ma podpisać. Wiendlocha zwykle nie rozmawia o takich sprawach. Ale starszy przodownik Wojciech Czoik to w końcu weteran wszystkich trzech powstań i wypada, aby zastępca dyrektora osobiście poświęcił mu kwadrans.

— Do której klasy wyżywienia życzą sobie państwo zakwalifikować pacjenta Magnora? — pyta Wiendlocha, wzdychając w duchu, że zajmuje się sprawami, którymi zająć się powinien inspektor administracyjny.

— A padajōm, wiela to bydzie kosztowało? — frasuje się Valeska.

— Do pierwszej — przerywa jej Czoik.

Wiendlocha, zdziwiony, podnosi głowę znad formularza.

— Do pierwszej...? — upewnia się.

W rybnickim szpitalu poza adwokatem bankrutem, majorem Koniecznym, dwoma kupcami, w tym jednym pochodzenia żydowskiego, i nauczycielem z Królewskiej Huty, który zgwałcił uczennicę, po czym zamordował ją, rozcinając nożem od pochwy aż po brodę, nie ma innych pacjentów pierwszej klasy żywieniowej. To kosztuje, ludzie z wyższych sfer leczą się w prywatnych szpitalach, nie w państwowym w Rybniku. Tutaj zaś leżą górnicy, weterani wojenni, eteromani i alkoholicy, ale ze sfer niższych, i nikt nie chce za wikt pierwszej klasy dopłacać.

— Do pierwszej — potwierdza stanowczo Czoik.

Pacjent pierwszej klasy otrzymuje pięć zróżnicowanych posiłków dziennie, siedemset gramów chleba, masło zamiast smalcu, trzysta pięćdziesiąt gramów mięsa (ważonego w stanie surowym), przy czym dni mięsnych w tygodniu jest sześć. Do tego pacjentowi klasy pierwszej przysługują tytoń, raz w tygodniu piwo za zezwoleniem lekarza prowadzącego oraz bułki.

Valeska spogląda na Czoika z obawą. Czoik uspokaja ją, również spojrzeniem.

Nikodem siedzi w pracowni. Jest ranek, dnia powszedniego. Nikodem przegląda pierwszy wydruk projektu budowlanego domu, którego koncepcje rysował na iPadzie, nad basenem, na wakacjach z dziewczyną, która mu się wymknęła. Klient jest zachwycony projektem, mimo że wstępny kosztorys przekroczył planowany budżet o ponad dwadzieścia procent.

Dzwoni telefon Nikodema. To żona Nikodema. Nikodem odbiera.

— Mógłbyś zająć się dzisiaj Weroniką? Wziąć ją na noc? Bardzo słabo się czuję.

Nikodem zastanawia się chwilę.

— Kaśka, ja chciałbym wrócić do domu — mówi. — Do ciebie.

Kaśka milczy. Długo milczy. Nikodem też milczy.

— Potrzebuję twojej pomocy, Nikodem.

— Chcę ci pomóc. Chcę wrócić do domu.

— Nie da się wrócić do domu, Nikodem. Wiesz o tym. Po prostu się nie da. Potrzebuję twojej pomocy.

Nikodem milczy.

— Weźmiesz ją dzisiaj na noc? — pyta Kaśka. — Do siebie, do Katowic?

Nikodem milczy. „Do siebie, do Katowic" brzmi, jakby było z ołowiu.

— Wezmę — odpowiada w końcu.

Zamyka komputer. Żegna się z pracownikami, zwija projekt i zabiera go ze sobą, wychodzi, jedzie autostradą, jedzie przed siebie, w końcu parkuje przed swoim blokiem na Tauzenie, jedzie windą do mieszkania. Włącza konsolę. Przegląda zapisane w pamięci gry, nie wybiera żadnej. Wyłącza konsolę. Ogląda odcinek serialu.

Wychodzi na balkon. Jest lipiec i jest upał. Słońce zachodzi nad Chorzowem, nad centrum handlowym Silesia i nad życiem Nikodema zachodzi słońce. Pali papierosa. Miałby ochotę popić winem, ale skoro ma jeszcze jechać samochodem po Weronikę, to wypija tylko jeden kieliszek. Z trudem odmawia sobie drugiego, jednak sobie odmawia.

Josef śpi.

Osiemnaście lat snu. Każdej doby dwa razy po pół godziny na jawie. Później dwa razy po trzy kwadranse na jawie.

Zastępca dyrektora już nie jest zastępcą dyrektora, jest dyrektorem.

Trzy kwadranse na jawie. W pokoju pojawiają się ptaki. Ptaki mieszkają w klatkach. Klatki są dwie. W jednej mieszka kanarek, będący hybrydą kanarka harceńskiego i szczygła. W drugiej zaś szczygieł czystej krwi, będący przy tym ojcem hybrydy z drugiej klatki. Mieszańce takie po śląsku zwane są basztardami.

— Czamu sam te ptŏki...? — pyta nieprzytomnie Josef.

— Nasz kochany dyrektor Wiendlocha uznał, że wariatom trzeba dać zajęcie. Więc będziemy opiekować się ptakami — odpowiada major Konieczny.

Trzy kwadranse na jawie. Josef nie jest pewien, czy ptaki zauważył wczoraj, czy miesiąc temu. Major Konieczny siedzi na łóżku i dłonią dyryguje orkiestrą wojskową, jak zawodowy kapelmistrz. Pod nosem gwiżdże melodię, którą orkiestra wygrywa, jednak orkiestry tu nie ma. Ale gdzieś jest.

— Poza tym zmarł marszałek Piłsudski — major rzuca w przestrzeń. Josef z trudem przypomina sobie, kim jest marszałek Piłsudski.

Szczygieł siedzi w klatce nieco otępiały. Kanarek, żółtopomarańczowy, osłupiały z przerażenia, zamknięty jest w dłoniach pacjenta, którego nazwiska ani imienia Josef nie zna, a który nazywa się Marcin Rzepka i jest górnikiem z Królewskiej Huty, cierpiącym na schizofrenię połączoną z ciężkim nałogiem alkoholowym.

Trzy kwadranse na jawie. Klatki ptaków są puste.

Widząc pytające spojrzenie Josefa, major Konieczny wzrusza ramionami.

— To był wolny, dziki ptak. W zeszłym tygodniu wypuściłem go więc na wolność, tam gdzie jego miejsce. Tam gdzie moje miejsce. W polu. Na manewrach. W bitwie.

— A tyn basztard? — pyta Josef.

— Rzepka go ukochał na śmierć — odpowiada major Konieczny.

Marcin Rzepka, górnik z Królewskiej Huty, słysząc słowa majora Koniecznego, zatyka uszy dłońmi i krzyczy, aby tych słów nie słyszeć, ale wszystko, co usłyszy, brzmi już w jego głowie na zawsze, i tak brzmi w jego głowie śmierć harceńskiego basztarda.

Dziesięć lat później i dwadzieścia kilometrów na północny wschód od szpitala Valeska Magnor trzyma za ramiona Alfreda Magnora. Spogląda mu prosto w oczy.

— Polecisz na kole do Bielów, do Żernice, i padŏsz im, co majŏm prziść do Lusie Czoikowyj do Przyszowic, ja? I tam zarŏz tysz przyjedź, nikaj indzij, zarŏz tam, ja? Jŏ tam byda z Fridŏm i resztŏm, ja?

Do Gierałtowic i Przyszowic zbliża się front ukraiński. Valeska jest przekonana, że w domu polskiego pogranicznika, zamordowanego w Mauthausen, wszyscy będą bezpieczniejsi niż w Haselgrund, w domu żołnierza Wehrmachtu, który gdzieś tam właśnie walczy z Sowietami.

Alfred wypełnia swoją misję i Hilda Bielowa i mały Waldemar docierają do Przyszowic, do domu starszego przodownika Wojciecha Czoika. Wojciech Czoik już nie żyje, w domu mieszka teraz samotna Czoikowa, umierając ze strachu o córkę, o której losach wie tylko tyle, że rok temu wyjechała do Prus Wschodnich, gdzie są już Sowieci.

Czoikowa mieszka przy ulicy Wilsona. W izbie robi miejsce dla Valeski z dziećmi, dla Bielów. Cztery domy dalej jest dom Gemanderów. Joachim Gemander jest w Ardenach. Richat Biela na Wschodzie. Ernst w areszcie w Gleiwitz. Gela Czoik w drodze z Hamburga na południe. Pyjter Gemander w objęciach matki. Stanisława Gemandera nie ma.

Nikodema Gemandera nie ma. Weroniki Gemander nie ma. Wojciecha Czoika nie ma, a to, co kiedyś było nim, dawno rozpuściło się we mnie w ziemi w Mauthausen. Josef Magnor jest, wychudły i skulony pod kocem, na łóżku w dziesięcioosobowej sali szpitala w Rybniku.

Ile to jest osiemnaście lat snu?

Sen kończy się w pierwszych dniach września 1939 roku. Szóstego września miejsce dyrektora Wiendlochy zajmuje Hauptsturmführer Hans Wilcke, doktor nauk medycznych.

Hauptsturmführer Wilcke zwalnia większość personelu, ponieważ poinformowany zostaje o powstańczej zwykle proweniencji pielęgniarzy. Insurgentów mu tu nie potrzeba. Zostawia dwudziestu jeden. Na miejsce zwolnionych zatrudnia nowych.

Pacjenci narodowości żydowskiej zostają zabici i pochowani na szpitalnych cmentarzach. Kiedy na cmentarzach Wielopola brakuje dla nich miejsca, Wilcke każe wykopać groby zaraz za szpitalnym murem. Na miejsce zabitych Hauptsturmführer Wilcke przyjmuje pacjentów likwidowanych placówek w Toszku i Lublińcu.

Hauptsturmführera Wilckego zastępuje doktor nauk medycznych Riepenhausen. Przewlekle chorzy psychicznie i niedorozwinięci umysłowo są likwidowani na miejscu przez specjalistów z obozu Auschwitz i wywożeni do tamtejszych krematoriów.

Josef zostaje zakwalifikowany jako pacjent niegroźny i rokujący. Nie zostaje wywieziony do krematorium. Niestety, nie jest już pacjentem pierwszej klasy, jakim był w ciągu osiemnastu lat snów. Klasy pacjentów zostały zlikwidowane i wszyscy są tak samo głodni.

Josef chudnie i wypadają mu wszystkie zęby, za to rośnie mu broda. Panicznie boi się brzytew, a wiedziony nagłym

kaprysem lekarz pozwala pacjentowi Magnorowi zapusz-
czać brodę.

Nikodem wraca z balkonu do mieszkania. Rozwija projekt budowlany. Przypomina sobie, że musi dziś odebrać
projekt wod.-kan. od branżysty. Branżysta mieszka w Rybniku, co jest w sumie po drodze. Podjedzie tam, kiedy od-
bierze Weronikę.

3.

Чей-то стон стеной ослаблен:
Мать — не на смерть. На матрасе,
Рота, взвод ли побывал —
Дочь-девчонка наповал.
Сведено к словам простым:
НЕ ЗАБУДЕМ! НЕ ПРОСТИМ!
КРОВЬ ЗА КРОВЬ и зуб за зуб!
Девку — в бабу, бабу — в труп.

Aleksandr Sołżenicyn, *Прусские ночи*

1915–1918, 1921, 1925, 1938, 1939, 1945, 1986, 2014

Zbudź się, kochany, zbudź się, mówi Valeska. Nie śpij już, spać już nie wolno, spać już nie można.

Josef otwiera jedno oko.

Nikodem stoi pod drzwiami domu własnego architekta. Kładzie rękę na klamce i cofa rękę. Naciska przycisk dzwonka. Kaśka otwiera drzwi. Wygląda bardzo źle. Ma podkrążone oczy i jest bardzo blada.

— Jesteś — mówi Kaśka i dalej jest bardzo blada.

Nikodem otwiera usta, jakby chciał coś powiedzieć. Ale nic nie mówi.

— Wejdź.

Wchodzi do domu własnego architekta.

— Wykąpałam ją już — mówi Kaśka.

— Muszę tylko pojechać do Rybnika, odebrać projekt wod.-kan. od branżysty, na jutro potrzebuję — tłumaczy Nikodem. — Mała może zaczekać w aucie, prawda?

Kaśka kiwa głową.

Josef otwiera drugie oko. Leży prawie nagi pod kocem, leży w swoim gnoju, uda ma zlepione kałem.

Wstań, kochany, wstań, oni odeszli, mówi Valeska. Nie ma ich już, rozumiesz?

A ja mam coś dla ciebie, mam jedzenie, mówi Valeska. Poszli sobie, rozumiesz?

Valeska mówi czy nie mówi, Valeska jest czy jej nie ma? Josef wyciąga spod koca ramię tak chude, jak chude mogą być kości obciągnięte skórą.

Jest bardzo zimno. W nocy temperatura spada do dwudziestu stopni Celsjusza poniżej zera i tak już jest od trzech tygodni. Śniegu nasypało niewiele, może dziesięć centymetrów, suchego jak puch, wiatr rozwiewa go, gdzie chce.

Josef Magnor ma kolana o wiele grubsze niż uda i łydki.

Josef, mam jedzenie, mówi Valeska.

Co masz do jedzenia?

Josef nie wie, czy zapytał.

Mam kromkę chleba.

Josef nie wie, czy Valeska odpowiedziała.

Josef nie wie, czy ma kromkę chleba.

Josef nie ma już zębów, wszystkie zęby Josef wypluł w ciągu pięciu lat, które minęły po latach osiemnastu.

Josef kruszy kromkę chleba na drobne kawałki, rozciera w palcach, wkłada do wyschniętych ust. Nie jest pewien, czy rzeczywiście je tę kromkę chleba. Słyszy hałas na korytarzu.

Pić, mówi, ale nie wie, czy mówi. Dawno nie pił. W ustach żadnej śliny, żeby rozmoczyć suchy chleb.

Trzeba śniegu wziąć, mówi Valeska, ale Josef nie wie, czy Valeska mówi, czy nie mówi. Śniegu trzeba wziąć.

Albo umrzeć tutaj. Ale Josef nie chce jeszcze umrzeć tutaj.

Jeśli wyjdziesz tak ubrany na podwórze, to umrzesz od razu, mówi Valeska, chociaż nie wiadomo, czy mówi, a jeśli mówi, to nie wiadomo, kto mówi.

To prawda, umrze od razu, jeśli nie znajdzie ubrania, ale przecież obok jest coś pod kocem, na łóżku majora Koniecznego, niegdyś zażywnego, a dziś już nie. Josef ściąga swoje wychudłe nogi z łóżka, dotyka zmarzniętej podłogi, próbuje wstać, upada.

Na czworakach dochodzi do łóżka majora Koniecznego. Wsuwa dłonie pod koc. Ciało majora jest zimne i już nie jest sztywne, więc Josef ściąga zeń ubranie: spodnie i bluzę szpitalnej pidżamy, skarpety, szalik. Pod łóżkiem stoją kapcie, w kapciach sztywne onuce. Josef wkłada kapcie. Są o wiele za małe, ale zmarznięte stopy Josefa tego nie czują.

Musisz iść, Josef, musisz wyjść, znaleźć jedzenie i wodę, uciec musisz.

Josef zbiera garść śniegu z parapetu za oknem. W oknach pawilonu są ciągle szyby, więc najpierw otwiera okno.

Śnieg rozpuszcza się w ustach i smakuje jak woda z wapnem i pyłem. Ale rozmiękcza okruchy kromki chleba i Josef może je przełknąć. Przez okno widzi, że inni też wychodzą.

Świat grzmi. Na północy. I błyska, pomarańczowo i niebiesko, i potem każdemu grzmotowi z północy odpowiada grzmot z południa.

Drzwi są zamknięte, Josef, ale musimy wyjść. Dlaczego? Bo umrzemy z głodu, rozumiesz? Z głodu.

Przez okno widzi grupę ludzi w łachmanach. To pacjenci. Ale z innego pawilonu, tak się Josefowi wydaje.

Stoją, poza jedną kobietą, która właśnie usiadła, i Josef wie, że skoro usiadła, to już nie wstanie. Jeden z pacjentów dłonią w łapawicy próbuje dotknąć twarzy, wystawia język, jakby chciał czegoś posmakować.

Stoją. Kończy się krótki dzień.

Josef wychodzi na korytarz. Pacjenci siedzą pod ścianą.

— Zawarli drzwiyrza, wsziskie drzwiyrza pozawiyrali — mówi łysy, gładko ogolony i bardzo chudy mężczyzna. Siedzi na podłodze, oparty o ścianę.

— Dyć żech widziōł gupich na placu stać.

— Z inkszego pawilonu. Tam kaj kratōw w ôknach niy bōło — odpowiada łysy.

Josef opiera się o ścianę. Stoi chwilę. Idzie dalej. Pacjenci siedzą na schodach.

— Idź, raus, idź! — krzyczą na widok Josefa, więc Josef odchodzi.

Josef wraca do łóżka, wraca do snu, aby spać dalej. Śpij, kochany, śpij, mówi Valeska. Już śpię, mówi Josef. Grzmi.

Major Konieczny nadal nie żyje. Josef żyje. Drzwi do sali, w której przespał pół życia, otwierają się z trzaskiem.

— Jeść, macie co zjeść?! — krzyczy kobieta w szpitalnej koszuli do kolan, bosa i brudna.

Josef kręci głową. Jesteś głodny, Josef, bardzo głodny, mówi Valeska. Mój Zefliczku, mówi matka.

Gdzie są lekarze, myśli Josef, gdzie? Gdzie pielęgniarze? Gdzie kucharze i posiłki?

Wariatka w koszuli wybiega z sali, w której przebywają Josef i ciało, które kiedyś było majorem Koniecznym, ale już nie jest.

Wariatka niedługo umrze, ale to nie ma znaczenia.

Josef zasypia i budzi się słabszy. Nie wie, ile minęło czasu, od kiedy zasnął. Na udach i w kroczu ma bolesne czyraki.

Wygląda na dziedziniec szpitalny.

Na dziedzińcu chorzy, okutani w koce, nerwowo przestępują z nogi na nogę.

Między nimi bogowie w szarych, niektórzy zaś w białych szatach i w białych kaskach, inni w szarych czapkach, niektórzy piękni, rośli, utuczeni, o szerokich ramionach, ale też paru wątlejszych, w płaszczach jak z wojny Josefa. Białe szaty spięte są pasami. Czterej bogowie szarzy ciągną działko. Josef wie, jakie to działko, wojna niezbyt się zmienia, jest to działko niezbyt duże. Nie rozumie tylko, dlaczego bogowie je ciągną, skoro powinni je ciągnąć ludzie.

Bogowie odziani są na biało. Mają spodnie z szerokimi nogawicami, do nich długie bluzy spięte pasami. Przy pasach ładownice z nabojami, na plecach karabiny.

Artefakty szarych bogów są uboższe.

Nie możemy wyjść, mówi Josef do siebie albo do Valeski, nie jest pewien i nie otwiera ust przy tym mówieniu. Nie możemy tam pójść, tam oni.

A gdzie pielęgniarze? — pyta Josef.

Odeszli, wszyscy. Pielęgniarze, lekarze, kucharze, nikogo nie ma. Wszyscy sobie poszli, mówi Valeska.

Jeden z bogów w biel odzianych wskazuje okno, przy którym stoi Josef.

Jest dzień i jest styczeń, rok jest 1945.

Josef ma czterdzieści siedem lat, waży pięćdziesiąt dziewięć kilogramów, ma sto siedemdziesiąt dziewięć centymetrów wzrostu. Najpierw przez osiemnaście lat śpi.

Potem się budzi i pięć lat spędza trochę bardziej na jawie niż wcześniej, i bardzo chudnie. I rośnie mu długa, rzadka i siwa broda.

Jeden z bogów w biel odzianych wskazuje okno, przy którym stoi Josef.

Dotknięty boskim spojrzeniem Josef odsuwa się od okna. Wzbiera w nim przerażenie.

Valeska milczy.

Josef przełyka resztkę chleba ze śniegiem i drżącą ręką sięga po koc, którym był wcześniej przykryty. Koc powalany jest rzadkimi odchodami Josefa, dawno zaschniętymi. Josef owija się kocem. Wychodzi na korytarz. Na korytarzu pusto i cisza. Tylko z zewnątrz słychać grzmoty.

Stary Pindur tymczasem już nie żyje od dwudziestu lat i nie ma starego Pindura.

Josef nie do końca rozumie, co się dzieje.

Dzieje się zaś wojna.

Josef wychodzi na korytarz. Pawilon jest pusty. Nie ma pacjentów. Nie ma nikogo. Jest przeciąg. Josef jest bardzo głodny. Przez uchylone drzwi widzi okno rozbite jakimś pociskiem, kraty rozerwane i wygięte. Nie obudził się od tej eksplozji. Spał.

Przez rozbite okno wydostaje się na szpitalny dziedziniec.

Pomiędzy pawilonami stoją grupki wychudłych pacjentów w pidżamach, niektórzy owinięci kocami, niektórzy boso, ci szybko przestępują z nogi na nogę. Ziemia jest zamarznięta i niebo jest zamarznięte, w powietrzu szaro od zawiesiny z drobnych jak pył kryształków lodu.

Josef właśnie zjadł kromkę chleba i głód nieco zelżał. Kromkę dała mu Valeska. Nie ma tutaj Valeski. Nie ma też kromki i nie było.

— Raus! — słyszy za sobą krzyk. To odziani w biel bogowie.

Zejdź im z drogi, mówi Valeska. Josef przywiera do ściany pawilonu, obok dwóch otulonych kocami pacjentów.

— Niy chcōm nŏs nikaj puścić — mówi długowłosy i brodaty człowiek, którego Josef nie zna. Josef nikogo nie zna. — A sam już niy ma nic do zjedzyniŏ. Nic. Muszymy iść stōnd weg. Muszymy. Jo dyć czuja, jak mie diŏboł żere. Czuja, jak mie żere, rozumisz?

Josef rozumie. Kiwa głową.

Biegną trzej bogowie w bieli. Biegną wzdłuż ceglanego muru okalającego szpital, biegną w stronę grzmotów. Jeden niesie na ramionach ciężką broń, w której Josef domyśla się karabinu maszynowego, ale nieznanego mu typu. Drugi taszczy rozłożony trójnóg, zarzuciwszy go sobie na plecy i trzymając za przednie nogi, jakby niósł na plecach martwą sarnę. Trzeci w rękach ma dwa pudła z amunicją.

Karabin maszynowy jest produkcji Metall- und Lackwarenfabrik Johannes Großfuß i nazywa się MG-42. Trójnóg wyprodukowany jest w tej samej fabryce i nazywa się Lafette-42. Amunicja jest kalibru 7,92 mm, ujęta w długie taśmy.

Żołnierze w bieli biegną ku północnej stronie szpitalnego dziedzińca. Josef ostrożnie idzie za nimi. Valeska, idziesz? Idę, Josef. Idę.

Biali bogowie rozkładają trójnóg, na trójnogu montują kulomiot i otwierają pokrywę, która kulomiot zamyka jak wieczko pudełka. Żołnierz, który stoi za kulomiotem, szarpie do siebie płaską rączkę z prawej strony, następnie pcha ją do przodu, a ten, który niósł amunicję, delikatnie umieszcza w odpowiednim miejscu broni taśmę z nabojami, jakby odkładał pisklę do gniazda. Celowniczy zdecydowanym ruchem zatrzaskuje klapę kulomiotu i zaczynają strzelać.

W północnej części terenu szpitala ciągną się polowe fortyfikacje: okopy, prowizoryczne bunkry i zapory. W okopach bogowie biali i szarzy kulą się, strzelają z karabinów i kulomiotów, chowają się, przemieszczają, krzyczą do siebie — twarze pod okapami hełmów, trupy, ranni.

Jest popołudnie i zza grubej warstwy ciemnoszarych chmur przedostaje się coraz mniej światła. Słońce zaczyna zachodzić.

Josef wpatruje się w wytryskujące z lufy kulomiotu długie, czerwone smugi.

Oficer w białej, wiązanej pod szyją bluzie wykrzykuje komendy. Pacjenci szpitala chowają się do pawilonów. Nagle z kierunku przeciwnego do smug wytryskujących z kaemu białych bogów tryskają smugi innego koloru i spadają blisko Josefa i żołnierzy próbujących ustalić perymetr wokół szpitala.

Josef wygląda zza rogu szpitalnego budynku z czerwonej cegły. Gdzieś pod progiem świadomości to, co jest Josefem, myśli o Loretto, o wzgórzu 165 i Lens, ale świadoma część Josefa przygląda się widowisku jak fajerwerkom.

Front znajduje się nad rzeką Rudą, na północ od szpitala. Nad rzeką szpital ma majątek ziemski, w ciągu pięciu lat, które minęły od przebudzenia, Josef często tam zachodził, nawet pracował trochę.

Stamtąd dochodzą grzmoty, a teraz słychać warczenie silników i chrzęst gąsienic.

— Panzer! — krzyczą biali bogowie. Wtaczają wyżej przeciwpancerne działko, które Josef widział wcześniej z okna, bóg szary otwiera zamek, inny sięga po podłużny nabój do drewnianej skrzyni i nagle działko i obsługa rozlatują się, rozdzierają, rozpadają na strzępy w wielkiej kuli ognia. Josef rozumie, że to pancer strzelił i trafił.

— Panzer! — krzyczą bogowie biali i szarzy.

Josef śmieje się głośno. Krzyczy z radości. To najpiękniejsza rzecz, jaką widział w życiu.

Jeden z żołnierzy chwyta broń Josefowi nieznaną. Nieznaną bardziej niż kulomiot nieznanego typu: nigdy wcześniej nic takiego nie widział, lecz domyślił się, że to karabin maszynowy. Ten biały bóg ma jednak w dłoniach pomalowaną na żółto rurę, zakończoną grzybem czy spłaszczoną piłką. Kulomiot ciągle strzela, krótkimi seriami, jakby ktoś prześcieradła darł.

Biały bóg z żółtą rurą przyklęka niedaleko kulomiotu, rurę wkłada pod pachę, podnosi coś przed grzybem, coś naciska, a wtedy z hukiem i pryśnięciem grzyb odrywa się od rury, leci.

Josef bije brawo.

Nikodem przypina pasami fotelik na tylnym siedzeniu land-rovera.

Weronika stoi przed domem z misiem w ręku, ubrana w pidżamkę, w maleńkich, rozkosznych trampkach na nóżkach. Kaśka klęczy przy niej, coś szepcze dziewczynce do ucha. Weronika kiwa główką.

Głowica pancerfaustu nie trafia w czołg, ale niedoświadczony czołgista wrzuca wsteczny bieg, cały radziecki czołg z jękiem i zgrzytem gąsienic zatrzymuje się, pochyla do przodu tak mocno, że lufą prawie dotyka ziemi, buja się teraz w tył, jak kołyska, koła już mielą i jedzie do tyłu, po zrytej pociskami ziemi i po husyckich kościach.

Bóg z pancerfaustem sięga po drugi, przewieszony przez plecy. Celowniczy kulomiotu szarpie dźwignię po prawej stronie broni i rozżarzoną do czerwoności lufę można wyszarpnąć, jednak żołnierz nie ma niezbędnej do tego celu azbestowej rękawicy, więc wyszarpuje lufę gołą dłonią, skwierczy przypalana ludzka skóra. Lufa spada w śnieg, syczy, unosi się obłok pary, biały bóg wsuwa w kulomiot nową lufę, uderzeniem dłoni zamyka zatrzask, ładują nową taśmę, strzelają.

Josef krzyczy i śmieje się, nigdy w życiu nie widział nic równie pięknego. Rozżarzona do czerwoności lufa w śniegu ciemnieje, szarzeje, traci blask.

— Tato, czemu już nie mieszkasz z nami? — pyta Weronika z tylnego siedzenia.

— Bo wyjechałem na razie — kłamie Nikodem.

— Mama mówi, że nie mieszkasz — odpowiada Weronika. — I że jedziemy teraz do twojego nowego domu.

— To bardziej skomplikowane — kłamie Nikodem i zaciska zęby, żeby się nie rozpłakać. — Tata musi odebrać taką rzecz od jednego pana, wiesz? Dobrze?

Czołg wraca. Za nim drugi, jadą równolegle z land-roverem Nikodema, w odległości stu pięćdziesięciu metrów od szosy, po której jedzie Nikodemowy land-rover z Nikodemem za kierownicą i pięcioletnią Weroniką Gemander na tylnym siedzeniu, z prawej strony.

Czołgi są marki T-34/85. Wyprodukowane w fabryce Krasnoje Sormowo imienia Andrieja Żdanowa w mieście Gorki, które kiedyś nazywało się Niżny Nowogród i kiedyś znowu będzie się nazywało Niżny Nowogród, a jeszcze wcześniej był tam gród Mordwinów, a potem już nie.

Nikodem odbiera projekt wod.-kan. od branżysty, jutro musi złożyć ten projekt w urzędzie, żeby otrzymać pozwolenie na budowę domu dla pewnego warszawskiego artysty. Weronika śpi już na tylnym siedzeniu, z misiem w dłoniach.

Czołg jedzie i mija samochód Nikodema zaparkowany na parkingu przy sklepie Carrefour, gdzie Nikodem wysiada, po chwili wahania zostawia Weronikę śpiącą w foteliku, idzie kupić lód w workach i cztery butelki wina. Jest już wieczór.

Po kilku minutach Nikodem wraca z zakupami i jest lipiec, czołg strzela z dwóch karabinów maszynowych i jest styczeń, i w tym styczniu wspina się na kupę gruzu, za którą biali bogowie ustawili swój kulomiot, i pokazuje brzuch, Josef myśli sobie, że brzuch takiego pancera musi być bardzo wrażliwy, i przypomina sobie pancer angielski, który widział w innym świecie i innym życiu. Karabin maszynowy zamontowany w kadłubie czołgu dalej strzela, radiotelegrafista na siedzeniu obok kierowcy nie zauważył, że strzela w niebo, bo zacisnął oczy i krzyczy, i po prostu naciska raz za razem spust swojego karabinu maszynowego marki Diegtiariow, model czołgowy, pociski sieką gałęzie przyszpitalnych drzew i Josef patrzy, jak czarne, bezlistne patyki czarnym deszczem spadają na śnieg.

Mogliby go dostać w brzuch z żółtej rury, myśli Josef i przypomina sobie, jak strzelali z kulomiotów do pancera angielskiego, tak długo, aż się zatrzymywał, i w końcu dostało go jakieś działo polowe.

Jednak szary żołnierz z dziwną żółtą rurą porzucił już swoją broń i ucieka. Biali bogowie przy kulomiocie krzyczą, porzucają swoją broń i rzucają się do ucieczki. Pancer unosi się na kupie gruzu, jakby chciał zerwać się do lotu, tak myśli Josef, przypominając sobie liczne czołgi latające, o których mowa była, gdy przebudził się ze swojego snu.

Pancer zawisa na chwilę, wyciągnięty w górę jak tancerka, silnik wyje, pancer szarpie w górę i przewala się w dół ze zgrzytem gąsienic, miażdży kulomiot i wtacza się na dziedziniec szpitala. Ani na chwilę nie przestaje strzelać z kaemów, pryskają odłamki cegieł, pociski głucho plaskają o śnieg, biali i szarzy bogowie przewracają się, trafiani w plecy.

Josef nie czuje zimna, kuli się za rogiem pawilonu dziewiątego, ale nie może przestać patrzeć.

Na wieży pancera otwiera się właz, wyłania się zeń sylwetka ludzka i wymachuje czerwoną chorągiewką.

Nad Rudą rozlega się krzyk i z okopu wyłaniają się białe sylwetki, krzyczą „urrrra" i biegną. Między rzeczką Rudą a zabudowaniami szpitala rozciągają się pola. Na polach kwitną wybuchy, strzela niemiecka armata acht komma acht, ulokowana w miejscu, w którym kiedyś będzie stał dom otynkowany szarym, ozdobnym tynkiem wymieszanym ze żwirem.

Nikodem ma siedem lat i wydłubuje okrągłe otoczaki ze ściany domu Ernsta Magnora w Gierałtowicach.

Kuzyn zrobił mu szlojder, czyli procę z gumy i drewna, i Nikodem wydłubuje te kamyki, aby mieć amunicję do swojej broni, z której próbuje trafić wróbla, co jednak nigdy mu się nie udaje.

Dom Ernsta Magnora otynkowany jest tak samo jak dom przy ulicy Doktora Mariana Różańskiego 21.

Biali bogowie krzyczą po rosyjsku i przewracają się pod ogniem działa stojącego w miejscu, w którym potem stanie dom przy ulicy Doktora Mariana Różańskiego 21. Powolnym stukotem odpowiadają rosyjskie kaemy.

Czołg przetacza się obok Josefa, a za nim na dziedziniec szpitala wbiegają żołnierze w bieli.

Jeden z nich przyklęka zaraz obok Josefa, przykłada do ramienia kolbę pistoletu maszynowego z okrągłym magazynkiem. Josef rozpoznaje tę broń, podobne pojawiły się pod sam koniec wojny, mieli je też freikorpserzy w 1921 roku. Ale to bez znaczenia.

Żołnierz strzela, seriami. Gorące łuski sypią się Josefowi do stóp. Josef dotyka żołnierza w ramię. Ten odskakuje, nagle przerażony.

— Szto...! — krzyczy i mierzy do Josefa z pistoletu maszynowego.

Palec na spuście.

Jednak nie strzela.

— Durak... — klnie i biegnie dalej.

Po kwadransie na dziedzińcu szpitala są już dziesiątki sowieckich żołnierzy. Starszyna Riewmir Kiryłłowicz Efron przygląda się ciekawie wieży ciśnień. Sołdaty rozbiegają się po pawilonach. Niemcy wycofali się z terenu szpitala i strzelają ze wschodu, od strony zabudowań Paruszowca. Z ceglanego muru sypią się odłamki.

Półnagi pacjent w koszuli sięgającej kolan rzuca się do nóg starszyny Efrona, całuje go po rękach. Efron przygląda się choremu i Josef również przygląda się choremu, przycupnięty pod murem.

Starszyna Efron walczy od dwóch lat. Starszyna Efron zaspokoił już swoją ciekawość, odpycha chorego i idzie dalej, w stronę wieży ciśnień.

Sowieccy żołnierze zajmują pozycje według wskazań oficerów. Pacjenci proszą żołnierzy o jedzenie, większość odmawia, niektórzy dają.

Od strony okopów nad Rudą żołnierz z pistoletem maszynowym pod pachą prowadzi grupę ludzi odzianych w cywilne ubrania. Starszyna Riewmir Kiryłłowicz Efron nakazuje wprowadzić ich do przyziemia wieży ciśnień i jego rozkaz zostaje spełniony. Efron wspina się na szczyt wieży, wybiera stanowisko, maskuje się i czeka.

Ernst Magnor leży w śniegu za nasypem kolejowym. Ojciec Ernsta, Josef, w tym samym czasie i w tym samym momencie siedzi w śniegu na dziedzińcu szpitala w Rybniku. Ernst nie myśli o ojcu. Josef myśli o synu, ale wyobraża go sobie jako małego chłopca. Ernst ma dwadzieścia pięć lat i patrzy na zabijanie.

Zabijają mieszkańców Przyszowic żołnierze w niebieskich czapkach i krótkich kożuszkach. Wśród zabijanych są również Żydzi — dwaj węgierscy i jeden włoski, którzy zbiegli z kolumny maszerującej z Oświęcimia. Ukryli ich w Przyszowicach ludzie, którzy teraz stoją obok nich pod murem przyszowickiego cmentarza. Innych Żydów inni mieszkańcy Przyszowic nie ukryli i tamci inni Żydzi umarli wcześniej, ale z takim samym skutkiem, jak umierają ci wcześniej w domach pochowani.

Chora psychicznie kobieta z odmrożonymi stopami zaczyna krzyczeć, bardzo głośno, słychać ją mimo huku eksplozji i strzałów.

Młodszy lejtnant Wiaczesław Wodopianow irytuje się, słysząc wrzask kobiety. Odpala z pistoletu sygnałowego racę, dając w ten sposób znać, że zabudowania szpitalne zostały zajęte, następnie rozpina kaburę, wyciąga rewolwer i strzela chorej psychicznie kobiecie w głowę, co ją skutecznie ucisza. Rewolwer jest marki Nagant. Wzór 1895. Kobieta nazywała się Felicita Bonk, ale już się nie nazywa, bo nie żyje. Wodopianow nie zastrzelił jej z okrucieństwa. Zastrzelił ją, bo przeszkadzała mu myśleć, a Wodopianow jest odpowiedzialny za swój pluton i musi myśleć.

Wodopianow rozgląda się po dziedzińcu szpitala. Za dużo wariatów, myśli. Kilka setek wariatów. Wychudzeni. Głodni. Zdemoralizują mi wojsko. Zacznie się dupczenie. Będą żebrać. Wojacy zaczną się zabawiać z pacjentkami. Męczyć szajbusów. Niedobrze. Nie można.

Rozkazuje otworzyć bramę od strony ulicy, gdzie przejeżdża Nikodem. Josef widzi, jak otwierają bramę, przez którą on sam wchodzi do Irrenanstalt dwadzieścia cztery lata wcześniej.

— Raus, poszli! — wołają radzieccy żołnierze. Starszyna Efron strzela z wieży. Niemcy strzelają do wieży z armaty.

Pacjenci się ociągają. Żołnierze pomagają im kolbami.

Więc biegną. Josef też biegnie, w kapciach majora Koniecznego i w pidżamie majora Koniecznego, które oczywiście są już kapciami i pidżamą Josefa, ponieważ majora Koniecznego już zwyczajnie nie ma.

Wybiegają przez bramę. Za bramą jest szosa. Za szosą są przykryte śniegiem pola. Biegną, wielu krzyczy.

Pierwsi zaczynają strzelać żołnierze obsługujący armatę przeciwlotniczą acht komma acht, ulokowaną w miejscu, w którym w tym samym czasie, tylko później, znajduje się adres Różańskiego 21. Jest ich siedmiu i mają siedem karabinów powtarzalnych, więc w ciągu pierwszej minuty ginie tylko czterech pacjentów.

Każdy z tych czterech zastrzelonych w ciągu pierwszej minuty pacjentów ma swoje imię i nazwisko, a potem już nie ma, kiedy umrze, i żołnierze też mają imiona i nazwiska, i strzelają, bo się boją, że to szturm, bo jest wojna i na wojnie się strzela do tych, którzy biegną w złą stronę.

O trupy przewracają się nietrafieni. Josef się nie przewraca.

Odzywa się karabin maszynowy.

Do najbliższych ewakuowanych zabudowań dociera jedna trzecia tych, którzy wybiegli z bramy szpitala.

Josef dociera.

Nikodem parkuje pod blokiem na Tauzenie. Zabiera wino i lód, jedzie windą na górę. Siada na balkonie, wkłada butelkę do wiaderka z lodem, nalewa sobie pierwszy kieliszek, pozostałe trzy butelki chowa do lodówki. Zapala papierosa. Okazuje się, że butelka już pusta. Otwiera drugą. Opiera stopy na betonowej balustradzie balkonu. Pali.

— Kurwa! — krzyczy nagle, bardzo głośno, zrywa się z krzesła, wypada z mieszkania i zbiega w dół, po schodach.

Zapomniał o Weronice. Tak po prostu zapomniał o Weronice śpiącej w foteliku. Jadąc autostradą, myślał o dziewczynie, która mu się wymknęła, o studentce, z którą się przespał, o Kaśce i jej chorobie, i całym rozjebanym życiu, myślał o pieniądzach, których będzie teraz potrzebował sporo, i zapomniał o Weronice.

Śpi. Nie obudziła się. Nie płakała. Wyciąga ją z samochodu, niesie do windy, wjeżdżają razem na górę. Kolanem otwiera drzwi. Kładzie Weronikę do łóżka, delikatnie ściąga jej buciki. Sprawdza trzy razy, czy sejf z bronią jest zamknięty. Kręci szyfrowym zamkiem. Zamknięty. Zamyka za sobą drzwi, wraca do swojej butelki wina. Pali.

W śniegu leżą pacjenci. Bo nie tylko trupy leżą. Pacjenci mają imiona. Na przykład Anna. Hildegarda. Stanisław. Peter. Wentzel. Katarzyna. Joseph. Imiona wyciekają z nich razem z krwią. Pacjenci krzyczą, choć nie wszyscy.

Zostało stu pięćdziesięciu. Biegną po śniegu, bosi, i wyją. Niemiecki ogień słabnie. Jeszcze tylko kilkunastu. Dobiegają do niemieckich stanowisk.

— Nicht schiessen…! — krzyczą niektórzy. Wielu wyje.

Niemcy nie strzelają. Przez chwilę. Najsilniejsi mijają niemieckie stanowiska, wpadają w okopy, wdrapują się po zamarzniętej ziemi i biegną dalej.

Ernst oddycha ciężko, chociaż próbuje nie oddychać. Oficer w niebieskiej czapce wyciąga z kabury pistolet. Pistolet jest marki TT. Co oznacza: Tulski Tokariew. Ale to nie ma znaczenia ani dla tych leżących pod murem przyszowickiego cmentarza, których oficer dobija strzałem z pistoletu, ani w ogóle znaczenia nie ma.

Ojciec Ernsta, Josef, wpada do okopu, wywraca menażkę z chłodną zupą, wdrapuje się po zamarzniętej ścianie i wybiega z okopu po drugiej stronie. Przed nim stoi żołnierz, szary bóg. W rękach ma karabin. Josef wie, rozumie całym ciałem, że jeśli da mu sekundę na zastanowienie, to żołnierz strzeli. I zabije Josefa.

Szary bóg ma sześćdziesiąt trzy lata oraz astmę. Josef jest wychudzony, wycieńczony, chory, ma obsrane nogi, ale z jakiegoś powodu, którego sam nie rozumie, ciągle chce żyć.

Nikodem tańczy w ciasnym, brzydko urządzonym dużym pokoju mieszkania kupionego dla dziewczyny, która mu się wymknęła, zarejestrowanego jednak na niego. Trochę płacze. Pije wino i boi się, że znowu nie będzie spał. Weronika śpi obok głębokim, zdrowym snem.

Josef rusza przed siebie. Szary bóg z Volkssturmu podnosi karabin, a jest to austriacki mannlicher, co nie ma znaczenia, jednak wycieńczony Josef jest szybszy, uderza volkssturmistę w prawy bark, mija go i biegnie.

Ma przecież skarb.

Volkssturmista nazywa się Hans Burek. Zawsze tak się nazywał. Hans Burek. Słabo mówi po niemiecku. Po polsku wcale. Po śląsku jako tako, ale niechętnie i też nie najlepiej. Całe życie spędził, uprawiając regularnie zalewane przez Odrę dwanaście mórg pola we wsi Lubomia. Dwa razy zalało mu chałupę. Umrze za dwa dni. Chałupę ma drewnianą, zbudowaną bardzo dawno temu, jeszcze zanim Bismarck zabronił z drewna budować. Niewiele już na Górnym Śląsku chałup z drewna, a Hans Burek ma chałupę z drewna. I tę chałupę dwa razy zalewa stara Odra, a potem Hans Burek umiera.

Josef biegnie dalej. Nikodem śpi na kanapie. Zjadł dwa xanaxy, żeby zasnąć, wypił dwie butelki wina i jest pijany, i zasnął. Nikodem codziennie zasypia pijany, ale to nie ma znaczenia. Okno balkonowe pozostaje otwarte. Ciągle jest noc, chociaż zegar wskazuje wpół do piątej nad ranem.

Za Josefem ciągną pacjenci. Pacjenci mają imiona i nazwiska. Josef ma na imię Josef, a nazwisko Magnor. Już nie biegną, idą. Prawie nikt do nich nie strzela. Tylko volkssturmista Hans Burek w szarym szynelu strzela dwa razy i dwa razy chybia. Dochodzą do domów, a w domach mieszkają ludzie.

Pacjenci pukają. Przez zamknięte drzwi proszą o jedzenie.

W jednym z domów uchyla się okno. Ktoś, a konkretnie dwunastoletnia Zosia Madziar, wyrzuca przez uchylone okno kilkanaście ziemniaków.

Pacjenci rzucają się na ziemniaki. Ale Josef nie. Josef nie może. Josef ma coś kosztownego i chce te kosztowności odnaleźć.

Byli pacjenci byłego szpitala jedzą surowe ziemniaki. Z okna innego domu leci kromka chleba. Z większości nic. Przekleństwa za to zawsze. Umierają różnie — za kwadrans, za godzinę, większość nie później niż po dwunastu godzinach, z zimna, trzech żyje dłużej niż dwa dni, z tego jeden jeszcze dwadzieścia trzy lata, a potem umiera, co ma znaczenie takie samo jak wszystko, jak wszystkie historie opowiedziane i nieopowiedziane, czyli żadne.

Josef nie może spocząć. Nie może pobiec prostą drogą na północ, przed siebie, tam go zastrzelą.

Nie zatrzymuje się więc, biegnie ku torom przecinającym Paruszowiec, mija strzelnicę, na którą w 1938 roku syn jego Ernst Magnor chadza na ćwiczenia przysposobienia wojskowego, i dalej.

Na polach między Irrenanstalt a niemieckimi pozycjami na Paruszowcu leży kilkaset ciał i prawie wszystkie mają nagie łydki, wystające spod szpitalnych koszul. Niektóre mają kapcie, inne drewniaki, większość jest boso. Ale Josef Magnor tam nie leży, o nie, Josef Magnor biegnie przed siebie, a Nikodem w tym samym czasie i w innym momencie śpi matowym pijanym snem. Alkohol i alprazolam.

Josef Magnor rusza przed siebie, wzdłuż wysokiego nasypu, na którym leżą tory. Tory w Kolonie Egersfeld pod Leschczin rozwidlają się i jedna nitka prowadzi do Knurowa, a druga, przez Czerwionkę i Orzesze, dalej, aż do Katowic.

W Katowicach, w Orzeszu, w Leszczynach i w Knurowie są już Rosjanie, ale to nie ma znaczenia.

Josef wspina się na nasyp, bo wie, że nie dałby rady na bosaka przeprawić się przez Rudę i kanał odprowadzający wodę ze stawów przy szpitalnym majątku. Za małe kapcie, należące kiedyś do majora Koniecznego, zgubił. Major Konieczny zgubił sam siebie.

Josef nie jest głupi, nigdy nie był głupi. Czołga się wzdłuż torów. Stopy ma sine i niewiele siły mu zostało, ale się czołga, w śniegu. Gdyby szedł po nasypie wyprostowany, to ktoś by go zastrzelił, domyśla się, pamięta, spod Loretto pamięta.

Tory prowadzą po wysokim ceglanym wiadukcie wspartym na strzelistych łukach, niczym rzymski akwedukt.

Nikodem, nagle przebudzony, patrzy w telefon, czy ktoś napisał, ale nikt nie napisał. Jest czwarta nad ranem. Zasypia.

Po półgodzinie budzi się Weronika. Wychodzi z sypialni. Podchodzi do śpiącego na kanapie ojca.

— Tato...? — pyta, ściskając w ręce różowego konika.

Nikodem nie słyszy jej pytania. Śpi snem kamiennym, z pomieszania alkoholu z benzodiazepinami. Nie słyszy.

— Tata śpi — mówi dziewczynka do konika. — Nie będziemy budzić taty.

Wychodzi na balkon.

Za akweduktem Josef schodzi z nasypu, zjeżdża raczej. Potyka się o ciało, które kiedyś miało imię i nazwisko, ale już nie ma, ma za to buty. Walonki. Nomadzi z wielkiego stepu nosili wojłokowe buty od zawsze (jeśli jest jakiekolwiek zawsze), ale to nie ma znaczenia. Josef ściąga walonki ze sztywnych stóp żołnierza i wkłada na swoje sine stopy. W sztywnej dłoni żołnierz ciągle ściska karabin.

W Josefie budzi się nagle to, co dawno uśpione. Josef wie, że trzeba mieć broń. Josef wraca z poprzedniej wojny i najszybciej jak może kupuje pistolet, ponieważ trzeba mieć broń. Dotyka kolby, zakończonej stalową kulką rączki zamka. Ręce Josefa bardzo drżą. Przypomina sobie znajome kopnięcie w ramię.

Nie bierze karabinu. Wystarczą buty. Musi znaleźć skarb. Idzie przez las. Na północ.

Za rybnickim Wielopolem wychodzi na szosę. Jest jeszcze jedno Wielopole, pod Pilchowicami, ale Josef wychodzi na szosę przed Wielopolem rybnickim.

Przy szosie stoją żołnierze. Palą ognisko. Duże. Śnieg dookoła stopniał. Na drodze stoi półgąsienicowy transporter. Transporter jest produkcji amerykańskiej. Na pace ma zamontowane działo.

Żołnierze podnoszą broń, pistolety maszynowe i karabiny, ale szybko dostrzegają, że Josef Magnor nie jest dla nich zagrożeniem. Przyglądają mu się przez chwilę. Kuchnia polowa dowiozła im jedzenie, zjedli ciepły posiłek, popili kawą, mają dobre humory. Nie chcą zabijać. Zapraszają Josefa do ognia. Oczywiście mają imiona i nazwiska, i wszystko inne, ale to nie ma znaczenia.

388

— Mōm skarb — mówi Josef. Tylko o tym myśli.

Żołnierzy jest siedmiu. Sześciu nie rozumie słowa „skarb". Jeden rozumie, bo urodził się we Lwowie i w domu mówił po polsku. Ucisza pozostałych.

— Co masz? — pyta.

— Skarb. Niedaleko stąd. W Przyszowicach — mówi Josef. Dyskutują.

Nikodema budzi słońce. I dźwięk policyjnej syreny. Patrzy na zegarek. Ósma. Zaschnięte usta. Przez chwilę nie wie, gdzie jest, potem już wie — kanapa, mieszkanie na Tauzenie. Chce mu się pić i bardzo boli go głowa, ale nie ma siły wstać i pójść do lodówki.

Jednak wstaje. Musi zrobić śniadanie Weronice. Idzie do kuchni. Zjada dwa ibuprofeny, jeden xanax, popija wodą z cytryną. Zagląda do pokoju, który pełni funkcję sypialni. Weroniki nie ma. Myśli dwie sekundy, rzuca się przeszukiwać mieszkanie. Sprawdza drzwi. Zamknięte. Nie ma Weroniki.

Nie ma Weroniki.

Josef siedzi na pace transportera opancerzonego. Obok działa. Pokazuje, jak mają jechać, a droga nie jest trudna. Pamięta adres. Nigdy tam nie był, ale pamięta adres.

Josef jedzie z Rybnika na północ. W tym samym czasie Josef jedzie z Czoikiem z Rybnika na południe, na pace ciężarówki Ford TT, tą samą trasą, tylko w drugą stronę. Mijają się o dwadzieścia cztery lata.

Valeska dokładnie mówiła, gdzie to jest. Dwadzieścia cztery lata temu, ale domy nie zmieniają miejsc. W Przyszowicach domy pozamykane na głucho, poza tymi, do których zdobywcy już weszli.

Transporter zatrzymuje się przed domem, który Josef wskazuje.

Żołnierze każą mu iść, sprawdzić. Przecież to może być pułapka. Ulicami chodzą żołnierze z innych jednostek, ale są pijani i nie zwracają uwagi na transporter z działem na pace i jego załogę.

Josef wchodzi do domu, który jest domem jego żony, Valeski. Drzwi są otwarte.

Valeska, wychodząc, myśli — zamknięte i tak wyważą. A tak przynajmniej zamki zostaną, na potem. Więc nie zamyka. Josef wchodzi. W izbie siedzi tylko młodzieniec, którego Josef nie zna.

— Szukōm Valeski Magnorowyj — mówi, sepleniąc bezzębnymi dziąsłami.

Ernst domyśla się, gdzie może być matka, ale nie powie tego brodatemu, bezzębnemu obszarpańcowi w walonkach, nawet jeśli ten gŏdŏ pō naszymu.

— Sam jei niy ma. Kajś poszła. Na klachy możnŏ — ironizuje.

Ale Josef już wie. Wie, gdzie mogła pójść. Gdzie się schować. Nie wie, że Czoik nie żyje.

Kiedy wraca do transportera z niczym, żołnierze są zawiedzeni. Ale tłumaczy im, że to nie ten dom. Jadą dalej. Do Czoika. Mijają dom Gemanderów, w którym nie ma Joachima, za to na placu rozłożony jest polowy warsztat i naprawiają w nim czołgi, ale to nie ma znaczenia.

W żołnierzach została jeszcze odrobina cierpliwości i ciekawości.

Pyjter Gemander, stryj Nikodema, ma trzy miesiące. Piersi jego matki nie dają zbyt wiele mleka. Jefriejtor Milutin, mechanik zajmujący się remontami czołgowych silników, ma fory u kwatermistrza za wcześniej wyświadczone przysługi i teraz codziennie przynosi mleka dla dziecka.

— Mołoko dla malczika! — krzyczy już od furtki, taszcząc w brudnych od smaru rękach kankę z mlekiem. Nikomu nie pozwala tknąć palcem matki chłopca. Milutin sam zgwałcił kilka kobiet w ostatnich dniach, ale matki Pyjtra Gemandera nie pozwala tknąć nikomu i nie ubierając tego w słowa nawet na własne potrzeby, sądzi, że to czyni go człowiekiem, że tym odkupi straszne grzechy, jakich się dopuścił.

Josef prowadzi ich do domu Czoika.

Nikodem bezładnie biega po mieszkaniu, otwiera z hukiem szafy, zagląda nawet pod zlew, nawet do zmywarki, wywraca w łazience kosz z brudną bielizną, trzaska szklanymi drzwiczkami kabiny prysznicowej. Nie słyszy już policyjnej syreny. Zatrzymuje się na sekundę. Otwarte okno balkonowe. Zza okna niecodzienny gwar. Wybiega na balkon. Na parkingu dziesięć pięter niżej zbiegowisko, stoi karetka pogotowia ratunkowego. Marki Ford Transit. Oraz trzy radiowozy. Błyskają niebieskie światła, syreny milczą.

Już rozumie. Rozumie, ale nie wierzy. Cofa się z balkonu, ściskając się za głowę. Próbuje wierzyć, że to nieprawda. Że to się nie dzieje. Że zaraz ją gdzieś spotka, na schodach, po drodze.

Wygląda jeszcze raz przez balkon. Czarny prostokąt folii. Różowa kropka obok. Różowy konik.

Idzie do pokoju, w którym spała Weronika. Już wie, co musi zrobić. Sięga do pokrętła szyfrowego zamka sejfu z bronią. Jest zdecydowany. Chce otworzyć. Zdaje sobie sprawę, że nie pamięta szyfru. Czarna dziura. Nic.

Wciąga dżinsy. Otwiera drzwi, wychodzi z mieszkania, nie zamykając drzwi za sobą. Idzie wolno na dół. Szuka innego rozwiązania.

Valeska z Fridą Magnorówną, Lusia Czoik, Alfred, Hilda Biela i mały Waldek ukrywają się na poddaszu. Tym razem z Josefem Magnorem do domu Czoika wchodzi dwóch żołnierzy, uzbrojonych w pistolety maszynowe. Pistolet maszynowy nazywa się pistolet pulemiot Szpagina. Popularnie zwie się pepeszą, ale oficjalnie: pistolet pulemiot Szpagina. Żołnierze mają zwyczajne imiona, Michaił i Kiryl. Mają również nazwiska.

Za nimi idzie Piotr, który w domu mówił po polsku, bo urodził się we Lwowie.

— Na zicher kajś tu sōm — sepleni Josef.

Żołnierze rozglądają się nieufnie po pustym domu.

— No to co z tymi kosztownościami? — pyta Piotr, który w domu mówił po polsku, bo urodził się we Lwowie.

— Możno siedzōm na wiyrchu — domyśla się Josef i wskazuje na wejście.

Piotr, który w domu mówił po polsku, bo urodził się we Lwowie, już rozumie.

— Kto siedzi na wierzchu? — pyta, zaciskając palce na karabinie.

— Mōj skarb. Baba a bajtle. Ernst, Frida a Alfryd.

Piotr już rozumie.

— Sokrowiszcza niet — oświadcza. — On durak. My biezumny.

Żołnierze są wściekli. Dali się zwieść. Piotr kolbą mosina wali Josefa w głowę, Josef zasłania się rękami, kolba ześlizguje się po przedramionach. Kiryl chwyta Josefa za chudy kark i wyciąga na podwórze domu, który kiedyś był domem starszego przodownika Wojciecha Czoika, a potem był domem wdowy po Wojciechu Czoiku, która ukrywa się na strychu, a w tej chwili, jak każdy dom w Przyszowicach, jest domem tego żołnierza Robotniczo-Chłopskiej Armii

Czerwonej, który akurat go zapragnie. Potem będzie znowu domem Lusi Czoik, ale teraz nie jest.

Kiryl strzela do Josefa krótką serią. Trzy pociski przebijają pidżamę, która kiedyś była pidżamą majora Koniecznego, przebijają koszulę, która jest koszulą Josefa Magnora, przebijają skórę, która jest skórą Josefa Magnora, kruszą żebra, przebijają opłucną i dziurawią płuca. Piotr kolbą krótkiego mosina rozbija kuchenny kredens, zdziera niebiesko haftowaną białą makatkę z polską sentencją: „Nie mów nikomu, co się dzieje w domu".

Michaił długą serią z pepeszy strzela w klapę prowadzącą na strych, aż do wyczerpania magazynka.

Piotr zatyka uszy. Izba wypełnia się dymem i zapachem kordytu.

— Ubirajties! — krzyczy Michaił, wyciąga pusty magazynek i wkłada nowy.

— Wychodzić! Baby, wychodzić! — krzyczy Piotr, bo obawia się, że gniew kolegów może spaść na niego. — Albo chałupę spalimy!

Valeska patrzy na swoją córkę. Patrzy na Hildę, żonę Richata. Na Lusię Czoikową, matkę Geli. Wstaje.

— Mamulko, co wy wyrŏbiŏcie…? — szepcze Alfred.

— Cicho bydź — ucisza go Valeska.

Podnosi podziurawioną klapę w podłodze strychu. Opuszcza drabinę. Zamyka za sobą klapę. Schodzi do izby. Odstawia drabinę.

Michaił nosi nazwisko Szelikow, ale to nie ma znaczenia. Chwyta Valeskę za kark i wyprowadza na plac, przewraca ją w śnieg.

Josef leży na śniegu i umiera. Widzi Valeskę, widzi, jak rzucają ją w śnieg. Michaił Szelikow rozpina pas i długi rozporek bryczesów. Oddech Josefa słabnie. Płuca Josefa się zapadają. Ernst Magnor czeka na matkę i rodzeństwo kilometr dalej, tak jak matka kazała, w domu, i myśli o zabitych przez ludzi w niebieskich czapkach, zabitych pod murem cmentarza, myśli o feldfeblu, który wypuścił go z gliwickiego aresztu.

Nikodema nie ma. Nie ma go 28 stycznia 1945 roku, nie ma nawet ojca ani matki Nikodema, Josefa Magnora też już nie ma, bo umarł, ale Nikodema nie ma również w tym samym czasie, ale w innym momencie, nie ma go 29 lipca 2014 roku.

Nikodem klęczy na betonowych płytkach. Zaraz obok swojego samochodu. Samochód jest marki Land-Rover, model Discovery. Ludzie patrzą na klęczącego Nikodema i milczą. Milczą, bo nie wiedzą, co powiedzieć, i nie wiedzą, co zrobić. Policjanci, bezczynni ratownicy medyczni i zwykli przechodnie, wszyscy milczą. Czarny prostokąt folii.

Później, chociaż w tym samym czasie, dzieje się wszystko to, co musi się dziać. Policjanci próbują porozmawiać z Nikodemem, ale to się nie udaje, ktoś go rozpoznaje, idą do mieszkania, dzwonią do Kaśki Gemander, karetka zabiera Nikodema Gemandera i wiezie do Szpitala dla Nerwowo i Psychicznie Chorych w Rybniku. Po drodze mijają Josefa na pace wolnobieżnej ciężarówki Ford TT i mijają Josefa w półgąsienicowym transporterze.

W szpitalu Nikodem otoczony zostaje fachową opieką. Ceglany mur szpitala połupany jest kulami. Nikodem nie zauważa tych dziur po kulach. Wcześniej też ich nie zauważał, a teraz nie zauważa już niczego.

Ale to później, chociaż w tym samym czasie. Teraz policjanci, sanitariusze i przechodnie stoją, przyglądają się Nikodemowi, który już nie jest Nikodemem, przyglądają się

Nikodemowi klęczącemu na betonowych płytkach i nic nie mówią, bo nie wiedzą, co powiedzieć.

Potem się rozchodzą.

Na polach przed szpitalem w śniegu leżą zamarznięte trupy o gołych łydkach, styczniowy wiatr szarpie szpitalne koszule.

Pilchowice – Warszawa – Berlin
2013–2014

Wydanie pierwsze

Opieka redakcyjna
Waldemar Popek

Konsultacja germanistyczna
Stanisław Dzida

Konsultacja historyczna
Ryszard Kaczmarek

Redakcja
Wojciech Adamski

Adiustacja
Henryka Salawa

Korekta
Kamil Bogusiewicz, Aneta Tkaczyk, Dorota Trzcinka

Redakcja techniczna
Bożena Korbut

Projekt okładki i stron tytułowych
Filip Kuźniarz

Zdjęcie na pierwszej stronie okładki
© Nejron Photo / Shutterstock

Mapa na wewnętrznych stronach okładki
Andrzej Najder

ISBN 978-83-08-05431-4 — oprawa broszurowa
ISBN 978-83-08-05484-0 — oprawa twarda

Książkę wydrukowano na papierze Ecco Book Cream 70 g vol. 2,0

Printed in Poland
Wydawnictwo Literackie Sp. z o.o., 2014
ul. Długa 1, 31-147 Kraków
bezpłatna linia telefoniczna: 800 42 10 40
księgarnia internetowa: www.wydawnictwoliterackie.pl
e-mail: ksiegarnia@wydawnictwoliterackie.pl
fax: (+48-12) 430 00 96
tel.: (+48-12) 619 27 70
Skład i łamanie: Infomarket
Druk i oprawa: Drukarnia POZKAL, Inowrocław